교수는 무엇으로 사는가?

| 최 병 수 |

도서출판 두남

프롤로그
PROLOGUE

　대한민국의 교육기관은 사립의 비중이 세계에서 가장 높다. 중고등학교는 물론 대학에서 국립은 찾아보기 힘들 정도다. 그러다 보니 국가 백년지대계(百年之大計)라고 하는 교육을 국가가 기획하고 그 이념에 따라서 현장에서 가르침이 이루어져야 하는데도 실상은 그렇지 못하다. 사립학교 대부분이 종교 단체나 이익 단체에 의해서 설립된 사학들이어서 학생들이 돈으로만 보이기 때문에 그 폐해는 이루 말할 수 없다. 이런 사학들은 대학에 적립금이 좀 쌓이면 어떻게든 빼내 가려 한다.

　교육부가 감사 인력이 적어서 투서나 문제가 발생한 대학에만 감사하는 데에도 수많은 비리를 적발한다. 만약 전수 조사한다면 그 비리는 이루 말할 수 없을 정도로 나타날 것이다.

　1990년도 후반부터는 대학 설립이 준칙주의에 따라서 서류요건만 갖추면 대학설립인가를 해주었다. 정치권에서는 자신이 출마하는 지역구에 전문대학이라도 하나 설립하겠다는 공약을 해야만 당선되었다. 그 결과는 인구 몇 만명도 되지 않은 강원도 산골짜기나 전라도 바닷가 오지에도 대학이 세워졌다. 대학을 세우려는 사람이나 세우도록 인가해 주는 교육부나 양쪽 다 문제가 있었지만, 교육부는 문제가 발생하면 그때 가서 처리하면 된다는 생각을 하는 이상한 집단이었다. 학령인구가 줄어드는 것이 뻔히 보이는 데에도 전국에 대학은 계속 세워졌다. 그로부터 수년이 지나면서 오지의 대학들부터 차례대로 미달 사태가 나오기 시작했다. 미달이 된 학과의 교수들은 학생 모집을 하는 영업 사원으로 전락했다. 주변의 고등학교는 물론 멀리 떨어진 고등학교에까지 다니면서 대학 내에 기숙사가 있으니 학생을 보내달라고 목멘 소리를 해야 했다. 그러나 그 어떤 방법을 써도 백약이 무효였다. 근본적 이유는 세계 최하위의 출산율이 말해 준다.

경기도 남부 평송시에 있는 동서양대학교는 그 동안 몇 번의 교명이 바뀌었다가 마침내 전 세계로 뻗어나가는 좋은 대학이 되라는 뜻으로 동서양대학교로 개명되었다. 이 대학의 설립자는 지역사회에서 알려진 분으로 이미 고등학교를 가지고 있었다.

1990년대만 해도 대학 설립은 대통령의 결재가 필요한 교육부인가 사항이라서 막강한 청와대의 배경이 있어야만 가능했다. 마침 정권이 바뀌면서 설립자의 친척이 청와대의 고위직으로 근무하게 되었기 때문에 설립인가를 받을 수 있었다.

그런데 운이 없는지 동서양대학교가 개교한 첫해 IMF 외환위기가 닥쳤다. 당시 외환위기는 너 나 할 것없이 커다란 충격을 가져왔다. 대한민국의 어느 구석이나 이 외환위기의 영향이 미치지 않은 곳이 없었다. 사방에서 부도가 터졌고 쓸만한 알짜 기업은 외국에 넘어갔으며 거리에는 노숙자가 넘쳐났다.

이런 대환란 속에서 동서양대학교라고 해서 그냥 조용히 넘어갈 리 없었다. 개교하던 해에 입학 정원은 720명이었다. IMF의 외환위기가 올 것을 예상하지 못한 대학 이사장이 청와대의 힘을 활용해서 다음해 2,160명이라는 엄청난 입학 정원을 받아 놨다. 이 입학 정원의 갑작스러운 증가는 다음해에 거의 3,000여 명이 강의할 수 있도록 교사와 기자재 등을 갖추어야 만 했다.

다음 학기 개강을 몇 달 앞두고 IMF의 외환위기가 터졌기 때문에 자잿값 폭등 등으로 수백억 원의 자금 조달을 해야 하는 데 문제가 발생했다. 이사장은 모든 것을 어음으로 처리하다가 결국 1차부도가 났고 급한 나머지 학교 재벌인 전무식에게 약간의 설립자 위로금과 빚을 떠안는 조건으로 대학을 넘겨줄 수밖에 없었다.

그 후 세월이 흘러 설립자 이후 전무식, 현진택, 김곰자를 거치는 우여곡절 끝에 오만일이란 자가 동서양대학교의 5번째의 실질 이사장이 되었다. 태어나서 세상에 이름 하나 남겨야겠다고 떠들고 다니던 그는 드디어 동서양대학교의 이사장이 되었다. 자꾸 어깨가 올라가는 것을 느꼈다.

재단이 계속 바뀌면서 교수들의 갈등도 크게 증폭되었다. 교육이란 이상향을 염두에 두고 들어온 재단이 아니다 보니 언제나 학생들은 돈으로만 보였다. 그런 재단 아래서 교수들은 옳고 그름을 떠나서 재단에 굴종적인 모습을 보였지만 극히 일부 교수들은 순응하지 않았다.

마치 리처드 바크의 「갈매기의 꿈」에서 보듯이 주어진 환경에 순응하며 쓰레기통을 뒤지며 살아가는 대다수 갈매기와는 달리 주인공 조나단은 더 높이 더 빠르게 날아가려고 노력했다. 조나단이 그렇게 하면 할수록 무리에서 배척을 당했던 것과 같이 동서양대학교에서도 채서남 교수와 인화평 교수는 다른 교수들로부터 배척을 당했다. 이들 교수는 어떤 불의와 협박과 위협에도 끝까지 굴하지 않고 '교수는 무엇으로 사는가'라는 물음을 항상 가슴에 두고 살고 있었다.

2024. 3.
저자

차례
CONTENTS

프롤로그 / 3

PART 1 오만일과 똘마니들 / 11

1. 다앤인(茶&人) ······ 13
2. 오두알 교수 ······ 21
3. 엄친일 교수와 교원성과체제 ······ 25
4. 강직한 총장 ······ 38
5. 총력전 ······ 45
6. 비밀투표 ······ 54
7. 오만일의 개나발 ······ 62
8. 오만일의 셀프 파업 ······ 67

PART 2 혼돈 / 77

1. 성과급 연봉제 동의 서명 ······ 79
2. 폐과 위기의 교수들 ······ 88
3. 특성화 회의 ······ 99

4. 아! 폐과는 안 돼! ······ 107
5. 죽은 자와 산 자 ······ 116
6. 복합관 공사 ······ 127
7. NCS(National Competency Standards; 국가직무 능력표준) ··· 136
8. 교육부의 눈먼 돈 ······ 142
9. 딸랑이들의 발악 ······ 153
10. 모델과 ······ 157

PART 3 성과급 연봉제 / 165

1. 성과급 연봉제 시행 ······ 167
2. 압수수색 ······ 174
3. 믿는 도끼 ······ 180
4. 감방은 내 체질이 아니야! ······ 187
5. 총장선출 음모 ······ 194
6. 신임투표 ······ 201
7. 학생상담실 ······ 209
8. 경고장 ······ 221
9. 재경고 ······ 228
10. 장의사 사무처장 ······ 232
11. 사망 ······ 240

PART 4 소송전 / 251

1. 제소하다 ······ 253
2. 공방 ······ 261
3. 인화평 교수의 재임용 ······ 269
4. 진낙방 총장 ······ 274
5. 명심할 것 ······ 283
6. 계약 불성립 ······ 289
7. 건조물 침입죄 ······ 296
8. 교수는 무엇으로 사는가? ······ 305
9. 소청심사위원회 ······ 314

에필로그 / 321

등장인물

▶ 이사회 임원과 총장
강상명 : 동서양대학교 설립자
전무식 : 2대 이사장, 학교재벌
김곰자 : 4대 이사장, 전 수도권 대학설립자 부인
오만일 : 5대 이사장, 사채업자
강직한 : 교육부 출신 총장

강두섭 : 이사장, 설립자 아들
현진택 : 3대 이사장, 건설회사 사장
진백경 : 바지 이사장
박인협 : 총장

▶ 보직교수
엄친일 : 미래전략위원장
이생김 : 인사처장
정근해 : 교무처장, 별칭 정그래
구백범 : 부학장
장의사 : 사무처장
정후래 : 부총장 교육부 사무관 출신
강순덕 : 학생처장

태현균 : 교무처장
진낙방 : 교무처장, 총장
채정선 : 교무처장
지남철 : 학생처장, 교무처장
박수심 : 사무처장
최준식 : 설립자 사위, 처장

▶ 교수
오두알, 이참판, 채서남, 인화평, 황성호, 김호상, 김풍금, 서춘동, 강잘난
부정일, 김행님, 한지민, 금휘향, 조진현, 우숙경, 한만돌, 홍진아, 홍지숙
이명박, 백정혜, 오설매, 은방울, 김달랑, 임빛난, 복문표, 이필모, 백동수
판정일, 정메리 등

PART 1 오만일과 똘마니들

1. 다앤인(茶&人)
2. 오두알 교수
3. 엄친일 교수와 교원성과체제
4. 강직한 총장
5. 총력전
6. 비밀투표
7. 오만일의 개나발
8. 오만일의 셀프 파업

1. 다앤인(茶&人)

오만일은 별 힘들이지 않고 이사회에서 자신의 측근들로 임원 변경하고 주요안건인 성과급 연봉제를 가볍게 통과시켰다. 이젠 전체 교수회에서만 통과시키면 합법적으로 성과급 연봉제가 시행되는 것이다. 그러나 이것이 만만치 않은 일이라는 것은 이미 흑석 대학에서 총장으로 근무하는 친구에게서 듣고 있었다. 사채업을 해서 사람들의 심리를 잘 안다고 하는 그가 생각하는 방법은 반발하는 교수들을 짓누르고 자신을 따르거나 충성맹세를 한 교수들 몇 명에게만 본보기로 아주 잘 해주면서 나머지 교수들을 어르고 달래면 가능할 것으로 생각되었다.

대학에서 가까운 한 산자락에는 건물이나 이름에서 나름대로 멋을 낸 음식점이 있었다. 음식점의 이름은 다앤인(茶&人)이었다.

채서남 교수는 그 음식점에 갈 때마다 생각되는 무언가가 있었다. 그것은 음식점 입구의 문설주에 붓으로 쓰인 다앤인이란 간판에서 오는 느낌이었다. 이 간판에서 느끼는 감정은 어쩌면 채서남 교수만이 느끼는 것일지도 몰랐다.

사람들은 다앤인(茶&人)을 '차와 사람'이라고 단순하게 받아들였

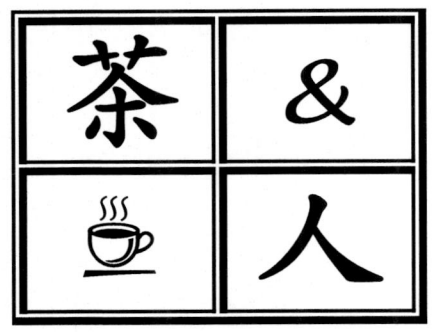
지만 채서남 교수는 죽은 사람과 산사람으로 보였다. 그것은 차를 의미하는 다(茶)자가 풀(艹 : 잔디) 밑에 있으면서도 나무(木) 위에 있는 사람(人) 즉 죽은 사람을 의미하기 때문이었다. 어떨 때는 죽은 사람이 칠성판 위에 누워 있고 그 위에 흙과 잔디로 덮여 있는 모습이 연상되기도 했다. 가끔 오만일 이사장이 뭔가를 숨기는 것 같은데도 겉으로 따듯한 모습을 나타내는 억지스러운 태도를 볼 때는 나무가 서 있고 그 위에 사람이 갓을 쓰고 있는데 그 갓에 보라색 할미꽃을 꼽은 채 온갖 교언으로 사기 치는 사람의 모습이 그려지곤 했다. 그래서 채서남 교수는 이 간판을 볼 때마다 '차(茶)'라고 이름 붙여져 고귀한 대접을 받는 말라비틀어진 죽은 잎사귀와 살아 있는 생명체인 사람이 동급으로 쓰인 것이 마음에 들지 않았다.

그러던 어느 날, 살아 있는 인간이라 할지라도 도덕과 윤리와 영혼이 죽어있다면 차와 같이 죽은 물체와 전혀 다를 것 없다는 생각에 이르자 그 후에는 보기에 좀 편해졌다.

'그래 나는 영혼이 살아 있는 사람이 되어야지!'

8월의 더운 여름날이었다. 조교로부터 이사장이 개교한 첫해에 임용된 1기 교수들과 환담의 자리를 마련한다는 연락이 왔다. 장소는 바로 다앤인에서였다. 채서남 교수는 순간 좋지 않은 느낌이 스쳤다. 짠돌이 오만일이 교수들을 이런 곳에서 밥을 먹일 때에는 무언가 노림수가 있을 것으로 생각되었기 때문이었다. 이런 생각은 채서남 교수만이 아니라 다른 교수들도 마찬가지였다. 그동안 연봉제에 대한 말이 나올 듯 말 듯 했었는데 드디어 연봉제 문제를 꺼내려나 보다 하고 긴장한 마음으로 참석하였다.

ㄱ자로 지어진 음식점의 내부는 크게 두 곳으로 나뉘어 있었다. 한쪽 방은 4인용 테이블들이 있었기 때문에 주로 몇몇이 올 때 그쪽으로 안내되었다. 다른 한쪽 방은 벽면을 따라 빙 둘러 도자기 소품들을 전시해 놓았다. 방의 가운데는 긴 테이블이 있어서 20여 명 남짓한 인원이 음식을 먹으면서 모임을 갖기에 안성맞춤이었다. 우리 일행은 15명 남짓이었기 때문에 당연히 긴 테이블이 놓여있는 곳으로 안내되었다.

약간 늦게 도착한 오만일이 말했다.

"내 자리가 여긴가?"

"아! 예예 여기 앉으십시오."

딱 봐도 알 수 있는 중간의 빈자리인데도 오만일은 옆에 쫄쫄쫄 따라온 교수에게 물어보면서 앉았다. 모두 자리에 앉자 오만일은 뭔가 베푸는 듯한 얼굴을 하면서 말했다.

"자! 자! 다들 식사하시기 바랍니다."

테이블 위에는 깔끔하게 밑반찬이 놓이고 시차를 가지며 내오는 한정식은 맛깔이 났다. 교수들은 별말 없이 식사했다. 음식을 먹고 나자 오만일은 교수들 앞에 놓인 잔에 맥주를 한 잔씩 따르게 했다. 그리고 교수들을 한번 빙 둘러보면서 말했다.

"이런 자리를 자주 마련해야 하는데, 우선 1기 교수들만이라도 이렇게 모임을 하게 되었습니다. 먼저 물어볼 말은 내가 이사장으로 온 뒤로 학교가 어떻게 변했는지 이쪽부터 한번 말해주기 바랍니다."

채서남 교수는 원래 이런 질문에는 좀 알레르기 반응을 일으켰다. 자신이 와서 어떻게 변했는가를 물어보는 것은 찬양을 유도하는 것으로 생각되었기 때문이었다. 특히 오만일이 온 뒤로 맨 처음 한 일이 교수들의 급여 동결이었기 때문에 교수들이 겉으로 표현을 안 해서 그렇지 속으로는 아주 좋지 않게 생각하고 있었다.

세상을 환갑이 지나도록 살아온 오만일이 교수들의 생각을 전혀 모를 리가 있겠는가? 오만일의 변한 것이 무언가를 알아본다는 말은 겉치레이고 그 외에 다른 사정이나 교수들의 면면을 더 자세히 들여다보려는 것을 모르는 교수는 없었다.

오만일의 오른쪽에 앉은 교수부터 대답했다. 대부분 재단의 눈치를 많이 보는 교수였기 때문에 당연히 아부성 발언이 나왔다.

"이사장님께서 오신 뒤로 학생들이 인사를 잘해서 학교에 들른 사람들로부터 칭찬이 자자합니다."

오만일의 오른쪽 첫 번째 교수가 이렇게 아부성의 대답을 했기 때문에 다음 교수들도 더 딸랑거리는 대답이 나왔다.

"이사장님이 말씀하신 '인사 잘하는 대학'이 전국 대학에서 본이 되는 것 같습니다."

"우리나라는 동방예의지국이었습니다. 그런데 언제부터 그런 말이 쏙 들어갔습니다. 이번에 이사장님께서 오셔서 인사 잘하는 대학을 만드셔서 이제 우리 대학이 대한민국의 상징적인 대학이 된 것 같습니다."

요즈음 대학 캠퍼스가 온통 여기저기서 "안녕하십니까?" 합창의 연속이었다. 대학생들이 초등학생들이 하듯 하였고 어떤 모질이 교수는 타 학과 교수가 지나가더라도 앞으로 가서 인사하라고 했다. 그것은 어떻게 하다가 오만일을 만나게 되면 자신의 과가 인사를 잘한다는 것을 보여주기 위함이었다.

오만일은 사채업을 하다가 M&A가 적중해서 돈을 조금 모았다. 돈이 좀 생겨 거들먹거리고 있을 때 흑석 대학의 총장으로 있는 친구의 조언과 또 적립금이 300억 원이나 쌓여 있다는 말을 듣고 동서양대학교를 양수한 오만일이었다.

오만일은 어느 날 출근하다가 학생들이 이사장인 줄 모르고 멀뚱거리며 쳐다보며 가는 것이 기분 나빴다.

다음 날 오만일은 보직교수 회의에 참석했다. 이사장이 보직교수 회의에 참석하여 이런저런 지시를 하는 것은 학사개입인데도 그것조차도 모르고 참석했다. 회의 마지막에 총장이 오만일에게 한 말씀 해달라고 하자 시대에 뒤떨어진 이런저런 말을 하다가 학생들이 인사를 잘했으면 좋겠다는 말로 끝맺음했다.

오만일의 마지막 이 한마디에 보직교수들은 앞다투어 '인사 잘하는 대학'이라는 구호를 내걸고 학과마다 OT, MT 구분할 것 없이 인사를 잘하라고 학생들에게 주입했다. 그러자 대학 구내는 어디를 가나 온통 "안녕하십니까?"였다. 교수들이 화장실을 한번 갔다 오더라도 적게는 예닐곱 번, 많게는 수십 차례의 이런 인사를 받아야 했고, 어떤 때는 학생들이 2~30명 떼로 몰려 이동하다가도 "안녕하십니까?"의 합창 소리를 했다. 채서남 교수는 초등학생들에게나 할 법한 이런 교육이 몹시 못마땅하게 생각되었다.

칭찬 일색으로 지문이 없어질 정도로 비벼대는 교수들의 답변이 지속하다가 이내 마지막에서 3번째에 앉아있던 채서남 교수의 차례까지 왔다. 오만일은 채서남 교수에게 물었다.

"채서남 교수는 어떻게 생각합니까?"

잠시 머뭇거리던 채서남 교수가 입을 뗐다.

"저는 할 말이 없습니다. 굳이 말씀하시라고 한다면 이 음식점의 이름이 다앤인입니다. 다(茶)의 의미는 풀 밑에 있으면서 나무 위에 있는 즉 죽은 사람을 말합니다. 그렇다면 죽은 사람과 산사람이 함께 있다는 뜻인데 대학이란 도덕과 양심과 영혼이 살아 있어야 한다고 생각합니다. 그런 의미에서 저는 할 말이 없습니다."

"어떻게 변했느냐고 물었는데, 할 말이 없다는 것은 내가 온 뒤로 변한 것이 없다는 말입니까?"

"저는 할 말이 없습니다."

용비어천가를 바라던 오만일에게 채서남 교수는 교수들이 영혼이 살아 있어야 한다는 뜻으로 끝까지 할 말이 없다고 해버렸다.

채서남 교수의 이런 답변 때문에 분위기가 싸늘해져 오만일이 1기 교수들에게 연봉제의 연기를 피울 기회조차도 없어져 버렸다. 그 덕분에 모두 음식점에서 빨리 나올 수 있었다. 용비어천가를 능가하는 발언을 한 교수들은 채서남 교수의 얼굴을 보면서 뻘쭘한 표정을 지었다. 어떤 교수는 채서남 교수가 재단에 잘못 보여 잘렸다가 십 수 년 만에 다시 복직한 교수라면 이제는 좀 타협하면서 살면 좋으련만 하는 생각도 하였다. 어떤 교수는 저리 꼬장꼬장하다가는 또다시 잘리는 것 아닌가 하는 생각을 하기도 하였다.

그러나 채서남 교수는 비굴하게 사는 것이나 옳지 않다고 생각되는 것은 타협의 대상이 되지는 못했다. 채서남 교수의 그동안의 행적은 재단과의 불화로 인하여 파면, 복직, 직위해제, 재임용탈락, 수십 건의 대학재단과 민·형사 재판 등 일반 교수들은 생각도 할 수 없는 어려운 일을 당해왔다. 그러나 채서남 교수는 11년간의 긴 어려운 과정의 재판에서 모두 승리하고 그동안 밀린 6억 원이 넘는 급여를 한꺼번에 받고 당당히 복직했었다.

다앤인에서 식사를 마치고 이사장실로 돌아온 오만일이 소리쳤다.
"기존교수들은 이대로는 안 돼! 쌍놈의 새끼들!"

재떨이를 책장을 향해 던지면서 게거품을 물었다는 말을 들은 지 며칠이 지났다.

강의평가에서 내리 4년을 꼴찌 한 김행님 교수가 정교수 발령이 났다. 발령시즌이 아닌데도 갑자기 달랑 1명만 발령난 것은 꼬장꼬장한 채서남 교수와 다른 교수들에게 뭔가 보여주기 위한 것이라는 것은 삼척동자도 알 수 있는 일이었다. 대학의 규정에는 강의평가에서 하위 5%는 경고를 하게 되어있고 이 경고가 3회 이상이면 퇴출대상이었다. 그러나 퇴출대상 1호가 되어있는 김행님 교수도 오만일의 말만 잘 들으면 퇴출은커녕 오히려 승진된다는 것을 보여주기 위해서 이런 말도 안 되는 승진발령을 냈다.

퇴출당하여야 할 교수가 엉뚱하게도 정년 보장이 되는 테뉴어 교수로 승진발령이 났어도 채서남 교수가 어떠한 조그만 반응도 없다는 말을 엄친일 교수에게서 들은 오만일은 기분이 더욱 나빠졌다. 분풀이할 데가 없었다. 매일 보는 보직교수들에게 마구 짜증을 냈다.

총장에게 결재를 받기 전 오만일 이사장에게 선결제를 받아야 하는 잘못된 관행은 엄친일 교수가 만들어 놓은 작품이었다. 이사장이 대학을 인수하여 오자마자 총장에게 받아야 할 결재서류를 오만일에게 먼저 보여주고 의견을 들은 게 발단이었다.

보직교수들이 이사장실에 서류를 가지고 들어오면 누구에게 하는지 모르는 쌍욕을 하면서 서류를 집어 던지면 그것을 주워들고 와야 서류에 적힌 내용을 읽어보는 오만일에게 보직교수들은 비위를 맞추기 위해 뭔가 새로운 것을 자꾸 생각해내야만 했다.

며칠 후, 김달랑 교수와 임빛난 교수가 주축이 되어 '교원윤리강령'이라는 이상한 문건을 만들었다. 그리고 교수들에게 사인을 받으러 다녔다.

채서남 교수 연구실에도 이 문건을 들고 계열학부장이 나타났다. 그가 어색하게 내미는 교원윤리강령이란 문건은 제목도 제목이려니와 내용도 매우 이상했다.

'학과 특성화 및 경쟁력을 제고하여 명문대학을 만들자'라는 교원윤리강령과는 관련이 없는 문구도 들어있었다. 게다가 깜짝 놀랄 만한 것은 '도덕적, 윤리적, 법률적으로 문제가 되는 행위를 할 경우 교수회 의결에 따를 것을 다짐한다.'라는 말도 안 되는 내용을 담고 있었다.

이것은 교수회 의결이 사법기관의 판결 위에 있다는 초법적 발상이었다. 이런 문건을 만들어 교수들에게 사인을 받는 딸랑이 교수나, 그런 문건에 사인을 해주는 교수나 별반 다를 것이 없었다. 채서남 교수는 문서 아랫부분에 적혀있는 발기자 명단을 보았다.

"엇, 발기인!!"

채서남 교수는 자신도 모르게 발기인이란 말이 입에서 신음 비슷하게 나왔다. 그 말을 들은 학부장이 움찔했다. 발기인이라고 하는 자들은 모두 노땅이라고 불리는 곧 은퇴해야 할 퇴물들이었다. '병신 같은 새끼들!'이라는 생각이 들었다. 채서남 교수는 계열학부장에게 말했다.

"나는 이런 말도 안 되는 문건에 사인할 수 없습니다."

"아~아! 알겠습니다."

사인을 거절하자 계면쩍은 표정으로 되돌아서는 학부장의 모습은 흉년에 먹을 것이 없어서 보리쌀을 꾸러 왔다가 거절당한 사람처럼 측은했다. 6·25전쟁 후 너무 힘들게 살던 우리나라에 미국에서 강냉이 가루, 분유, 비료 등을 무상으로 원조해줄 때 사용된 포댓자루와 같은 모습으로 느껴졌다. 가난해서 그 포댓자루로 옷을 해서 입은 사람도 꽤 있었는데 옷에는 악수하는 그림이 그려져 있었다. 채서남 교수의 눈에는 강냉이 가루를 받아가려고 포댓자루를 들고 있던 사람과 사인을 받으러 온 계열학부장의 모습이 잠시 겹쳐 보이기도 했다.

2. 오두알 교수

    대학 캠퍼스는 상당히 넓은 부지에 신한관을 중심으로 빙 둘러 가면서 효명관, 강당, 기숙사, 지성관, 교양관, 미래관, 세계관, 지혜관, 복합관 등 많은 건물이 지어져 있었다.
    효명관은 붉은 벽돌로 날 일(日)자 모양을 하고 있었고, 네 귀퉁이의 계단은 원형으로 만들어져 있었다. 우리나라 미술계에서는 알아준다는 홍대 교수가 디자인했다는데 전체적인 모습은 그럴듯하지만, 건물을 나누어 짓지 않고 너무 크게 하나로 지어서 대학 캠퍼스의 기능은 많이 떨어졌다.

    채서남 교수가 효명관 2층에서 원형 계단을 따라 내려가고 있을 때 마침 오두알 교수는 올라오고 있었다. 원형 계단이다 보니 원의 중심은 계단이 매우 가파르고 바깥쪽은 넓어서 한 걸음씩으로는 올라갈 수 없었다. 늙은이 티를 내는 오두알 교수가 미끄럼 방지를 위해 붙여진 청동으로 된 논슬립을 조심스럽게 밟으며 계단의 넓은 쪽을 두 걸음씩으로 올라왔다. 평소 무슨 일만 있으면 자신이 매우 정의로운 것처럼 침을 튀기며 열변하던 그였다. 그러나 자신의 이름인 두 알 또는 Dual이 말해주듯 언제나 말과 행동은 일치하지 않았다. 채서남 교수는 오두알 교수가 교원윤리강령이라는 문건에 이미 사인했을 것이라는 짐작이 갔지만, 직접 얼굴을 보자 궁금해졌다.

"오두알 교수님! 안녕하세요? 요즈음 학부장들이 무슨 문서에다 사인을 받으러 다니는 것 같던데요?"
"아, 그거요, 교원윤리강령이라나 뭐라나 하여튼 사인 받으러 다니나 봅니다."
"대학교수라면 옳고 그름을 판단해서 옳지 않다고 생각되는 일이면 누구의 눈치도 보지 않고 사인하지 않는 용기가 있어야 하지 않을까요? 내용도 매우 이상하던데요."
"음, 나는 이것을 빙산으로 봐요, 현재 사인하지 않은 교수로 파악되는 8명은 물 위로 올라와 있는 것이고, 사인은 했지만 물 밑에 있는 많은 교수도 폭발 직전에 있으므로 같다고 봅니다."
"아니 사인을 한 교수와 하지 않은 교수를 어떻게 같다고 보지요? 오만일에게 찍혀 짤릴 각오로 사인하지 않은 교수와 굴종하겠다고 사인한 교수들을 어떻게 동등하게 봅니까?"

채서남 교수는 오두알 교수가 참으로 해괴한 논리를 가지고 있다는 생각이 들자 대답을 듣기 전에 다시 한번 양심을 콕 찌르는 말을 던졌다.

"자신의 양심에 따라 행동할 수 있는 것은 오로지 자신의 도덕과 윤리와 영혼이 살아 있어야만 가능하다고 믿습니다만!"

양심, 도덕, 윤리, 영혼이라는 단어가 나오자 오두알 교수는 기어들어 가는 목소리로 대답했다.

"목구멍들이 포도청이라서……."

이런 대답을 보면 오두알 교수도 문건에 사인한 것임은 틀림없었다. 교수들은 자신의 영혼과 양심을 파는 행위라는 것을 아는지 모르는지 슬쩍 사인하고는 다른 곳에 가서는 고결한 선비인 양 침을 튀기며 괴변을 토했다.

뭔가 나쁜 일을 하다가 들킨 것 같은 모습으로 돌아서는 오두알 교수를 보면서 대학교수가 자신이 선택한 일이 옳은 일인지, 윤리와 도덕과 양심에 거슬리는 일이 아닌지를 생각하지 않는다면 말라비틀어져 죽은 차 잎사귀와 뭐가 다를까 하는 생각이 들었다.

채서남 교수는 오두알 교수와 헤어져 계단을 내려와 마지막 참에 도달하자 잠깐 서서 예전에 오두알 교수가 교수협의회에서 했다는 말을 되새겨보았다. 채서남 교수가 대학으로부터 억울하게 퇴출당하였을 때 마침 오두알 교수는 교수협의회장이 되었다. 오두알 교수는 교수협의회장 취임사에서 이렇게 말했었다.

"…… 교수협의회는 대학에서 잘린 사람이 복직하도록 돕거나 금전적으로 지원해주는 협의회가 아닙니다 ……."

이 말을 전해준 인화평 교수는 말했었다.

"천하에 의리 없는 놈들입니다. 자신들을 위해서 그렇게 뛰어 주었건만 ……. 쯧쯧, 세상에 믿을 사람은 하나도 없습니다. 하나님만이 변하지 않습니다."

"그래요, 어떻게 교수협의회 회장이 그런 말을 할 수 있습니까? 회원이 그런 말을 해도 막아야 하는 상황에 있는 회장이란 사람이 ……. 정말 아무도 믿을 수 없습니다. 교수님! 말로 입힌 상처는 칼로 입힌 상처보다 깊다는 모로코 속담이 있습니다. 자신은 그런 말을 모래사장위에 글씨 쓰듯 말했을지 모르지만 그 말을 듣는 사람은 쇠 철판에 글씨를 새기듯 들을 때도 있음을 알아야 합니다. 말로 입은 상처는 오래갑니다."

연일 말들이 돌았다. 철학과 학과장은 "이사장이 문건에 사인하지 않은 교수들은 가만두지 않는다고 했대."라고 하거나 자동차과의 구백범 교수는 "지금 사인하는 게 대세입니다."라고 하면서 사인을 하도록 했기 때문에 그 과의 모든 교수가 사인하기도 했다.

교수들은 재단과 딸랑이 교수들이 앞으로 어떻게 하려고 이런 이상하고도 상식에 맞지 않는 짓을 하는지 걱정되었다. 그러나 속으로만 그럴 뿐 겉으로는 아무 말도 하지 않고 평소와 다름없이 지내고 있었다.

3. 엄친일 교수와 교원성과체제

"인교수님! 혹시 중국의 명산에 가보신적이 있나요?"

"중국 북경은 가보았는데 산은 아직 …….."

"제가 중국의 명산이라고 하는 황산, 장가계, 화산, 항산, 천문산 등 몇 곳을 다녀오면서 느낀 것은 그 규모가 매우 크다는 것입니다. 또 한 가지 느낀 점은 생성된 지 오래되지 않은 젊은 산일수록 봉우리가 뾰쪽하고 늙은 산일수록 봉우리는 둥글게 느껴진다는 것입니다. 비교하기는 좀 그런데, 사람도 젊고 경험이 적은 사람일수록 마음가짐이 뾰쪽한 데 비해 나이 든 사람일수록 대체로 마음이 넓고 둥글둥글하게 느껴집니다."

"채교수님, 혹시 지금 오만일에 대해 말씀하고 싶으신 것 아닌가요?"

"하하하, 들켜버렸네요. 이젠 말 머리만 꺼내도 무슨 말이 나올지 제 마음을 다 읽어 내는 것 같습니다. 오만일이 나이 들어 이제 둥글게 살면서 주변에 많은 것을 베풀어야 할 나이인데도 뭔가 도모를 해야 하므로 온갖 이상한 일만 만든다는 것을 말하고 싶었습니다."

"그 이상한 것이 지금 연봉제 아니면 뭐가 있겠습니까?"

오만일은 요즘 잠을 설치는 날이 부쩍 많아졌다. 옛말에 모난 돌이 정을 맞는다는 말이 있듯이 연봉제라는 뾰쪽하고 모난 것이 주변으로부터 인정을 받을 수가 없고 잘 될 리도 없었다. 뾰쪽한 모서리는 주변을 마구 찔렀다.

오만일은 LED 불에 반사되어 아롱지는 붉은색의 포도주를 한 모금을 입으로 흘려 넣었다. 입안이 조금 짜릿한 듯했으나 곧 없어지고 단맛만이 남았다. 요즈음은 잠이 잘 오지 않아 이런저런 생각을 하다가 알코올 도수가 낮은 포도주를 한 잔씩 마셔본 것이 벌써 몇 일째였다. 다시 침대에 누워 눈을 감았지만 잠이 오지는 않았다. 잠을 청하려고 할 때마다 모든 게 오히려 더 또렷해졌다. 그동안 불면증에 대해서는 잘 모르고 있었지만, 요즈음 날을 꼬박 세우다 보니 불면증이라는 게 보통 일이 아니라는 것을 새삼 느꼈다.

오만일은 이사회에서 연봉제 문제를 꺼내서 이사들의 지지를 받은 지 벌써 상당한 시일이 지났지만, 마지막 결과인 교직원들의 찬성을 받을 방법을 찾지 못해 초조했다. 호봉제에서 연봉제로 바꾸려면 비밀투표로 교수들 과반수의 동의를 받아야 한다는 엄친일 교수의 말을 듣고 교수들의 동향을 파악해보면 교수들이 자신들의 급여가 불리해지는 일에 동의할 리가 없다는 것이다. 그러니 섣불리 비밀투표에 부칠 수도 없었다. 초조한 나머지 무슨 말만 나오면 교수들에게 쓰레기니 사기꾼이니 하면서 가끔은 충격을 주기 위해서 폐과를 들먹였다.

오만일이 이런 동네 양아치보다 못한 욕설을 공석에서까지 하게 된 것은 다 그럴만한 이유가 있었다. 대학의 학사행정은 오로지 총장이 결재해야 하지만 언제부턴가 보직교수들은 총장에게 결재를 받기 전에 이사장인 오만일에게 결재를 받은 것이 발단이었다. 사립학교법에는 이사장의 학사관여는 못 하게 되어있었다. 학사에 관한 것은 오로지 총장이 모든 권한을 가지고 운영을 하게 되어있었다. 그런데 총장에게 먼저 결재를 받은 다음 오만일에게 결재를 받으러 갔다가 혼난 교수도 있었다. 누구랄 것도 없이 오만일의 결재를 받은 다음에 총장의 결재를 받다 보니 총장은 허수아비가 되었다. 이런 보고를 맨 먼저 한 사람이 엄친일 교수였다는 것을 대학 내에서 부정하는 사람은 아무도 없었다.

오늘도 오만일은 보고드린다며 들어 온 엄친일 교수를 바라보았다. 오만일은 말과 행동은 물론 생긴 것조차도 전형적인 일본인 같아 그런 모습이 속으로는 좀 짜증이 났다. 그래도 엄친일 교수를 내칠 수는 없었던 것은 무슨 지시를 해도 하는 척이라도 했기 때문이었다. 그리고 언제나 A4용지 몇 장이라도 결과물을 가지고 왔다.

오만일은 지난번에 지시한 연봉제에 관해 아직도 꾸물거리며 밀어붙이지 못하는 것이 몹시 못마땅하게 생각되어 오늘은 말 싸대기라도 한 대 쥐어박을 요량이었다.

엄친일 교수의 보고가 끝나자 오만일은 물었다.

"엄교수! 지금 연봉제 문제는 어떻게 되어가고 있나?"

"예! 그걸 ……. 그냥 곧바로 실행했다간 좀 문제가 있을 것 같아서 절차를 밟아서 합의된 것으로 하기 위해 먼저 교수들에게 의견을 받아봤습니다. 그런데 반대의견이 좀 있었고 …….

반대라는 말을 듣자 오만일은 갑자기 머리에 열이 확 솟구쳤다.

"뭐? 그 반대한 새끼가 누구야? 응! 반대한 새끼가, 응!"

오만일은 교수들에게 반말은 물론 욕설도 서슴지 않았다. 오만일이 올해 2월 말에 그만둔 총장에게도 감히 입에 담기도 어려운 육두문자를 서슴없이 날렸었다. 그만둔 총장은 미국에서 박사학위를 받고 국내 일류기업에서 임원까지 했던 자신의 초등학교 친구였다. 그런 친구를 총장으로 데리고 왔지만, 그는 세상살이에 대한 눈치가 부족했다. 아니 눈치가 없었다고 해야 옳았다. 아무도 모르게 교비를 빼내서 자신한테 줘야 하는데 뭘 모르는 건지 도무지 성에 차지 않았다. 보직교수들이 오만일 자신에게 먼저 결재를 받으러 오는 것과 맞물려 허수아비가 된 총장이 임기 전이라도 제 발로 빨리 걸어 나가면 좋겠지만 아무리 모멸감을 주어도 나갈 생각을 하지 않았다.

어느 날 오만일이 보직교수 회의에 들어와서 총장을 향해 냅다 뱉었다.

"가랑이 벌리고 손님 기다리는 양갈보같이 계속 자리에 앉아있냐?"

이런 저질 욕을 들은 보직교수와 총장 모두 어안이 벙벙해졌다. 이런 욕을 친구와 둘이 앉아서 한다고 해도 멱살을 잡고 싸울 일인데 여러 보직교수 앞에서 하는 것을 누구도 이해할 수 없었다.

며칠 후에야 이런 욕설이 있었다는 사실을 전해 들은 채서남 교수는 자신도 모르게 혼잣말이 튀어나왔다.

"병신 새끼들! 총장은 친구니까 그렇더라도 그런 말까지 들으면서 그 자리에 앉아있는 보직교수들은 도대체 뭔 놈들일까?"

그러자 옆에서 그 말은 들은 부정일 교수가 거들었다.

"뭐! 보직교수, 보직교수 좋아하네요! 기역자를 아예 빼라! 이 배알도 없는 새끼들!"

오만일이 교수들이 보는 앞에서 친구에게 이런 정도의 욕을 할 정도이기 때문에 엄친일 교수에게 하는 이런 반말 정도는 아무것도 아니었다. 엄친일 교수가 말했다.

"여러 교수 중에 특히 인화평 교수와 채서남 교수가 조목조목 문제점을 제기했습니다."

엄친일 교수는 보고서의 밑바닥에 끼워둔 인화평 교수와 채서남 교수가 쓴 의견서를 오만일에게 다소곳이 건네주었다. '비밀주의에 입각하여 교수들의 자유로운 토론과 합의로 이루어져야 합니다.'라는 인화평 교수의 의견서를 읽어보던 오만일은 입을 삐쭉거리며 의견서를 책상 위로 툭 던져버렸다. 이내 다시 채서남 교수의 의견서를 읽었다. 갑자기 오만일의 인상이 오만상이 되었다.

"뭐 비밀주의? 지랄하고 자빠졌네!"

순간 엄친일은 오만일에게 문건을 잘못 건네준 것은 아닌가 하는 생각을 할 찰나에 오만일이 다시 말했다.

"뭐 근로기준법, 사립학교법, 민법에 저촉되고 오해를 살 여지가 있어? 이 돼먹지 못한 새끼! 씨발! 호봉제에서 연봉제로 바꾸는데 뭐가 이리 복잡하나! 확 밀어붙이지 못하고 말이야!"

오만일이 이렇게 말은 해도 근로자의 권리가 불이익이 예상되는 결정을 할 때는 근로자의 자유로운 토론과 회의를 거쳐 비밀투표로 과반수의 찬성을 얻어야 법적으로 문제가 없다는 것을 엄친일과 보직교수들에게 들어 알았기에 찝찝했지만 참았다.

교수들의 의견을 모은 뒤 얼마 지나지 않아 연봉제와 교원성과체제에 관련한 설명회를 한다는 말이 돌았다. 그리고 얼마 안 있다가 휴대전화에 설명회 일정에 관한 메시지가 왔다.

설명회는 누군가 밀실에서 작업한 후에 시뮬레이션까지 해보았을 것은 틀림없었다. 이런 작업을 하는 사람은 언제나 엄친일 교수였지만 자신은 그런 일들에 전혀 관여하지 않은 것처럼 시치미를 떼거나 딴청을 부렸다. 그렇지만 모든 교수는 그가 했다는 것을 익히 알고 있었다. 대학 내에는 자료를 분석하고 생성해서 이 정도의 보고서를 만들 수 있는 교수가 별로 없었다. 대학의 운영방식에 불만이 있는 채서남과 인화평 교수를 빼면 재단과 가깝게 지내면서 페이퍼 작업을 할 수 있는 교수는 엄친일 뿐이었다.

채서남 교수가 퇴근해서 집에 도착했을 때, 딸이 손자를 데리고 와서 놀고 있었다. 아내와 딸이 손자와 놀아주다가 지칠 무렵 채서남 교수가 도착했으니 놀이의 상대는 바로 채서남 교수의 몫이 되었다.

누구나 그렇듯 손자는 무엇을 해도 예쁜 법이다. 손자는 생긴 것도 예쁘게 생겼지만, 사돈댁의 DNA를 닮아서인지 말을 아주 예쁘고 상냥하게 해서 더 사랑스럽게 느껴졌다. 손자는 할아버지를 보더니 장기알이 담긴 통을 들고 왔다. 그것을 보고 채서남 교수는 오크 목으로 된 거실 장식장에서 접이식 장기판을 꺼내 그 위에 장기알을 쏟았다. 채서남 교수는 이왕 장기판을 깔았으니 손자에게 장기알 놓는 법을 알려주고 싶은 마음이 생겼다. 손자에게 초, 한, 사, 마, 상, 졸, 차등의 위치를 알려주고 자신이 먼저 자리에 놓은 다음 대칭이 되는 곳에 놓아보도록 했다. 손자는 조금 맞추어 놓는가 싶더니 이내 알까기를 하자고 했다. 채서남 교수가 알까기를 하더라도 제 자리에 잘 놓은 다음 해야 한다고 했더니 손자는 마지못해 제 자리에 놓고는 재촉했다. 한두 번 공방이 되면서 할아버지가 우세하니 자신의 초왕 앞에 다른 장기알들을 끌어다 놓았다.

"정빈아! 게임 도중에 규칙을 바꾸면 안 되는 거야! 지금 장기알을 그렇게 모두 옮기는 것은 규칙 위반이란다!"

이 말을 들은 손자는 흥미가 없어졌는지 말했다.

"할아버지와 안 놀아!"

손자는 일어서서 엄마의 품으로 가버렸다. 그 모습을 보던 딸은 룰 바꾸는 것을 받아주지 그러느냐고 했고, 아내는 항상 저렇게 손자를 받아주지 못한다고 지적했다. 그래도 채서남 교수는 기회가 된다면 규칙을 가르쳐 주고 싶은 마음이었다.

연봉제와 교원성과체제라고 이름을 붙인 교원평가에 대한 설명회는 대강당에서 있었다. 교수들은 중간에서 뒤쪽으로 앉았지만 채서남 교수와 인화평 교수는 앞쪽에 나란히 앉았다. 그리고 시작하기를 기다리고 있는 짧은 시간에도 엊그제 어린 손자가 룰을 깼을 때 딸이 한 말이 자꾸 떠올랐다.

'좀 받아주지 그래요.'

발표하려고 단상에 선 사람은 감색 양복을 말쑥하게 차려입은 엄친일 교수였다. 항상 밀실에서 무엇을 만들어도 다른 사람이 발표하도록 하고 자신을 숨겨왔던 엄친일 교수였다. 그런데 오늘 이렇게 커밍아웃하여 직접 발표한다는 것은 이 일이 매우 중요한 일이고 이번엔 오랜 시간 완벽하게 기획하고 준비했기 때문에 통과될 자신이 있다고 판단되었기 때문이었다.

프레젠테이션 자료는 준비를 많이 한 듯 깔끔했다. 엄친일 교수는 빔프로젝터에 투시된 자료를 보여주며 자신만만하게 설명해나갔다. 설명하는 중간에 법무법인의 자문 받았다는 말도 몇 차례 곁들임으로써 이번 일이 법적으로도 아무 문제없다는 것을 암시하기도 했다. 채서남 교수는 속으로 생각했다.

'너희들이 아무리 그래 봤자 비밀투표를 해서 통과가 되어야만 법적으로 문제가 없는 거야!'

발표 내용은 호봉제를 연봉제로 전환하는데 현재 급여 총액에서 70%를 기본급으로 하고 나머지 30%는 성과급으로 한다는 것이었다. 게다가 교원들의 근무평가를 S, A, B, C, D로 구분하여 C, D등급의 교수에게서 빼앗은 급여 일부를 상위등급을 맞은 S와 A급 교수에게 성과급으로 준다는 내용도 있었다. 그런데 정작 이 설명회에서는 교원들의 등급을 매길 교원평가에 관한 내용은 없었다.

엄친일 교수의 설명이 끝나자 강직한 총장이 단상에 올라갔다. 총장은 교육부 차관급 고위관료 출신으로 상당히 절제된 언어를 구사하는 지적인 사람이었다. 그는 교육정책에 관한 것은 다루어 보았지만, 교육현장의 경험은 없었다. 강총장은 우리나라의 대학들이 처해있는 위기상황을 말하면서 연봉제로의 전환은 꼭 필요하다는 점을 역설했다.

설명회는 1시간 예정되어 있었는데 엄친일 교수가 질질 끌면서 이미 35분이나 설명을 하면서 예정시간을 많이 넘겼다. 실제로는 이 중요한 사안을 35분으로 교수들을 이해시키고 설득한다는 것은 무리였다. 엄친일 다음으로 단상에 올라간 총장이 15분 정도 말을 했기 때문에 질의응답으로 남은 시간은 10여 분밖에 없었다.

시간을 이렇게 배정한 것은 엄친일 교수가 교수들이 질문을 많이 하지 못하도록 처음부터 의도적으로 그렇게 계획했기 때문이다.

드디어 질의시간이었다. 언제나 맨 먼저 마이크를 잡는 강잘난 교수가 일어났다.

"총장님! 지난해에는 교수들의 근무평가를 5등급으로 평가했을 때 C, D등급인 교수들이 총장이 주는 정성평가 때문에 A등급과 S등급으로 올라가서 결국 교원평가의 결과가 확 뒤바뀌었습니다. 이것은 정량평가가 필요 없다는 말 아닙니까? 이런 일이 있어야 하겠습니까?"

"에~, 교원평가규정을 검토해보겠습니다."

총장은 규정을 검토해보겠다고 어물쩍 넘겼다. 강잘란이 제대로 된 인물이라면 그게 무슨 대답이냐고 되묻고 따져야 했다. 강잘란 교수가 질문을 제대로 하려면 예를 들어서라도 해야 했다. 예를 들어 '권투선수가 12회전이 끝나서 이제 판정을 기다리고 있는데 심판위원장이 경기 룰을 확 바꾸어 반대편을 승리하게 하는 그런 판정이 어디에 있느냐?'라고 따져 물었어야 했다. 그러나 그는 언제나 용두사미였다.

도덕과 정도를 지키며 사는 사람은 일시적으로 적막할 뿐이지만 권세에 의지하고 아부하는 사람은 만고에 처량하다는 채근담의 말처럼 권세에 의지하려는 처절한 몸부림으로 최선을 다해 머리 짜내기를 했어도 엄친일 교수 혼자의 머리로는 완벽하게 계획할 수는 없었다. 이렇게 막상 뚜껑을 열자 과거의 잘못된 것부터 질문이 나왔다.

오만일은 얼마 전 성격이 온유한 친구인 총장을 내보내고 교육부 고위관료 출신 새 총장인 강직한을 불러왔다. 이런 관료 출신을 불러오는 데에는 교육부의 바람을 막고, 국가재정을 따오는 일이나 이런 연봉제 같은 일을 추진하기 위해서였다. 그런데 신임 강 총장은 부임하자마자 새로운 기준의 교원평가를 하면서 자기 마음대로 순위를 뒤바꾸어 버렸다. 교수들은 그동안 주어진 규정에 맞추어 열심히 했는데 그 기준에 의해 평가를 해야 할 시점에 이르러 새로운 기준을 만들어 평가했다. 그리고 이전의 평가 기준을 무력화하기 위하여 새로운 기준을 만들었다. 이렇게 순위를 바꾸는 것은 불법이었고, 비밀투표의 통과 없이 이런 평가를 해서 교수들의 급여를 뺏는 것도 불법이었다.

총장은 임의로 주는 정성평가를 10%에서 50%로 높여놨기 때문에 꼴등인 D등급을 맞은 측근의 무능력한 교수들이 S등급이나 A등급으로 올라갔고, 열심히 근무한 A등급의 교수가 C등급이나 D등급으로 떨어졌다. 등급이 떨어진 교수들은 당장 급여가 몇 십만 원에서 백여만 원 가까이 깎였다. 졸지에 보수를 깎인 교수들은 속으로 부글부글 끓어 미칠 지경이었지만 아무 말도 하지 못했다. 오만일이 온갖 지저분한 말과 폐과를 들먹이고 있었기 때문이었다. 이렇게 갑자기 평가 기준이 바뀌게 된 것은 오만일이나 강직한 총장의 아이디어가 아니라 자신들의 평가가 매우 나쁘게 나올 수밖에 없었던 보직교수들이 있는 말 없는 말 다 지어내서 뱀 같은 혀로 놀리고, 대학 총장으로 첫발을 내디딘 총장에게 이들이 만들어서 들이미는 평가 기준으로 평가하고 사인했기 때문에 가능했다.

이어서 인화평 교수가 일어났다. 인화평 교수가 일어나는 것을 모두 의아하게 생각했다. 그는 평소 발언을 잘하지 않는 교수로 정평이 있었다.

"총장님께서 성공적으로 오랫동안 공직생활을 해 오신 것은 적법하게 살아오셨기 때문에 가능했을 것이라 봅니다."

인화평 교수의 말에 총장은 기분 좋은 표정으로 고개를 끄덕였지만, 다음에 무슨 말이 나올지 인화평 교수를 빤히 바라다보았다.

"폐과 교수들에 대한 언급이 없습니다. 아무런 이유 없이 폐과되고 마음 아파하는 교수들이 있습니다. ……"

학생모집에 아무런 문제가 없었지만 오만일이 학령인구가 급감할 때를 대비해야 한다면서 내년부터 당장 학생을 뽑지 못하도록 해서 우격다짐으로 폐과된 과들이 있었다. 그렇게 폐과된 교수들은 지금까지 자신들의 억울한 처지를 알아주기는커녕 누구도 관심조차 가져주지 않아 마음고생이 심했다. 그런데 인화평 교수가 자신들의 처지를 대변해주는 질의를 하자 폐과되어 다른 과에 옮겨간 교수들의 가슴은 뭉클하고 눈시울이 붉어졌다. 그런 것도 잠시였다. 총장은 머뭇거리지 않고 대답을 했다.

"폐과 교수들에 관한 내용도 오늘 탑재될 교원성과체제 안에 있습니다."

총장 이하 엄친일 등이 오늘 질문에서 나온 것들을 미리 검토하지 못했더라도 이 회의가 끝나고 적당히 욱여넣으면 그만이었다. 총장의 이런 성의 없는 구렁이 담 넘어가는 식의 답변을 듣고 있던 채서남 교수는 자신도 모르게 치를 떨었다. 채서남 교수는 연봉제나 교원성과체제의 자료를 미리 나누어 주고 충분히 토론한 뒤 질의응답 하도록 해야 하는데 그렇지 않은 것은 무언가 오늘 회의가 야바위 짓으로만 느껴졌다.

인화평 교수 질문에 대한 총장의 짤막한 답변을 듣고 곧바로 채서남 교수가 일어났다.

"총장님! 법률유보의 원칙이란 행정은 법적 근거를 갖고서 이루어져야 한다는 것을 의미하는데 호봉제에서 연봉제로의 전환은 어떤 법적 근거가 있습니까?"

"법적 근거는 없지만, 판례는 있습니다."

총장의 답변은 짤막하면서도 단호했다. 그러나 판례란 말에 채서남 교수 마음속은 더욱 불붙는 듯했고 목소리는 상기되었다.

"일반법보다 우선하는 특별법 즉, 사립학교법보다 우선하는 교원지위향상특별법에는 사립학교 교원의 보수를 국공립학교 교원의 보수수준으로 유지하여야 한다고 되어있습니다. 지금 국공립학교 교원의 보수체계가 연봉제입니까? 또 현재 우리 대학에도 비정규직이나 다름없는 연봉제 교수가 많이 있는데 그들의 보수가 과연 교원지위향상특별법에서 말하는 국공립학교 교원의 보수수준과 같다고 생각하십니까?"

질문하던 채서남 교수는 총장의 얼굴이 심하게 굳어짐을 보았다. 내친김에 채서남 교수는 한발 더 나아갔다.

"지난해 교직원 성과체제는 정량평가 50%, 정성평가 50%였습니다. 이런 비율이 과연 교수들과 합의가 이루어져 된 일입니까? 합의가 이루어졌다면 어떤 위원회인지? 그 체제 안을 받아들이겠다고 어떤 교수가 사인했는지? 일방적으로 발표하고 급여에 차등을 두고 마음대로 깎았는데 이에 대한 법적 근거는 무엇인지 말씀해 주십시오."

총장의 얼굴빛이 심하게 변했다.

"에~ 법적인 것은 검토해보겠습니다."

이번에도 총장이 검토해보겠다며 우물우물 넘기려 하자 채서남 교수가 곧바로 다시 일어났다.

"교원지위향상법 제3조 2항에는 '사립학교법 제2조에 따른 학교법인과 사립학교 경영자는 그가 설치·경영하는 학교 교원의 보수를 국공립학교 교원의 보수수준으로 유지하여야 한다.'라고 되어있습니다. 또 이에 대한 판례는 수없이 많습니다."

곧바로 법 조항을 말하며 반격하는 채서남 교수의 말에 총장은 매우 곤란해졌다.

"에~, 법적인 것은 더 검토해서 말씀드리겠습니다. 오늘 회의는 여기까지 하겠습니다."

산회는 교무처장이 해야 하는데 총장이 급하게 끝내는 바람에 곧바로 해산되었다.

회의를 마치고 왠지 씁쓸한 마음이 되어서 계단을 내려오는 채서남 교수는 생각이 많았다. 교수들은 재단에서 급여를 깎고 그것도 차등으로 주는 불법에 대해 자신들을 위해 대변해주는 인화평 교수와 채서남 교수에 대해서 마음속으로는 조그맣게 감사한 마음을 가지고 있을지 모르겠지만, 혹시라도 재단에 찍힐까 봐 가까이 오지는 않았다. 멀리서 누가 볼까 하는 생각으로 얼마간의 거리를 유지하면서 걸어오고 있었다.

그런 것을 눈치채지 못할 인화평 교수와 채서남 교수가 아니었다. 채서남 교수는 연구실이 있는 효명관 현관에 다다랐을 때 앞 유리에 반사되는 햇빛에 얼굴을 살짝 찡그렸다. 자신의 모습이 유리에 비치자 말끔한 정장에 가려진 외로운 속마음이 들킨 것 같아 머리로 돌이질 하다가 옛 중국 송나라때 무문혜개선사(無門 慧開禪師)의 시가 생각났다.

"봄에는 꽃피고 가을에는 달이 밝다. 여름에는 시원한 바람 불고 겨울에는 눈 내린다. 쓸데없는 생각만 마음에 두지 않으면 언제나 한결같은 좋은 시절일세."
春有百花秋有月 (춘유백화추유월)
夏有凉風冬有雪 (하유량풍동유설)
若無閒事掛心頭 (약무한사괘심두)
便是人間好時節 (편시인간호시절)

시의 연상이 끝나자 이런 옛날 시를 생각하는 것은 바로 꼰대 들이 하는 짓이라고 생각하니 좀 으쓱하던 생각이 없어지고 다시 다른 생각이 꼬리를 이었다.

'오만일아! 그렇게 쓸데없는 생각을 품지 말아라! 화무십일홍이다. 열흘 붉은 꽃이 없단다. 돈도 없으면서 대학을 넘겨받아 놓고 교수들 급여 깎을 생각만 하냐? 모든 교수가 지금 어떤 모습이냐? 도살장에 끌려가는 소의 뒷모습들을 하고 다니는 모습이 보이지도 않느냐? 안 보이면 사람이 아니다. 이게 상아탑이란 교육의 장이더냐?'

4. 강직한 총장

호봉제에서 성과급 연봉제 전환의 설명회를 마치고 집무실로 돌아온 강총장의 머릿속은 복잡했다. 이렇게 총장 하는 것이 머리 아플 것 같았으면 어떤 방법을 쓰던지 행정직에 더 머물러 있을 걸 그랬나 하는 생각도 들었다.

언제부턴가 교육부 관료들은 무소불위의 교피아가 되었다. 1년에 6조 원이나 되는 재정이 각 대학에 지원금으로 내려 보내졌는데 대학들은 이를 따내려고 앞다투어 교육부의 문지방이 닳도록 들락거려야 했고 교피아를 최고의 대우로 영입해야 했다. 동서양대학교에도 총장은 물론 교수로 3명이나 교육부 출신 관료들이 특별채용으로 자리 잡고 앉아있었다. 교육부를 퇴직하기도 전에 미리 와서 있다가 사표를 내고 교수가 된 예도 있었다. 이러니 교육정책이나 교육개혁이 제대로 될 리 없었다. 이들은 마피아의 모든 행태를 다 갖추며 오히려 교육개혁을 가로막았다.

대학 구조조정이 본격화된 2011년 이후 한 번이라도 부실대학으로 지정된 4년제 대학 총 85곳 중에서 28곳이 한 명 이상의 교피아를 총장이나 교수, 이사장, 이사 형태로 영입했다. 전문대까지 포함하면 부실 전력이 있는 대학 모두 교피아가 자리를 잡고 있었다.

교육부의 대학 구조 개혁 평가는 학령인구의 급격한 감소에 대비하기 위해 상대적으로 경쟁력이 떨어지는 대학을 솎아내려는 조치로 2011년부터 본격화됐다. 내용은 교육부가 각종 재정지원사업과 학자금 지원을 늘려주거나 제한하는 기능을 통해 등록금 동결이나 전임교원 충원, 정부 입시정책 수용 등을 대학에 요구했다. 겉으로는 그럴듯해도 학생 수 감소로 운영에 어려움을 겪고 있는 대학을 교육부가 쥐고 흔들 힘이 결국 재정 배분 권한에서 오도록 한 셈이다. 교육부의 고등교육 예산은 2017년에 실집행액 기준으로 6조 803억 원에 달했다. 이 돈은 다른 부처와는 달리 교육부가 재량껏 쓸 수 있는 돈이다. 사립대는 학생 등록금과 자체 수입, 발전기금을 제외하면 이 돈에 의존할 수밖에 없는 구조다. 그래서 이 돈을 쉽게 따내려는 사학재단들이 교피아 상당수를 채용공고나 임용심사 없이 교수로 영입했다.

50세를 넘어서까지 시간강사를 전전하는 전공자들이 부지기수인데도 연구실적조차 없는 비전공자인 교육부의 관료가 자신과 전혀 관련 없는 엉뚱한 학과의 교수가 되는 것은 교육부와 사립대의 유착 이외는 어떤 이유로도 설명할 수 없었다.

동서양대학교도 그랬다. 교육부 사학감사담당관실 사무관이 대학에 미리 와 있다가 상황을 본 다음 있을 만하다고 느꼈는지 교육부 퇴직과 동시에 영유아보육과 정년 보장 교수로 자리를 옮겼다. 이 사무관 출신 교수는 행정학 석사 출신이었다.

강총장은 갑자기 내일 있을 호봉제에서 연봉제 전환을 위한 비밀투표가 걱정스러워졌다. 법적으로 문제없게 하려고 대학의 소송과 자문을 맡겨온 법무법인 돈후의 황정미 변호사에게 조언까지 받았지만 채서남 교수의 발언 한방에 스타일을 싹 구긴 것이 영 마음 속에서 사라지지 않았다. 강총장은 엄친일 교수를 불렀다.

"변호사가 법적으로 아무런 문제가 없다고 했다더니……."
"채서남 교수가 낸 의견서에서 지적한 근로기준법, 사립학교법, 민법 등은 자문을 받았습니다. 변호사님은 연봉제 문제는 급여와 관련된 것이어서 절차를 잘 밟아야 하고 투표에서 과반수를 얻어야 한다는 자문이었습니다."
"채서남 교수가 말한 교원지위향상을 위한 특별법에 대한 말은 없었습니까?"
엄친일 교수는 질문에 대비하여 전날 보직교수에게 연봉제 추진에 대한 의견서를 받아보고 변호사의 조언을 받았지만, 거기에 특별법에 대한 것은 없었다. 한편 채서남 교수는 혹시 나중에 사용할 카드가 아닌가 하여 특별법에 대한 것은 의견서에서 뺀 것을 그들이 알 리가 없었다. 총장의 연이은 힐책하는 듯한 질문에 엄친일은 기분이 썩 좋지 않았다.
"예, 없었습니다. 채서남 교수가 낸 의견서에서 특별법을 거론했다면 자문 받았을 텐데 거기에는 없었기 때문에 변호사에게 물어보지 않았습니다."
"보수에 관련된 것을 자문 의뢰했으니까 변호사가 그 정도는 알려주었어야 할 것 아닙니까?"
다시 추궁하는 듯한 총장의 말끝이 흐려졌다가 다시 이어졌다.
"어떻든 이왕 이렇게 된 것이니까 온 힘을 다해 내일 투표에서 압도적으로 통과되도록 하십시오. 그리고 오늘 중으로 인사위원회를 열어 교원평가안을 통과시키도록 하십시오. 나는 지금 보직과장 회의를 하고 ……."

총장은 꼬박꼬박 말대꾸하는 엄친일 교수가 못마땅했지만, 내일 비밀투표에 대한 준비를 단단히 지시하고 내보냈다. 뒤돌아서서 나가는 조그만 체구의 엄친일 교수의 뒷모습을 바라보며 며칠 전 지남철 교수에게 들은 말이 떠올랐다.

　엄친일 교수가 대학의 어떤 여교수를 꾀어 간통하고 이혼하게 한 다음, 일이 곤란하게 되자 그 여교수를 외국 유학을 간다고 대학에 말하고 교수직을 그만두게 하였다. 그리고 용인의 한적한 아파트에서 새살림을 차려 살고 있다는 것이었다. 지남철이 마지막에 한 말은 그 여교수가 남편과 헤어지면서 자폐아인 아들까지 버리고 나왔다는 것이었다. 그런 내용을 눈치 챈 시어머니와 사이가 안 좋다는 말도 곁들였다.

　이런 내용은 물론 엄친일 교수와 여교수 사이에서 2명의 자식을 낳아 살고 있다는 것을 대학 내 모든 구성원이 모르지 않았다. 그렇지만 정작 그 일을 저지른 엄친일 본인만 다른 사람들이 모르겠지 하면서 천연덕스럽게 다니는 것이 우습게 느껴졌다. 이러한 사건은 교수윤리문제와 관련되어서 중징계해야 할 문제였지만 엄친일의 뻔뻔함과 치밀함에다 누가 앞장서서 문제를 제기하지 않았기 때문에 지금까지 올 수 있었다.

　교정에는 운동장 한쪽을 따라 길게 파고라(Pergora)가 있었고, 파고라 기둥에는 등나무가 감아서 올라가도록 잘 조성되어있었다. 5월이 되면 등나무에는 수십cm에 이르는 연자줏빛 꽃들이 아래로 주렁주렁 피는 데 정말 장관이었다. 향도 향긋하고 진해서 등나무 근처에 앉아있는 것만으로도 너무 좋았다.

　꽃이 지고 나면 파고라 밑엔 시원한 그늘이 되었다. 이 그늘은 교정을 지나가거나 점심시간에 식당에 들렀다 연구실로 오는 중간에 잠시 쉴 수 있는 운치 있는 좋은 공간이다. 그러나 이렇게 등나무만 있을 때는 모르지만 칡넝쿨과 같이 있으면 문제가 달라진다. 칡은 왼쪽으로 덩굴을 감으면서 올라가고 반대로 등나무는 오른쪽으로 넝쿨을 감고 올라가는 특성이 있다. 이 둘이 서로 만나 얽히면 매우 풀기 어려운 모습이 된다. 여기서 갈등(葛藤)이라는 말이 생겼다.

칡과 등나무가 특성이 서로 다르듯 이사장과 교수들 사이에 급여에 관한 첨예한 대립 현상은 마치 칡과 등나무 같이 갈등으로 증폭되고 있었다.

채서남 교수는 등나무 아래 놓인 벤치에 앉아서 강총장을 몰아붙인 것에 대해 골똘히 생각하고 있을 때 인기척이 나서 고개를 돌렸다. 구백범 교수였다.

"지나가다 봤더니 채서남 교수님 같아서 왔습니다."

"아! 그래요? 앉으시죠."

채서남 교수는 구백범 교수를 옆에 앉으라고는 했지만 살갑게 대하지는 않았다. 채서남 교수가 평소 그렇게 데면데면하게 대하는 것은 구백범 교수의 처신 때문이었다.

"채서남 교수님! 이럴 때는 오만일에게 군밤을 한 방 먹여야 하지 않겠습니까?"

"군밤을?"

"예, 군밤을 한 대 먹여야 더는 추진을 하지 않겠죠? 군밤은 있는데 ……."

채서남 교수는 오랜 사회생활과 정치권에서의 경험에 비추어 느껴지는 촉이 있었다. 대답을 하지 않고 의아스럽게 쳐다보자 구백범 교수는 말을 이었다.

"보직교수 회의에서 오만일이 한 '가랭이' 이야기 아십니까? 그것으로 한방 ……. 아, 녹음해 놓은 것도 있는데 한번 들어보지 않겠습니까?"

구백범 교수의 이 말을 듣는 순간 채서남 교수는 자신의 예감이 적중했음을 느꼈다. 구백범은 채서남 교수를 앞세워 오만일을 공격하게 한 다음, 오만일이 화가 나서 채서남 교수를 어떻게 반격하면 좋겠는지 자신에게 물어보도록 하고 싶었다. 그러면 구백범은 오만일에게 처방전을 주는 술수를 채서남 교수가 모를 리 없었다. 이러한 음모의 과정에서 채서남 교수를 오만일의 대척점에 있게 만들고, 자신은 오만일을 잘 돕고 있는 느낌을 주게 하려는 것이다. 한편으로는 구백범 자신이 병 주고 약을 주었기 때문에 오만일에게는 자신이 능력 있는 사람으로 보여 입지를 넓히려는 것이다. 채서남 교수가 말했다.

"그 녹음 들을 필요는 없구, 오만일이 투표로 간다면 망하게 해주어야지요!"

구백범 교수는 이번 투표에서 채서남 교수 쪽이 분명히 져서 연봉제로 갈 것이라는 확신을 하고 있었기 때문에 채서남 교수가 객기를 부리는 것으로 생각되었다.

연구실로 돌아온 채서남 교수는 오만일의 사자같이 으르렁거리는 후폭풍이 눈앞에 아른거렸다. 상기된 마음이 아직 덜 가라앉았는데 여기저기서 전화가 왔다. 자신들은 감히 꺼내지도 못하는 말을 대신해주어서 고맙다는 내용이었다. 채서남 교수는 당연히 해야 할 말을 했을 뿐이라고 겸손하게 말했다.

채서남 교수는 자리에 가만히 앉아있기에는 사립대학의 교수로서 너무 큰일을 저질러놓은 것 같아 자신과 같이 재단에 맞서는 발언을 한 인화평 교수의 방을 찾았다. 인화평 교수는 반갑게 맞으면서 장식장에 놓여있던 원두커피와 드립 기구를 꺼내 커피를 내렸다. 채서남 교수가 말했다.

"인화평 교수님 수고했습니다."

인화평 교수도 화답했다.

"교수님도 수고했습니다. 그런데 오늘 교원평가에 관한 내용을 포털에 언제 올릴 것 같습니까?"

"그게 좀 이상합니다. 준비되어있다면 지금쯤은 올렸어야 되는데 말이죠."

"분명히 무언가 꼭 숨겨야 할 내용이 있는 것 같습니다."

"지금도 불법으로 평가해서 교수 급여에 차등을 주고 있지 않습니까? 이것은 현재도 불법 성과급 연봉제를 하고 있습니다. 이제 이 불법을 비밀투표로 연결해서 추인하고 싶은 겁니다."

5. 총력전

성과급 연봉제의 설명회가 있는 날 저녁이었다. 1년 전에 퇴직한 한선혜 교수와 몇몇 교수들이 판교 신도시에서 모임을 했다. 널따란 개울 따라 잘 정돈된 도로에 붙은 경양식집에서였다. 건물의 디자인도 그렇지만 주변의 다른 상가들과도 잘 어우러져 그간 우리가 보아오던 일반적인 상가 분위기와는 사뭇 다른 분위기였다.

개울 건너편엔 새로 지은 집들이 멋들어지게 늘어서 있고, 그 사이로 초등학생으로 보이는 남자아이가 스케이트보드를 타고 빠르게 가는 모습도 보였다.

채서남 교수의 검은색 제네시스를 타고 온 부정일 교수가 차에서 막 내리려고 할 때였다. 부정일 교수의 휴대전화 벨이 울렸다. 재킷에서 꺼낸 전화기의 화면에 나타난 이름이 강직한 총장인 것을 알고 부정일 교수가 한 뼘 통화버튼을 누르자 귀에 익은 목소리가 들렸다.

"제가 부임해서 그동안 좋은 학교를 만들기 위해서 큰 노력을 했습니다. 이번 일도 아무런 사심 없이 하는 일이니 도와주시기 바랍니다 ……."

운전석에 앉아 듣고 있던 채서남 교수는 총장이 사심이 없다는 말을 할 때 어이없는 표정을 지었다. 총장의 말이 끝나자 부정일 교수가 대답했다.

"저도 좋은 학교를 만들기 위해 노력할 테니 총장님도 계속 노력해주세요."

전화를 끊은 뒤 부정일 교수가 말했다.

"이거 사전선거운동이고 협박 아닙니까?"

"그러게요, 참 씁쓸합니다."

채서남 교수는 총장이 교수들에게 전화하는 것이 사전불법 선거라는 대답을 하면서도 막상 자신에게는 총장이 전화하지 않으리라고 생각하니 마음 한구석은 씁쓸했다.

강총장은 내일 연봉제 투표에서 8:2 정도의 압도적인 표 차로 통과될 것이라는 엄친일 교수의 보고를 받고도 안심이 되지 않았다. 인화평 교수와 채서남 교수를 뺀 나머지 교수들에게 직접 전화를 걸어야겠다는 생각이 들었다. 찬성 투표할 것으로 생각되는 교수들은 물론 반대 투표할 가능성이 있다고 생각되는 교수중에서 한 명이라도 더 찬성을 끌어내기 위해 전화를 걸었다.

총장과 모든 보직교수가 연봉제에 찬성해달라고 전화로 총공세를 펴고 있을 때, 채서남 교수 일행은 인화평 교수가 주축이 되어 마련한 자리에 퇴직한 지 1년이 되어가는 여교수님들과 저녁 식사를 하며 때로는 밝게 웃으면서 담소를 나누었다. 한선혜 교수가 말했다.

"자식 낳아 키울 때는 몰랐는데, 손주들은 그냥 바라만 봐도 이쁘고, 사랑스럽고 다 주고 싶어요. 그런데 자식들이 나한테 종일 맡겨 놓고 있다 보니까 자유롭지 못해요. 또 손주들과 있는 시간이 중노동인가 봐요. 저녁 시간이 되면 자동으로 눈이 감겨 ……."

"좀 힘드시겠네요. 나이 들면 손주들이 그렇게 이쁘다던데요?"

옆에 있던 홍진아 교수가 대답했다.

"자녀를 키울 땐 책임감 때문에 매우 엄격하게 하다가 손자는 아무런 책임감이 없어 그냥 예쁜 것 같아요."

퇴직한 한선혜 교수가 손자 돌보는 재미의 쏠쏠함을 말하고 있을 때였다. 테이블 위에 올려 둔 인화평 교수의 전화에 문자가 떴다. 그 문자를 들여다본 인화평 교수가 말했다.

"교원평가와 관련해서 인사위원회를 열고 있다고 합니다."

채서남 교수가 말했다.

"인사위원회에서 통과도 되지 않은 내용을 통과한 것처럼 오늘 설명회에서 발표한 참 뻔뻔한 작자들이네요, 이제야 교원평가안을 인사위원회에서 통과시켰다면 설명회를 한 후에 무언가 고칠 내용이 있었거나, 아니면 교수들이 미리 알아서는 안 되는 내용이 있었을 것 같은데요?"

가만히 듣고 있던 인화평 교수가 말을 이었다.

"그런 것 같습니다. 우리 모르게 무언가 집어넣어야 할 내용이 있는 것 같고, 단지 연봉제건만 통과된다 해도 우리 대학은 전국에서 맨 먼저 연봉제를 하는 핫바지 병신 대학이 될 것입니다. 그 비난과 조롱이 온통 우리에게 쏟아질 것은 뻔합니다. 그리고 누구의 아이디어인지 모르는데 호봉제에서 연봉제로 전환하는데 처음부터 연봉제로 임용된 교수가 왜 투표를 합니까? 그들은 원천적으로 투표할 자격이 없습니다."

부정일 교수가 맞장구를 쳤다.

"그러게 말이요, 교육 사기꾼 새끼들! 마음대로 교비를 빼먹고, 그것도 모자라 교수들 급여를 마음대로 깎고, 마음에 들지 않으면 손쉽게 자르려고 이런 짓들을 하는데 정작 교수들은 오만일의 그런 속내도 모르고, 딸랑이 보직들은 저 지랄을 떨고, 투표에 자격 없는 연봉제 교수들을 집어넣고 ······."
 "이 연봉제 투표가 통과된다면 스스로 급여를 깎고 스스로 비정규직으로 만드는 겁니다!"

 강 총장은 자신의 전화를 받은 대부분 교수가 협조하겠다는 긍정적인 답변들이어서 긴장이 좀 풀렸다. 최근에 태현균에서 정그래 교수로 교무처장이 바뀌었는데 교수들은 누가 보직이 되던지 맨날 돌고 도는 회전문 인사라 별 신경을 쓰지 않았다. 교무처장인 정그래 교수와 엄친일 교수를 집무실로 불렀다. 속내를 절대로 남에게 드러내 보이지 않는 크레믈린의 크래와 예스맨의 긍정 의미가 합성된 별명으로 불리는 정그래 교수였다. 본명은 정근해였다. 총장이 정그래 교수에게 물었다.
 "교무처장님! 상황이 어떻게 되어 가고 있습니까?"
 "예! 저는 예술학부와 관광행정학부에 독려했습니다. 진낙방 교수와 이생김 교수도 열심히 독려하고 있습니다. 연봉제 교수들을 투표하도록 하신 것은 참 잘하신 것 같습니다. 연봉제 교수들이 포함되어 있어서 총장님이 생각하시는 8:2의 통과는 무난할 것으로 보입니다."
 강 총장이 말했다.
 "연봉제 교수를 투표하도록 넣은 것이 나중에 문제 되지는 않을지 좀 찜찜하긴 한데 그래도 우선 압도적인 통과가 필요해서···."
 전체 교수의 30%나 되는 연봉제 교수들을 투표하도록 넣었지만, 마음 한구석에는 불안한 마음이 스멀스멀 기어오르자 총장의 말끝이 흐려지는 것을 엄친일 교수가 얼른 말을 받았다.
 "오늘 설명회에서 연봉제 교수들까지 터치했으니까 크게 문제없을 것입니다. 그리고 통과되면 아무도 반발하지 못하도록 오후에 있을 전체교수회의에서 이사장님의 특별 말씀이 있을 것입니다."

강총장은 교무처장과 엄친일 교수의 말에 오늘 낮에 있었던 인화평 교수와 채서남 교수에게 당했던 일이 조금 희석되면서 안도감이 들었다. 강총장은 기분이 나아지자 비서에게 차를 시켰다. 막 찻잔을 들었을 때였다. 휴대전화의 벨이 울렸다. 진낙방 교수였다.

"총장님! 이참판, 김호상 교수들과 저녁을 같이 먹었는데요, 이쪽 교수들의 분위기가 좋지 않습니다."

"분위기가 좋지 않아요? 내가 아까 전화했을 때는 긍정적으로 받았는데?"

"예! 안심하고만 있을 수는 없을 것 같습니다. 앞에서는 찬성한다고 말하지만, 뒤로는 반대합니다. 이런 교수들이 많이 있을 수 있으니까 더 독려하셔야 할 것 같습니다."

강총장은 진낙방 교수가 만난 교수들에 대해서 그리 대수롭지 않게 생각했다. 그들은 극히 소수였고 자신이 지금까지 전화한 80여 명 중 한두 명의 교수를 빼고는 모두 호의적이었기 때문이었다.

총장은 교육부의 오랜 고위관료를 지낸 사람이었다. 이번에 연봉제가 통과된다면 아직 어떤 대학도 하지 못한 교수들의 급여를 호봉제에서 연봉제로 적법하게 전환한 최초의 총장이 될 것이었다. 이것은 사학 경영자들에게 능력 있는 총장이라고 알릴 좋은 기회였다. 만약 이 대학을 떠나더라도 그 능력을 인정받아 다른 대학에서 총장을 맡아달라며 줄을 설 것으로 생각되었다. 대학에서 교육부 고위관료 출신을 선호하지만, 이렇게 연봉제까지 안착시키면 70세가 넘어 80세까지도 총장으로 모셔갈 것은 당연하다고 생각되었다. 총장은 매사 유비무환이라고 생각되어 아직 전화하지 못한 교수들을 자신에게 연결하라고 비서에게 지시했다.

이번 연봉제에 엄친일 교수의 커밍아웃은 물론 평소 무슨 생각을 하고 있는지 전혀 알 수 없었던 정그래 교수까지 속내를 하얗게 드러내놓고 찬성을 독려하는 데에는 몇 가지 이유가 있었다.

첫째로, 오만일이 이번 일을 불같이 밀어붙이고, 자신들이 표 계산을 해 보아도 압도적으로 통과될 것으로 판단되었기 때문이다. 둘째로, 지난해 교원평가는 정량평가를 해놓고 나서 갑자기 정량평가의 비율을 50%로 낮추고 나머지 50%를 정성평가로 한다며 총장이 마음대로 주는 점수를 합산하여 평가결과가 뒤죽박죽되어버렸다. 부임한 지 1달도 되지 않아 교수들의 얼굴도 다 알지 못하는 총장이 마음대로 50%에 해당하는 점수를 주었기 때문에 이 평가는 순 엉터리였다는 것을 교수들이 지적하므로 이미 저질러버린 불법한 일을 덮기 위해 빨리 연봉제로 전환을 해야 했다. 임금과 관련된 이 일을 누군가 검찰에 고발을 한다던가 언론사에 제보한다면 심각한 문제가 발생하기 때문이다.

이 정량평가에서 A등급을 받은 엄친일 교수는 학생들의 강의 평가결과가 대학 내에서 최하위였다. 일반 교수들은 매주 12시간을 강의해야 했지만, 엄친일 교수는 보직을 맡았다는 이유로 절반인 6시간만 강의하는 데에도 이런저런 핑계로 휴강하는 것이 다반사였다. 자신과 아무런 관련이 없는 복합관을 짓는 일을 기획하기 때문에 바빠 휴강한다든가, 학생들은 강의실에서 기다리고 있었지만, 대학구조조정에서 폐과의 위기에 처해있는 은방울 교수의 방으로 찾아가 폐과되지 않도록 서류검토를 해주면서 노닥거렸다. 어쩌다 한두 번 휴강하는 것도 아니고 매번 이런 식이라서 학생들의 평가가 매우 나쁠 수밖에 없었다.

엄친일 교수는 S, A, B, C, D 등급 중 D등급이 아니라 징계를 받아 퇴출당해야 마땅한 경우였다. 그러나 총장이 주는 정성평가 점수를 높게 받음으로써 A등급이 되었고 이렇게 엄친일 교수를 비롯한 딸랑이 보직교수들은 총장과 오만일의 근처에서 뱀이 혀를 날름

거리듯 혀만 잘 놀리면 S나 A등급을 받는 것은 문제없다고 생각되었다. 급여의 방식이 어떻게 되든 자신들은 보직만 맡으면 된다고 생각되었다.

　이렇게 오만일이 등급을 올려주라는 교수들과 총장이 자신의 마음에 드는 사람을 마음대로 올려주다 보니 A와 B등급을 맞아야 할 교수들이 밀려서 C와 D등급이 되었다. 이 평가의 결과로 C나 D를 맞은 교수들은 급여에서 40~100만 원을 빼앗겼고, A와 S등급을 맞은 교수들에게는 성과급이라고 빼앗은 돈을 얹어 주었다. 엄친일 교수도 보직수당 외에 성과급으로 두둑이 더 받았고 이번 성과급 연봉제를 잘 풀어내면 차기 총장은 자신이 될 거라는 확신이 있었다. 그러기 때문에 내심 연봉제가 빨리 되기만 바랐다.

　오만일은 이런 교원평가를 해서 급여를 더 주거나 덜 주는 것은 불법이었지만 이 방식을 시행해보니 호봉상승에 대한 급여인상분을 줄 필요가 없었다. 또, 교수들을 경쟁시켜 자신 앞으로 줄을 세울 수 있었다. 그러나 교수들 처지에서는 매년 조금씩 오르던 월급이 오르기는커녕 오히려 줄어들었고 일부는 성과급이라면서 급여가 많이 깎여 불만이 머리끝까지 차올랐다. 그렇지만 교수들은 아무 말을 못했다. 그것은 오만일의 불호령에다가 앞으로 학령인구가 줄어들 때를 대비한다며 과감히 폐과시켜버린 전횡을 보았던 교수들이 혹시 자신의 학과에도 불똥이 튈까 봐서였다.

　오만일도 나름대로 표 계산을 해보았다. 연봉제 교수 30명과 보직교수 30명만 더해도 전체 교수 100여 명에서 60명이 되므로 6:4 이상으로 통과되는 것은 확실했다. 전체 교수 100명 중에서 30%가 연봉제 계약직 교수였기 때문에 이 연봉제 교수들을 투표에 넣어야만 압도적인 차이로 승산이 있다는 엄친일 교수의 조언이 맞는 것 같았다.

이번 연봉제안이 통과되면 처음부터 연봉제로 임용되었던 교수에게 500만 원씩 올려주겠다는 말이 엄친일 교수 측근을 통해 나와 퍼졌던 것도 오만일과 엄친일이 작당해서 만든 야바위 짓이었다. 엄친일이 측근을 통해 슬쩍 흘린 이 말은 오만일이 공문이나 공석에서 한 말이 아니었기 때문에 연봉제 안이 통과된 후에 자신은 그런 말을 한 적이 없다고 안면을 싹 바꾸면 되었다. 만약 누군가 말을 흘린 교수를 붙잡고 묻더라도 그런 검토가 있었다고만 할 것이었다. 그러나 당장 지푸라기라도 잡고 싶을 정도의 생활이 어려운 연봉제 교수들은 연봉제가 통과되어 500만 원이라도 더 받고 싶은 마음에 들떠 있었다.

그동안 연봉제 교수들은 아주 힘들었다. 연봉제 교수들이 받는 3천만 원의 연봉에서 4대 보험, 세금, 교통비, 점심값 등을 빼면 한 달에 100만 원 정도밖에 남지 않았다. 연봉제 교수들은 커가는 애들을 키우는 부모로서, 박사학위까지 가진 지성인으로서 받는 봉급이라기에는 너무 초라한 적은 액수였다. 연봉제 교수들은 매년 재계약을 해야 하는데 오만일의 눈 밖에 나서 재계약이 되지 않으면 그냥 자동 해고가 되는 것이었다. 어떻든 연봉제 교수들은 호봉제 교수들이 연봉제가 되든 말든 자신들과 직접적인 관계가 없었기 때문에 이번 선거를 반대할 이유가 전혀 없었다.

저녁밥을 먹을 시간인데도 성질이 급한 오만일은 그새를 참지 못했다. 법인 국장, 각 보직과장의 보고를 기다리지 못하고 미래전략위원장인 엄친일 교수에게 전화를 걸었다.

"어떻게 되어가고 있나?"

"예, 총장님께서 교수들에게 직접 전화를 걸고 계시고, 각 보직과장님들이 관련 학과들에 표 단속을 하고 계십니다."

"인화평과 채서남 말고 또 반대하는 놈이 있나?"

"예! 이참판교수와 김호상 교수가 ……."

"뭐! 이참판 그 새끼, 지난번에 폐과한다고 했을 때 나한테 기회를 달라고 그렇게 싹싹 비비더니 인제 와서 반대해! 그 새끼! 앞으로는 국물도 없다. 야! 엄친일! 다시 한번 표 계산 잘해봐!"

오만일이 전화를 꽉 끊자 엄친일 교수는 표 계산을 다시 해보았다. 이번에 연봉제안이 통과되면 500만 원씩을 올려주겠다고 흘린 끄나풀 교수에게도 전화를 걸어 보았다. 여러 가지 정황을 종합해 볼 때 처음 예상했던 8:2의 압도적인 통과는 아니더라도 7:3 정도로는 무난히 통과될 것으로 생각되었다.

6. 비밀투표

경기 남부 평송시에 자리 잡은 동서양대학교는 성안고등학교를 운영하던 지역 유지가 설립하여 개교한 지 17년째 되는 학교였다.

동서양대학교는 설립 때 출연금으로 부동산을 많이 넣었었는데 이것이 화근이었다. 개교한 해에 터진 IMF의 여파는 동서양대학교라고 예외로 놔두지 않았다. 부동산의 폭락은 매매는 물론 평상시의 한도까지도 설정이 되지 않았다. 이 때문에 학교 설립과정에서 필요한 돈이 절대적으로 부족했다. 은행에서 대출받은 부동산도 많아 대출을 더 늘릴 수도 없었다.

또 하나의 잘못이 있었다. 개교 첫해 720명이던 입학정원을 다음 해 2,160명으로 대폭 늘린 것이었다. 개교할 때까지 많은 돈과 부동산을 넣은 상태에서 늘어난 학생 수에 맞도록 건물과 기자재를 확충해야만 했기 때문에 갑자기 많은 돈이 필요했다.

인맥을 동원해 교육부에서 입학정원을 무리하게 늘린 데다가 갑자기 터진 IMF 외환위기는 치명타가 되었다. 결국, 자금 압박을 견디지 못하고 설립자 위로금 30억 원과 빚만을 청산해주는 조건으로 전무식에게 학교법인을 넘겨줄 수밖에 없었다.

그 후 재단은 여러 번 바뀌어 5번째에 오만일이 동서양대학교를 거머쥐었다. 같은 재단 안에 있었던 성안고등학교는 4번째 이사장이던 김곰자가 다른 사람에게 매각하고 오만일에게는 대학교만 양도했다. 나중에 이를 안 오만일은 대학을 비싸게 샀다고 투덜대곤 했다.

오만일은 대학을 양수한 이후로도 자신이 경영하던 다른 사업체들의 형편은 여의치 않았다. 사채업을 했던 오만일이 학교경영을 잘할 리 없었다. 오만일이 경영하는 회사는 자신이 사채업을 하면서 알게 된 회사를 M&A로 거머쥔 경우들이었다. 오만일이 평소 자랑하던 방글라데시의 스웨터 공장은 수년 전 유럽의 불황 여파로 골칫거리가 된 지 오래였고, 직원 단 1명만이 근무하는 캐피털 회사도 17억 원이 걸린 소송에서 패소하는 바람에 유령회사나 다름없는 빈껍데기가 되었다. 게다가 세금을 내지 못해서 캐피털 회사의 주식까지 압류되었다가 공매에 넘겨지는 수모를 당했다. 오만일은 이 주식이 5번째 유찰된 이후 낙찰자가 없어서 매우 적은 돈으로 취소시켰는데 이런 빈껍데기 캐피털 회사조차도 없애지 못했다. 그 이유는 이 캐피털 회사가 오만일이 소유한 백두산업에 250억 원이 넘는 빚보증을 섰기 때문이었다. 그런 데다 이 백두산업이라는 금속회사마저도 매년 수억 원에서 수십억 원의 적자를 냈다.

오만일이 기댈 대라곤 선불이며 현금장사인 동서양대학뿐이었다. 동서양대학은 매년 50여억 원의 흑자를 냈지만, 더 많은 돈을 빼내 가기 위해서는 학교 운영에서 큰 부분을 차지하는 인건비를 줄여야만 했다. 오만일에게 잘 보이기 위해 엄친일 교수가 부추기는 데다 마땅한 다른 방법이 없어 고심 끝에 내놓은 것이 바로 교직원의 성과급 연봉제였다. 이 성과급 연봉제를 적법하게 시행하려면 비밀투표를 통해서 교직원이 절반 이상의 찬성을 얻어야 가능했다.

투표는 신한관 3층에서 있었다. 투표장소가 대강당에서 이사장 집무실 옆의 회의실로 옮긴 것을 두고 투표하러 오는 교수들을 압박하려는 것이라며 투덜거리기도 했다. 실제로 투표장 근처에는 오만일의 똘마니들인 법인 국장은 물론 진낙방 교수, 이생김 교수 등이 서성였다. 투표하러 갔던 교수들은 이들을 보고 움찔했다.

 투표를 마치고 온 인화평 교수가 채서남 교수의 연구실에 들렀다.
 "교수님! 화성에 있는 서안대학교도 사학비리가 터진 것 같은데요. 법인이 부담해야 할 30억 원을 교비회계로 지급한 혐의랍니다. 전 현직 이사장이 구속되고 사무처장도 기소된 것 같습니다."
 "아! 그 보도 나도 들었는데요, 이사장이라고 해서 교비를 함부로 쓸 수 있는 것이 아닙니다. 함부로 쓴 돈이 5억 원 넘으면 특정경제범죄 가중처벌법의 횡령죄가 됩니다. 특정법의 횡령죄! 그거 형량이 무거워요, 5억 원 넘게 횡령하면 3년 이상 무기징역까지입니다. 예전에 전무식은 우리 대학을 양수하느라 257억 원을 횡령했었는데 횡령액이 이렇게 많으면 5년 이상에서 무기징역까지로 양형이 결정되어야 하는데도 전관 검찰 총장이 전화 한 통 해주자 불구속으로 기소되었습니다. 그리고 결과는 집행유예로 끝났었잖아요? 우리나라는 바로 이런 나라입니다. 그런데 말이죠. 우리 대학도 그 서안대학교 비리와 함께 발표된 미명 학원과 관계가 있습니다."
 "우리 대학이 미명 학원과도 관계가 있다고요?"
 "예! 서안 대학에서 연금, 건강보험료, 세금, 이사장 법인카드 대금, 운전기사 급여, 수익용 토지 부지조성공사비, 리모델링 공사, 대학 연수원 용지매입 등에서 70억 원의 비자금을 만들어 미명 학원을 매수했습니다."
 "어! 그런 방법이면 이거 우리 동서양대학교에서 돈 빼내는 방법하고 같은데요!"
 "예, 같은 수법들입니다. 또 법인에서 부담해야 할 연금이나 건강보험료, 세금 등을 적게 내도 교수들은 알 수가 없습니다."

오만일이 이런 방법으로 돈을 빼갔다는 것을 교수들은 모르고 있었지만, 인화평 교수와 채서남 교수는 벌써 증거를 가지고 있었다. 채서남 교수가 계속 말을 이었다.

"서안대학교에서 각종 공사를 수주하며 이사장과 짜고 돈을 빼냈던 건설업자 박명길이 예전 우리 동서양대학과 한 재단 안에 있었던 성안고등학교를 매수하면서 40억 원을 건넸다가 이번에 구속되었습니다."

"오, 그 박명길이가 ……?"

인화평 교수가 투표하고 돌아온 지 얼마 안 되었는데 어제 늦게 그룹웨어에 올려 논 교원평가안을 서춘동 교수가 출력해서 인화평 교수 연구실에 들고 왔다. 그가 내미는 교원평가안에는 여러 곳에 노란 형광펜으로 표시되어 있었다.

"나 원 참! 이거 보세요! 이거 꼭꼭 숨겨 놓아서 어렵게 찾았는데, 내용이 기가 막힙니다."

인화평 교수 연구실에 같이 있던 채서남 교수는 서춘동이 들고 온 교원평가안을 받아 안경을 가다듬고 들여 다 보았다.

"여기 정성평가에서 학과장의 의견을 존중한다고 되어있습니다. 그렇다면 오만일에게 찍힌 사람은 학과장에게 나쁘게 평가를 주라고 오더만 내리면 무조건 D등급이 되네요."

채서남 교수의 말에 서춘동 교수는 대답했다.

"그것만이 아닙니다. 등급표 밑을 보세요. 아주 조그만 글씨로 D등급을 2회 맞으면 자동 퇴출이라고 되어있습니다."

"지난번까지는 D등급을 3회 연속 맞으면 이었는데? 그래서 투표가 끝난 후 교수들이 알게 되어도 어쩔 수 없도록 작전을 짰구먼!"

모두 어안이 벙벙해서 아무 말도 못 하고 있었다. 서춘동 교수가 계속 말했다.

"기존의 연봉제 교수와 폐과 교수, 산학협력중점교수 등은 현 급여의 70%가 기본급이라면 연봉 3,000만 원 받는 교수는 2,100만 원이 기본급이고 900만 원이 성과급이 됩니다."

지금 서춘동 교수가 말하는 것은 처음부터 연봉제로 임용된 교수들에게 해당하는 것이었지만 그래도 모두 인상이 찌푸려졌다.

채서남 교수가 말을 이었다.

"지금 대학에서 주는 3,000만 원을 가지고는 도저히 제대로 생활을 할 수가 없습니다. 그런데도 더 깎겠다는 나쁜 놈들입니다. 또 여기 교수마다 급여가 다른데도 각 등급을 몇 %로 한다는 내용도 없습니다. 이렇게 되면 급여를 엄청나게 깎는 결과가 됩니다."

옆에서 조용히 듣고 있던 부정일 교수의 입에서 육두문자가 튀었다.

"이런 나쁜 놈들이 어딨어? 자세한 내용도 안 알려주고 마구잡이로 투표를 해! 그 엄친일 이새끼! 교수들은 죽든 말든 저만 살려고 이따위 것을 만들어서, 엉 말이야! 교수들이 사전에 바로 볼 수 없도록 어제저녁 늦게 홈피에 올려놓고는 오늘 곧바로 투표하도록 해? 이 새끼! MB가 비즈니스 플렌들리 한다면서 전 국민의 40%를 비정규직으로 만들어 놔서 지금 국민은 엄청 고통 속에서 신음하고 있는데 ……. 멀쩡한 정규직 교수들을 비정규직으로 만들려고 말이야! 그것도 아무 때나 자를 수 있도록 해놨잖아? 이새끼!"

인화평 교수가 말했다.

"이 내용을 빨리 교수들에게 알려야 하겠는데요"

인화평 교수 연구실에서 나간 서춘동, 부정일 교수가 급하게 주변 교수에게 말하자 이 문서의 내용은 순식간에 대학 내에 퍼졌다. 말 그대로 순식간이었다. 대부분 교수가 이런 내용을 모르고 있다가 뒤늦게 알고는 화들짝 놀랐다.

담장 너머 닮쳐다 보던 모습으로 있던 연봉제 교수들도 발등에 불똥이 떨어졌음을 뒤늦게야 깨달았다. 투표 마감 시간이 얼마 남지 않아 이미 투표를 마친 연봉제 교수들은 자신들이 속았다고 분통을 터트렸다. 아직 투표하지 않은 연봉제 교수들의 마음도 요동쳤다. 폐과된 후 새로운 학위를 가지면 살려줄 것으로 생각하고 대학원에 등록한 후 한 가닥 희망을 품었던 교수들도 이제야 발등에 불이 붙은 것을 실감했다. 평소 재단에 밉게 보였다고 생각되는 교수들은 가슴이 철렁 내려앉았다. 대다수 교수는 '연봉제 안이 통과되면 큰일인데 …….'하는 생각을 했지만, 투표 종료는 한 시간 정도밖에 남지 않았다.

사실 이렇게 중요한 문서를 전날 저녁 늦게 홈페이지에 올려놓고 교수들이 인지할 시간도 주지 않은 채 다음 날 바로 투표하도록 한 것은 오만일, 강총장, 엄친일이 야합하여 벌리는 야바위 짓이었다.

교수들보다 먼저 투표를 한 직원들의 투표결과를 기다리던 교수들이 기다리다 못해 저녁을 먹으러 밖으로 나갔다. 대학 구내식당의 음식은 질이 좋지 않아 채서남과 인화평 교수는 밖에 나가 사 먹는 것이 일상이 되었다. 교수들이 밖에서 음식을 사 먹게 된 큰 원인의 하나는 오만일이 식당을 운영하는 업체로부터 학교발전기금이라며 5천만 원을 뒷돈으로 받아 챙겼기 때문에 밥과 반찬이 온전할 리 없었기 때문이다.

식당가는 길에 인화평 교수의 휴대전화기에 '직원 연봉제안 통과'라는 문자가 떴다. 아! 하는 탄성과 함께 교수들의 얼굴이 굳어졌다. 큰일이 났다고 생각하는 인화평 교수는 투표를 먼저 해서 개표한 직원은 그렇다 치더라도 교원의 투표결과가 어떻게 될지 더 궁금해졌다. 인화평 교수는 이참판 교수에게 전화를 걸었다.

"이 교수님! 개표를 잘해야 하는 데 개표장에 가서 확인 좀 하시면 어떨지요?"

"그렇지 않아도 제가 개표하는 곳에 왔는데 평의회 의장이 문을 꽉 잠근 채로 아무도 못 들어오게 합니다. 밖에는 법인 국장, 진낙방 교수도 못 들어가고 초조하게 기다리고 있습니다."

야 성향의 평의회 의장이 개표를 주도하고 있다는 말에 인화평 교수는 다소 안심이 되었다. 투표결과에 대해 통과되기를 바라는 오만일과 총장은 물론 그 딸랑이들이나, 통과되지 않기를 바라는 교수들이나 궁금하고 초조하기는 마찬가지였다.

인화평 교수 일행은 학교에서 상당히 떨어진 원곡의 명산이라는 음식점에 도착했다. 출발하면서 주문을 해놓아선지 자리에 앉자마자 음식이 나왔다. 채서남 교수가 맨 먼저 나온 군만두를 젓가락으로 막 집었을 때였다. 인화평 교수의 휴대전화에 '45대 56으로 부결'이라는 문자가 떴다. 순간 누구라고 할 것 없이 와! 하면서 박수가 쏟아졌다.

"와아~! 채교수님 부결이랍니다."
"부결? 몇 대 몇이랍니까?"
"45대 56이요"
"와! 기적이네 그려, 어떻게 이런 결과가 나왔지?"

교수들의 얼굴이 확 밝아졌다. 채서남 교수 옆에 앉아있던 김풍금 교수의 얼굴도 활짝 웃음꽃이 피었다. 김풍금 교수가 속해있던 실용음악과는 입학충원율, 취업률 등의 지수가 전국 어떤 대학의 실용음악과보다도 높았지만 2018년 학령인구 감소에 대비해서 폐과해야 한다는 오만일의 한마디에 단칼에 폐과된 경우였다. 이런 오만일의 대학운영방법은 전국 어느 대학이나 유례가 없는 일이었고, 사립학교법 위반이었지만 오만일은 자기 마음 가는 대로 했다. 전국 어느 대학에서든 폐과할 때는 학생모집이 안 되거나 취업률이 매우 낮은 경우에 실행했다. 이때도 학과명을 바꾸는 방법, 해당 학과 교수들이 각 고등학교에 홍보를 다니며 책임지고 학생을 모집하는 방법, 교수가 전공을 바꿀 수 있도록 대학원에 다니게 하는 방법 등 여러 절차를 거쳐서 하는 것이 일반적이었다. 그런데도 오만일은 달랐다. 마음대로 했다. 무식하면 용감하다는 말이 딱 맞았다. 그는 법은 멀고 주먹은 가깝다는 말인 법원권근(法遠拳近) 그대로 했다.

    이번에 비밀투표가 통과되면 자신의 마음에 들지 않은 교수에게 급여를 적게 주는 방법으로 연봉제로 몰아서 견디지 못한 교수는 그냥 스스로 나가고, 평가가 나쁜 교수는 자르고, 적은 비용으로 쓸 수 있는 젊은 교수들을 대거 뽑을 생각이었다. 그러나 이번 투표의 부결로 인해 오만일의 계획은 일거에 물거품이 되었다.

7. 오만일의 개나발

김풍금 교수는 그동안 자신의 과가 폐과된 어려운 처지를 누구에게도 말하지 못했다. 말할 만한 상대도 별로 없었지만 같은 과 교수들까지도 모두 자신만 살려고 각개전투를 하는 바람에 혼자 애타고 있었다. 김풍금 교수는 독일에 유학해서 피아노를 전공한 피아니스트였다. 우리나라는 독일이나 이탈리아 등에 유학을 다녀온 피아니스트들이 대학교수가 되는 것은 하늘의 별 따기였다. 어렸을 때부터 피아노를 연주해서 적게는 5년에서 10년을 유학 가서 공부하고 와도 대학의 전임교수가 되는 것은 정말 어려운 일이었다. 그만큼 자리는 적고 예능에 뛰어난 인재가 많은 나라다. 어렵게 대학에 전임교수가 된 것은 음악을 전공하고도 대학에 자리 잡지 못한 사람들이 볼 때 선망의 대상이었다. 그렇지만, 막상 대학 내에서는 오만일의 독선으로 한순간에 폐과가 되어 다른 과로 가거나 교양과 교수가 된 자신을 생각할 때 정말 비통한 마음이었다.

폐과된 김풍금 교수가 기껏해야 인화평 교수와 채서남 교수에게 속내를 조금 드러내고 말하는 정도였지만 그것도 여교수로서 한계가 있었다. 그동안 눌리고 짓이겨서 콩알만 해진 심장이 이번 교원평가안을 보고 납작해졌다가 비밀투표 부결이라는 말을 듣자 다시 조금 부풀어서 콩알로 돌아오고 있었다.

인화평 교수가 말했다.

"김풍금 교수님! 이제 안심됩니까?"

"그래도 아직은 ……."

"연봉제가 통과되었더라면 이미 폐과가 확정된 교수 10여 명은 연봉제 안이 통과되자마자 현재 받는 급여의 70%만 받게 되고, 또 내년에는 학과가 없어서 강의하지 못하기 때문에 교원평가에서 최하위를 맞을 수밖에 없습니다. 그러면 얼마 안 되어 퇴출당합니다."

김풍금 교수가 인화평 교수의 말을 끊고 질문했다.

"어떻게 그렇게 되죠?"

"연봉제가 통과되었다면 이번에 새로 만든 교수평가안으로 평가해서 D등급을 맞고 내년에는 강의하지 않기 때문에 자동으로 D등급을 맞아서 퇴출당한다는 말입니다."

예쁘게 빗어 넘긴 머리카락이 사르르 내려와 오른쪽 눈가를 가릴 때 검지로 치켜세워 넘기는 모습은 중년 여성으로서, 피아니스트로서 멋스러움이 있었다. 인화평교수가 곱게 뻗은 저 손가락이 어쩌면 그렇게 빠르게 건반 위를 옮겨 다닐까 하는 생각도 잠시였다. 퇴출이라는 말을 듣던 김풍금 교수의 얼굴이 다시 굳어졌다. 그 모습은 '자라 보고 놀란 가슴 솥뚜껑 보고 놀란다'라는 말이 딱 어울렸다. 인화평 교수의 말은 이어졌다.

"그런데 이번 연봉제 안이 부결되었기 때문에 연봉제와 연동되는 평가를 할 수 없게 되었고, 만일 평가한다 해도 연봉제가 아니므로 평가 자체가 아무 의미가 없는 거죠."

김풍금 교수가 다시 물었다.

"이 나쁜 아이디어를 오만일에게 준 사람이 누굴까요? 엄친일이지요? 교수님?"

"당연한 거 아니겠어요? 자신은 항상 아닌 것처럼 말하고 다니지만, 그것은 자신이 했다고 하는 것입니다. 어떤 일을 하지 않은 사람은 미리서 자신이 하지 않았다고 말을 하지 않아요! 또, 오만일 옆에 있는 사람이 누굽니까? 이번에 누가 기획하고 발표했습니까? 하지 않은 사람이 어떻게 내용을 알고 발표할 수 있겠습니까?"

김풍금 교수는 자신에게 다가올 불안한 기운 때문에 발끝에 힘을 주고 앉아있었다. 그러나 인화평 교수의 명쾌한 답변에 이내 마음이 풀리면서 다리도 힘이 풀렸다. 이내 다시 다리를 꼬고 앉으려다 그만두었다. 다리를 꼬고 앉으면 상대에게 자신의 제일 약점인 곳을 보이게 될 것 같아서였다. 김풍금 교수는 전체적으로 균형이 잡히고 반듯한 얼굴이었지만 그에 비교해 다리가 굵었다.

투표가 끝난 오후에 전체교수회의가 있었다. 전체교수회의라고 해보았자 오만일 혼자 떠들다 끝내는 회의였다. 다시 말하자면 훈시하는 자리였.

교무처장이 개회를 알리자 오만일이 곧바로 마이크를 잡았다. 오만일은 엄친일 교수가 만들어 준 PPT 자료를 보면서 말했다.

"2018년부터는 학령인구가 많이 줄어듭니다. 앞으로 교육부에서 지방대학에만 많은 지원을 해줍니다. 그러므로 수도권 중에서 지리적으로 제일 아래에 자리 잡은 우리 대학은 매우 어렵게 됩니다⋯. 총장은 순진해서 내가 데려왔습니다. 그런데 여러분이 한 방 먹였습니다."

'뭐! 순진해! 야! 그게 순진한 것이면 대한민국에 순진한 사람 한 명도 없다. 이놈아!'

교수들이 이런 생각을 하고 있을 때 오만일이 한술 더 떴다.

"조그만 재주를 가지고 소영웅주의가 되는 것은 잘못된 것입니다. 여러분은 나쁩니다. 쓰레기입니다. 나는 최근에도 앞선 재단 때문에 압수수색을 당했고 검찰에 불려갔다 왔습니다. 나는 아무런 도장을 찍지 않았습니다⋯⋯."

오만일이 말한 소영웅주의란 인화평 교수와 채서남 교수를 겨냥해서 에둘러 말한 것이다. 채서남 교수는 생각했다.

'네가 검찰에 불려간 것은 학교를 사고팔아서 사립학교법 위반이기 때문이야! 네가 지금 앞선 재단에 대한 말을 하지만 학교를 산건 너 아니냐? 그러니 범죄자는 앞선 재단과 너지 왜 앞선 재단만 팔어? 우리 교수들을 아무것도 모르는 바보천치로 보고 있네, 그동안 5번의 재단이 바뀌면서 육해공중전은 물론 수중전까지 몇 번이나 거쳐서 다들 도사가 되어있어! 프로 정도가 아니고 도사 말이야! 도통한 도사! 이 도사 교수들은 알고 있어도 겉으로는 모르는 척 아무런 말을 하지 않아! 강의도 똑바로 할 실력이 못 되어 강의를 적게 하는 보직을 목숨처럼 생각하는 네 옆의 딸랑이 몇 놈 빼고는 말이야. 그리고 뭐 소영웅주의? 나는 그런 말을 평생 들어본 적이 없어! 네가 만든 말이지? 교수가 옳지 않은 일을 옳지 않다고 말하지 못한다면 그게 무슨 학자야? 학자가 아니더라도 인성이 바른 사람이라면 옳지 않은 일을 보면 애써 못 본 척하는 것이 아니라 사람들이 피해를 보지 않도록 말해주는 것이야! 야! 이놈아!'

오만일은 연봉제 패배로 인한 여파인지 검찰에 가서 조사를 받았다는 것과 자신은 학사행정에 관여한 흔적이 없다는 의미인 '도장 찍은 일이 없다'라는 말을 했다. 이 말은 학사운영에 관여했지만 아무리 파헤쳐보아도 돈 빼간 흔적이 없다는 것으로 매우 위험한 말이었다.

지금 오만일이 교수들 앞에서 겁박하는 말들은 만약 연봉제가 통과되었다면 이에 반발하는 교수들을 일거에 잠재우기 위해 준비해둔 말 중의 하나였다. 그러나 총장과 엄친일 교수를 비롯한 보직 교수들이 신발에서 고무 타는 냄새가 나도록 뛰면서 많은 준비와 노력을 했지만, 한방에 물거품이 되고 말았으니 오만일로서는 땅을 치고 통탄할 일이었다.

　이렇게 아직 학교경영 경험이 짧은 오만일이 얕은 야바위 수를 쓰다가 들켜버렸지만, 반성은커녕 인화평 교수와 채서남 교수가 다 된 밥에 재를 뿌린 것 같아 밉기만 했다.

　오만일은 전체교수회의를 마치고 이사장실로 돌아오자 분이 풀리지 않아 서성거리다 마침 앞 중회의실에서 보직과장들이 회의하는 것을 알았다. 대뜸 들어가 소리를 질렀다.
　"이 구더기 같은 새끼들아! 사기꾼 같은 놈들아! 응! 8:2로 통과될 거라고? 이게 사기꾼이나 할 수 있는 말이지 응! 너희들이 사람이냐?"
　오만일의 육두문자와 독설은 한참 이어졌지만, 간도 쓸개도 있는지 없는지 알 수 없는 보직들은 앉아 듣고 있었다. 일부 보직교수는 휴대전화기로 녹음을 하고 있었다. 그것을 모르는 오만일은 감히 입에 담지 못할 말들을 계속 이어갔다. 도덕과 윤리와 영혼이 없는 것같이 행동하는 딸랑이 보직들은 이런 모욕적인 말을 바가지로 들어도 싼 놈들이었고 그렇게 살아왔기 때문에 그 자리에 그대로 앉아 듣고 있었다.

8. 오만일의 셀프 파업

오만일은 교원들의 급여가 호봉제에서 성과급 연봉제로의 전환을 위한 비밀투표가 부결되자 학교에 대한 정이 뚝 떨어졌다. 게다가 때마침 자신이 운영하던 회사인 백두산업의 비리까지 터지자 머릿속은 심란했다. 수사의 칼끝이 다가오는 것에 잠을 설치기 일쑤였다. 오만일은 백두산업의 회삿돈을 빼내 대학 인수자금의 중도금 일부를 치른 것 때문에 검찰의 수사를 받게 된 데다 다른 여러 일도 잘 안 풀려 매일 괴로운 일상인데 믿었던 비밀투표까지 부결되니 죽을 맛이었다.

그나마 한 가지 위로가 되는 것은 딸랑이 학부장들이 나서서 교수들에게 개인별로 연봉제 전환을 위한 사인을 받으러 다녔기 때문에 조금은 미련을 두었다. 그렇지만 이것 또한 사기질이었다.

사기란 원래 당한 후에야 그 진상이 나타나는 것이어서 순진한 교수들은 오만일의 자세한 속내를 알 리 없었지만, 사인을 받기 위해 협박과 회유를 하거나 강압적인 분위기를 만드는 자체가 불법이었다. 사인을 받기 위해 찾아온 학부장에게 채서남 교수는 말했다.

"학부장님, 지금 하는 일이 불법이고 이것은 교수님 개인에게도 형사적인 책임을 물을 수 있는 일입니다. 나중에 어떻게 책임을 지시려고 이런 일을 하십니까?"
"형사적인 책임이요?"
"급여 같은 매우 민감한 일은 그 행사 범위가 법에 명시되어 있습니다. 자유로운 분위기에서 근로자가 비밀투표를 해서 과반수의 동의를 얻어야 하는데 학부장님이 이렇게 개인별로 들고 돌아다니는 것이 불법 아닙니까?"
이 말은 곧바로 다른 학부장에게 옮겨 갔다. 학부장들이 꼬리를 내리자 곧바로 불발되었다.
학부장들이 사인 받고 있는 일이 중단되었다는 말을 들은 오만일은 학교 운영을 그만둔다고 선언했다. 사용자인 대학이사장이 파업을 선언하는 일은 전 세계 어디서도 들어보지 못한 사상 초유의 웃지 못 할 셀프 파업이었다.

오만일이 셀프 파업을 했다는 말이 교수들 사이에 싹 퍼지자 그 반응은 여러 형태로 나타났다.
부정일 교수가 볼 때 그중에서 가장 황당하게 느껴지는 것은 연세대학교 법학박사 출신인 강잘난 교수의 언행이었다.
강잘난 교수가 부정일 교수의 연구실 문을 열고 들어왔을 때 연구실은 정리가 전혀 안 되어있었다. 언제부터인지 알 수 없을 정도로 어질어져 있었다. 이곳저곳 음식물 흘린 자국과 담배꽁초가 널브러져 있었다. 왕 뚜껑 사발면과 컵라면을 먹었는지 쓰레기통 옆에까지 스티로폼으로 된 껍질이 수북이 쌓여 있었다. 비닐봉지에 담아서 복도에 내놓기만 해도 청소하는 아주머니가 치우련만 자신이 앉아있는 딱 그 자리만 빼고 어디 하나 시선을 둘 데가 없을 정도였다.
부정일 교수는 부인과 이혼을 한 후 다시 만난 부인과도 사이가 좋지 않아 학교에서 지내는 시간이 많아졌다. 그러니 잘 씻지도 않앉고 담배까지 너무 피우니 근처에 가면 매우 찌들은 냄새가 났다. 연구실도 퀴퀴한 냄새가 진동했다. 어깻죽지에는 허연 비듬이 겨울철 싸라기 같이 내려앉아 있었고 머리는 기름에 절어 있었다.

강잘난 교수는 그런 부정일 교수의 모습을 보면서 미간이 찡그려졌으나 이내 평온한 표정을 지으며 물었다.

"부정일 교수님! 오만일 이사장님이 일주일째 대학에 나오지 않았다는데 어떻게 된 건가요?"

"저도 정확히는 모르지만, 비밀투표가 부결되고 나서 오후에 전체교수회의에서 한마디 하고 나가지 않았습니까? 그런데 전체 교수 회의실에서 나간 뒤 이사장실에 갔을 때 이사장실 앞에 있는 중회의실에서 보직교수들이 그날 있었던 비밀투표 부결에 대해 대책회의를 하고 있었던가 봅니다. 오만일 이사장이 그것을 보고는 들어가서 구더기 새끼들! 사기꾼 새끼들! 응 너희들이 사람이냐? 하고 막말을 내뱉고 간 다음부터 지금까지 출근하고 있지 않는다고 합니다."

강잘난 교수는 부정일 교수의 대답에 께름칙한 표정을 지으면서 다시 물었다.

"제가 들은 바로는 그 말이 맞습니다만, 이사장이 출근하든 안 하든 이사장은 원래 학사행정하고는 관계가 없으니까 급여 결재나 보직 변경 같은 것에만 사인하면 되지 않는가요?"

"이사장이 파업한다는 게 얼마나 우스운 일입니까? 자신이 오너라고 하면서 자신의 대학에서 파업하는 경우가 세상 어디에 있습니까? 전 세계 어느 대학에 이런 일이 있겠습니까? 파업했다는 게 대학의 어떤 결재서류에도 사인하지 않고 있다는 게 문제의 핵심입니다."

순간 강잘난 교수의 눈이 둥그레졌다.

"아니 사인을 하지 않아요? 그렇게 사인하지 않으면 이번 달 급여가 제대로 나오겠습니까?"

"급여는 재단과 관련이 있어서 이사장이 사인하지 않으면 급여가 제날짜에 나오지 않을 수 있습니다. 안 나오면 그동안 모아놓았던 돈을 꺼내 쓰든지 해서 우선 살아야지요. 꼴 같지도 않은 파업이 오래가겠습니까?"

부정일 교수는 대답하면서도 급여를 걱정하는 강잘난 교수가 참으로 한심하게 느껴졌다. 강잘난 교수는 부정일 교수의 말을 듣고 마음이 복잡했다. 평소 마누라가 생활비 부족을 이유로 쌍심지를 켜고 볶아도 아무 말도 못 하고 꼬랑지 팍 내리고 살았는데 급여까지 제날짜에 안 나온다면 마누라로부터 무슨 말과 행동이 나올지 모르는 일이었다. 마누라의 폭력도 나이가 들어가면서 도를 넘는 것 같았지만 맞고 사는 것이 편하다는 생각에서 참고 살았다.

강잘난 교수는 아버지가 경기도 교육위원회의 의원이었기 때문에 대학설립자와 인연이 되어 대학에 들어왔었다. 강잘난 교수는 스카이대학이라는 연세대학교에서 법학박사 학위까지 받았지만 어디 취직을 하려고 해도 전혀 할 수 없었다. 수도권에 대학이 설립되어도 법학과를 개설하는 대학은 없었다. 법학 전공자가 갈 수 있는 학과는 거의 없었다. 백수로 지낸 지 수년이 되니 부모 볼 낯이 없었다. 그러던 중 강잘난의 아버지가 동서양대학교가 신설된다는 소식을 들었고 설립자를 통해 대학에 상당한 헌금을 이바지한 결과 비서행정학과라는 과를 만들어 들어오게 되었다. 그런데 운명의 장난이라고나 할까? 개교 첫해 IMF의 외환위기가 터져 다음 해 전무식에게 대학을 넘긴 것을 본 강잘난 교수는 안면을 싹 바꾸었다. 자신이 임용될 때의 기여금을 되돌려달라고 설립자의 아들인 강두섭 전 이사장에게 내용증명을 보냈다. 이런 행동은 보통사람의 상식으로는 도저히 이해할 수 없는 노릇이었다. 대학설립 때 부족한 설립자금에 IMF 외환위기까지 겹쳐 힘들어하던 설립자에게 아들을 교수시킬 마음으로 자진해서 기여금을 내놓자 이사장은 학과도 만들어

주면서 교수에 임용시켜주었다. 아들이 대학에 임용되자 온 가족이 환호성을 지르며 춤을 췄다는 말도 들렸을 정도였다. 그런데 임용된 지 얼마 지나지 않아 재단이 바뀌자 기여금을 되돌려 달라고 하는 그런 사람이었다. 사실 강두섭은 기여금을 받은 사람에게는 모두 차용증을 써주었었다. 그러나 그것이 차용한 것이 아니라는 것은 삼척동자도 다 아는 일이었다.

재단이 바뀌었다고 자신의 교수 지위가 없어지지도 않았는데 기여금을 내놓으라고 하는 것이 과연 옳은 일이겠는가? 그런데도 강잘난 교수는 차용증서를 근거로 재판을 걸었다.

설립자의 아들 강두섭은 당시 동서양대학교의 이사장으로 있었다. IMF 외환위기로 부도 위기에서 얼떨결에 설립자가 위로금 30억 원을 받기로 하고 전무식에게 대학을 넘겼지만, 전무식은 계약 당시 주었던 10억 원만으로 대학을 통째로 삼켰다. 설립자 위로금조차 받지 못하자 사기당한 꼴이 된 강두섭은 생각할수록 분통이 터져 학교를 되찾는다는 일념으로 채서남 교수와 상의했다. 당시 채서남 교수는 학내분규 때 전무식으로부터 미움을 받아 아무 잘못이 없이 퇴출되어 십수 건의 재판을 하는 상황이었고, 상황이 이렇게 되자 채서남이 아버지인 설립자를 설득하고 여러 도움을 준 끝에 강두섭 전 이사장은 총선에 나가서 18대 국회의원에 당선되었다.

강잘난 교수는 전 이사장이 국회의원에 당선된 후에도 재판을 계속했다. 기가 막힌 이사장은 아무런 대응을 하지 않았다. 국회의원이 교수채용 시 받은 기여금 때문에 법원에 출석할 수는 없었다. 대응하지 않음으로써 강잘난은 자백간주로 승소했다. 강잘난은 재판에 승소하자 다시 돈을 달라고 강두섭 국회의원에게 내용증명을 보냈다. 그래도 아무런 말이 없자 국회의원 세비를 압류했다. 그렇게 해서 매월 세비의 절반을 받아갔다. 국회의원의 세비를 압류하여 돈을 매월 받아간 일은 헌정사상 처음 있는 일이었다. 보통은 국회의원에 당선되면 무슨 도움을 받을 것이 없나 생각하여 압류된 것도 풀어주는데 그는 전혀 반대의 행동을 하고 있었다. 자신이 돈을 돌려달라고 하는 것은 자신을 채용해준 대가를 무효로 하는 것이나 마찬가지인데 그렇다면 자신도 대학을 그만두어야 하는 것 아닌가? 이런 보통사람의 상식을 뛰어넘는 그는 돈키호테로 불리기도 했다. 그런 이해하지 못할 행동들로 인하여 대학교수라면 돌아가면서 하는 학과장을 그는 평생 한 번도 못 해보았다.

강잘난 교수는 마음이 급했다. 이번 달 봉급이 제대로 나오려면 자신이 뭔가를 해야만 한다고 생각했다. 급히 A4용지에 청원서를 쓰기 시작했다. 내용은 이사장이 업무에 복귀해달라는 내용이었다.

동서양 대학교 교수들의 마음을 담은 청원서

20**년 새해가 밝았습니다.
우리 교수들의 마음과 정성을 모아 올해에도 이사장님과 가내에 항상 행운이 깃들길 기원합니다.
작금의 문제에 대해 우리 동서양대학교 교수 일동은 심각한 수준으로 인식하고 있으며 이에 우리의 간절한 마음을 담아 이사장님께 청원을 드리오니 넓은 혜안으로 교수들의 심정을 헤아려 주셨으면 합니다.
먼저 그동안 이사장님의 헌신적인 노고에 깊이 감사드립니다. 우리 대학교수들 역시 현재의 대학 위기 상황을 누구보다 잘 알고 있으며 또한 이사장님의 기대에 제대로 부응하지 못한 점도 잘 알고 있습니다. 이제 하루하루 달라지는 동서양대학교의 위상을 인식하며 앞으로도 더욱 하나가 되어 이사장님의 경영철학에 부응한다는 각오로 다음과 같은 실천 의지를 갖고자 합니다.

> 첫째, 대학환경변화에 따른 구조 개혁의 필요성을 인식하고 학교경영에 관한 이사장님의 경영이념과 경영방침을 존중합니다.
> 둘째, 연봉제 도입의 필요성을 공감하며, 전 구성원이 공감할 수 있는 보다 발전적인 방안을 마련하겠습니다.
> 셋째, ······.
>
> 20**년 1월 9일
>
> 동서양대학교를 사랑하는 교수 일동

연번	계열(학과)	성명	서명	비고
1				
2				
3				

강잘난은 청원서가 대충 완성되자 정그래 교무처장을 찾아가서 자신이 쓴 청원서를 보여줬다. 마침 셀프 파업을 하는 오만일에게 잘 보이려는 딸랑이들이 어떤 돌파구가 없어 고심하던 중 돈키호테 강잘난이 쓴 문건을 보고는 눈이 번쩍 띄었다.

보직교수들이 급하게 회의를 한 다음 강잘난이 쓴 문건을 들고 다니면서 교수들에게 보여주고 사인을 받았다. 일부 교수들도 '연봉제 도입의 필요성을 공감하며, 전 구성원이 공감할 수 있는 보다 발전적인 방안을 마련하겠습니다.'라는 문구가 좀 찝찝했지만, 다음에 발전적인 방안을 마련할 때 자신의 의견을 피력하려고 사인해주기도 했다. 어떤 교수는 전화로 내용을 듣고 위임한 교수도 꽤 많았다. 어떤 학과장은 자신이 가짜로 다른 교수의 사인을 하기도 했다. 그러나 채서남 교수는 물론 인화평 교수에게는 아무도 그 문건을 들고 오지 않았다.

다음날 이참판 교수가 채서남 교수 연구실에 왔다가 담배를 피우려고 운동장이 보이는 복도 창문 쪽으로 갔다가 이상한 모습을 목격했다. 채서남 교수의 연구실은 원래 운동장이 보이는 상당히 좋은 위치에 있었으나 학내분규 때 퇴출당하였다가 다시 복직해서 들어오니 그곳을 노리고 있던 다른 교수가 차지하고 있었다. 채서남 교수는 어쩔 수 없이 운동장이 보이지 않는 비워둔 곳으로 들어간 것이 현재의 연구실이었다. 채서남 교수는 담배를 피우지 않으니 별 문제가 없지만, 연구실을 찾아오는 교수 중에서 담배를 피우는 교수들은 맞바람이 잘 통하지 않아서 복도로 나가서 피워야 했다.

운동장에는 평소 보이지 않던 붉은 색 관광버스 2대가 정차하고 있었고 승용차 몇 대가 보였다.
잠시 후 이참판 교수가 다시 연구실로 돌아와서 말했다.
"교수님, 지금 밖에 관광버스 2대가 정차해 있는데 교수들이 그 차에 타고 있습니다."
"무슨 일로 차를 탈까요? 나에게는 아무런 말이 없었는데?"
"어저께 쓴 청원서 있잖아요? 그걸 들고 여주에 있는 백두산업에 이사장 만나러 간다나 봅니다."
"그래요? 나는 청원서를 읽어보지도 못했는데요? 참으로 빨리 추진합니다."
"돈키호테가 오만일이 업무에 복귀해달라는 청원서를 작성해서 일부 교수들의 사인을 받아 가지고 간답니다. 그리고 교비로 관광버스를 빌렸다는 말도 들립니다."
"교비로 그따위 짓을 한답니까? 게다가 문건을 돈키호테가 작성했으면 그거 문제가 있을 것 같은데? 자세히 보질 못했으니 뭘 알 수가 있어야지."

"교수님, 어제 제가 내용을 보니까 연봉제 도입을 공감하고, 모두 공감하는 발전적인 방안을 만들겠다는 것입니다. 앞으로 방안을 만들겠다고 했으니까요. 뭔가 생각해서 다시 문건을 작성하겠지요. 하여간 스팸들이 2대의 버스에 차곡차곡 잘 들어가고 있었습니다. 교수님도 창문에 가셔서 한번 보실래요?"

"가서 보면 뭐해요? 스팸이라며 ……!"

교수들이 버스로 여주에 있는 백두산업에 당도해서 사무실에 들어갔을 때였다. 오만일은 중역용 회전의자에 거만하게 앉은 채 뒤돌아보지도 않았다. 어제 세작들에게서 일부 교수들이 주축이 되어 이런 일을 벌이고 있다는 말을 들어 대충 알고 있었지만, 포커페이스가 필요하다고 생각했다. 앞줄에는 강잘난과 문건을 작성할 때 옆에서 도왔던 뚱딴지란 별명을 가진 여교수 우숙경이 서고 보직교수들과 일반 교수들은 뒷줄에 늘어서 있었다. 사무실은 상당히 넓은데도 꽉 차서 교수들이 다 들어가지 못하고 밖에도 서 있었다. 교무처장 정그래 교수가 말했다.

"이사장님 저희가 마음을 담아 청원서를 작성하고 교수들의 사인을 받아왔습니다. 읽어보시고 마음을 푸시고 이사장님 업무에 복귀해주시길 청원합니다."

오만일은 그제야 회전의자를 돌려 힐끔 교수들을 돌아보면서 청원서 뭉치를 열어보았다. 다 읽어보고 오만일이 물었다.

"여기 사인한 교수들이 전체 교수들입니까?"

"전체는 아니고 총 102명 중에서 84명이 서명했습니다."

오만일은 정그래 교무처장의 84명이라는 말에 얼굴이 조금 풀렸다. 반수가 넘었기 때문에 뭔가 도모할 거리가 있다고 생각되었기 때문이었다.

PART 2 혼돈

1. 성과급 연봉제 동의 서명
2. 폐과 위기의 교수들
3. 특성화 회의
4. 아! 폐과는 안 돼!
5. 죽은 자와 산 자
6. 복합관
7. NCS(국가직무 능력표준)
8. 교육부의 눈먼 돈
9. 딸랑이들의 발악
10. 모델과

1. 성과급 연봉제 동의 서명

　여주에 있는 오만일의 사업체인 백두산업에 얼빠진 교수들이 주축이 되어 다녀온 지 일주일이 지났다. 교수들은 자신들이 다녀온 후 일이 어떻게 되어가나 숨죽이고 있을 때였다. 서춘동 교수가 채서남 교수의 연구실에 왔다. 그는 들어오자마자 선 채로 허리가 아픈지 옆구리 뒤쪽에 오른손을 얹은 채 말했다.

　"하, 채교수님, 이사장실에 오만일이 출근해 있다고 합니다."
　"오, 그래요? 전 세계 유례가 없는 셀프 파업했던 분인데 과연 어떤 모습으로 왔을까요? 옛날에 먹고 살기 어려울 때 남자들이 부인을 때리고 그러면 부인이 견디다 못해 보따리 싸들고 나갔다가 마땅히 갈만한 곳이 없으면 다시 돌아오던 그런 모습이던가요?"
　"에이~, 교수님, 지금은 세상이 많이 바뀌어서 다릅니다. 어디 가던가 밥 못 먹고 그러지 않습니다. 얼굴 반반하면 먹고 살 때 많아요. 그런데 이사장이 다시 돌아온 후 뭔가 할 것 같은 분위깁니다."
　"그러겠지요. 제 버릇 개 줍니까?"
　"이번 기회에 못된 놈이 나가고 좋은 재단이 들어왔으면 좋았을 텐데 ……."
　"교수들이 저따윈데 뭐가 바뀌겠습니까? 어떤 재단이 들어오던

지 서로 먼저 자기 얼굴 봐달라고 머리 디밀고, 강의는 뒷전이고, 봉급은 많이 주길 바라는 교수가 저렇게 많이 있는 한 뭐가 바뀌겠습니까?"

"그런데, 교수님, 저쪽 생활관 쪽으로 오다가 돈키호테 강잘난 교수를 봤습니다. 요새 반백인 구레나룻을 삼부. 아니, 오부 갈이로 했는지, 마치 만화영화에 나오는 도사와 반백의 관록이 넘치는 교수 중간 정도로 멋있게 깎고 다녀요. 그 돈키호테가 생활관 쪽에서 환하게 웃음을 띠고 오는 거예요. 그래서 그 꼴 보기 싫어 반대쪽으로 와버렸습니다."

"허허! 모습만 그러면 뭐합니까? 자신이 만든 청원서가 앞으로 어떤 형태로 다가올지 전혀 예측도 못 하는 철딱서니 없는 븅신인데, 거기에 운저리, 짱뚱이, 모챙이 휘젓고 뛰듯 따라다니며 추임새들 놓는 교수들뿐이니 참 ……."

"채 교수님, 짱뚱이는 알겠는데 운저리, 모챙이가 뭡니까?"

"아, 그것, 운저리는 망둥이 새낀데 멍청하고 여기저기 휘젓고 잘 다닙니다. 운저리는 낚시질하다가 미끼가 모자라면 자기들 잘라서 미끼로 써도 아주 자~알 멍청하게 잘 뭅니다. 그래서 잡기 쉽습니다. 그리고 모챙이는 숭어 새낀데 참 잘 뜁니다. 원래 숭어가 잘 뛰잖아요? 그 새끼는 어떻겠어요?"

채서남이나 인화평 교수는 다른 교수의 연구실에 좀처럼 가지 않고 특별히 어떤 정보를 알려고 하지 않았기 때문에 소문을 좀 늦게 듣지만, 판단은 항상 정확했다. 어떤 사안이 생겼을 때 교수들은 자신들이 아는 정보가 어떤 의미인지 궁금할 때는 채서남이나 인화평 교수의 방에 와서 무슨 대단한 정보를 알려 주는 듯이 말했다. 그런 정보는 약간의 시차만 있을 뿐 다른 경로를 통해서도 꼭 들어왔다. 어떤 때는 이미 알고 있는 내용을 최신 정보라면서 말하는데도 모른 척하고 들어야 했다. 또, 그들이 어떤 정보를 가지고 와서 말하면 대답의 수위도 잘 조절해야만 했다. 무언가 재단의 잘못된 아픈 곳을 찌르는 말을 하면 그 말이 반드시 되돌아 들어갔다. 그러면 다시 그 말이 어디서 나왔는지 거꾸로 추적을 당하기 일쑤였다. 그러다 보면 실제와 다른 공작이 끼었을지라도 채서남 교수나 인화평 교수가 오해받기에 십상이었다. 이 두 교수가 분석해주는 것이 결코 대학을 나쁘게 하는 것은 아니었지만, 교수들을 줄 세우고 교비를 무난하게 빼가야 하는 오만일로서는 매우 불편한 존재였다. 채서남과 인화평 교수로 인해 오만일이 자신의 발톱을 숨기고 필요한 것을 얻어내려 하는 것을 미리 간파해서 교수들에게 알려 줌으로서 낭패를 본 경우가 한두 번이 아니었다. 그중에서 제일 크게 뼈 아팠던 것이 바로 성과급 연봉제 투표의 부결이었다.

그러나 이번에 동의서를 받은 상황에서 오만일은 이제 동서양대학교가 자신의 손바닥 안에 있는 것처럼 보였다. 전체 103명의 교수 중에서 84명이 동의 서명을 했으니 이것을 기반으로 연봉제 전환동의서를 받으면 되리라 생각되었다.

오후가 되니 대학 내에 인사처를 만들었다는 말이 돌았다. 교수들은 어안이 벙벙해졌을 때쯤 메신저에는 정보통신과 이생김 교수를 인사처장으로 발령을 냈다는 공지가 떴다.

> 공지 사항
> 1. 대학 내 인사처를 신설함.
> 2. 인사처장에 정보통신과 이생김 교수를 보함.

IT를 기반으로 하는 정보통신과의 교수들은 뭔가 이상한 통계를 가지고 다시 이상한 것을 만들어내는 상당한 재주를 가지고 있었다. 그런 것을 아는지 오만일은 이번에 정보통신과 이생김 교수를 인사처장으로 발령냈다.

신한관 5층에 인사처장실이 급히 만들어지고 팻말도 붙여졌다. 이생김 교수는 상황에 따라 자신의 급여가 많이 깎이고 비정규직이나 마찬가지인 연봉제로의 전환하는 일을 맡은 것에 약간 찜찜했다. 그렇지만 어차피 이렇게 된 것이니 최선을 다한다는 마음으로 뛰겠다는 생각을 했다. 이사장이 자신을 신임하고 인사처장의 보직을 주는 것으로 보아 앞으로 호봉제에서 연봉제로 바뀌어도 자신의 급여는 줄어들지 않겠다고 생각되었다. 다른 교수들의 문제는 그 교수들이 알아서 할 일이고 자신은 이사장으로부터 인정을 받았기 때문에 앞으로 급여나 재임용 등에 아무런 문제가 없을 것으로 생각하였다.

인사처는 많은 직원을 거느리는 행정기관이나 기업들이 갖는 부서이다. 전국 어느 대학에서도 인사처라는 부서나 인사처장이라는 직책은 없었다. 대학에서는 근원적으로 그런 직책이 있을 필요가 없다. 100여명 남짓의 교수가 있는 대학에선 더욱 그랬다. 대학이란 원래 수평적 구조이므로 총장을 하다가도 임기가 만료되면 일반 교수로 학생을 가르치는 것이 일반적이다.

보직은 나이 들면서 자동으로 한 자리씩 돌아가면서 맡는 것이 일반적이다. 학생을 가르치고 학문을 연구하는 교수의 본질을 마음에 두는 학자라면 보직은 그리 중요하지 않은 것이다. 그러나 지방의 시원찮은 대학에서는 연구할 수 있는 역량이 떨어지는 교수들이 강의는 적게 하고 권력의 자리라고 생각하는 보직에 목메는 것은 어쩌면 당연한 일이었다.

이생김 인사처장은 한나절 끙끙거리며 연봉제 전환동의서라는 문건을 만들었다.

연봉제 전환 동의서

20**년 1월 17일

우리 동서양대학교 교수들은 기존 보수체계에서 다음과 같은 주요 내용이 포함된 연봉제로의 전환에 동의합니다.

연봉제 전환 주요 내용

(가) 기본급과 성과급 구분
　　기본급은 종전 보수규정의 개인별 봉급의 연간 총액으로 하며 성과급은 종전 보수규정의 개인별 각종 수당의 연간 총액으로 함
(나) 기본급
　　정책조정액 항목을 신설하여 하후상박, 승진 등에 의한 기본급 조정에 활용함
(다) 성과급
　　1. 개인별 성과급에서 15±의 차등 지급
　　2. 등급은 S, A, B, C, D의 5등급으로 한다.

　　인사처장이란 완장의 위력은 대단했다. 사람의 생각을, 그것도 평소 고상한 척하던 대학교수의 생각을 단박에 바꾸어 버렸기 때문에 이생김 인사처장은 오만일의 권력이 자신의 권력인 양 사용했다. 자신이 만든 동의서가 제대로 된 기준이나 명분 없이 권력을 휘두르는 행위라는 것을 아는지 모르는지 자신이 생각한 문구를 다듬어 서둘러 인쇄했다. 그러고 나서 면담순서를 작성했다. 마음 약한 교수들과 폐과된 교수나 폐과 말이 나올만한 과의 교수들을 먼저 공략하려고 면담순서의 앞쪽에 배치했다.

다음날부터 교수들을 인사 처장실로 한 명씩 불렀다. 자신이 교수들의 연구실로 다니면서 동의를 구해도 시원찮을 이런 일을 교수들에게 시간을 정해주며 자신의 처장실로 오게 했다.

평소 별말이 없던 홍민아 교수는 면담순서의 앞에 있었다. 홍민아 교수는 독일에서 8년 동안 힘들게 피아노 공부를 하다가 고국에 와서 운이 좋게 동서양대학교의 실용음악과에 둥지를 틀었다. 이 실용음악과에는 5명의 교수가 있었는데 피아노전공이 3명이고 기악전공, 성악전공이 각각 1명이 있었다. 이들은 다 독일이나 이탈리아 등에서 공부한 괜찮은 인재들이었다. 그렇지만 학과에서는 좀 달랐다. 기악을 전공한 판정일 교수는 기악에 뭐가 그리 진저리가 났는지 근처 안성에 토지를 마련하고 개를 키워서 파는 일에 몰두했다. 성악을 전공한 정메리 교수는 매일 술에 찌들어 전성기의 기름지고 아름다운 목소리는 어디로 가고 없었다. 몸도 관리하지 않으니 불어서 앞뒤가 구별되지 않을 정도였다. 피아노전공을 한 교수들은 매년 연주회를 하지 않으면 손가락이 제대로 돌아가지 않지만 이미 교수로 자리 잡았기 때문에 재임용에 문제가 없을 정도만큼만 하고 있었다. 그러나 홍민아 교수는 1년에 열아홉 번이 넘도록 연주회를 하는 열정을 가지고 있었다. 홍민아 교수는 학생들과의 소통이 잘 되었지만, 학과를 돌아보면 다른 교수들이 모두 그러니 도통 힘이 나지 않았다. 이렇게 실용음악과가 콩가루 집안이 된 상태로 오만일이 이사장으로 왔을 때였다. 학과의 교수들이 한목소리가 되지 못하고 서로 기회만 있으면 중구난방의 보고가 올라오니 오만일은 기분이 매우 언짢았다. 실용음악과가 특별히 학생모집이 안 되는 것도 아니었지만 오만일은 본보기로 단칼에 폐과를 결정해버렸다. 클래식 음악을 전공한 교수들은 자신의 전공과 비슷하게 꼽사리라도 낄 수 있는 유아교육과나 엔터테인먼트 학과에 빌붙어 보려고 했었지만, 기존에 있던 그 과 교수들의 견제가 이만저만 아니었다.

　홍민아 교수가 인사처장이 정해준 시간에 인사 처장실 앞에 섰을 때 '인사처장 이생김 교수'라고 써진 팻말이 눈에 들어왔다. 홍민아 교수는 자신에 앞서 두 여교수가 이생김 인사처장의 압박에 못 이겨 사인하고 나왔다는 말을 이미 듣고 있었다. 눈앞의 깨끗하게 새겨진 팻말을 보면서 강의 시간에 인사 처장실로 오도록 한 것이 기분 나빠졌다.

　홍민아 교수가 노크하고 인사 처장실에 들어갔을 때 이생김 인사처장은 서류를 들여다보다가 반갑게 일어서서 맞았다.

　"아! 홍 교수님 오셨네요."

　"안녕하세요? 저 강의 시간 중이라 시간이 별로 없습니다. 간단하게 요점만 말씀해 주세요."

　내용을 다 알고 온 홍민아 교수지만 강의 시간 중이라고 꼭 집어서 말했다. 사실 면담시간이 강의 시간과 겹친다면서 나중에 면담을 해도 되지만 지금 너희가 하는 일들이 모두 불법이라는 것을 인식시켜 주고 싶었다. 그래서 인사처장이 정한 시간에 와서 강의 도중이란 말을 강조했다.

　"그럼 교수님께서 사정을 다 아실 테니까 자세한 말씀은 안 드리고, 이걸 읽어보시고 다음 페이지에 사인해주시면 됩니다."

　홍민아 교수는 앞 장의 성과급 연봉제 동의서라고 쓰인 내용을 다 읽어보고 나서 다음 장의 서명란을 확인한 후 말했다.

　"인사처장님! 저는 이것에 동의하기가 어렵습니다. 성과급 연봉제는 얼마 전에 비밀투표를 해서 부결되지 않았습니까?"

　홍민아 교수의 입에서 비밀투표의 부결이라는 말이 나올 줄은 예상하지 못했었다. 이생김 인사처장은 원래 얼굴색이 좀 거무튀튀했지만, 홍민아 교수의 말을 듣자 더욱 짙은 색으로 변했다. 이생김 인사처장은 시간이 없다고 하면서 당당하게 말하는 홍민아 교수를 빨리 사인하도록 압박하기 위해서 교수들이 오면 압박할 말을 적어 책상 위에 놓은 쪽지를 보았다. 거기에는 1. 이사장님께서 이번에 폐과를 폭넓게 생각하고 계십니다. 2. 이사장님께서 교수님을 관심 있게 보고 계십니다. 3. 그 과에 학과목 배정 때문에 좀 문제점이 있지요? 등 십여 가지의 압박할 문구를 적어 놨다. 이생김 인사처장의 눈에 첫 번째 글귀가 눈에 들어왔다.

"이번에 이사장님께서 폐과에 대해 폭넓게 생각하고 계십니다."

이생김 인사처장의 폐과란 말을 들은 홍민아 교수는 속에서 불 같은 것이 올라왔다. 오만일이 이미 폐과를 시켜버려서 지금 죽을 맛인데 저따위 소리를 하는가 싶어서 이생김 인사처장을 똑바로 바라보며 말했다.

"저희 과는 이미 폐과되어서 이과 저과 다니면서 강의하는 신세입니다. 그러잖아도 강의평가가 잘 나오지 않는 교양과목을 맡아서 강의하는데 이렇게 강의 도중에 나오도록 하면 학생들이 강의평가를 잘해주겠습니까? 이 평가로 성과급 연봉제를 한다면 이 불이익에 대한 책임은 누가 집니까?"

이생김 인사처장은 홍민아 교수가 생각하지도 못한 도발적인 말을 또박또박하는 것에 적지 않게 당황했다. 이생김 인사처장도 그냥 물러나지 않고 다시 압박하는 말을 했다.

"홍 교수님! 이사장님께서 교수님을 관심 있게 보고 계십니다. 잘 생각해보십시오."

평소 별말이 없고 단정하고 다소곳하게만 느꼈던 홍민아 교수를 면담순서 앞쪽에다 놓은 게 잘못이고, 쪽지에 적어 놓은 것의 맨 처음 것을 말한 것이 잘못이라고 생각하고 있을 때 홍민아 교수도 이생김 인사처장이 불법적인 일을 하면서 야비하게 이사장 팔이 하는 모습이 매우 불쌍한 생각이 들어 말했다.

"인사처장님이 제 급여를 결정할 수 있는 것도 아니잖아요? 나중에 어떻게 책임지시려고 이렇게 이사장님 핑계를 대면서 사인을 강요하고 계십니까? 나는 이 동의서에 사인할 수 없습니다. 저 강의 시간 중이라 가보겠습니다."

홍민아 교수의 말을 듣고 어안이 벙벙한 이생김 인사처장을 뒤에 두고 홍민아 교수는 인사 처장실 입구 문 쪽으로 또박또박 걸었다. 하이힐의 박자와 문 여는 소리는 마치 라데츠키 행진곡의 전주곡을 듣는 느낌이었다. 홍민아 교수가 행진곡을 연상하면서 그 박자에 맞춰 걷는 것이 아닌가 착각할 정도였다.

홍민아 교수는 인사 처장실을 나오자 문을 꽝 닫았다. 이번에 급히 인사처장실을 만들면서 제대로 처리를 못 해서 그런지 도어 위쪽 경첩이 빠지면서 문이 떨어졌다. 홍민아 교수는 문 쪽에서 이상한 소리가 난 것을 들었지만 뒤돌아보지 않고 복도 끝에 있는 계단 쪽으로 걸어갔다. 조금 있다가 짧고 무디게 쿵 하는 소리가 났지만, 끝내 뒤돌아보지 않았다. 홍민아 교수가 복도 끝에 있는 계단으로 내려가기 위해서 오른쪽으로 돌면서 인사처장실 쪽을 바라다보았다. 멀찍이 인사 처장실 밖으로 이생김 교수가 나와 있는 것을 볼 수 있었다. 인사처장은 떨어진 문을 붙잡고 어떻게 해보려고 그런지 끙끙대고 있었다.

이생김 인사처장은 마음이 쫄아 있는 교수들이 오면 먼저 폐과나 취업률이나 교수 간의 갈등을 슬쩍 비쳤다. 그러면서 상대방의 반응을 보면서 다시 개인적인 약점이나 상대가 겁을 먹을 만한 말들까지도 꺼내서 사인을 유도했다. 교수로서 절대로 해서는 안 되는 언행이었고 거기에다가 협박까지 했다. 이런 불법은 인사처장 개인을 상대로 형사고소도 가능한 일이라는 것을 채서남 교수는 잘 알고 있었다.

2. 폐과 위기의 교수들

교정은 너무 평화로웠다. 며칠 전에 가을비가 살짝 뿌린 뒤 햇살은 아주 깨끗하게 느껴졌고 기온도 생활하기 딱 좋은 20도 정도였다. 여기저기 강의실을 찾아가는 학생들이 뭔가 좋아서 웃고 가는 모습이 보였고, 효명관 출입구 쪽으로 남녀 학생 한 쌍도 보기 좋게 걸어가고 있었다.

인화평 교수는 강의가 없는 날에도 학교에 나와서 강의 준비와 학생들 레포드 체크를 했다. 어떤 일이 있어도 학생 가르치는 일에 소홀함이 없었다. 연구실에는 언제나 교수들이 많이 찾아 왔기 때문에 강의 없는 날에도 나와서 밀린 일을 해야만 했다.

한지민 교수는 인화평 교수의 강의가 목요일에 없다는 것을 이미 알고 있었다. 그런데 인화평 교수의 방에 다른 교수가 먼저 와 있으면 좀 그랬기 때문에 이른 시간에 왔다.

"인 교수님, 요즈음 오만일 이사장님의 방글라데시 일이 잘 안 되나 봐요."

"그게, 방글라데시는 우리나라와는 달리 오더를 한 번에 주어서는 안 되는 나라입니다."

"그러면요? 교수님"

"개발도상국이라서 원단, 실, 자크, 단추 등 모든 것을 사서 보내주어야 합니다. 그리고 만들어진 옷의 샘플도 보내줘야 한답니다. 심지어는 어떻게 만드는 지까지도 설명해주어야 할 때도 있답니다."

"아, 교수님, 그러면 단순한 임가공 형태군요?"

"예, 그러니까 오만일이 항상 자신이 뭐 많이 있는 것처럼 말하던 방글라데시 회사는 빈껍데기입니다. 수년 전에 건물이 무너지고 사람이 많이 죽고 했잖아요? 그때 피해를 많이 봤기 때문에 완전히 빈껍데기죠."

"그러면 학생만 제대로 온다면 우리 대학이 현금 쏙쏙 들어오는 보물창고였네요?"

"그렇지요! 보물창고! 이런 보물창고를 잘 유지하려면 학생들을 잘 다루도록 교수들을 잘 다독거려야 하는데 쯧쯧 쯧! 요즈음 교수들이 오만일 눈치 보느라고 페이퍼 작업만 하지 아무 일도 안 해요. 강의 준비도 안 하고, 강의 준비를 하지 않으니 10년 된 강의 노트를 지금도 사용하는 교수도 있답니다. 학생들 면담도 슬렁슬렁 한 번 하면 세 번 한 것으로 면담일지의 빈칸만 채워요."

한지민 교수는 인화평 교수의 10년 넘게 강의 노트란 말을 듣고 좀 찔렸지만, 표정은 변하지 않도록 잘 유지하고 있었다. 인화평 교수의 말은 이어졌다.

"어떻게 교수가 10년째 똑같은 교재와 강의 노트로 똑같은 강의를 하면서 돈이 좀 되는 외부 일이나, 외부심사나 다니고 있는지 참……."

이생김 인사처장이 불법으로 연봉제 동의서를 받는 어수선한 학내사정과 맞물려 요사이 오만일의 변덕까지 심해지니 심지가 굳지 않은 교수들은 극도의 불안 속에 살아야 했다. 언제 어떤 일이 벌어질지 도저히 가늠하기 어려웠다. 이런 상태에서 가장 가슴 졸이는 교수는 단연 폐과가 거론되는 과였다. 건축과는 학생모집에 있어서 다른 과들보다는 지표가 좀 나빴다. 그래서 요즈음 폐과에 대한 말이 더 들리는 것을 보면 어쩌면 당연한 일이었다. 그러나 학기 중간이라 지표를 들먹일 시기가 아닌데도 누군가 자꾸 보고한다며 옆에서 부추기는 것이 분명했다. 오만일의 변덕에 따라 흘러나오는 말들은 오만일이 뭔가 결단을 내리기 위해 군불을 피우고 있지 않은가 하는 의구심도 갖게 했다. 건축과에 있는 복문표 교수가 별로 마음에 들지 않은 것도 한 이유일 수도 있었다. 패션디자인과도 특별히 학과의 지표가 나쁜 것은 아니었지만 요즈음 돌아가는 상황이 상황인지라 금휘향 교수도 걱정이 앞섰다.

오만일은 의류공장을 인수한 경험 때문에 다른 학과는 몰라도 패션디자인과나 섬유에 관련된 분야에 대한 인식과 전망은 조금 할 수 있었다. 오만일이 대학을 인수하기 전에 주로 했던 사업은 '돈 놓고 돈 먹기 장사'인 M&A와 캐피털 사업이었다. 적당히 은행과 짜고 잘만 배팅하면 웬만한 중소기업은 간단하게 부도 위기로 몰아 삼킬 수 있었다.

사실 돈 한 푼 들이지 않고 방글라데시의 스웨터 공장을 넘겨받게 된 것도 오만일이 내세운 브로커와 은행이 결탁해서 얻은 전리품이나 다름없었다.

1980년대 들어서 국내의 기성복 제조업자는 물론 글로벌 브랜드 관계자들은 값싼 노동력이 넘쳐나는 방글라데시에 몰려갔었다. 방글라데시가 중국에 이어 세계 제2의 의류 수출국이 되기까지에는 중간에 사건 사고도 잦았지만 일단 값싸고 일이 깔끔한 방글라데시의 노동력이 있었기 때문에 가능했다. 그런데 2010년대 초반에 들어서면서 방글라데시 공장에선 대형사건 사고들이 연이어 발생했다. 시설이 매우 낙후한 공장에서 전 세계로부터 밀려드는 엄청난 물량을 처리하느라 공장 환경을 바꿀 새도 없이 작업하다가 난 사고들이었다. 상당히 큰 규모의 사고는 방글라데시 수도 다카 외곽에 있는 사비르 공단 내 라나플라자 의류공장이 무너져 내린 일이었다. 무려 1,100명 넘는 사람이 일시에 사망한 사건이다. 9층짜리 건물이 순식간에 무너지는 바람에 손쓸 시간도 없이 많은 사람이 목숨을 잃었다. 이 사고로 입주해 있던 공장들은 당연히 큰 영향을 받을 수밖에 없었다. 오만일이 M&A로 얻은 방글라데시의 의류회사도 더는 희망을 품을 수 없을 정도로 타격을 받았다. 그런 이유로 오만일은 현금 장사로 여겨지는 동서양대학교에 더 목멜 수밖에 없었다. 요즈음 그가 조그맣게 혼자 되뇌는 말이 있었다.

"현금박치기 ……."

동서양대학교에는 우리나라에서 공장이 없어져 학생을 취직시킬 수도 없고, 학문적으로도 별 가치가 없는 구태의연한 섬유 염색을 20년째 강의하고 있는 교수가 있었다. 시대가 아무리 변해도 어떻게든 과목명을 약간 바꾸던가 아니면 학과명을 바꾸는 방법으로 염색을 강의했다. 이런 교수가 지금까지 살아남을 수 있었고, 급여를 더 많이 받을 수 있었던 데에는 그냥 재단에 잘 보이기만 하면 별문제가 없었다. 그들은 재단이 원하는 대로만 해주면 되었다. 승진과 재임용에 문제가 많은 교수지만 재단도 그런 교수들이 꼭 필요했다. 재단은 실력이나 정의는 필요치 않았다. 재단에 반기를 든 교수들을 징계하거나 해임 또는 퇴출할 때 재단이 원하는 대로 손을 들어줄 거수기인 예스맨이 필요했기 때문이다.

이들 거수기 교수 중에는 일명 '빤쓰 목사'라고 불리는 유명한 교회에 집을 팔아 바치고 세를 사는 교수가 있었다. 그런 판단력으로 진정한 크리스쳔으로 바른 영성을 가지고 살 수 없는 것이다. 그것은 자신이 하려고 하는 일이 옳은 일인지 옳지 않은 일인지, 자신이

해야 할 일인지 해서는 안 되는 일인지를 구별하지 못하고 재단이 원하는 대로 몇 십 년간을 징계위원회, 인사위원회 등 여러 위원회에서 재단이 원하는 대로 거수기 노릇 해주는 것이 증명해주고 있었다. 그런 행위는 자신이 다니는 교회의 빤쓰 목사의 표현대로 지옥에 가는 일인데도, 자신이 다니는 교회의 목사가 말하는 것도 이해하지 못하고 오로지 대학 내에서 그 조그만 권력을 양손에 가득 잡으려고만 했다.

여하튼 이들은 재단이 원하는 대로 해준 공로로 높은 보직은 맡지 못해도 학과장은 꾸준히 할 수 있었다. 꾸준히 학과장을 하다 보니 학과 안에서의 전횡은 대단했다.

디자인과에는 산업디자인, 공업디자인, 세라믹 등 여러 세부 전공이 있었고, 옷맵시 관련된 학과는 패션디자인과였다. 그런데 오만일이 보면 이런 학과들이 영 마음에 들지 않았다.

오만일은 엄친일에게 패션디자인과의 학과지표에 관해 물어보았다. 엄친일은 십 수 년째 이런 것을 분석하고 그것을 조그만 USB 저장장치에 넣어서 다녔다. 그래서 언제 어디서든지 필요한 자료를 찾아보거나 새로운 자료를 생성하는 것은 다른 교수들에 비교해 탁월했다. 엄친일이 가져온 자료에는 다른 학과에 비교해 학과지표가 특별히 많이 떨어지지는 않았다.

그러나 오만일 자신이 알고 있는 분야가 오로지 이것뿐이었고, 전망은 조금 할 수 있었다. 아니 그 정도는 조금이라도 관심 있는 사람은 모두 할 수 있는 내용이었다.

어느 날 오만일이 섬유에 관련된 것들은 후진국에서 하는 노동집약적 산업이어서 우리나라에서는 사양산업이며 학과 충원율이 낮으면 폐과를 고려해봐야겠다는 지나가는 한마디가 엄친일에게는 좋은 정보였다.

엄친일은 이사장실에서 나오자마자 패션디자인과의 금휘향 교수에게 전화를 걸었다. 그러나 연구실의 전화는 받지 않았다. 금휘향은 오후에 강의가 없었기 때문에 고성산 근처의 한적한 모텔에서 자신이 찍은 남자 교수와 시간을 보내다 돌아오는 길이었다. 엄친일이 휴대전화에 전화를 걸었을 때는 이동 중이라 차 안에서 전화를 받았다.

"금교수님! 지금 어디에 계세요? 연구실에는 전화해도 안 받으시던데요?"

"예, 근처에 나왔다가 지금 들어가는 중입니다. 곧 도착합니다. 그런데 왜요?"

"금교수님! 지금 말씀드리는 내용을 누구에게 말하면 안 됩니다. 오늘 이사장님께서 대한민국에는 섬유산업이 사양산업이 되어 모두 없어졌고, 국내에서 디자인해서 중국이나 방글라데시 등에 외주를 주기 때문에 이제는 이와 관련된 학과는 별 필요가 없는 과라고 말씀하셨습니다. 그리고 염색 강의를 하는 교수님에 대해서도 많이 물어보셨습니다."

"염색은 산업디자인 쪽이고 난 그쪽이 아닌데 ……. 엄 교수님이 이렇게 말씀해 주신 것 감사한데요, 지금 전화해주셔서 말씀하신 것이 우리 과의 폐과를 암시한 것으로 생각해도 됩니까?"

"그럴지도 모릅니다."

패션디자인과의 금휘향 교수는 예스맨 스타일은 아니었다. 금휘향은 174cm나 되는 매우 큰 키에 약간의 운동으로 다져진 몸매는 국내 어느 모델을 데려와도 견줄 만한 아름다운 몸매를 가졌다는 것이 대학 내의 중론이었다. 얼굴도 계란형이었는데 약간 피부가 거친 느낌이 든다는 것이 흠이라면 흠이었다.

외모에 자신이 있는 그녀는 널따란 원형 계단을 올라갈 때 더욱 빛을 냈다. 뒤따라오던 남자 교수를 먼저 가라고 비켜 주거나 천천히 걸어가지 않았다. 또박또박 바른 걸음으로 앞서갔다. 다른 남자 교수들이 자신의 몸매를 감상하면서 속으로 탄성을 지르는 것을 느끼면서도 자신은 전혀 모르는 것처럼 즐기는 스타일이었다.

그녀는 자신이 필요할 때 원하는 사람과 만났고 하룻밤을 지내도 뒤에는 아무런 말이 없었다. 그냥 그날 좋은 것으로 끝냈다. 그래서 한번 관계하면 자신을 매우 좋아하는 줄 알았던 남자 교수는 다음에 자신을 불러줄 때까지 마냥 기다려야 했다. 그것은 마치 관공서에 가서 번호표를 뽑고 기다리는 시민과 비슷했다.

금휘향은 전화를 끊고 나서 이리저리 생각하다 머리가 아파져 오기 시작했다. 자신의 연구실로 돌아오다가 같은 과 한지민 교수를 만났다. 색깔 있는 안경을 머리에 얹힌 모습으로 걸어오는 그녀를 보자 속내를 말할 수 있는 사람이 바로 앞에 있다는 사실만으로 기분이 조금 풀렸다. 금휘향은 한지민 교수에게 말했다.

"한지민! 지금 바빠? 바쁘지 않으면 내 방으로 와봐!"

"바쁘지는 않은데 ……."

금휘향은 한지민 교수가 먼저 자신의 연구실로 들어가도록 하고 뒤에 들어오면서 문을 잠갔다.

"오늘 무슨 일이 있길래 문도 잠그셔?"

"오늘 들은 이야기인데 다음에는 섬유에 관련된 디자인과가 폐과될 것 같다고 해"

"그래?"

"응, 뭐, 우리나라의 섬유산업이 사양산업이라나 하면서 ……."

이 말은 들은 한지민 교수도 갑자기 마음이 불안해져 요동치기 시작했다. 금휘향 교수는 어떤 중요한 정보를 캐오면 그것을 어떻게 해석해야 할지 그 뒤에 숨은 뜻이 무언지 정확히 모를 때는 항상 친하게 지내는 한지민 교수에게 먼저 말했다. 자신이 들은 정보의 숨은 뜻을 확인하고 싶어서였다. 그러면 한지민 교수는 그 정보가 무엇을 뜻하는지 그 뒷배경에 대해 정확히 파악할 수 있는 채서남 교수나 인화평 교수에게 와서 다시 물었다. 그러면 항상 대체적인 윤곽이 나왔다. 처음에는 이 두 교수가 말해준 것이 자신이 생각한 것과 좀 다른 것 같았지만 시간이 지나다 보면 이 두 교수가 예측한 것이 정확하게 맞곤 했다. 그런데 한지민 교수가 볼 때 채서남 교수는 좀 상대하기가 나빴다. 나이도 많고 말이 직설적이었다. 그래서 항상 부드럽게 대해 주는 인화평 교수의 방을 찾았다.

인화평 교수의 문을 열고 들어오는 한지민 교수는 단번에 보아도 백화점 퀄리티의 상당히 고급스러운 옅은 남색 투피스 차림이었다. 목에는 부정형의 무늬가 날염 된 실크 스카프를 하고 있었는데 남색 투피스와 잘 어울려 그녀의 아우라를 더 고급스럽게 올려주었.

한지민 교수는 인화평 교수의 연구실 소파에 핸드백을 내려두고 다소곳이 앉은 다음 다리를 꼬았다. 인화평 교수는 교수들이 찾아오면 항상 하던 대로 커피를 내렸다. 인화평 교수가 커피를 내리는 동안 한지민 교수는 방에 있는 하얀 책꽂이가 보기에 좋다거나 지금 나오는 음악이 상당히 좋다는 등 상대가 듣기 좋은 말들만을 골라서 했다.

한지민 교수는 인화평 교수가 머그잔에 타주는 따뜻한 커피를 받아서 한 모금 마셨다. 그리고서는 다리를 풀어서 반대로 다리를 꼬았다. 그녀는 다리가 짧으므로 다리를 풀어 반대로 다리를 꼬려면 짧은 치마 속의 야한 검은색 레이스가 달린 속옷이 보였다. 건너편의 상대방에게 자신의 속옷이 보이리라는 것을 모를 리 없지만, 손으로 가리는 척하면서 자세를 가끔 바꾸곤 했다. 이 행동은 목석같이 느껴지는 인화평 교수에게 주는 뭔가 의도가 있는 행동 같기도 했다. 한지민 교수는 커피잔을 내려놓으면서 말했다.

"교수님! 오늘 엄친일 교수가 그랬다는데요. 섬유 관련된 학과를 폐과 1순위로 정했다는 것 같아요. 어떻게 그럴 수 있지요?"

한지민은 금휘향 교수에게서 들은 내용을 조금 각색해서 말했다. 그녀의 말을 듣고 인화평 교수가 답했다.

"쟤들은 무슨 말이든 만들어 흘릴 수 있는 사람들입니다."

"대학이라는 학문의 전당에서 자신의 마음대로 과를 만들고 없애고 어떻게 그럴 수 있어요?"

인화평 교수는 다시 한번 강조해서 말했다.

"교수님, 그것은 그냥 흘린 것일 겁니다. 흘려서 반응을 보면서 연봉제와 관련해서 자신의 말을 잘 들으면 문제가 없고 말을 듣지 않으면 어느 과가 되었던지 날려버리겠다는 경고 아니겠어요? 일단 연봉제에 사인하라는 뜻일 겁니다."

한지민 교수는 인화평 교수의 말을 들으니 마음이 좀 편해졌다. 마음이 편해지자 평상시의 밝고 아름다운 얼굴빛으로 돌아왔다. 한지민 교수는 얼굴은 반반하지만, 키가 작았다. 키가 작아도 유명한 배우 김태희같이 전체적으로 균형이 잘 맞으면 좋은데 다리가 좀 짧은 그런 체형이었다. 그렇지만 패션디자인과 교수답게 패션 감각이 뛰어나 많이 커버가 됐다. 자신의 핸디캡이 뭔지 잘 아는 그녀는 항상 높은 굽을 신고 다녔다. 옷은 백화점에서 비싼 좋은 옷을 사서 입었다. 그러다 보니 한 달 의상값으로 나가는 돈도 여간 많은 게 아니었다. 한지민은 평소 남편이 자신을 공주같이 대해 주기를 바랐다. 그런 생활은 결혼 초기에는 몰라도 세월이 가면서 그녀의 씀씀이가 너무 커서 상당히 돈을 잘 버는 남편으로서도 감당하기가 벅찰 정도가 되었다. 그러다 남편과 틀어졌고 남편은 해외에 있는 직장으로 가 버렸다. 결국, 혼자 남아있게 되자 직장에서라도 자신을 공주로 받아주고 챙겨줄 사람이 필요했다. 그녀가 처음 구모 교수와 돌아다닐 때는 잘 보이지 않게 외곽도로로 다녔지만, 그것도 상대가 몇 번째 바뀌고 시일이 많이 지나면서 대학 내 교수들도 눈치채게 되었다. 외곽으로 돌아다니면서 자신의 입맛에 맞는 식당을 찾아다니던 서춘동 교수에게 모텔에서 나오는 모습이 목격되기도 했다.

한지민 교수와 관계한 남자 교수들은 처음에 자신이 낚인 줄도 모르고 헤벌쭉 좋아서 다녔다. 살살거리고 싹싹하며 비위를 잘 맞춰주는 한지민과 관계한 남자 교수들은 그녀가 자신을 사랑하는 것으로 알았다. 얼마큼 지나면 매번 좋은 음식점에 가서 밥을 사줘야 하고 가끔 백화점에서 옷도 사줘야 했다. 그것은 큰돈이 없이 급여로만 살아가는 남자 교수에게는 상당히 부담스러운 일이었다. 그러다 헤어지게 되면 남자 교수들은 자신이 경제적으로 부담스러워 헤어지게 된 것으로 알았다. 한지민은 헤어지는 책임이 남자에게 있는 것으로 만드는 재주도 남달랐다.

한지민은 자신과 제일 가깝게 지내는 금휘향과는 여러 정보를 공유하고 있었다. 심지어는 잠자리 기술이 어떻고, 지금 만나는 남자가 돈을 잘 쓴다거나 아니면 누구는 짠돌이라는 것은 물론 자신이 알게 된 남자 교수의 가정사도 금휘향에게 말했다. 둘 다 돌싱이나 다름없으니 터놓고 말하는 사이였다.

금휘향은 한지민과는 전혀 다른 스타일이었다. 남자 교수에게 전혀 부담을 지우지 않았다. 자신이 필요할 때 연락해서 만났고 밥값도 같이 냈다. 기분이 좋으면 곧바로 운우지정(雲雨之情)을 나눴지만, 모텔을 나오면 언제 그랬느냐는 듯이 전혀 그런 적이 없는 것처럼 행동했다.

한지민이 굽 높은 구두를 신고 다녔기 때문에 연구실에 있을 때는 슬리퍼로 갈아 신었다. 이럴 때 금휘향이 들어오면 슬리퍼를 신은 채로 한지민이 반갑게 맞으면서 금휘향의 앞에 바짝 서면 볼이 가슴에 닿았다. 그러면 볼로 가슴을 툭툭 치면서 "어머 탱탱하네, 아직 쓸만하군" 하면서 장난을 치기도 했다.

이렇게 둘은 외모는 물론 성격도 달랐지만 잘 통했고 친하게 지냈다.

쾌락만을 좇아 분주하게 방황하는 이들에게는 교정에 핀 꽃들이 단순하게 꽃으로만 보일 뿐이었다. 교수라고는 하지만 그것의 본성에 대한 깊은 의문이나 탄생과 소멸에 대한 신비감을 생각하거나 느껴볼 겨를이 없었다. 오로지 지금 벌어진 폐과의 문제를 어떻게 타개해야 하는가 하는 생각뿐이었다.

3. 특성화 회의

　사학재단들이 교육부 관료 출신 총장이나 교수로 데려올 때는 다 그만한 이유가 있고 그들에게 대우 한 만큼의 대가를 바랬다. 교육부 출신 총장이나 교수들은 매년 6~7조 원의 재정을 각 대학에 분배하는 일에 큰 역할을 해서 상당한 금액을 따오는 일을 도맡아서 했다. 또는 대학평가에서 나쁜 점수를 받아 국가재정지원 제한 대상이 되어 불이익을 받게 되었더라도 불이익은 일단 뒤로 밀쳐놓아 시간을 번 다음 어떤 방법을 써서라도 해결해야만 했다.

　교육부에서 연구과제를 많이 따오는 것도 교육부 출신들의 일이다. 교육부나 산하단체에서 나오는 연구용역은 300여 가지로 최저 2천만 원에서 1억 원까지였다. 이 교수들이 주로 따오는 연구용역은 대학구조개혁, 국립대 교원 성과급, 학교 자율화, 기간제 교원, 교육국제화 특구 등으로 편향되어 있다.

　이런 연구용역을 따오기 위해선 공모할 과제 내용을 미리 교육부 담당자에게 알아 와야 한다. 거기서 자신이 할 수 있다고 판단되는 것을 골라 담당자와 긴밀한 협력으로 제안서를 미리 잘 작성하고 있다가 과제가 나오면 제출하고 담당 공무원이 낙점해주면 되는 것이다.

　또, 교육부에서 다음 대학평가에 어떤 항목을 넣을 것인지, 평가

배점은 얼마가 될 것인지도 미리 알아 가지고 와서 준비하는 것도 그들이 하는 매우 중요한 일이다.

이렇게 교육부 출신 총장이나 교수들이 그들만의 리그로 짜고 치는 고스톱처럼 잘 맞춰나갔기 때문에 현장에서는 그들을 교육부와 마피아를 더한 의미로 교피아라고 불렀다.

이런 교피아로 불리는 자들의 행태는 우리나라의 교육에 정말 많은 폐해를 주고 있었지만, 전혀 개선될 가능성은 없었다.

동서양대학교의 교육부 차관 출신 총장은 교육부 실장급 관료로부터 다음 대학평가에는 각 대학의 특성을 살려서 운영하는 대학에 평가 배점을 많이 할 것이라는 정보를 들었다.

이 정보를 접한 총장은 이 기회에 교수들을 잡도리해야겠다는 생각이 들었다. 지난 비밀투표가 부결된 분풀이라도 해야 할 것 같았다.

강총장은 보직교수들을 모아 연일 대학 특성화의 중요성에 대해 강조했다. 강총장이 다른 대학과 차별화된 특성화 대학으로 추진하지 않으면 교육부에서 돈 따올 생각은 아예 하지 말아야 한다고 강조했다. 거기에다 이번에 동서양대학교가 전국 TOP 5 대학이 되어야만 한다고 했기에 교수들은 특성화 대학의 페이퍼 작업을 하느라 매일 바쁘게 지냈다. 최근엔 각 학과 단위로 특성화 발표회도 있었다.

사실 이 특성화 회의도 잘 생각해보면 연봉제와도 연결되어 있었다. 대학을 대표하는 브랜드 학부를 2개 선정하고 이 2개 브랜드 학부에 학생 정원 70%를 준다는 내용이었다. 사악한 오만일은 이것을 연봉제와 연결해 급여를 줄이거나 교수를 손쉽게 자르는 데 사용할 기회로 생각하고 있었는데 그 첫 번째 연결고리인 비밀투표가 부결된 게 못내 아쉬웠다.

학과 특성화 회의는 소회의실에서 있었다. 오늘 특성화 회의에는 채서남 교수가 속해있는 전기과도 불려갔다. 학과장의 발표가 끝나자 이어서 총장의 총평과 지시가 이어졌다. 총장의 말과 행동에는 투표에서 진 여파인지 아니면 대놓고 반대했던 채서남과 인화평 교수가 바로 앞에 앉아있어서 그런지 어딘가 의기소침했다. 그러나 총장이 말을 시작하자 오랜 고위관료 출신의 관록에서 나오는 그의 저력을 느낄 수 있었다. 그는 지적이면서도 절제된 언어를 구사해서 듣는 사람들로부터 자신을 주시하도록 하는 능력이 있었다.

"2018년 학령인구의 현격한 저하를 대비해서 교육부에서 기관평가를 하고 있는데 이 평가에서 우리 대학이 좋은 평가를 받아야 합니다. 앞으로 좋은 평가를 받지 못하는 대학은 재정제한 대학이 될 가능성이 큽니다. 우리 대학은 이번 기회에 모두 선택과 집중으로 전국에서 TOP 5 대학이 되어야만 합니다."

2018년 학령인구의 현격한 저하를 대비해서 교육부에서 기관평가를 한다는 말은 결국 평가한 점수를 가지고 학령인구가 줄어든 만큼 대학 정원을 줄이거나 대학 수를 줄이겠다는 말이었다. 교육부가 언제는 대학인가를 마구 해주었다가 이제는 아무런 대책 없이 줄 세워서 없에겠다는 것이다.

우리나라는 최근 반도체나 여러 세계 1위의 기업이 있어 수출로 인해서 먹고 사는 것만큼은 별걱정 없는 나라가 되었다. 그러나 그 반작용도 무시할 수 없는 지경이다. 우리나라가 잘 먹고 잘살다 보니 좋지 않은 것들에 대해 세계 1위를 하는 것들도 많아졌다. 대한민국은 이혼율, 출산율, 자살률, 노후 빈곤율, 1인당 명품소비액, 위암 발생률 등 많은 부분이 세계 1위가 되었다. 이 좋지 못한 것 중 출산율의 급격한 저하는 학령인구의 급격한 감소로 이어졌다. 대학의 존폐 문제만이 아니라 나라의 생산성은 물론이고 수많은 사회문제를 일으키고 있었다.

채서남 교수는 총장이 하는 말을 메모하다가 고개를 들어 그의 얼굴을 바라보았다. '무엇을 말하려고 저렇게 서설이 길지' 하는 생각을 하는데 총장은 의외의 말을 꺼냈다.

"저의 노력과 능력 부족으로 이번 일이 생겼습니다. 저는 사심 없이 준비했습니다만 교수들이 저를 믿지 않은 것 같습니다."

채서남 교수는 강총장의 사심 없다는 말에 무언가 가슴 아래서 콱 밀고 오는 느낌을 받았다. 채서남 교수는 '입술에 침이나 바르고 거짓말해라. 이놈아'라는 말이 곧바로 입 밖으로 튀어나오려는 것을 참았다. 총장의 말은 계속되었다.

"저는 이번 일로 마음에 상처가 생겼습니다. 이사장도 마찬가질 겁니다. 이사장은 이 대학에 400억 원을 투자했습니다. 대학의 수익용 재산도 70억 원에서 90억 원으로 올리라고 해서 올렸는데 다시 200억 원으로 올리라고 합니다. 그런데 이번 일로 인해서 이사장은 본전에 대한 강한 의구심이 들고 있습니다. 오너에 대한 최소한의 예의를 갖추고 자신의 교육철학을 펼칠 수 있도록 마음껏 밀어주면 좋겠습니다. 나머지 재산도 대학으로 돌려 수익용 재산을 올리는 데 무리가 없도록 하면 좋겠습니다. 그렇게 해서 이번에 전국 TOP 5 대학으로 도약해야 하겠습니다."

'야! 요놈아! 400억? 본전? 교육철학? 교육에 교자도 모른 악덕 사채업자 출신 새낀데, 나머지 재산? 오만일이 지금 돈 한 푼 없는 빈껍데기인 줄 우리가 모르는 줄 알아? 전국 5위 대학? 뒤에서 5위 안에 들지 않으면 다행이다. 이놈아! 지금 너 무슨 흉계를 꾸미고 있지?'

이런 생각에 채서남 교수는 회의 내내 뭔가 개운하지 못했고 불쾌했다.

회의가 끝나고 효명관 쪽으로 향하던 인화평 교수가 채서남 교수에게 말했다.

"대학에 넣은 돈이 투자인 줄 아는 모양입니다?"

"그러게 말이에요. 총장이 본전이라고 합니다. 대학 설립할 때 넣는 돈은 말 그대로 출연금입니다. 출연금! 그래서 한번 넣으면 그것으로 끝입니다. 교회를 지을 때 헌금을 많이 냈다고 그 교회가 자기 것입니까? 평소에 교회에 낸 헌금이 자기 것입니까? 출연금도 마찬가지입니다. 출연금과 교비는 함부로 쓰면 횡령이 됩니다. 최근 보도된 서안 대학과 미명 학원 사건이 그 예입니다."

"그렇다면 투자금하고 출연금도 구별 못 하는 사람이 교육부 고위관리였다는 말이 되네요."

"그래요, 이게 이 나라 고위교육행정가의 생각입니다. 지난번에 교원평가 때 보세요. 총장이라는 자가 1년을 평가하는 마지막 날에 갑자기 규칙을 확 바꿔 평가했던 것 기억하시죠? 넋 나간 놈 아닙니까?"

저녁에는 서정리역 근처의 술집에서 이참판, 황성화, 이명박의 세 교수가 모였다. 혈색 좋은 얼굴, 잘 빗어서 길이 난 머리칼, 목에는 자신이 디자인해서 만든 물고기 모양의 펜던트, 부인이 잘 챙겨주는 유명 브랜드의 윗도리를 맵시 있게 입고 있는 이참판 교수, 그리고 젊음이 주는 것 외에는 어딘가 언밸런스한 콤비 슈트에 커프스단추까지 하고 나온 황성화 교수, 호리호리하고 뭔가 항상 싸구려 티가 나는듯한 모습을 한 이명박 교수가 둥그런 철판에 빙 둘러앉았다.

술이 한 순배 돌자 이참판 교수는 오늘 자신이 속해있는 IT 디자인학부 회의에서 있었던 말을 꺼냈다.

"총장이 오늘 회의에서 말하는데, 이사장이 이 대학에 400억 원을 넣었다고 해서 내가 400억 원이요? 라고 놀라는 투로 말했더니 얼른 말을 돌렸습니다."

이명박 교수가 말했다.

"그게 사실이면 말을 돌릴 필요가 있나요?"

이참판 교수는 이명박 교수가 이런 뻔한 내용도 모르고 있다는 것에 약간 짜증이 나려고 했다.

"내가 알기로는 김곰자로부터 337억 원에 사서 교비 65억 원을 빼서 메꾸었으니까 270억쯤인데 이것저것 빼내 간 것까지 하면 230억 원쯤 넣은 것으로 압니다."

이참판 교수는 말을 계속했다.

"그런데 더 웃기는 말은 총장이 이사장을 오너라고 합니다. 교육부 고위관료를 지낸 자가 하는 말이 이따위입니다. 오너라는 것은 소유자라는 말인데 학교라는 것이 얼마를 넣었던지, 얼마를 주고 샀든지 출연하면 그것으로 끝입니다. 공익을 앞세운 학교법인이기 때문에 단지 법에 따라 교비를 집행하고 운영해야 하는데, 본전을 생각하고 영리를 목적으로 한다면 회사를 차려 돈을 벌어야지, 어떻게 신성한 상아탑을 영리를 추구하는 소유물로 생각합니까?"

조용히 술잔을 기울이던 황성화 교수가 말했다.

"교수님! 그런 잘못된 발상은 또 다른 곳에서도 느낄 수 있습니다. 오늘 회의에서도 조금 흘러나왔습니다만 우리 대학의 브랜드 학부를 2개 학부로 한다고 하지 않았습니까?"

"예, 그 말을 했지요!"

이참판 교수는 인화평 교수에게 들은 말을 그대로 했다.

"IT 쪽과 자동차 쪽의 2개 학부를 브랜드 학부로 특성화한다면 특성화된 쪽에서 대학 전체 학생의 70%를 맡아야 합니다. 대학 전체 5개 학부 100여 명의 교수 중에서 40명이 2개 학부에 있으니까 한 학년 전체 학생 2,000명의 70%인 1,400명을 40명의 교수가 맡게 됩니다. 그러면 나머지 600명의 학생은 나머지 3개 학부 60명의 교수가 맡게 됩니다."

황성화 교수가 눈이 똥그래져 말했다.

"아! 그렇다면 학생 1,400명을 40명의 교수가 맡고 600명은 60명의 교수가 맡게 되는데 그러면 60명의 교수는 강의 시수가 부족해서 강의하지 못하고 남아도는 교수가 많게 되는 것 아닙니까?"

이참판 교수는 이럴 때 자신의 말을 금세 알아듣고 반문하는 황성호 교수가 고맙기도 했다.

"맞아요. 오만일은 이 남는 교수들을 자기 마음대로 자르기 위해 여러 가지로 연구해왔고 1타 3피의 결과를 가져올 수 있는 연봉제라는 수를 쓰고 있었습니다. 그런데, 그 첫 연결고리인 비밀투표가 부결된 것입니다."

황성화 교수가 말했다.

"아유~ 이런! 그런데도 총장은 사심 없이 이번 일을 계획하고 진행했다면서 도와달라고요? 아니 총장 놈이 이런 내용을 모르고 있다는 말입니까? 모르고 있다면 바보고, 알면서 교수들을 속이고 있다면 야바위 사기꾼 아닙니까?"

이명박 교수가 갑자기 입술을 꽉 깨물었다가 놓으며 말했다.

"사기꾼 놈들! 총장은 잠깐 있다가 가면 그만이지만 우리는 평생직장이라고 와서 이렇게 어렵게 고생하는데 앞뒤 생각하지 않고 연봉제를 한다면 결국 우리의 급여를 스스로 깎고, 비정규직까지 되라는 것 아닙니까?"

이명박 교수는 구운 반건조 한치를 쭉 찢어서 먹으려다가 내려놓고 더 큰 소리로 말했다.

"교비가 부족하다면 모르지만 1년에 50억 원씩이나 남아도는데, 이런 기획을 한 엄친일 이 새끼를 콱 그냥, 쓰벌 ……."

이날 이참판 교수는 저녁 서정리역의 팻말이 약간 퍼진 듯하게 보일 때 까지 마셨다. 그리고 돈도 혼자서 다 냈다.

대학 내에서 보면 항상 먼저 식사하러 가자고 했으면서도 막상 식당에 도착하면 자리에 앉자마자 "잘 먹겠습니다."라고 하면서 누가 사주는 것처럼 말해 돈을 거의 낸 적이 없는 교수가 있었다. 이명박 교수도 그런 부류였다.

20년이 넘게 대학교수 생활하면서 남의 점심은 받아먹으면서 자신은 점심 한 번 산 적이 없는 교수도 있었다. 그 교수와 저녁을 먹을 때는 좀 조심해야 할 일이 있었다. 음식을 다 먹을 때쯤 되면 2차는 어디가 좋다며 자신이 낼 것같이 부추기며 밥값을 다른 사람이 내도록 했다. 그리고 2차로 간다음 2차가 끝날 무렵엔 어느 순간 사라져 없어지는 신출귀몰한 재주가 있었다. 교수들은 그와 식사 때 같이 가고 싶지 않았다. 그런데도 학과회의를 할 때마다 매번 엮였다. 교수가 어떻게 그럴 수 있냐고 할지 모르지만 정말 그랬다. 그러나 이참판 교수는 언제나 돈을 잘 냈다. 항상 행동거지가 깔끔했다.

4. 아! 폐과는 안 돼!

대한민국은 모든 게 빠르게 변화하고 있었다. 언젠가 부터는 동방예의지국이니 유교 문화니 하는 말들도 뒤로 밀리는 듯하더니 지금은 거의 듣지 못할 정도로 자취를 감추었다. 가장 큰 이유로는 아마 물질문명에 반드시 대두되는 돈이 맨 앞에 오게 되었기 때문일 것이다.

인화평 교수는 누군가 자신을 찾아와 어려운 문제를 말하면 그들이 하는 말을 잘 들어준다. 그래서 학내의 교수는 물론 외부의 사람들도 자신의 문제를 말하고 해결하기도 한다. 어떤 때는 들어주기만 해도 문제가 해결되는 때도 있다. 그가 주변 사람들로부터 문제라며 말하는 것을 들어보면 오로지 돈과 관련 있음을 안다. 어떤 때는 처음엔 쉽게 이해되지 않아 이해할 때까지 물으면서 계속 듣다 보면 결국 돈에 묶여있는 경우가 대부분이었다.

채서남 교수는 얼마 전 인화평 교수가 한 말이 상당히 충격적이어서 오랫동안 귓가에 남아있었다.

"채교수님, 좀 극단적이기는 하지만 요즈음 세대를 나타내는 것이 있습니다. 그것은 전화 받는 모습을 보면 세상이 많이 변한 것을 알기도 한답니다. 사람들이 어떤 문제로 전화가 왔을 때 자식이 암에 걸려도, 남편이 죽어도, 그렇게까지 심하게 슬퍼하지 않는데 돈과 관련 있는 문제가 터지면 더 놀라고 크게 슬퍼하는 시대가 되었답니다."

채서남 교수는 눈이 둥그레져서 말했다.

"아무리 돈이 좋다고는 하지만 설마 ……."

"교수님! 이런 시대의 변화는 나이 들어서 동창회나 산악회나 여러 모임에 더 적극적인 것으로 알 수 있습니다. 여자 동창회에서의 대화 내용은 남자들이 전혀 상상할 수 없을 정도로 돈과 성에 대한 내용이 넘친답니다. 누구는 이혼했고, 그때 받은 돈은 얼마고, 누구는 새로운 남자를 만났는데 호구를 잡아서 현재는 그저 그러지만, 남자가 나이도 많고 병들어 있으니 얼마 있지 않으면 큰 부자가 될 거라는 것으로 시작해서 누구는 섹스 리스로 산 지 몇 년이나 되었기 때문에 산악회에서 푼다는 등 수많은 정보를 교환한다고 합니다. 특히 이혼에 대한 말이 나올 땐 순박하게 살아온 여자들은 눈이 휘둥그레져 듣는답니다. 게다가 돌싱이 되어 홀로 살아 보니 식사 준비하느라 스트레스 받았던 게 없어져 좋고, 여러모로 해방감을 느낀다는 정보는 멀쩡하던 가정을 이혼으로 연결하게 한답니다. 그러니 요즘에 와서는 정조관념은 마치 자신이 필요할 때 꺼내쓰는 일회용 티슈 같은 것이 되어 버렸다는 겁니다."

동서양대학교의 여교수들의 상당수가 이혼과 재혼의 경력을 가지고 있었다. 내밀한 가정사이기 때문에 알지 못할 것 같지만 그 내용을 아는 가까운 주변인으로부터 조금씩 흘러나와 시간이 좀 지나면 대학 내 웬만한 사람들은 다 알게 되었다. 그러나 정작 자신만 남들이 모를 것으로 생각하니까 꼿꼿한 자세로 활보했다.

한지민 교수는 학과 특성화 발표에 관한 결과가 나왔는데 이사장이 몇 갯과를 손보겠다는 말을 했다는 전화를 엄친일 교수로부터 받았다. 대학이 어수선하다 보니 항상 문서로 오는 것보다는 '카더라' 통신으로 먼저 들렸다. 정보에 빠른 교수들은 그들 나름대로 정보를 캐기 위해 여기저기에 빨대를 꽂고 있었다. 정보를 알아내기 위해 보직교수들이나 담당 직원과 가끔 술자리를 하면서 좋은 관계를 유지했다. 그런 방식은 언제나 남보다 한발 빠른 정보의 제공으로 이어졌다.

한지민 교수는 이 한발 빠르고 정확하고 비밀스러운 전화를 받자 입에서 조그맣게 아! 하는 탄성이 나왔다. '다른 과는 몰라도 우리 과는 안 돼!'라면서 맨 먼저 이 내용을 금휘향 교수에게 곧바로 전해야 했다.

책상의 유리 밑에 있는 학과 시간표를 들여다보았다. 위쪽의 가로로 있는 교수 이름과 좌측의 시간에 맞춰 좌표를 찾으니 개설과목과 강의실이 나왔다. 금휘향은 미래관 317호 의상제작실에서 강의 중인 것으로 되어있었다. 한지민은 다시 벽시계를 보았다. 금휘향은 강의 마지막 시간이었다. 얼마 안 있으면 강의가 끝날 거지만 도저히 기다릴 수가 없었다. 입이 근질거리고 엉덩이가 들썩거리며 머리가 아파져 왔기 때문이다.

한지민은 금휘향이 강의하고 있는 의상제작실로 갔다. 실험실 입구 미닫이문의 중앙에는 안을 들여다볼 수 있도록 A4용지 크기 정도로 뚫려 있었다. 이 뚫린 부분은 강화유리로 마감되어 있어 안을 들여다볼 수 있었다. 한지민은 그 유리 안으로 들여다보았다. 금휘향 교수는 키가 크기 때문에 학생들 사이에 있어도 눈에 확 띄었다. 금휘향 교수는 학생들을 지도하느라 자켓을 벗은 실크 브라우스 차림이었다. 실크가 만들어 주는 육감적인 라인은 여자인 한지민이 보아도 탐나는 몸매였다. 자신이 몸매에 자신이 없어 꼭 그렇게 보이는 것은 아니었다. 금휘향 교수의 외모는 남자는 물론 같은 여자가 보아도 감탄을 할 정도였다.

금휘향이 강의를 하는 의상제작실험실은 JUKI라고 쓰인 공업용 103종 재봉틀이 가운데에 5대씩 2줄로 놓여있고 실험실 벽 쪽과 미싱 사이에는 국가표준 의류제작용 마네킹이 쭉 서 있었다. 이 마네킹은 패턴디자인을 하거나 가봉을 하기 좋도록 옷 베로 입혀진 것이었다. 실험실 뒤편에는 재봉틀에 사용하는 색실이 가득 꽂혀있는 패널이 가로로 걸려 있었다.

어떤 학생은 팔이 빠진 마네킹에 자신이 만들고 있는 옷을 입혀놓고 좌우로 보면서 시침을 할 곳에 핀을 꽂고 있었다. 어떤 학생은 실 끝에 침을 묻힌 다음 비벼서 고개를 약간 비틀어 재봉틀 바늘에 실을 꿰고 있었다.

금휘향은 평소에 학생들이 만들고 있는 옷 중에서 완성된 옷을 학생에게 입어보게 하고는 좌우로 돌아보라고 하면서 좋은 점을 칭찬했다. 개선할 점이 있는 학생은 시침한 부분을 잡아당기거나 밀어서 옷매무새가 어떻게 변하는지 시범을 보이며 지도하기도 했다. 학생이 만든 옷이 마음에 들 땐 금휘향 자신이 입어서 모델 같이 포즈를 잡아보기도 했다. 그럴 때마다 학생들은 환호성을 질렀다.

몇 학생의 시선이 문 쪽으로 쏠리는 것을 느꼈는지 금휘향이 출입문 쪽을 바라보았다. 출입문 유리 너머로 한지민 교수가 보였다.

금휘향은 강의 시간에 한지민이 온 것은 웬일일까 생각하면서 문을 열고 나왔다. 학생들을 지도하느라 자켓을 벗었기 때문에 엉덩이 쪽에는 조그만 실오라기 몇 개가 붙어 있었다.

금휘향이 밝은 얼굴로 말했다.
"무슨 일인데?"
"응, 엄한테 전화 받았는데 특성화 발표결과에서 우리 과에 대해 좋지 않은 평가가 나왔나 봐."

"그래서?"

"그때 그랬었잖아, 평가가 좋지 않은 과는 폐과한다고 ……."

한지민은 자신이 들은 정보를 약간 각색해서 말했다.

그 말을 들은 금휘향은 마음이 많이 흔들렸다. 한지민을 보내고 얼마 남지 않은 강의 시간인데도 머릿속에는 온통 '폐과'라는 말이 계속 맴돌아 강의 마무리가 잘되지 않았다. 아직 강의 종료까지는 20여 분 남아있었다.

금휘향은 과대표를 불렀다. 과대표는 손가락에 골무를 낀 채로 빠른 걸음으로 왔다. 아직 볼에 솜털이 남아있는 앳된 얼굴이었다.

"강의 종료까지 얼마 안 남았고 내가 일이 좀 있으니까 좀 일찍 갈 테니 뒷정리 잘해서 애들 보내라. 그리고 다음 주까지는 지금 하는 작업을 마무리하라고 해라, 응"

금휘향은 연구실로 돌아온 후 가만히 생각해보았다. 마음속에 걸쩍지근한 것이 있었다. 자신이 그동안 어장관리를 꽤 잘 해왔다고 자부했는데 딱 빠진 한 사람이 있었다. 태현균 교학처장이다. 처장 발령받은 지 얼마 되지 않았고, 그의 생김새나 옷 입고 다니는 모습이 자신이 선호하는 스타일이 아니라서 관심 밖에 두고 있었다. 그러나 지금 폐과가 나오는 상황에서는 좀 달랐다. 폐과와 관련된 최종 결정은 오만일이 한다. 이 결정은 그만큼 중요한 결정이기 때문이다. 오만일에게 특별히 미운털이 박히지 않은 과는 미래전략위원장인 엄친일, 교학처장 태현균, 강직한 총장 등의 입김도 무시할 수는 없었다.

금휘향은 교학처장실에 전화를 걸었다.

"예, 교학처장 태현균입니다."

전화를 받는 사람은 굵은 저음의 밝은 목소리였다.

"저 패션디자인과 금휘향인데요. 혹시 오늘 저녁에 시간 좀 내주실 수 있는지 알아보려고 전화했어요."

금휘향은 언제나 단도직입적이었다. 전화를 받은 태현균은 예전에 서춘동 교수로부터 금휘향이 멋있고 교양이 있는 것 같아도 성적으로는 문란해서 번호표라는 별명을 가지고 있다는 말을 들은 적이 있었다. 그런데 자신이 교학처장이 되고 나서 금휘향에게 공적인 말 외에 어떤 말이라도 먼저 걸 수는 없었다. 저리 당당하고 멋진 모습을 보면서 주눅이 들렸다는 표현이 맞았다.

저녁을 먹으러 간 곳은 학교에서 좀 떨어지고 한적한 다앤인에서였다. 금휘향이 다앤인을 택한 것은 교수들에게 눈에 띄지 않을 거라는 확신이 있었다. 점심시간에는 교수들이 가끔 들려도 저녁때에는 거의 오지 않는 곳이다. 다른 곳에 갔다가 교수들을 만나는 것보다 이곳이 오히려 만날 가능성이 거의 없다고 생각했기 때문이었다.

저녁 식사는 코스로 된 한정식과 술을 곁들여 먹었다. 태현균은 저녁을 먹으면서 금휘향의 밝은 얼굴에 살랑살랑하는 알랑거림이 즐거웠다. 태현균은 저녁을 맛있게 먹었고 술도 딱 좋은 만큼만 먹었기 때문에 기분이 매우 좋았다. 주차장으로 내려오는 길은 자연석으로 된 돌계단이 대여섯 층으로 되어있고 그 아래는 약간의 경사로로 되어있었다. 금휘향이 저녁 식사 값을 치르느라 좀 늦게 나오는 바람에 태현균이 앞서 내려왔다.

계산을 마치고 금휘향이 빠른 걸음으로 와 태현균의 팔짱을 끼었다.

"오늘 어떠셨어요? 저는 음식이 괜찮았는데?"
"저도 아주 좋았습니다. 금교수님과 이런 자리를 자주 마련하도록 하면 좋겠습니다. 허허허, 좋은 밤입니다."

태현균이 멈춰 서서 대리 기사를 부르려고 할 때 금휘향이 자신의 차 문을 열면서 옆좌석에 타라고 손짓했다. 얼떨결에 태현균은 조수석에 앉았다. 금휘향에 이끌려 간 곳은 근처 오산 쪽의 한적한 모텔이었다.

금휘향이 모텔 방문을 열고 들어섰을 때, 뒤따라 들어와 어떻게 해야 할 지 망설이는 태현균에게 금휘향은 다른 생각할 틈을 주지 않고 태현균의 입술을 훔쳤다. 태현균에게서 약간의 비릿한 노인 냄새가 났지만 금휘향은 꾹 참고 진하게 키스했다. 태현균은 170cm의 키로 머리가 약간 벗어진 모습이다. 자신의 세대에서는 보통의 키였지만 금휘향이 4cm나 더 크기 때문에 여러 가지로 눌리는 느낌을 받았다. 금휘향의 뜨거운 입김이 태현균의 얼굴에 닿자 누구랄 것도 서로 팔에 힘을 주어 꼭 껴안았다.

잠시 후 포옹을 풀고 태현균이 먼저 샤워를 했다. 금휘향이 샤워하는 동안 태현균은 침대에 누워 이런저런 기분 좋은 생각에 젖어 있었다.

잠시 후 샤워실 문소리가 나서 고개를 돌려보았다. 금휘향은 실오라기 하나 없는 모습으로 왼손에 수건을 들고 있었다. 금휘향이 말했다.

"잠깐 저 좀 바라봐요."

금휘향은 태현균이 보는 앞에서 모델처럼 한 바퀴 돌았다. 그 모습에 태현균은 침을 꼴깍 삼켰다. 금휘향이 다시 말했다.

"저 어때요? 이런 모습은요?"

금휘향이 빙긋이 웃으며 뒷모습을 한 상태로 한쪽 무릎을 살짝 구부린 발을 다른 쪽 발 위에 두면서 양손으로 머리를 쓰다듬는 모습을 했다. 그러다가 머리를 앞으로 했다가 뒤로 휙 젖히면서 긴 머리채를 양손으로 잡아 뒤로 넘겼다.

"우와! 어디 흠잡을 데가 없습니다. 어떻게 그 나이에도 그런 몸매를 할 수 있나요?"

"그거 ……. 원래 제가 학생 때 육상 운동도 했어요."

"그래서 그렇게 다리가 긴가? 육상 운동을 한다고 다리가 길어질 리는 없고 ……."

침대에서 금휘향을 감상하던 태현균은 참을 수가 없었다. 곧바로 일어서서 금휘향에게로 재빠르게 다가갔다.

다시 서서 둘이 다시 꼭 껴안았다. 한참을 그러고 있다가 침대 위로 쓰러졌다. 태현균이 구름이 낀 것 같으면 금휘향이 비를 살짝 뿌렸다. 금휘향이 소나기를 뿌리는 것 같으면 태현균이 뭉게구름을 흘려보냈다.

태현균은 운우지정을 나누면서도 이래서 서춘동이 그렇게 입술에 침이 마르도록 말했었구나 하는 생각이 들었다. 또, 태현균은 금휘향이 평소에 자신이 찍은 사람을 불러 만족을 채웠다는 게 이런 말이었구나 생각할 즈음이었다. 금휘향이 몸을 풀어 침대 모서리를 붙잡고 엎드렸다. 금휘향은 이 시점에서 부끄러울 것도 없었다. 짧은 시간에 태현균의 마음을 꽉 잡아야 했다. 금휘향의 옆모습과 뒷모습을 보는 태현균으로서는 이제까지 이렇게 늘씬하고 아름다운 여인의 모습을 보지 못했다. 알맞게 크고 살짝 쳐진 가슴 또한 보는 것만으로도 황홀함 그 자체였다.

태현균은 자신의 다리 길이가 좀 부족한 것을 느꼈다. 그러나 억지로 맞출 필요는 없었다. 금휘향의 리드로 구름과 비로 너무나 잘 맞았다. 체위도 태현균이 만족할 때까지 마음대로 바꾸어주었다. 평소 케겔 운동으로 다져진 자신만의 무기로 태현균의 소중이를 꽉 죄는 기술은 태현균의 마음을 격하면서도 서서히 그리고 따뜻하게 녹이고 있었다.

금휘향은 이런 일에는 태현균보다 월등한 기술과 여유가 있었다. 자신이 점찍은 교수와만 관계했었고 식사비도 남자에게만 부담시키지 않았다. 여럿이 식사하고 돈을 내는 것을 보면 잘 내는 사람, 그렇지 않은 사람, 더치페이 하도록 하는 사람 등 각각의 면면이 잘 드러나 보이는데 그것은 돈이 많고 적음의 문제가 아니었다. 평소 그 사람의 가치관의 문제였다. 금휘향은 자신도 음식값을 잘 냈고 다른 뒤처리도 깔끔했다. 남자 교수가 한 번 관계하고 나서 달 아올라 자신을 언제 다시 부를 것인가 하는, 마치 번호표를 뽑고 기다리는 민원인 같이 기다리게 하는 매력이 넘친 여자였다. 그러나 이번에는 좀 달랐다. 아무리 자신의 취향과는 달랐다고 할지라도 폐과라는 말이 나온 후에야 이런 일을 하는 자신이 평소 어장관리에 대한 자책이 되었다. 그러나 지금 찬밥 따뜻한 밥을 가릴 때가 아니었다. 평소 번호표 교수들과 관계할 때 찬사를 받았던 포즈 중에서 태현균의 마음을 쏙 뺄 수 있다고 생각되는 것들을 서슴없이 했다.

5. 죽은 자와 산 자

　인화평 교수의 연구실에는 필립스라는 유명회사의 커피 제조기가 있었다. 커피 제조기 위의 뚜껑을 열고 커피 원두를 넣은 다음 스위치를 누르면 큰 소리를 내면서 가루로 만든다. 가루가 빻아져 내려가면 뜨거운 물이 내려와 커피를 만들 수 있게 되어있었다. 가정이나 연구실에서 사용하기에는 좀 크고, 거추장스럽고 비싼 종류의 것이다. 인화평 교수는 이 기기를 단지 원두를 가는 기기로만 사용했다. 원두가 갈아질 때 중간에 거름망을 넣어두면 커피 가루가 아래로 떨어지지 않고 거름망에 모여진다. 거름망을 꺼내 머그잔에 드립 망을 얹어 놓고 커피 가루를 쏟는다. 그런 다음 커피포트에 물을 끓여 천천히 커피 가루 위에다 조금씩 붓는다. 그러면 커피 가루 위에 기름기가 살짝 도는 듯하면서 물이 천천히 내려가며 아래 머그잔으로 떨어진다. 이런 식으로 커피를 마시는 일은 상당히 정성이 들어가고 번거롭고 비용도 많이 들어가는 일이다. 그러나 기호식품을 즐기는 사람은 그것을 낙으로 안다. 커피의 맛은 좋았다.

　교수들은 자신이 오만일로부터 부당한 대우를 받았거나, 겁이 나는 일이 생겼거나, 어떤 정보를 얻었는데 그 정보의 숨은 행간을 알아보기 위해서 인화평 교수의 연구실을 들락거렸다. 그러다 보니 인화평 교수의 연구실 문지방은 거죽이 닳아서 희끗희끗한 색이 나와 있을 정도였다. 교수들이 인화평 교수의 연구실에 찾아오면 항상 이렇게 복잡한 과정을 거친 커피 한 잔씩을 받는다. 인화평 교수의 연구실은 항상 질 좋은 커피를 공짜로 먹으며 자신들의 문제점을 해결하고 가는 카페 같은 분위기가 있었다.

교수들이 찾아오지 않는 퇴근 가까운 시간이었다. 채서남 교수는 인화평 교수 연구실에 들렀다. 그리고 언제나처럼 커피를 내려 마주 앉았다. 얼마 전 비밀투표 후에 별로 깊은 말을 나누지 못했기 때문에 교수들이 들르지 않는 늦은 시간에 차 한 잔 같이 나누는 것도 좋은 일이었다. 인화평 교수가 말했다.
"채 교수님! 대학이 설립되어서부터 지금까지 한 번도 조용한 날이 없잖아요?"
"한 번도 없었지요."
"개교하자마자 IMF 외환위기로 재단이 넘어가고 새로 들어온 재단은 교수들 길들이기 하느라고 얼마나 난리를 쳤습니까? 그러다가 학내분규가 일어나고서 다시 얼마나 힘들었습니까? 결국, 재단이 5번이나 바뀌었는데, 어째서, 이렇게 재단이 들어올 때마다 똑바른 재단은 하나도 안 들어오는지, 정말 이상합니다. 대학을 설립한 재단을 빼고는 하나같이 모두 양아치 같은 놈들만 이사장이라고 들어오니 참 ……."
"인 교수님! 그게 말이지요. 그들이 교육사업을 한답시고 굉장한 자부심이 있습니다. 밖에서는 사람들로부터 이사장님! 이사장님! 하고 불리니까 자신이 무슨 대단한 사람인 것처럼 느낍니다. 그렇지만 그들은 얼마 전까지 사회에서 사채업을 하거나 건설업을 하면서 온갖 불법을 저지르던 막된 애들 아닙니까? 양아치 말을 듣던 ……. 밖에서 그렇게 개같이 돈 벌 때 쓰던 나쁜 버릇을 대학 안에서 똑같이 하니까 자꾸 문제점이 불거지는 것입니다."

채서남 교수의 말에 인화평 교수도 맞장구를 쳤다.

"맞아요. 개같이 돈 벌 때, 음, 개같이 벌어도 정승같이 쓰라고 했는데, 그렇게 살아야 하는데 ……. 저는 요즈음 좀 조용히 지냈으면 하는데 재단이 나쁜 계획을 꾸밀 때 마다 꼭 교수님이나 제가 나서게 되니 정말 징글징글합니다. 그동안 교수님은 결코 불의에 타협하거나 굴종하지 않으셨기 때문에 많이 힘들고 외로운 길을."

채서남 교수는 인화평 교수가 다음에 무슨 말이 할 것인지 대충 예상이 되었기 때문에 중간에 말을 끊었다.

"뭐, 그런걸 ……."

채서남 교수는 그런 걸이라고 했지만 웬만한 사람은 도저히 버틸 수 없으리만치 힘들었다. 10년 넘게 대학에서 퇴출당하여 있었지만 그래도 재산이 좀 있었기 때문에 버틸 수 있었다. 별도로 사시는 부모님 생활비는 물론 자녀 2명을 대학과 석박사 하는 동안 모든 돈을 혼자서 해결했다. 남에게 아쉬운 소리 한 번 하지 않았다. 채서남 교수는 계속 말을 이어갔다.

"뭐 어떡하겠습니까? 어차피 다 지난 일입니다. 인간의 삶은 언제나 선택의 연속인 것 같습니다. 저는 예전에 퇴출당할 당시의 선택에 대해서 전혀 후회하지 않습니다. 재산이야 있다가도 없어지는 것이고 없다가도 있게 됩니다. 게다가 죽을 때 가지고 갈 것도 아닌데 ……."

"정의에 따라 떳떳해도 그런 선택을 할 수 있는 것은 기본적인 지식과 소양을 갖추어야 가능할 것 같고요, 거기에 바른 양심과 흔들리지 않는 주관과 뚝심이 있어야 할 것 같습니다."

채서남 교수는 손에 힘을 주면서 말했다.

"맞아요. 뚝심! 뚝심이 좀 필요하지요! 인간이 좀 더 배웠냐 못 배웠느냐의 문제는 인간이 살아가는데 필요한 도구로서의 것 외에는 자신을 포장하는 데 사용될 뿐, 인간의 욕망을 제어하거나 양심을 바르게 쓰는 것과는 거리가 멀다고 생각합니다."

인화평 교수는 동서양대학교의 교수들을 보면 재단이 바뀔 때마다 교육자의 양심과 신념을 지키는 것이 아니라 좋은 게 좋다는 식으로, 조그만 압박이나 회유에 양심을 쉽게 저버리는 것을 보고 정의를 외치고 구가하는 것은 배움의 많고 적음이 아니라 자신의 인격과 지켜나갈 뚝심이 중요하다는 것에 공감되었다.

"이번 비밀투표의 건은 교수님께서 예전에 당하셨을 때와 비중이 비슷할 정도인 것 같은데 앞으로 저들이 어떻게 나올지 모르겠습니다."

"쟤들? 어떡하겠습니까? 대법원까지 몇 번을 갔어도 학교가 매번 패소해서 제가 그동안 밀린 급여와 이자까지 합쳐서 다 받고 복직해 들어왔는데 ……."

인화평 교수는 커피잔을 들어 한 모금 마신 후에 고개를 돌렸다. 매일 물을 주고 물수건으로 닦으며 정성을 쏟는 난을 바라다보니 오늘따라 잎사귀가 쭈뼛 더 올라온 느낌이 들었다. 그 잎사귀 사이로 뉘엿뉘엿 넘어가는 해가 중정 건너편의 유리에 비치는 것을 보았다. 이내 고개를 돌려 말했다.

"인간은 살아가면서 순간순간 결정해야 하는 갈림길에 항상 서 있는 것 같아요. 그런데 이번의 결정은 자신의 안일만을 위해서 하는 것이 아니었으면 좋으련만 교수들의 행태를 보면 꼭 레밍들 같아요. 한쪽을 보고 있다가 어떤 자극이 오면 모두 고개를 돌려 자극이 오는 쪽을 바라다보는 것과 같습니다. 이번의 결정이 자신들의 급여를 스스로 깎고 비정규직이 되도록 재단이 장난치는 것인데도 참 ……."

채서남 교수는 잠시 생각하다가 말했다.

"그래요, 이럴 때의 결정은 분위기 때문에 어려워요. 자신의 급여와 연금까지 연계되어 있는데도 손해를 보겠다고 동의한다는 것은 참 바보짓이고, 정의로운 것도 아니고, 대학교수로서의 양식 있는 태도가 아닙니다."

인화평 교수는 뭔가 좀 마음에 다가오는 것이 있는지 힘주어 말했다.

"대학재단은 그렇더라도 그 하수인들은 참. 우리 대학은 보직 교수들, 징계위원회, 인사위원회 교수들이 대부분 교회의 장로, 권사들인데 그들은 순간순간 선택을 할 때마다 불의를 선택했습니다. 불의를!"

인화평 교수의 말에 채서남 교수도 화답했다.

"선택은 항상 책임이 따르는 것입니다. 옳은 선택과 그른 선택이 있을 텐데요, 신앙적 측면에서 보면 그른 선택은 심판을 받는 일이라고 생각합니다. 그래서 그들의 영혼이 불쌍하게 느껴집니다. 하나님께서는 우리에게 선택이라는 자유의지를 주셨습니다. 동물에게 없는 사색하고 판단하고 그에 따라 결정할 수 있는 자유의지 말입니다. 그런 자유의지에 의해 인간은 넓은 길이나 좁은 길을 선택할 수 있습니다. 그런데 우리 대학에서 보면 장로와 권사 직을 가진 사람들은 한결같이 언제나 넓은 길만을 선택한다는 것입니다."

"그래요, 채 교수님! 제가 보기에 그들은 신앙적인 양심을 따라가는 것이 아니라 눈앞의 오만일의 밑 닦아 주며 편히 갈 수 있는 넓은 길만을 선택했습니다. 교수가 잘못이 없는 것을 알면서도 징계위원회에 올리거나 징계위원회에 참석해서 재단이 원하는 표를 던져준다든지 인사위원회에 가서도 재단이 원하는 퇴출 쪽에 표를 던진다든지, 마치 영혼이 없는 사람같이 삽니다."

"인교수님! 영혼이 없는 것처럼 사니까 이곳저곳 끼지 않는 곳이 없지요, 빤스 교회에 다니는 교수를 보세요. 그런 잘못된 종교지도

자를 선택한 것도 본인의 선택이요, 빤스 목사가 전 재산을 바치라고 해서 집을 팔아 바치고 자신은 세를 사는 선택도 결국 자신이 한 선택입니다. 그 선택에 대한 책임은 바로 100% 자신이 지는 겁니다."

채서남 교수는 커피잔을 들어 마지막 남은 한 모금까지 다 비운 다음 말했다.

"욕심과 욕망으로 선택한 것 아닙니까? 헌금이라는 돈으로 하나님을 사겠다는 매우 우둔한 생각으로 말입니다. 이 세상 모든 것이 하나님의 것인데 하나님이 무슨 돈이 필요합니까? 하나님은 돈이 필요치 않습니다. 그러면 하나님이 권력이 필요할까요? 아닙니다. 하나님께서는 단지 우리의 마음이 필요한 것이지요. 항상 하나님을 향한 변치 않는 마음 말이지요. 신앙은 양다리가 아닙니다. 중용이 아닙니다. 그러니 언제나 넓은 길이냐, 좁은 길이냐의 갈림길에서 선택해야 하는 선택의 연속입니다."

채서남 교수의 말을 한참 듣고 있던 인화평 교수가 말했다.

"요즈음 동서양대학교의 장로나 권사 교수들의 선택은 목구멍이 포도청이라며 불의에 연합하여 자기급여는 물론 남의 급여에, 나아가서는 연금까지 큰 피해를 보는 일을 저렇게 몰고 가니, 이들의 거듭 잘못된 선택은 자신은 물론 남의 밥그릇까지 흔들어서 거덜 냅니다."

인화평 교수의 밥그릇이란 말을 듣자 채서남은 지도자는 사익이 먼저가 아니라 공익이 먼저라는 생각이 떠올랐다. 인화평 교수는 더 명확하게 말했다.

"우리 대학은 종교 사학이 아닙니다만 사립대학 90%가 종교 사학입니다. 종교 사학들이 각 대학 안에서 벌이는 온갖 썩어빠진 불법 비리의 행태는 영혼이 죽은 자 중에서도 가장 못된 자들이 하던 짓들만 골라서 하고 있습니다. 성직자는 인간의 영적인 것을 위해서, 정치인은 국가의 안위와 국민 생활의 안정적인 삶을 위해서, 교육자는 학생들의 올바른 가치관 형성과 진로에 관한 것을 먼저 생각하고 추구해야 합니다. 그런데도 사적인 것을 우선해서 추구한다면 그들은 직업의식과 사명감이 없는 것은 물론 영혼이 죽은 자입니다."

인화평 교수가 이어서 말했다.

"지도자가 자신이 지향하는 바가 소명이 아니라 계급이라면 그것은 바로 죽은 사람이겠지요. 제 친구, 목사 친구를 보면서 느끼는 건데요. 성직자들이 자신의 자리를 망각하고 사리사욕을 생각하면 심각한 상황이 벌어집니다. 성직자만이 아니라 대통령, 총리, 장관, 도지사 등 나라의 위정자들이 하나님을 모른다면 적어도 하늘이라도 두려워해야 한다고 생각합니다. 그래야 겸손하고 공익을 먼저 생각합니다. 하늘 무서운 줄 모르는 지도자는 오만해서 자기 마음대로 합니다. 결국, 자기도 죽고 나라도 망하게 합니다."

"맞습니다. 저희 대학도 새로 오는 이사장마다 하늘 무서운 줄 모르는 오만한 자들이 옵니다. 그자들에게 교수들이 딸랑거리다 보니 대학이 학생들 가르치는 일을 우선하는 것이 아니라 나가서 돈 따오는 일이나 교수 임금 줄이는 일에 협조하는 일로 대학 내의 갈등이 심화되고 있습니다. 이생김 교수가 인사처장이란 완장 때문에 저렇게 휘젓고 다니면서 욕을 먹지만 아마 나중에도 지금과는 비교되지 않게 욕을 먹을 겁니다. 우리 대학의 모든 교수가 연금을 탈 때마다 이생김에게 욕을 할 겁니다."

인화평 교수가 눈을 지그시 감으면서 말했다.

"하나님 믿는다는 사람들 있잖아요? 그런 사람들이 다 이타적이고 진리를 사모해서, 올바르게 살기 위해서 교회에 나가는 것이 아닙니다. 다 자기 일신상의 것을 바라고 나가는 사람들이거든요. 옛날에 보면 사람들이 아픈 몸이 낫는 다거나 하는 그런 기적이 일어나면 그거를 보고 믿었잖아요?"

"그런 경우가 있었지요. 집회를 잘 이끌면서 많은 사람을 기도로 낫게 했던 현신애 권사 등 유명한 분이 있었지요."

채서남 교수가 자신의 말을 인정하자 인화평 교수의 말은 계속되었다.

"그런 기적을 보고 믿음 생활을 시작했어도 교회들이 바로 서 있었으면 그들이 교회를 다니는 도중에 진정한 믿음을 가진 성도로 변화할 기회가 생기는데요. 현실의 교회들은 그렇지 않잖아요? 교회가 세상보다 더 세속적이다 보니 그런 교회를 계속 나가도 처음 기복적인 신앙 그대로 시계추 왔다 갔다 하는 식인 거예요."

"그렇지요, 10년을 20년을 다녀도 처음과 똑같아요. 그렇게 오래 다니다 보면 집사, 안수집사, 권사, 장로라는 감투를 받아요. 그 감투도 배팅해서 받은 경우가 많습니다. 대형교회는 감투를 그냥 주지 않거든요. 그들이 직분을 맡으면 맡을수록 점점 더 기복신앙으로 굳어집니다."

인화평 교수는 예전 젊은 시절 올바른 교회가 어딘지, 진실을 찾고 행하는 교회가 어딘지 이곳저곳 찾아다니던 때가 생각나는지 한숨을 내쉬며 말했다.

"그들은 교회도 자신이 필요한 것 얻고자 가는 거예요. 진정한 믿음이 아니라 그냥 마음의 평안, 돈 많이 버는 것, 자식 좋은 학교 가는 것, 병 낫는 것 등 지금 당장 현실에서 필요한 것만 구해요. 그래서 교수들이 채 교수님한테 다가오는 것도 급하게 필요한 것만 자문을 받아 자기 목적만 성취하면 되는 거예요. 그들은 자신이 믿는 하나님에게서 해결하려고 하는 게 아니라 눈에 보이는 교수님에게서 해결하려고 해요. 그렇게 자기 문제가 해결이 되고, 교수님이 효용 가치가 없다고 느끼잖아요, 그러면은 조용히 가서 오지 않아요. 그러다가 무슨 일 터지면 또 고개 숙이고 문지방이 닳도록 들락거리지요."

동서양 대학교의 효명관 앞에는 널따랗고 둥글게 생긴 화단이 있었다. 이 화단의 주변은 상당히 넓은 면적이 포장되어 주차장과 광장으로 쓰이고 있었다. 화단의 중앙에는 값이 좀 나갈 만한 모양이 잘 잡힌 커다란 소나무 몇 그루가 서 있었고 큼직한 조경석도 놓여있어서 소나무와 좋은 조화를 이루고 있었다. 소나무 주변에는 단풍나무와 쥐똥나무, 영산홍 같은 키 낮은 나무들이 군데군데 무리를 이루어 예쁘게 잘 가꾸어져 있었다.

어느 해 여름방학이 끝나고 새 학기가 시작될 때쯤 화단에는 그동안 보이지 않던 소나무 한그루가 식재되어 있었고 '강순덕 교수 장로장립 기념식수'라고 쓰인 조그만 비석이 서 있었다. 이를 본 교수들이 입을 삐쭉거리거나 헛헛한 웃음을 지으며 가곤 했다.

동서양대학교는 설립자가 종교가 없었고, 그 이후 5번의 재단이 바뀌는 동안에도 모두 종교적인 색채는 띠지 않았다. 그런데도 학생처장을 지낸 강순덕 교수가 교회 마당에나 할 수 있는 기념식수를 대학 안의 사람들이 가장 잘 볼 수 있는 효명관 중앙 화단에 해 놓았다. 사실 교회 안에서도 이런 기념식수를 하는 경우는 매우 드물었다. 장로나 권사가 되면 교회에서 필요한 물품을 기증한다거나 그러한 물건을 사도록 헌금을 하는 것이 일반적이기 때문이다.

교회의 장로가 되었으면 되었지 자신이 근무하는 대학의 제일 눈에 잘 띄는 곳에 기념식수와 비석을 세우며 동네방네 떠드는 일이 과연 옳은 일일까?

동서양대학교가 5번의 재단이 바뀔 때마다 재단의 주변에 얼쩡거리며 왔다 갔다 하는 자들의 면면을 보면 그렇게 항상 그 나물에 그 밥, 그들이 그들이었다.

특히 그들 중에서 눈에 띄는 인물에는 정그래, 진낙방, 채정선, 구백범, 지남철, 백정혜, 이생김, 엄친일 등 이었다. 그들은 언제나 재단에 얼쩡거린 대가로 회전문을 돌고 돌 듯이 보직을 맡았다. 그들의 공통점을 찾으면 대부분 기독교나 천주교 신자였고 장로나 권사들이었다는 것이다.

이들은 교회의 장로나 대학의 보직을 계급으로 생각하는 자였기 때문에 그들은 언제나 계급상승을 위한 중요한 시점에서 배팅할 줄도 알았다.

인화평 교수는 잠시 생각에 잠겨 십계명을 머릿속으로 되새겨 보았다. 그리고 다른 말을 꺼냈다.

"아! 채교수님 1계명부터 4계명까지는 하나님에 대한 것이고 나머지 6개는 이웃에 대한 겁니다. 예전에 박종철 고문치사 사건 때 김수환 추기경이 추도사에서 말했지요, 너의 이웃이 누구냐고요? 인교수님! 우리의 이웃이 누굽니까? 지금 대학 안에서 오만일에게 쓸개 간 다 빼내 주고 복종하면서 사는 장로 권사들 모두 나의 이웃이 아닙니다. 그들도 자신을 제외한 나머지 교수들을 이웃이라고 생각하지 않기 때문에 저러는 것입니다. 저들은 하나님이 아니라 돈이 우선이고 이웃입니다. 거짓으로 남을 짓누르고 자신만의 영달을 위해 거짓으로 연봉제 전환에 앞장서고 거수기 노릇을 해주며 살고 있잖아요? 그 보직이 도대체 뭐라고 말입니다?"

인화평 교수의 말을 듣던 채서남 교수는 차분하게 목소리를 낮춰서 말했다.

"앙드레 지드의 좁은 문을 보면 알리사의 일기에 '주여 당신이 우리에게 가르쳐주시는 길은 좁은 길이옵니다. 둘이서 나란히 걸어가기에는 너무도 좁은 길이옵니다.'라고 합니다. 바른 영성을 가지고 좁은 문으로 향하는 길을 가려면 스크루지 영감처럼 양손 가득 쥐고 가슴과 허리에 모든 열쇠를 주렁주렁 달아매고 가기에는 길이 너무 좁습니다. 인교수님! 우린 길이 좁아서 힘들어도 절대로 그런 악에 물들지 말고 바르고 옳게 하나님만 바라보고 학생들을 열심히 가르치면서 삽시다."

"그래요, 우리가 손해를 보더라도 무슨 일이든지 좁은 길이지만 힘들어도 우리를 찾아오는 교수가 있다면 용기를 주면서 살아갑시다. 채교수님, 우리 둘만 있는 것 같아도 아닙니다. 우리는 셋입니다."

"셋?"

채서남 교수가 우리 사이에 누구를 넣을 것인지 생각할 틈을 주지 않고 인화평 교수가 말했다.

"채교수님, 나, 그리고 하나님"

인화평 교수는 독실한 기독교 신자였다. 기독교인이 좋은 신앙인으로 산다는 것은 잘 죽어 사는 것도 중요하다고 생각하고 자신의 성격과 욕망을 죽이고 살았다.

해는 가기 싫어 버티는 듯 서산을 뉘엿뉘엿 천천히 넘어가고 있었다. 운동장 쪽을 따라서 쭉 서 있는 가로등의 그림자는 흐릿하게 더 길어질 수 없을 정도로 많이 길어져 있었다. 해가 완전히 넘어가면 이 그림자마저 보이지 않을 것이다.

가로등과 그림자 사이를 지나 주차장에 세워둔 차 쪽으로 걸어가는 채서남 교수는 영혼이 살아 있어야 산사람이라고 생각했다. 그의 걸어가는 모습은 나이가 들어 어깨와 등은 약간 굽었지만 아직 불의에 굴하지 않는 힘은 있어 보였다.

6. 복합관 공사

오늘은 오만일이 대학을 알릴만한 큰 건물을 짓는다는 말이 들렸고 오후에는 전체교수회의가 있었다.

회의가 시작되자 태현균 교학처장이 나와서 폐과되는 과와 신설되는 과에 대한 최종발표가 있었다. 맨 마지막에는 이사장님의 말씀이라면서 오만일을 소개했다. 오만일은 거들먹거리며 단상 위로 올라왔다.

"에~ 인구 50만인 평송시에 대학이 2개밖에 없습니다. 대학을 널리 알리기 위해서라도 멀리서도 잘 보일 수 있는 랜드마크가 될 만한 건물이 있어야 합니다. 마침 우리 대학의 앞쪽에 쓸만한 대지가 해결되었기 때문에 이 자리에 복합관을, '컨벤션 센터'를 지을 것입니다 ……."

채서남 교수는 그동안 폐과로 교수들 기를 팍 죽인 것은 이런 건물 지어서 적립금 300억 원을 빼내 가는 일에 교수들이 관심을 두지 못하게 시선을 돌리려 했다는 생각이 들었다.

'이놈아 누가 그런 건물을 지어달라고 했나? 우리 교수 중에서 원하는 사람은 한 명도 없어! 네 주변의 딸랑이들도 겉으로만 찬성하지 속으로는 걱정하고 있어! 지금 대학에 강의실이 부족하냐? 너

지금 적립금 남은 것 빼가려고 장난하는 거지?'

대학에서 매년 50억씩 남은 돈을 쌓아둔 적립금을 빼내 가기 위해서는 직원을 더 근무하는 것으로 인건비로 빼가는 방법, 소모품이나 기자재를 구매할 때 금액을 올려서 사는 방법 등은 아주 고전적인 방법이었다. 이런 방법은 큰돈이 되지는 못한다. 일거에 큰 금액을 빼내는 방법은 건물을 짓는 것이다.

금휘향의 효과였는지 폐과는 전혀 생각지도 못한 과가 결정되었다. 폐과된 학생 수만큼 새로운 학과를 만들어 교육부에 보고해야 하는데 신설학과는 항공정비학과와 간호과가 낙점되었다.

발표결과를 보고 금휘향과 한지민은 한시름을 놓았다. 한지민은 자신의 과가 폐과에서 빠지자 금휘향에게 콧소리가 섞인 소리로 물었다.

"어떻게 해서 태처장을 잡았는감?"
"응 네가 말해 준 그 날 저녁 내가 할 수 있는 것은 다 했지 뭐"
"그럼 나에게 자랑하던 네 뒷모습까지 다 보여 준거야?"
"급한데 어떻게 하니? 하여간 잘 끝났잖아? 난 태처장이 내 스타일이 아니었는데…."
"좋았엉?"
"상황이 상황인지라 꾹 참았지 뭐, 그런대로 괜찮더라."

그런대로 괜찮더라는 말을 들은 한지민은 의미심장한 미소를 띠었다. 이 두 교수의 성적인 취향은 일반적인 사람들과는 매우 달랐다.

며칠 뒤 '평송의 랜드마크 동서양대학교 복합관'이라는 글귀가 쓰인 조감도가 나왔다. 이렇게 조감도가 빨리 나온 것은 설계 도면도 이미 완성되었다는 것으로 그동안 물밑에서 많은 작업이 이루어졌다는 증거였다. 건물은 앞에서 보면 ㄴ자 모양의 건물인데 왼쪽이 10층이고 가로로 기다란 4층의 큰 건물이었다. 어림잡아도 공사비만 2~3백억은 들여야 할 건물이었다. 이 건물의 오른쪽에는 교문이 설계되어 있었다.

들리는 말로는 건물 조감도와 관련된 이해할 수 없는 일이 있었다. 'ㄴ'자 모양의 건물을 좌우로 회전한 'ㄹ'자 모양의 조감도를 다시 작성해보았다는 것이다. 그리고 이 조감도를 작성하는 비용으로 1억 5천만 원을 지급했는데 바뀐 조감도가 나오자마자 오만일이 원래대로 하기로 했다는 것이다. 인화평 교수가 이 말을 듣고는 기가 막힌다는 표정으로 말했다.

"돈 빼먹는 방법도 여러 가지네요, 저것은 털도 안 뽑고 그냥 날로 먹었는데요."

채서남 교수도 기막히다는 표정이었다.

"조감도를 좌우로 바꾸는 것은 CAD나 일러스트레이터 등의 프로그램에서 좌우 반전만 해서 거기에 교문을 붙이면 되는 5분도 안 걸리는 일이고, 칼라로 출력하면 2만 원이면 끝나는 데 1억5천만 원이라. 참."

이참판 교수도 가만있지 않았다.

"기존의 조감도를 앞에 놓고 멀리서 보면서 건물이 좌우로 반전되었다고 생각하면 전체 윤곽이 보입니다. 윤곽만 보면 되는 일인데, 억대의 돈을 털도 안 뽑고 그냥 잡수셨네요."

"참으로 기가 찰 노릇입니다."

복합관을 짓겠다고 한 이 땅의 일부는 원래 설립자와 관련이 있는 땅들이었다. 학교 대지 중간에 종중 산이 있었고 그 맨 앞에 있었던 땅이다. 설립자의 아들인 강두섭 전 이사장이 대학 캠퍼스 앞과 주변의 땅들을 구매해서 대학을 늘리거나 친구들과 같이 사 두었다가 나중을 도모하려고 했었던 땅도 있었다. 대학부지가 아래쪽으로 많이 확장되었고, 맨 아래쪽에 2차선 포장도로가 도시 계획에 있었다. 교문을 2차선 포장도로와 붙은 곳에 새로 만들면 교문주위의 땅은 금싸라기 땅이 되는 것이다. 그런데 아쉽게도 중도금을 치른 상태에서 IMF 외환위기가 터졌다.

전무식이 설립자에게 30억 원의 위로금과 빚을 갚아주는 조건으로 대학을 양수했지만, 전무식은 이런저런 이유를 들어 위로금을 주지 않았고 빚이 많다면서 빚으로만 대학인수자금을 퉁 치려다가 결국 재판으로 이어져 10년간을 끌어오던 땅이었다.

이 땅들이 김곰자 때 해결된 것은 학교법인이 다른 사람에게 넘어가면 부채와 소송도 함께 넘어가기 때문에 전무식과는 소송 중이었다가 현진택을 거쳐 김곰자에게 넘어갔기 때문이었다.

김곰자와의 조정은 설립자의 잘 아는 고법 부장판사가 뒤에서 잘 협력해서 조정이 되었다. 시일이 오래되다 보니 이미 팔린 부동산이 여럿 있었기 때문에 대학을 양수 양도할 때와는 사정이 달라져 있었다. 땅이나 건물이 매각되어 타인의 명의로 변경된 경우는 당시의 평가액과 현재의 가치를 따져 일부 금액은 학교에서 현금으로 지급하고 성안고등학교와 붙은 5천 평의 땅은 설립자에게 주는 것으로 조정안이 나왔다. 이것은 설립자에게 아주 유리한 조정이었다. 그러나 김곰자에게는 생각지도 않은 땅들이 생기는 것이어서 어떤 조건이든지 그냥 받아들였다. 그래서 대학은 평소 생각지도 않은 7,000여 평의 땅이 생겼다.

과정이야 어떻게 되었든 오만일은 상당히 넓은 좋은 땅이 앞에 있고 적립금도 있으니 이 땅에 건물만 지으면 되었다. 땅까지 매입해서 건물을 짓는다면 불가능하거나 빼내 갈 돈의 액수가 적어지지만, 건물만 지을 때는 건축비를 높이는 방법으로 수월하게 돈을 빼 갈 수 있었다.

이제 복합관의 조감도가 나왔으니 빨리 지어야 했다. 경일 건설이라고 붙어 있는 차들이 며칠째 교내를 왔다 갔다 했다. 건축과의 조진년 교수가 총괄 감리를 맡았다. 그의 연구실 책꽂이 한편에는 자신이 대학에 들어오기 전에 건설회사에 다닐 때 사용했던 하얀색 안전모가 놓여있었다. 안전모의 앞에는 국내 굴지의 건설회사 SK 마크가 선명하게 찍혀 있었고 옆에는 조진년이라는 글씨가 쓰여 있었다. 이것을 연구실의 잘 보이는 곳에 놓아둔 것은 자신이 유학파에다 대형 건설회사 출신임을 자랑스럽게 생각하고 있기 때문이었다.

새로 난 길 쪽으로는 컬러 강판의 펜스가 세워졌다. 펜스에는 '자랑스런 평송시의 동서양대학교 복합관 건축'이라고 커다랗게 쓰여 있었다. 정문이 생길 부분엔 건축물 신축허가라고 되어있는 상당히 큰 판넬도 세워졌다. 공사는 일사천리로 진행되었다. 먼저 건물의 기초를 위해 터파기 공사가 시작되었다. 부지 전체를 주차장으로 하도록 맨 안쪽까지 모두 파내는 작업을 했다. 그곳에도 조진현 교수가 하얀색 안전모를 쓰고 왔다 갔다 하는 모습이 보였다. 덩치는 커서 산만한데 조그만 안전모를 쓰고 왔다 갔다 하는 모습이 좀 언밸런스 했지만, 그가 나타나면 건설회사 간부들은 공손하게 인사를 했다.

건물의 뼈대가 올라가면서 여기저기 주변의 빈 땅에도 건축자재가 놓였다. 채서남 교수는 대학에 오기 전에 종합건설회사에도 있었고 전문건설회사의 임원으로도 있었다. 석재회사도 경영해본 경험이 있어서 한눈에 보면 자재의 질을 알 수 있었다. 마침 건물 외벽에 붙일 대리석을 고양관 옆에 쌓아두었기 때문에 가서 보니 중국산임을 금방 알 수 있었다. 기숙사 공사에 사용한 고흥이 원산지인 짙은 회색빛의 화강암은 단단하지만, 빛깔이 고르지 못하고, 비슷한 중국산은 빛깔이 일정했다. 시공하면 오히려 중국산이 더 매끄럽게 보이지만 가격은 절반이면 가능했다. 같은 종류의 대리석을 이미 기숙사에도 시공했기 때문에 분명히 고흥석을 사용한다고 하고 중국산을 가져다 시공하고 있는 것이 분명했다. 건물이 크니까 대리석에서만도 상당한 차액을 발생시키고 있었다.

마무리 공사를 할 때였다. 조진년은 복합관내의 청수 시설은 지하수를 기본으로 하되 만약을 대비해서 150밀리 상수도관을 계량기함까지 끌어다 놓았다. 이것은 원래 설계에는 최소의 식수에 필요한 것만 해결할 수 있는 용량이었는데 조진년은 총괄 감리로서 상수도관을 매설하도록 지시했다. 나중에 공사비용으로 5천여만 원이 추가로 지출하게 된 것을 알게 된 오만일은 조진년에게 온갖 쌍욕을 하면서 나무랐다. 그런데 이와 관련된 일은 복합관을 완공한 지 얼마 되지 않아서 생각지 못한 곳에서 터졌다.

사무처장 박수심은 굳어진 얼굴로 오만일에게 보고했다.

"이사장님!, 지금 복합관은 물론 기숙사에도 물이 많이 부족합니다."

"그게 무슨 말이야?"

"지난달부터 지하수의 물이 점점 줄어들더니 요즈음은 한두 시간도 견디기도 어렵습니다."

"뭐? 음, 그 이유가 뭔가?"

"정확히는 잘 모르겠습니다. 더 확인해봐야 하겠지만 지금 저희 대학 밑으로 공사를 하는 SRT 고속철도 사업과 관련이 있는 것 같아 알아보고 있습니다."

"고속철도를 지하화로 하는 것이 좋긴 한데 ……. 우린 지금 당장 어떻게 해야 하지?"

"우선 복합관에 계량기 앞까지 와있는 150밀리 관을 연결해서 사용하도록 해야 할 것 같습니다. 그리고 아래쪽 교문 쪽에 지하수 개발을 더 해야 하겠습니다."

오만일은 조진년에게 굵은 상수도관을 매입해서 돈이 더 나가게 했다고 온갖 쌍욕을 했던 생각이 떠올랐지만 이내 돈타령으로 바뀌었다.

"그거 상수도 연결하면 물세 많이 나오는 것 아니야?"

"이사장님, 그래도 기숙사 변기가 막히고, 각 동의 화장실이 막히면 더 큰 일입니다. 학생들에게 오후에는 기숙사의 물 사용은 사용하지 못하게 하고 신한관으로 가라고 했는데 그러다 보니 신한관은 지금 만원입니다. 용변이 급한 학생들이 기숙사 뒷산에 가는 학생도 있나 본데요. 그것은 더 심각한 문제입니다."

"그러면 빨리 상수도 연결해서 사용하고 원인을 파악해봐!"

"예 알겠습니다. 이사장님!"

박수심은 SRT 고속철 공사를 하는 K건설에 전화해서 본부장과 약속을 잡고 만났다. 본부장은 박수심을 매우 공손한 모습으로 맞았다.

"안녕하십니까? 연락드렸던 동서양대학교의 사무처장 박수심입니다."

"안녕하세요. K건설 정영학 본부장입니다."

둘은 인사를 건네고 명함을 주고받은 다음 자리에 앉았다.

"전화로 말씀드렸던 대로 지금 저희 대학에서는 지하수가 말라서 학생들 교육하는데 막대한 피해를 보고 있습니다. 기숙사의 화장실 사용도 어렵고 샤워도 어렵습니다. 사정이 이렇다 보니 총학생회 차원에서 들고 일어나려고 합니다."

총학생회라는 말이 나오자 본부장은 움찔했다. 괜히 오리발을 내밀었다가는 일이 복잡해질 것 같았다. 만약에라도 학생들이 들고 일어나 공사가 중지하게 된다면 피해가 막심할 것이었다.

"아, 그렇지 않아도 지난번 발파 때 지하수가 터져서 저희가 매우 고생했습니다만 그 위가 바로 대학교인가 봅니다. 저희가 어떻게 해드리면 좋겠습니까?"

"급해서 물이 약간 여유가 있는 신한관에서 50밀리 관으로 연결해서 사용하지만, 그래도 물이 부족한 것은 마찬가지고 관이 진입로에 노출되어 있어서 보기 싫습니다. 관을 보호하려고 각목을 수도관 좌우에 묶어 두었지만, 차들이 다니면서 덜컹거리고 결국 터져서 물이 샙니다. 저희가 급해서 맨 아래 교문 옆에 있는 관정부근에 지하수를 더 크고 깊게 뚫고 있습니다. 그런데 그걸로 해결이 안 될 것 같습니다. 회사에서 물을 사용할 수 있도록 처리를 해주셔야 하겠습니다."

본부장은 잘못 대답했다가는 이것으로 진드기 붙는 게 아닌가 생각되었다. 이럴 때는 돈으로 처리하는 것이 가장 편하고 좋은 방법이라는 것을 잘 알았기 때문에 얼른 말을 돌렸다.

"처리라는 게 금전 말씀입니까? 만약 금전으로 보상을 한다면 얼마쯤 ……? 저도 사장님에게 결재를 받아야 하므로 미리 와꾸를 좀 알아야 ……."

"그렇지 않아도 나오기 전에 윗분의 뜻을 알아보고 왔습니다. 제가 제시하지 않아도 어느 정도일 거라는 것은 다 아실 거 아닙니까?"

"그래도 제시를 해주셔야 저희도 ……."

박수심은 가져간 서류 위에 집게손가락을 아래로 그었다. 다른 때 같으면 별것 아닌 행위이지만 본부장은 그것을 돈의 액수로 알아들었다.

"1억이면 되겠습니까?"

박수심은 아무런 말을 하지 않고 동그라미를 그렸다.

"10억입니까? 와 그건 좀 ……."

"본부장님! 지금 지하수 공사를 일 300t 공사만으로도 5천만 원이 듭니다. 그런데 그것이 될지 안 될지 모릅니다. 그리고 제가 이런 말씀 안 드리려고 했는데 저의 형이 투스타(소장) 육사교장 출신입니다. 그래서 그쪽 공병단에 줄이 좀 있어서 미리 좀 알아봤고 …….”

박수심은 말로 어르고 쳐서 겁도 좀 주면서 압박을 했지만, 돈의 액수만큼은 끝까지 말로 하지는 않았다. 눈치 빠른 본부장이 알아차리고 줄다리기를 하다가 결국 7억 원을 비밀통장으로 받았다. 그리고 이 돈은 김곰자에게 대학 인수금 잔금의 일부로 넘겼다.

7. NCS(National Competency Standards; 국가직무 능력표준)

항상, 항시, 언제나, 주야장천, 상시, 만날, 쭈욱의 뜻을 가진 가장 짧은 단어는 아마 '늘'일 것이다. 이 '늘'에 공무원의 '공'을 붙인 단어가 '늘공'이다. 우리나라에는 언제부턴가 늘공이라는 말이 유행하게 되었다. 늘공은 고시나 공무원 시험을 봐서 직업 공무원이 되어 살아온 사람들이다.

이에 비교되는 공무원은 '어공'이다. '어느 날 갑자기 공무원이 됐다'라는 의미에서 '어공'이다. 계약직 공무원이나 별정직 공무원을 두고 부르는 말이다.

어공 중에 별정직은 대부분 국민으로부터 선택을 받은 선출직이다. 어디에선가 준비하고 있다가 적당한 시기에 선거에 나가 당선된 선출직 공무원이다. 국민의 선택을 받으려면 국민의 의견이나 현안들을 종합하고 수렴하여 국민의 뜻이 포함된 새로운 정책공약을 내세우고 상대보다 한 표라도 더 받아야만 당선이 된다. 당선된 어공은 어떻게든 국민과 약속한 공약을 이행해야 한다.

이 공약이 잘 이행되려면 오랫동안 행정부처의 업무를 해왔던 능숙하고 경험 많은 늘공이 이를 뒷받침을 해주어야만 가능하다. 그래서 늘공과 어공의 유기적인 관계가 매우 중요하다.

어떤 이들은 '어공'은 있어도 그만, 없어도 그만이지만 '늘공'은 반드시 있어야 하고 모든 평가는 결국, 정책과 업무로 받아야 한다고도 말한다. 그런데 평가라고 해봤자 늘공은 자신들이 자신들에 대한 평가지만 국민에 의한 평가는 언제나 어공이 받는다. 어공은 정책이 잘못되면 다음 선거에서 낙선하는 평가를 받는다.

현장에서 보면 문제점은 항상 어공보다는 국민의 평가를 직접 받지 않는 늘공에게 더 있었다.

교육부의 늘공은 자신들이 분야에서만큼은 전문가이다 보니 언제나 문제점이 나오면 그것을 돌파할 정책대안을 가지고 있었다. 평상시에도 여러 교육정책에 관한 연구주제를 각 대학에 준 다음 그 결과물의 데이터를 가지고 있었다. 그리고 조금씩 야금야금 자신들이 원하는 방향으로 하나씩 꺼내 놓으며 이끌어 갔다.

어떤 선출직 공무원이 와서 새로운 변화와 변혁을 일으키려 해도 늘공들은 자신들의 영역이 줄어드는 것이 나오면 방향을 이리저리 틀어 결국 용두사미가 되도록 만들었다.

김대중 대통령은 대통령에 당선되어 새로운 많은 개혁적인 정책을 발표했다. 김대중 대통령의 통찰력은 대단해서 재임 시에 발표한 개혁정책이나 새로운 비전에 대한 정책 제시는 십 년 이십 년 후에 세계를 향한 우리의 먹거리나 자존심이 되었다. IMF조기 졸업, 전투기, 한류, 햇볕정책 등 수많은 업적이 있지만, 어떤 개혁정책들은 고위공무원의 조직적이고 보이지 않은 반발 때문에 좌초된 것도 많다. 어공이 늘공의 능수능란한 행정 경험을 뒤집어엎을 수 없기 때문이었다. 대통령도 어공이기 때문에 그랬다.

늘공인 각 부처의 실·국장들이 어공인 장관 하나 바보 만드는 것은 일도 아니다. 실국장급들의 요상한 보고는 장관이 처음에 지시하고 생각한 방향과 전혀 다른 방향으로 가도록 만드는 굉장한 기술이다. 새로운 좋은 개혁정책이 나와도 자신의 앞날에 먹구름이 있을 것 같으면 장관이 요구하는 데이터만 주고, 그것을 현장에 접목했을 때 벌어질 수 있는 반발이나 그 정책으로 인해 일어날 수 있는 부정적인 데이터는 주지 않는다. 그런 상황에서 장관이 언론에 어떤 정책을 하겠다고 발표하면 언론에서는 곧바로 반론이나 새 정책으로 인해 야기될 문제점을 보도했다. 장관이 언론에 얻어맞다가 반론에 관한 데이터를 달라고 하면 다시 딱 그 데이터만 주었다. 다시 장관이 그 데이터를 가지고 말하면 다시 언론에 두들겨 맞았다. 이런 일 두세 번이면 장관은 언론에 의해 누더기 바보가 되었다. 아무리 똑똑한 장관도 더는 추진력 있는 장관이 되지 못해 얼마 안 있다가 낙마하는 예도 많았다. 이들 실·국장들은 자신들이 장·차관으로 승진할 수 있는 확실한 징검다리가 될 수 있을 것 같은 어공은 잘 모시고 그렇지 않으면 적당히 모셨다.

다른 예도 있다. 늘공들이 미리 어떤 정책들을 준비하고 있다가 선거 공약이 되도록 주거나 새로운 정부가 들어서면 거기에 이런 정책이 있다면서 그것을 주어서 추진하는 예도 있다.

박근혜 정부 들면서 교육부에도 새로운 아젠다가 필요했다. 그래서 그동안 만지작거리던 정책을 몇 가지 내놓았는데 그중 하나가 국가직무 능력표준이라는 NCS였다.

산업현장에서 직무를 수행하는 데 필요한 능력인 지식, 기술, 태도를 국가가 표준화한 것이다. 교육훈련과 자격에 NCS를 활용하여 현장 중심의 인재를 양성할 수 있도록 지원한다는 의도의 표준 작업이었다.

기업은 NCS를 활용해서 직무 중심의 인사제도를 운용할 수 있고, 교수는 NCS를 활용한 교육과정을 설계해서 체계적으로 교육훈련과정을 운영하여 산업현장에서 필요로 하는 인재를 양성할 수 있다고 했다. 그러나 교수들이 이 NCS를 정상적으로 활용하려면 정말 많은 작업을 해야 했다. 또 대학은 그에 맞는 실습 기자재 구매 등 많은 돈이 들어가야 했다. 그런데 큰 문제점은 교육부가 아무런 준비도 없이 발표해버린 것이다. 교육부인 머리가 아무런 준비가 안 되어있으니 팔다리인 현장에서의 혼란은 이루 말로 할 수 없었다.

인화평 교수와 채서남 교수는 구내식당에서 점심을 먹지 않은 지 오래되었다. 구내식당은 음식도 별로지만 성향이 전혀 다른 교수들과 겉으로만 웃으면서 먹는 그런 자리가 싫었다. 점심때가 되면 두 교수는 입맛에 맞는 주변의 음식점들을 찾아 여기저기 옮겨 다니면서 좀 괜찮다 싶은 곳에 가서 먹었다.

오늘은 좀 떨어져 있는 오산에 가까운 쭈꾸미를 잘하는 음식점으로 갔다. 이 집의 음식은 맛있지만 좀 매웠다. 곁들여서 나오는 계란찜과 새우튀김은 매운맛을 다시는 데 꼭 필요했다. 그래서 음식을 주문할 때 1개씩 더 시켰다.

좌석에 앉자마자 종업원이 밑반찬과 물수건 그리고 페트병에 담긴 물병을 가져다 놓았다. 인화평 교수가 페트병에 든 물을 컵에 따른 후 말했다.

"제가 요즈음 NCS의 특징이 뭔지, NCS를 왜 해야 하는지, 그 뭐 국가직무표준 능력인가 뭔가를 열심히 공부하고 있습니다."

"이제 느지막하게 그런 공부까지 해요? 그거 도입한 대학은 평가에서 가점을 준다고 하지 않았나요?"

"예, 그런다고 했지요. 그런데 문제는 교육부가 아무런 준비도 안 하고 발표를 먼저 했어요!"

채서남 교수는 기분이 좀 언짢아져서 말했다.

"대통령이 교육에 대한 어떤 철학이 있는 것이 아니라서 교육부 관리들이 장난친 거예요. 이런 방안을 내놓은 것은 미국에서 교육

공학을 공부하고 돌아온 몇몇 탁상공론자들의 제안 때문인데 지금 교육부는 NCS를 도입하면 모든 교육이 혁신적으로 바뀌는 것처럼 말하잖아요? 혁신은 개뿔?"

"맞아요. 제가 지금까지 공부해 보니까 NCS가 여러 가지로 상당히 복잡해요. 정권이 바뀔 때마다 행정부 놈들은 자신들이 뭔가 역할을 하고 있다는 것을 보여주기 위해 기존 것을 뒤집는 방향으로 몰고 갈 아젠다가 필요한 겁니다. 지금 보면 교육부 놈들이 장난치고 있는 것 같아요. 대학평가항목에 NCS를 넣는다면서 결국은 대학을 줄 세우는 일을 하고 있어요.!"

채서남 교수는 인화평 교수의 줄 세운다는 말에 약간의 알레르기 반응을 일으켰다.

"제가 아는 대학들에 알아보니 대학마다 교수들이 대학평가 잘 받으려고 이것만을 전력으로 준비하다 보니 강의가 제대로 되질 않는다고 해요. 결국, 교육은 교육부가 망치는 꼴입니다. 미리 면밀하게 준비해서 시행할 때 필요한 경비까지 어떻게 지급한다는 내용을 발표하는 것이 아니라 정권이 바뀌니까 무조건 하라고 합니다. 대학평가에 넣겠다고 ……."

채서남 교수의 말이 이어졌다.

"NCS라고 하는 게 각 대학에서 교육과정 편성할 때 NCS 표준틀에 의해서 교육과정을 개발하고 그 교육과정을 운영하면 평가에 NCS를 인정해주는 건데 그렇게 한다고 해도 사실상 바뀌는 것은 하나도 없어요."

"하나도 안 바뀐다?"

"예, 교수님, 전기과의 경우 몇 억을 들여도 안 됩니다. 거기 교육과정에 맞는 교재 내용, 실습 기자재와 재료, 실습 방법 개발 등 미리 개발해서 놓고 그에 대한 기자재까지 구입해야 하는데 그 첫 단계인 교재개발조차도 안 해놓고 또 이에 대한 재정이 편성되지 않은 상태에서 뭘 한다는 건지, 원래 가르치던 그대로 한다는 건데 이것은 사기입니다."

채서남 교수의 사기라는 말에 인화평 교수는 짜증 섞인 표정을 하면서 말했다.

"이놈의 늘공들! 어휴!"

오만일이 이번에는 대학평가를 잘 받아야 한다고 했으니 보직교수들이 틈만 나면 학과장에게 압박을 가했다. 대학 메신저에 NCS 진행 상황을 매일 보고하도록 했고 이를 모든 교수가 볼 수 있도록 했다.

8. 교육부의 눈먼 돈

찬바람이 불기 시작한 초가을인데 교수들은 NCS니 뭐니 하는 서류작업으로 교육부에서 눈먼 돈을 타오라는 오만일의 성화를 못 이겨 정신없이 뛰고 있었다.

NCS를 대학의 모든 학과에 적용하기에는 현실과는 많은 괴리가 있었지만, 대통령의 낙점을 받았기 때문에 심한 드라이브가 걸렸다. 문제는 이 NCS를 추진해서 인정받은 대학에만 국가재정을 주기 때문에 거기에 맞추어 눈먼 돈을 따오려고 대학마다 혈안이 되었다.

동서양대학교 교수들도 전국 여타 대학과 마찬가지로 NCS에 맞는 교육과정 개발이니 교재개발이니 페이퍼 작업을 하느라 교수의 본분인 강의마저도 충실할 수 없었다.

이런 작업을 하는 도중에 동서양대학교도 교육부 출신 총장의 뒷배가 작용한 결과의 산물이 나왔다. 그것은 교육부로부터 무려 35억 원을 따온 것이다. 이 돈은 교육역량강화사업과 관련된 것이었다. 동서양대학교는 애초 전무식의 비리와 김곰자의 비리로 감사를 받았기 때문에 돈을 따오기는 좀 어려운 상황이었다. 그런데 교육부 관료 출신 총장의 힘이 발휘되었다. 많은 돈이 교육부로부터 내려오자 오만일은 기분이 매우 좋았다. 오만일은 이참에 NCS도 밀어붙여서 교육부의 돈을 더 따올 수 있기를 바랐기 때문에 교수들 앞에서 총장을 추켜세웠다. 옆에서 그것을 본 보직 교수들은 열심히 뭔가 하는 척해야 했다. 그런 모습이 몹시 못마땅했는지 이명박 교수가 한마디 했다.

"거 참, 개똥 치운 막대기 땅에 툭툭 치듯 되게 치고 있네, 정말 더러워서 못 보겠네!"

동서양대학교 교수들은 교육부에서 받은 35억 원의 큰돈을 받자 처음엔 기분이 좋았지만 얼마 지나지 않아 곧 문제에 봉착했다. 이 많은 돈을 어떻게든 연말까지 사용해야만 했다. 동서양대학교만이 아니고 전국에 교육역량강화사업으로 돈을 받은 대학들은 다 마찬가지였다.

총장의 지시에 따라 해운대의 한 호텔을 급하게 통째로 빌렸다. 27인승 리무진 버스도 여러 대 빌렸다. 연수참가에 지정된 과들은 무조건 2박 3일 일정으로 부산으로 출장을 가야 했다. 어떤 방식으로든 연말까지 돈을 다 털어야 했기 때문이다.

급히 많은 수가 들어갈 수 있는 호텔을 계약하려다 보니 아주 깨끗하고 좋은 호텔을 빌릴 수는 없었다. 좀 오래되었지만 그래도 계속 관리하고 정비된 호텔이라는 것을 느낄 수 있는 호텔을 빌렸다.

호텔 1층 로비에는 최근에 수리했는지 카페테리아처럼 꾸며서 휴식과 담소를 나눌 수 있도록 대나무 소파와 탁자 등으로 멋을 낸 장소가 있었다. 그 옆의 조그만 공간은 무료로 커피를 마실 수 있는 조그만 커피기와 정수기, 제빙기, 전자레인지 등이 놓여있었다. 벽에는 호텔의 분위기를 높여줄 와인이 세로로 전시되어 있었다. 오래된 호텔치고는 좀 파격적이라는 생각도 들었다.

교수들은 체크인하지 않고 차에서 내린 후 곧바로 호텔의 식당에 들러서 식사했다. 호텔에 미리 연락해선지 식당에는 뷔페식으로 점심 준비가 잘 되어있었다. 그리고 조금 쉬었다가 대연회장에서 연수가 시작되었다. 뭐가 그리 급한지 매우 서두르는 느낌이었다. 대 연회장 맨 앞에는 '동서양대학교 대학역량강화사업 해운대 추계 연수'라는 커다란 플래카드를 붙이고 급조된 강사들이 나와서 PPT 자료를 띄우면서 강연을 했다. 사무처 직원은 새로운 강사가 나올 때마다 연신 사진을 찍기에 여념이 없었다. 연수했다는 서류에 첨부할 사진을 얻기 위한 것으로 보였다. 앉아 있는 교수들은 차로 멀리 온 이유도 있지만, 수준이 떨어지고 급히 준비한 강사들의 강의에 따분해서 졸고 있는 교수도 많았다.

쉬는 시간이 되자 서춘동 교수가 채서남 교수 있는 쪽으로 왔다.
"아이, 여기까지 와서 저런 시원찮은 강사들에게 엄청난 강사비를 지출하면서 우리는 훈련소에서 훈련받는 강아지들처럼 몰려다니니 우습습니다."

"어떡하겠습니까? 교피아가 돈을 많이 따 왔으니까 돈 못 따오는 교수들은 여기저기 끌려다니면서 훈련받아야지요?"

채서남 교수의 약간 퉁명스러운 대답에 서춘동 교수는 회의장 뒤편 간식 테이블에 마련된 커피를 마신다며 슬그머니 가버렸다.

강총장은 오후 늦게 승용차로 도착했다. 총장이 오자마자 연수 도중이지만 잠깐 시간을 내서 총장님 말씀을 들어보겠다는 사회자의 말에 강총장은 단상에 올라왔다.

"에~ 멀리까지 오셔서 수고들 하십니다. 이번에 저희가 국고 배분으로 35억 원을 받아 온 것은 우리 대학의 어려운 대학 사정을 볼 때 잘된 일이라고 생각합니다. 특히 이번에 저희가 받은 국고 35억 원은 '선택과 집중'이라는 국고배분 원칙에 따라서 받아 온 것입니다. 이것은 잘하는 대학에 재정을 지원하고 그렇지 못한 대학에는 지원하지 않아 도태시키겠다는 정부의 의지라고 생각합니다. 그러므로 이번 연수를 통해서 앞으로 동서양대학교가 나아갈 방향 즉 전국 탑 파이프(TOP 5) 대학을 목표로 하는 교육방안을 세워 좋은 학교를 만들었으면 합니다 …….."

강총장은 자신의 능력으로 따온 돈이니까 좀 거들먹거려도 되지만 행시 출신의 관록 있는 관료는 철저히 시종 사무적인 태도를 잊지 않았다.

강잘난 교수가 손뼉을 쳤다. 이어서 앞쪽 여기저기서 산발적으로 찌뻑찌뻑 손뼉 치는 소리가 들렸다. 모두 공감하는 일이고 좋은 일이면 동시에 모두 함께 일어서서 쳤을 것이었다.

언제나 총장이나 이사장이 앞에 나가서 한마디 하면 꼭 손뼉 치는 교수가 있었다. 한 명이 치면 어쩔 수 없이 다른 교수도 따라서 치게 된다. 오늘도 똑같은 패턴으로 손뼉을 쳤지만, 호텔 대연회장의 좌측 뒤쪽에 앉았던 채서남과 주변의 몇몇 교수들은 가만히 앉아 있었다. 채서남은 저들이 왜 손뼉을 치는지 도대체 영문을 알 수 없었다. 혼자 생각했다.

'니들이 그렇게 똥오줌 못 가리고 아무 때나 손뼉을 치는데, TOP5 대학이라고? 거꾸로 TOP5 대학이 안되면 다행이겠다. 이 돈키호테야!'

교육부는 '교육역량 강화사업'을 위해 이상한 공식을 만들어냈다. 이 공식을 포뮬러(formula)라고 부르는데 이 공식을 적용해서 교육 성과가 우수한 대학에 5천억 원이라는 엄청난 국고를 지원했다. 교육성과 포뮬러는 재정을 지원해 줄 대학의 순위를 결정하는 공식으로 취업률(25%), 충원율(25%), 국제화 수준(5%), 전임교수 확보율(10%), 1인당 교육비(15%), 장학금 지급률(20%)이 중요 지표였다. 여기에서 제일 큰 비중은 당연히 취업률과 충원율이었다.

교육부가 취업률 높은 대학에 국고지원 비율을 높인다고 하자 대학마다 취업률을 높이기 위한 각종 편법이 판쳤다. 졸업생의 취업률 여하에 따라 지원 여부와 지원 액수가 판가름 났다 해도 과언이 아닐 정도였다. 그래서 전국의 대학들 대부분은 취업률을 부풀리기 위해 별별 편법, 탈법, 불법, 변칙적 수단을 다 동원했다. 동서양대학교라고 다르지 않았다. 취업률 부풀리기가 조직적으로 이뤄지고 있었다.

분임토의 시간이 돌아왔다. 학과장인 한만돌 교수가 학과 교수들에게 말했다.

"교수님들, 과별로 취업률 목표를 정하라고 합니다. 지금 정한 목표를 교육부가 통계 잡은 시점에 어떻게 변했는지 확인해서 학과평가를 한다고 합니다. 우리 과는 취업률 목표를 어떻게 잡을까요?"

항상 먼저 슬그머니 말을 띄워놓고는 눈치를 보면서 자신이 책임질 일은 전혀 하지 않은 한만돌 교수가 모두 못마땅했지만 멀리까지 출장을 와서 하는 회의니까 성질 급한 채서남 교수가 먼저 말했다.

"제가 알아보니까 우리 대학과 가까운 오산의 한 대학은 80%대 취업률을 목표로 정했는데요. 이건 사실 좀 어려운 목표입니다. 통계 기준시점에서 아직 취직 못 한 애들, 취직했어도 수습 기간에 있는 애들, 취직했는데 회사가 마음에 안 들어 그만두고 다른 회사를 알아보고 있는 애들, 4대 보험이 되지 않은 곳에 취직한 애들, 아예 취직을 생각하지 않거나 부모님의 가업을 이어받을 요량으로 취직하지 않는 애들이 있는데요, 80%의 취업률을 목표한다는 것은 어려운 목표입니다. 그런데 통계 기준시점이 4월 1일이니까 이때 맞춰 일용직 아르바이트를 권장하는 방법으로 취업률을 올리고 있었습니다. 참 엉터리지만 교육부가 이런 불법을 간접적으로 독려하는 것과 같습니다."

채서남 교수가 아직 자신이 말하려고 하는 내용을 다 말하지 못했는데도 지남철 교수가 말을 낚아챘다.

"저는 충청도에 있는 학교의 후배 교수에게 최근 물어봤습니다. 교수들이 교내 창업보육센터를 이용해 가짜 취업생, 임시 취업생들을 잔뜩 만들어 놓았더라고요. 졸업생들을 교내 창업보육센터에 입주한 기업에 위장 취업시켜 취업률을 높인 거예요. 참 웃기는 얘기죠."

지남철 교수의 말에 채서남 교수는 솔직한 자신의 의견을 내놓았다.

"저는 이렇게 학교 차원에서 조직적으로 가짜 취업생들을 무더기로 양산하여 취업률을 부풀리는 것에 동의할 수 없습니다."

인화평 교수도 채서남 교수의 말에 동조하는 말을 했다.

"대학들이 엉터리 탈법, 불법, 변칙, 변태적인 취업률 부풀리기 행위에 가담하는 것은 정말 옳지 않은 일이라고 생각합니다. 우리 과는 지금 그런 나쁜 짓을 하지 않아도 70% 초반의 높을 취업률을 유지하고 있습니다. 평소 나쁜 짓을 하지 않았어도 우리 과는 그렇게 나왔고 각자 조금만 더 독려하고 학생들에게 확인하고 하면 80%까지는 몰라도 거기에 거의 육박하지 않을까 생각합니다."

말들이 길어지니 한만돌 교수가 말했다.

"저희 과의 취업률은 뻥튀기하지 않았어도 매우 높습니다. 제가 지난달 저희 과의 취업률 확인을 해보니까 71%였는데 그러면 이번에는 1%만 올려서 72% 정도로 보고하겠습니다. 다른 과들은 가짜도 많지만, 저희 과는 다 아시다시피 실제 취업률입니다. 위에서 뭐라고 하면 75%로 올리겠습니다."

채서남과 인화평 교수가 몸담은 전기과는 모든 산업의 기초가 되고 워낙 교수와 학생들의 관계가 좋았기 때문에 학생들이 교수들의 말을 잘 들었다. 취업률도 대학 내에서는 상당히 높은 취업률을 유지하고 있었다. 그런데 취업률은 장담할 수 없었다. 교육부에서 취업률을 확인하는 것이 건강보험공단에서 자료를 받아 대조하는 것이기 때문에 교육부에서 통계 확인하는 때에 졸업한 학생들이 어떤 결정을 하고 있는지 알 수가 없었다. 그래서 이때가 되면 교수들은 학생들에게 전화해서 지금 회사에 잘 다니는지 확인하면서 잘 다독거려야 했다. 그런데 막상 전화를 해보면 학생들이 전화를 잘 받지 않은 경우도 많았다. 회사에 취직하여 회사에 잘 다니는 줄 알았는데 어느 날 갑자기 그만두기도 하고 어떤 경우는 입사해서 3개월 수습 기간이라 회사에서 4대 보험에 올리지 않고 다니는 학생도 있었다. 여러 이유로 통계는 제대로 맞질 않았다.

  분임토의를 대충 끝내고 배정받은 호텔 방으로 들어간 교수들도 있었지만, 밖으로 나가서 해운대 백사장을 걷는 교수들도 있었다. 호텔들 사이에 있는 도로 곁에 줄지어 있는 술집으로 직행하는 교수도 있었다.
  채서남과 인화평 교수도 백사장을 따라 잘 조성된 소나무숲에 나 있는 길을 따라 모래사장을 보면서 걸어갔다. 이때 어디에서 왔는지 김풍금 교수가 채서남 교수 곁으로 다가왔다. 채서남 교수가 말했다.
  "어머, 이 이쁜 교수님이 어디서 나타났을까?"
  "교수님들께서 저쪽으로 쭉 가는 것을 봤어요. 학과 교수들하고 같이 있는 것보다 해변에서 바람 쐬는 것이 좋을 것 같았어요. 호호호"
  김풍금 교수는 자신을 예쁘다고 했으니 기분이 좋았는지 웃음소리가 밝았다. 이런 먼 곳까지 왔을 땐 약간 나사가 빠지는 것도 좋을 건만 같았지만, 이들은 그런 것을 잘하지 못했다. 이들 세 명이 생맥주를 파는 '부산 갈매기'라고 이름 붙은 집 가까이 까지 왔을 때 채서남 교수는 잠시 문 옆에 붙어 있는 종이에 손글씨로 쓰인 글을 읽느라 머뭇거렸다. 거기에는 호동이 양념치킨 개시라고 되어있었다.

채서남 교수는 호텔에서 먹은 음식 때문에 음식이 더 들어갈 것 같지 않았지만 그래도 바닷가에 왔으니 야외에서 맥주 한잔하는 것도 좋을 것 같았다. 채서남 교수가 가게 안을 바라다보았더니 눈치 빠른 인화평 교수가 외부의 파라솔이 놓여있는 의자에 김풍금, 채서남 교수를 앉도록 하고는 잽싸게 맥주와 치킨 안주를 주문했다.

한국 사람들의 특징은 언제 어디에서나 '빨리빨리'였다. 여기에서도 곧바로 맥주와 치킨 그리고 기본 팝콘 안주와 반건조의 한치 구운 안주가 나왔다.

김풍금 교수는 자신의 과에 있는 교수들보다는 아웃사이더인 이들 교수와 같이 있는 편이 더 좋은 듯했다. 그도 그럴 것이 대학교수라는 작자들은 다 자기 잘난 맛에 사는 사람들이다. 특히 학과 안에서는 학과목 배정, 학생지도 등 여러 문제로 부딪치다 보니까 그렇게 가깝게 지내는 경우는 별로 없었다. 그냥 다른 과의 남자 교수 옆에 와서 적당히 수다 떨다 가는 것이 오히려 마음 편할 일이었다. 채서남 교수도 김풍금 교수가 다른 피아노전공 교수보다도 더 자신에게 와서 말도 걸어주고 다정하게 대하는 것이 싫지 않았다. 오늘도 김풍금 교수는 슬그머니 옆자리에 앉았다. 그리고 먼저 말을 꺼냈다.

"교수님! 취업이라는 것이 학과마다 달라요. 그런데 취업률을 일괄적으로 정하면 힘든 과가 있습니다. 예를 들어서 모델과 학생들은 자기들이 좋아서 들어 왔는데 졸업해서 취업이 얼마 안 됩니다. 거의 안 됩니다. 그냥 열정페이 받으면서 어떻게 하다 보면 취직되는 학생도 있지만, 본질에서 취직이 안 되니 통계를 잡는 것도 잘 안 됩니다. 저희 과도 마찬가지였습니다."

"그래서 문제입니다. 교육부는 평가항목에서 취업률을 가장 높이 잡고 이를 확인하고 평가합니다. 그런데 교육부가 대학들이 입력한 취업률과 건강보험공단의 자료를 비교해보았더니 30% 정도가 엉터리였다는 겁니다. 오천 억이라는 엄청난 국고지원을 받기 때문에 이 돈들을 따오려고 대학들이 거의 미쳐있다고 봐도 과언이 아닙니다."

"와! 5천억 원이요? 그렇게나 많이요?"

김풍금 교수는 채서남 교수의 5천억 원이라는 말에 깜짝 놀랐다. 이때 인화평 교수가 말을 이었다.

"예? 오천억! 교육자적 양심이 있다면 절대로 그렇게 하면 안 되지요. 지금 일부 지방대학들의 경우에 정원을 채우지 못해 난리입니다. 그런데도 교육부는 자신들이 교피아로, 총장 아니면 교수로 나갈 대학을 줄 서게 만드는 이런 돈 나누어 주는 일들만 기획합니다. 아니면 관변단체를 만들어 거기에 엄청난 지원을 해주고 자신이 거기의 기관장으로 가려 합니다. 그러다 보니 교육부는 물론 관련 관변단체들까지 나서서 이렇게 야단법석입니다. 그들이 정책이라고 내놓는 게 고작 학생 충원율과 장학금 지급률이 높으면 막대한 국고가 지원되도록 하니 이런 불법 천지가 되었어요. 바른 것을 가르쳐야 할 교육부와 대학이 불법 천지가 되었습니다."

채서남 교수가 말을 받았다.

"제가 아는 지방의 한 대학은 말이지요. 학생모집 과정에서 교직원의 사돈의 팔촌까지 학비를 감면시켜 가며 입학시켰어요, 그것은 교육부가 돈 나누어주는 잣대인 포뮬러 공식의 중요한 지표인 학생 충원율과 장학금 지급률을 한꺼번에 올릴 수 있는 효과적인 방법이기 때문입니다."

김풍금 교수는 전혀 처음 들어보는 말이었다.

"그런? 이상한 무슨? 공식이요?"

"예, 포뮬러 공식. 대학을 평가하는 그런 웃기는 공식이 있습니다. 재정을 지원해 줄 대학의 순위를 결정하는 공식입니다. 그런데 그 내용을 들여다보면 교육자적 양심 운운하는 주장은 배부른 선비들의 잠꼬대 같은 소리입니다."

채서남 교수의 말은 계속 이어졌다.

"국립대학이 대부분인 영국의 것을 가져와서 사립대학이 대부분인 우리나라에 적용하다 보니까 우리가 부산 해운대까지 오게 되었습니다. 김풍금 교수님, 어찌 되었든 선정된 대학들은 정말 예기치 않게 엄청난 많은 돈을 받았잖아요? 돈을 받은 대학들은 어떻게 써야 할지 지금 난감하고, 반면에 한 푼도 못 받은 대학들은 받은 대학들과 비교되어 수렁에 빠진 느낌들이랍니다. 요즘과 같이 어려운 경제 여건하에서 국민이 낸 세금이 과연 반드시 지원이 필요한 절실한 대학에 지원되었을까요?"

김풍금 교수는 여러 가지로 이해되지 않는 얼굴이 되면서 물었다.

"교수님, 국가에서 주는 이 돈을 이렇게 아무렇게나 쓰면 나중에 감사받지 않나요? 국가재정이잖아요?"

"아니요, 이게 웃긴 게요. 아무 생각 없이 영국의 사례를 그대로 적용한 것이라서 아무렇게 써도 된다는 교육부 지침이 있습니다."

"아무렇게요? 그럴 리가?"

"예! 있어요! 교육역량 강화사업에서 '대학 총장이 대학의 자체 발전전략에 따라 교육역량을 제고하기 위해 지원금을 자율적으로 쓸 수 있다'라는 교육부의 지침이 있습니다. 자율적으로 쓴다는 이 말. 이 지침이 뭡니까? 5천억 원의 막대한 나랏돈을 받은 대학이 어떻게 돈을 써야 한다는 방침이 없다는 지침입니다. 돈 받은 사람이 쓰고 싶은 대로 마구 쓰라는 것입니다. 이게 여자 대통령 앞혀 놓고 밑에서 자기들 마음대로 하는 짓입니다. 기가 막힙니다."

이 말을 들은 김풍금 교수는 입을 조금 삐쭉거리더니 그냥 맥주잔을 들어 쭉 마셨다. 두 남자 교수도 맥주잔을 들어 벌컥거리며 들이켰다.

플라스틱으로 된 야외용 사각 테이블에 앉았기 때문에 김풍금과 인화평 교수는 해운대 조선호텔 쪽을 바라보고 있었고, 반대쪽을 바라보는 채서남 교수의 눈에는 멀리서 금휘향 교수와 정그래 교수가 바짝 붙어서 나란히 가는 것이 보였다.

교육부는 복잡한 고등교육 재정사업을 재구조화하기 위해 '고등교육 재정사업 재구조화 방안 연구'를 수행했다. 연구진은 선진국의 고등교육 재정지원 제도로 미국·영국·일본의 사례를 조사했는데, 포뮬러에 적용한 것은 영국의 사례였다. 보고서에는 '영국에서 고등교육 재정지원을 담당하는 기구는 고등교육재정위원회로, 이 위원회는 배분공식에 따라 대학별 배분액을 정하고, 지원금 총액이 결정되면 포괄보조금 형태로 지원해 대학들이 자유롭게 지출할 수 있도록 한다.'라고 되어있었다. 여기에서 제일 큰 문제는 영국은 대부분 국립대학이기 때문에 영국의 포뮬러 펀딩 제도는 국립대학에 대한 재정지원 공식일 뿐 사립대학에 대한 재정지원 공식이 아니라는 점이다. 따라서 사립대학이 대부분인 우리나라에다 국립대학 재정지원 공식을 그대로 적용한 것 자체가 큰 잘못이었다. 이것 만이 문제가 아니었다. 사례 연구는 제대로 했는데 교과부가 적용을 잘못한 것도 많았다. 교육부의 포뮬러에서는 영국처럼 과목 관련 요인, 학생 수업료 수입 요인 등을 적용하지 않았고, 질적인 평가 없이 양적인 평가만 했기 때문에 결국, 포뮬러 공식은 지표 설정부터 평가 방법까지 객관성과 타당성이 크게 모자랐다. 그래서 이런 웃지 못할 이상한 짓을 일상적으로 하는 교육부를 보고 일각에서 대한민국 내에서 교육부가 필요 없다는 교육부 무용(無用)론을 제기하기도 했다. 어떤 이는 교육부가 마치 미친년 널뛰듯 춤춘다고 교육부 무용(舞踊)론이라고 비웃기도 했다.

9. 딸랑이들의 발악

부산 해운대 출장을 간 다음 날이었다. 채서남 교수는 연수회장에 계속 앉아 있기가 따분해서 잠시 나와서 해운대의 백사장이 보이는 호텔 로비에 잠시 앉아 있는데 이상한 문자가 돌았다.

'이학부장님!! 연일 교육에 고생 많으십니다. 지난 수요일 총장님과 학부장 간담회를 마치고 나서 학부장모임을 갖고 현 상황의 실마리를 풀기 위해서 학부장이 역할을 하자는 의견일치를 보았습니다. 따라서 진행방법은 23~24 양일간 교원인사규정과 연봉제의 토론회를 실시하고, 각 학부별 토론결과를 학부장회의를 통해서 통합 안을 만들고 최종 안을 총장님과 논의 후 이사장님의 결심을 받고 교수 개인별 서명으로 최종적으로 확정하는 순서입니다 …….'

이 문자는 연수회장에 앉아 있던 교수들에게도 릴레이로 전달되었다. 문자를 보는 순간 교수들 눈에 불이 튀었다.

쉬는 시간이 되자 교수들을 삼삼오오 모여 모두 한마디씩 했다.

"어? 이거 누가 보낸 거야!"
"어떤 학부장이 이 문건을 만든 거지?"
"언제 학부장들이 우리들의 대표야! 위에서 내리꽂은 꼭두각시 놈들인데!"

"초등학생들도 투표로 한번 결정되면 뒤집지 않은데 지들이 뭔데 나서서 다시 뒤집으려고 그래"

"교수 개인별 서명을 하면 찬성과 반대가 누군지 다 밝혀지겠네."

"우리의 봉급을 누가 결정을 해. 언제 학부장보다 내 봉급을 결정해달라고 의뢰했나?"

"앞으로 잘못되면 학부장들이 책임을 질 건가? 우리의 대표라면 대표라고 확인 각서를 쓰도록 하고 후에 모든 책임을 진다는 서명까지 받아야 합니다."

"총장이 내려와 살살거리며 떠드는 것이 좀 이상했는데 뒤로는 이런 나쁜 짓을 꾸몄구먼!"

그동안 보직교수들이 뭔가 꾸미고 있다고 생각은 했어도 어떤 증거가 없어서 밖으로 표현을 못 했는데 이번에는 이렇게 글자로 된 것이 나오다 보니 드디어 교수들이 부글부글 끓었다.

해운대에서의 교육출장을 마치고 대학에 돌아오자 일부 교수들이 자신이 속한 학부장을 붙들고 따졌다. 공격을 심하게 당한 딸랑이 학부장들은 정작 학부 회의를 열기는커녕 따지는 교수들을 만나기가 두려워서 피해 다녔다.

이런 와중에도 IT학부장인 이생김 교수는 용감하게 학부 회의를 열었다.

회의를 시작하기 전에 한 교수가 질문했다.

"이따위 학부 회의를 열자고 한 사람이 누굽니까?"
"저는 아닙니다."
"그러면 지금 열고 있는 학부 회의는 도대체 뭡니까?"
"……"

"문자메시지에 이학부장님으로 되어있는데 학부장 중에서 당신 말고 이씨가 누가 있습니까?"
"……"

초췌한 모습으로 피해 다니던 엄친일 교수를 붙잡고 한만돌 교수가 따졌다.
"이따위 문구를 만들어 우리를 속이려 한 교수가 누굽니까? 도대체 되먹지도 않은 놈들이 학부장이라고 방석 깔고 앉아서 말이야, 너는 우리 대학의 이완용이야! 세상 똑바로 살아!"
"난 이완용이 아닙니다."
"니가 이완용이 아니면 그럼 뭐야? 이완용이 했던 짓과 똑같잖아?"
"……"

이참판 교수도 점심을 먹고 오다가 문화관 쪽으로 가는 장의사 교수를 보았다. 장의사 교수는 이름도 참 특이했다. 이참판 교수는 부산에서 보았던 문자가 장의사 교수가 작성해서 이생김 교수에게 보낸다는 것이 서춘동 교수에게 잘못 보내져서 대학 내 모든 교수에게 퍼지게 되었다는 것을 이미 알고 있었다. 화가 머리끝까지 치밀어 올라서 만나면 멱살을 잡아 패대기칠 요량이었다. 요리조리 피해 다녀서 못 만나다가 지금 딱 마주친 것이다. 이참판 교수는 얼른 뛰어가서 장의사 교수를 붙잡았다.

"장 학부장님! 누가 우리들의 대푭니까? 누가? 우리가 뽑아야 우리의 대표지! 앞으로 모든 것에 대한 책임을 질 수 있습니까? 학부장들이 말이야! 엉! 똑바로들 해야지!"
"그러게 누가 그런 이상한 문구를 보내 가지고 …….."
"누가 보내긴 누가 보내? 보낸 사람이 보낸 사람을 모르나? 그리고 학부장들이 역할을 해? 역할이라는 게 무슨 역할이야, 이미 지난번에 비밀투표를 해서 부결되었는데 다시 연봉제를 하자는 역할이지 뭐야? 한국 사람이 한국말도 모르나? 자신이 쓰고 자신이 내용을 모른다는 말이야? 엉?"

장의사 교수는 이참판 교수의 추궁에 말문이 막혀 아무런 말을 할 수 없었다. 가슴이 조금 아파져 왔고 가슴과 배에 힘을 주다가 그만 치루가 터졌다. 이참판 교수는 휴대전화의 문자를 다른 사람이 보낸 것처럼 말을 돌리는 장의사 교수의 찌질한 모습과 갑자기 얼굴빛이 처참하게 변하는 모습을 보면서 멱살을 잡아 패대기치려던 생각을 버리고 한마디 내뱉었다.

"너 같은 찌질이가 철이 들 만큼 인생이 길지 않아! 그렇게 살다 죽어! 내가 명복은 빌어 줄 테니까!"

오만한은 똘마니들의 일 처리가 매끄럽지 않아 시끄럽다는 엄친일 교수의 보고를 받고 '쓰레기, 사기꾼, 구데기 새끼들'이라고 입에 게거품을 한동안 달고 살았다.

10. 모델과

교수들이 NCS니 교육역량강화사업이니 뭐니 하면서 바쁘게 뛰어다닐 동안 모델과 교수들은 열외였다. 주로 몸매로 먹고살아야 하는 모델 학과 특성상 그랬다.

인화평 교수는 학과장 오설매가 느긋하게 다니는 것을 보면서 오만일 이사장과 성이 같아서 압박을 적게 받는 것이 아닌가 하는 생각도 했었다. 그런데 최근에 교육부의 취업률 집계에서 모델과 같은 특수한 예능 쪽의 학과는 뺀다는 말을 들었기 때문에 한시름 놓았겠구나 하는 생각을 했다. 그래도 오설매는 다른 학과는 분주한데 가만히 앉아 있는 것이 보기에 민망했는지 학과장으로서 뭔가 하고 있다는 것을 보여줘야겠다고 생각했다.

오설매는 학과 특성화 발표를 할 때도 학생들 모집에 힘쓰고 졸업작품발표회를 잘하겠다고 했었다. 그런데 요즈음 학교 돌아가는 꼬락서니를 보니 머릿속에서 구상했던 졸업작품발표회를 조금 앞당겨서 해야겠다는 생각이 들었다. 규모도 약간 크게 하는 것이 좋겠다고 생각되었기 때문에 교내보다는 교외에서 하려는 마음을 먹었다.

오설매는 과대표를 불렀다. 과대표 선영이는 쭉 뻗은 다리를 강조하기 위해선지 체크무늬의 짧은 치마를 입었고, 상의는 와이셔츠

같은 흰옷을 허리 부분에 묶은 채였다.

"선영아! 너희들 올해 졸업발표회는 학내에서 하지 말고 밖에서 하는 것이 좋을 것 같다. 시기도 좀 빨리 말이야!"

"교수님! 밖에서 하게 되면 돈이 많이 들 텐데요, 대학 당국에서 보조도 좀 해주나요?"

학과대표 선영이는 교외에서 하게 되면 의상 준비부터 들어가야 할 돈이 많은데, 대관료까지 학생들이 나누어 부담한다면 1인당 부담액이 너무 크지 않을까 염려되어 물었다.

"선영아! 이번에는 잘 준비해야 해, 요즈음 학내사정도 좀 그렇고 해서, 내가 여러모로 생각해보고 좀 알아봤는데, 음, 요 앞에 평송문예회관을 대관하는 것을 알아보니까는 대관료를 그렇게 많이 주지 않아도 될 것 같아, 하여간 이번에는 너희가 평소 하던 것보다 조금만 더 갹출해서 한번 잘해봐."

과대표 선영이는 대학 안에도 커다란 강당이 있고 워킹을 하는 널따란 강의실도 그리 나쁘지 않았지만, 밖에서 하는 것이 뭔가 뜻이 있는 것 같아서 잠자코 듣고 있었다.

보름쯤 후 채서남 연구실 문 밑으로 예쁜 노란 봉투에 든 초청장이 들어와 있었다.

초 청 장

전기과 학과장님

젊음이 생동하는 모델과 학생 졸업작품전에 초대합니다.
부디 오셔서 그동안 갈고 닦은 젊은이들의 기량을 보시고 축하와 격려를 부탁드립니다.

장 소 : 평송 문예 회관
일 시 : 2014. ****. *****.

모델과 학과장 오설매 드림

채서남, 부정일, 인화평, 이참판 교수가 문예 회관에 조금 늦게 당도하였을 때, 안에서는 커다란 음악이 흘러나오고 있었다. 채서남 교수 일행은 짙은 밤색의 인조가죽이 씌워진 방음문으로 된 정문으로 들어가지 않고 오른쪽 계단을 통해서 2층으로 올라갔다. 그리고 전체가 잘 보이는 쪽에 나란히 앉았다. 적당한 시각에 오설매 학과장에게 왔다 갔다는 눈도장만 찍고 나갈 요량이었다.

쿵쿵 가슴이 울릴 만큼 커다랗던 음악이 선이 굵고 또박또박한 경쾌한 리듬으로 바뀌면서 남학생 2명이 상의를 탈의한 채 씩씩한 걸음으로 걸어 나왔다. 선탠의 효과를 보여주려는 것인지 약간 짙은 고동색 파우더로 상체를 짙게 바른 채였다. 건장한 체구의 남학생이었다. 하의만 입고 걷는데 남자가 보아도 멋있었다. 남학생들이 걸어 나왔다가 들어가자 이번에는 음악이 경쾌하면서도 약간 남미풍의 음악으로 바뀌면서 여학생들이 한 명씩 걸어 나왔다. 옷차림이 매우 야하고 멋있었다.

두 번째 여학생이 걸어 나올 때였다. 하이힐을 신고 어깨를 약간 좌우로 흔들면서 율동감 있게 다리를 꼿꼿이 편 채로 걸어 나왔다. 아직 전문 모델 같지는 않았지만 그래도 기본기는 충분히 갖춘 걸음 걸이였다. 끝까지 걸어와서 오른쪽으로 돌아서 가려는 찰나였다. 왼쪽 상의 어깨끈이 흘러 내려왔다. 순간 몽실한 가슴이 살짝 튀어나왔다. 한쪽에서 와! 하는 탄성 소리가 났지만, 학생은 전혀 당황하지 않고 손으로 어깨끈을 올리면서 반듯하게 걸어 들어갔다. 평소 오설매 교수가 학생들에게 엄청나게 교육을 한 결과물 같았다.

부정일 교수가 말했다.

"아주~우~ 흥미롭네요. 흐흐흥! 근데, 교수님 저쪽에 앉아 있는 저기 저 사람 오만일이 아닌가요?"

부정일 교수가 가리키는 곳을 보니 분명히 오만일이었다. 워킹을 하는 가운데에만 라이트가 집중되어 있어서 채서남 교수는 미처 확인하지 못하고 있었다. 채서남 교수는 조그맣게 대답했다.

"그런 것 같은데요. 학과장이 오만일한테 나 이런 사람이요, 보여주려고 이런 기획을 했구먼. 그것도 밖에서"

그때 오만일이 자리에서 일어서는 모습이 보였다. 오만일 앞에 다소곳이 서 있는 오설매 학과장에게 뭔가 말하는가 싶더니 양복 윗주머니에서 흰 봉투를 꺼내 주었다.

그것을 보고 부정일 교수가 말했다.

"교수님! 우리 내기합시다. 저 봉투에 든 돈은 이사장의 격려금이라서 개인 돈을 줘야 하는데, 만약 저 봉투의 돈이 오만일 개인이 주는 돈인지 아니면 사무처에서 가져온 돈인지 내기를 해서…. 음, 5로 해서 이긴 사람이 가지기로…."

채서남 교수와 인화평 교수는 부정일 교수의 이런 제의가 좀 못마땅했지만, 조그마한 손바닥을 펴면서 5라고 하는 것이 우습기도 해서 장난기가 발동했다. 채서남이 먼저 말했다.

"오만일 개인이 준다면 5만 원뿐만이 아니라 내 손에 장을 지집니다!"

인화평 교수가 말했다.

"저도 사무처에서 주는 것으로 합니다."

결국, 모두 사무처에서 교비로 주는 것이 되어 내기는 없었던 것으로 되었다.

이들 일행은 조금 있다가 문예 회관을 나왔다. 어두운 곳에서 밝은 곳으로 나왔더니 눈이 부셨다. 부정일 교수가 주머니에서 휴대전화를 꺼내 사무처의 친한 직원에게 전화해서 물어보았다. 잠시도 참지 못하는 성격이었다. 이사장이 모델과의 격려금으로 이백만 원을 가져갔다는 것이다.

부정일 교수는 다음 날 구내식당에서 나오는 오설매에게 이사장이 얼마를 주었냐고 물어보았다. 밝은 표정의 오설매는 봉투에 50

만 원이 들어있었다고 대답했다.

채서남은 모델과 설립과정을 잘 알고 있었다. 설립자의 아들 강두섭 이사장이 개교 다음 해인 1998년 설립했었다. 1997년 개교한 첫해 720명의 입학정원을 다음 해 2,160명으로 늘리면서 학생모집이 잘 될 학과를 선택해야 했다. 강 이사장은 개교준비위원이었던 채서남 교수에게도 물었었다. 채서남도 전국 어느 대학에도 없었던 모델과를 만든다고 할 때 매우 신선하게 느꼈다.

당시 우리나라의 모델 분야의 직업은 초창기여서 학교는 물론 어느 단체나 학원에서 배워서 하는 것이 아니었다. 멋지고 잘생긴 청년 위주로 거의 자생적으로 된 것이었다. 당시 우리나라의 남자 모델 1호는 도신우였고, 여자 모델 1호는 이희재였다. 그런데 강두섭 이사장이 여자 모델 1호인 이희재와 손이 닿기 때문에 데려오겠다고 했을 때 채서남 교수는 반신반의했다.

연말에 가까웠을 때 그녀가 모델과 학과장으로 와서 학과에 필요한 것들 준비하는 것을 보면서 이사장의 발이 넓긴 넓다고 생각했었다. 채서남은 모델과 학생들 첫 실기시험을 볼 때 그에 필요한 것을 도와주면서 다른 과 교수들보다 모델과에 대해 더 가깝게 볼 수 있었다.

예전에, 영화관에 가면 영화 시작하기 전에 애국가가 나오던 시절이 있었다. 애국가가 나오면 모두 일어서서 오른손을 왼편 가슴에 얹고 애국가가 끝날 때까지 서 있었다. 애국가가 나오기 전에 대한뉴스를 틀어주기도 했고, 후에는 광고를 틀어주기도 했었는데 그때 화면에 나오는 모델은 도신우와 이희재가 전부였다.

채서남은 우리나라의 최고 유명 모델이 대학에 와서 자신의 앞에 서있는데 설레는 마음은 어쩔 수가 없었다. 그녀의 얼굴은 어린애 살결같이 뽀얗고 나이에 비교해서 예닐곱 살은 어리게 보였다.

채서남의 당시 나이 45세보다 분명히 2살이 위인데도 30대 후반으로 보였다.

그녀는 백치미(白痴美)도 있었다. 어느 날 그녀가 과대표를 데리고 강의에 필요한 케이블이 필요해서 전기과를 찾아왔다. 퍼머끼가 약간 있는 머리에 병아리 색상의 상의와 조그만 팬던트는 그녀의 얼굴을 더욱 돋보이게 했다. 채서남이 물어보지도 않았는데 그녀가 먼저 말했다.

"채 교수님, 앰프하고 연결하는 마이크 선 앞에 달린 꽁다리가 어떻게 하다 망가졌나 본데 여기 좀 있을까요? 그리고 전기 연장하는 선하고요."

"이 교수님이 말씀만 하시면 다 있습니다. 없는 것도 만들어 드려야지요. 그리고 전화로 하셔도 보내드립니다."

"다음에는 그럴게요. 교수님! 오늘 저 서울에서 오는 데요. 뭔 생각을 하고 있다가 오산 IC를 그냥 지나쳤어요."

"그래서요?"

"그냥 쭉 내려가서 안성 IC로 돌아서 왔지요. 호호호"

"아니, 이왕 가시는 것 그냥 딴생각 계속하시면서 쭉 가시지 그랬어요? 오늘 날씨도 좋은데 드라이브하신다고 생각하시면서 …….."

"부산까지요? 호호호"

"하하하"

채서남은 하얀색 아우디를 타고 경부고속도로를 달려가는 이희재 교수 모습이 떠올랐다가 금방 사라졌다. 그런데 바로 앞에 이희재 교수를 따라온 여학생 과대표가 너무 멋있게 보였다.

"어, 학생 키가 얼만데 그렇게 크나?"

"171cm입니다."

"멋있다. 하이힐 신으면 나보다 더 크겠는데, 어디에서 왔어요?"

"부산에서요."

모델과는 학과 설립 때 전기과의 도움이 많이 필요했었다. 워킹할 때 필요한 앰프 구입이나 학과에서 사용할 기기나 전선 등 대해서도 도와주어야 했다. IMF 외환위기 때인데도 모델 과에서 필요하다는 것은 웬만하면 다 사주었다. 당시 학생들이 워킹하면서 필요한 앰프를 사달라고 했을 때도 이희재 교수는 어디에서 알아왔는지 미제 크라운 앰프 3,800만 원짜리 세트를 지목했다. 무슨 앰프 하나가 그렇게 비싼가 하고 설립자 사위인 최준식 처장이 채서남 교수에게 물어보기도 했다. 결국, 이희재 교수가 지목한 것을 사서 설치해주었다. 앰프 설치가 끝났을 때 최처장이 채서남에게 물품 검수를 부탁해서 가보니 파워앰프의 출력이 800W짜리가 아니라 400W였다. 고급 PA용 파워앰프는 겉모양은 똑같은데 출력에 따라 값이 다르다는 것을 채서남 교수는 잘 알고 있었다. 채서남 교수가 출력이 다르다고 최준식 처장에게 보고함으로써 사무처가 발칵 뒤집혔다. 알고 보니 설립자와 4촌 간인 사무처 물품 구입 담당이 중간에서 500만 원을 챙긴 것이었다.

우리나라에서 처음 생긴 모델 과여서 그런지 전국에서 학생들이 많이 모여들었다. 1월 말의 추운 날씨인데 수영복 차림의 실기 고사도 있었다. 실기고사장에는 이동용 석유 난로를 2개나 가져다 놓았어도 추워서 학생들이 오돌오돌 떨었다.

채서남은 그렇게 입학한 중에서 과대표가 된 여학생에게 관심이 있었다. 잘생기기는 했지만 별로 숫기 없는 전기과 과대표를 모델과 학생 대표와 연결해 주고 싶었다. 전기과 과대표 김태형에게 자꾸 심부름을 시켰다. 별 필요 없는 일에도 모델과에 보냈다. 얼마 후 채서남 교수가 학교 아래 동령마을을 차로 지나가는데 둘이 손 잡고 가는 것을 보고 기분이 매우 좋았다. 그런데 다음 학기부터는 별로 가깝게 지내는 것 같지 않아서 김태형에게 물었다.

"태형이 너 요즘 모델과 여학생 선영인가 하는 학생 안 만나니?"

"교수님께서 저희가 사귀었던 것을 어떻게 아세요?"

"응, 내가 잘 이루어지라고 심부름도 많이 시키고 군불도 많이 땠었지!"

"아~ 예, 요즘 관계가 좀 ……."

"그래, 잘해보지 그랬냐? 너 도시락 싸 들고 하루 내내 찾아봐라. 밖에서 찾으면 하루가 아니라 한 달을 찾아도 그런 멋있는 사람 못 찾을 걸, KBS나 MBC문화방송 안에서라면 모를까, 여기 처음으로 모델 과가 생겨서 전국에서 저렇게 멋있는 학생들이 모였으니까 니가 볼 수 있는 거야! 나는 우리 과 학생들이 멋있는 여학생들과 같이 있는 게 좋아, 학과 미팅도 한 번 해볼까 하는데 ……."

태형이는 웃기만 할 뿐 아무런 답을 하지 않았었다.

동서양대학교가 모델 과를 신설해서 학생모집이 잘되었다는 소문이 나자 다음 해부터 전국 대학에 모델과가 신설되기 시작했다. 그런 이유로 그다음 해부터는 멀리 이곳까지 학생들이 올 필요가 없게 되어 눈에 확 띄는 학생들을 볼 수 없었다. 그로부터 20년 넘게 지난 지금도 모델과는 존재하지만, 눈에 띌만한 모델을 배출하지 못하고 있었다.

이희재 교수는 IMF 외환위기가 와서 대학재단이 전무식에게 넘어가자 자신을 데려온 재단이 떠난 것이 서운했다. 전무식이 오로지 교비 빼 내가는 것에만 관심이 있는 것에 더 마음이 상했다. 그런데다가 건강이 별로 좋지 않게 되자 학교를 그만두었다. 그 후 그녀가 차밍스쿨에 관여하다가 화가로 전향했다는 말을 들었다. 채서남의 마음속에는 그녀를 처음 보았을 때 설렜던 기억을 오랫동안 지울 수 없었다.

PART 3 성과급 연봉제

1. 성과급 연봉제 시행
2. 압수수색
3. 믿는 도끼
4. 감방은 내 체질이 아니야!
5. 총장 선출 음모
6. 신임투표
7. 총장 초빙공고
8. 학생상담실
9. 경고장
10. 재경고
11. 사망

1. 성과급 연봉제 시행

　인사처장 이생김은 그동안 성과급 연봉제의 동의 서명을 받기 위해 교수들을 자신의 인사 처장실로 오라고 했지만 오지 않는 교수들이 많았고, 연구실에 전화를 걸거나 개인 휴대전화에 전화를 걸어도 받지 않은 교수들도 많아서 다른 좋은 방법이 없나 고민하고 있었다.
　인사처장은 교수들의 저항이 심하자 감투로 생각했던 인사 처장실의 면담을 고수하지 않고 직접 연구실이나 강의실을 찾아다니면서 연봉제 개별서명을 요구했다. 강의하다가 나온 교수가 좀 짜증 섞인 말을 하면 이사장에게 보고하겠다면서 협박과 회유도 일삼았다.
　인사처장이 채서남 교수에게도 전화를 걸어와 인사 처장실로 오도록 했지만 가지 않았다. 그랬더니 직접 연구실로 찾아왔다. 인사처장 이생김은 약간 오래되어 바랜듯한 쑥색 계통의 양복을 입고 있었는데 어딘가 남루한 느낌의 행색이었다. 그는 채서남을 똑바로 바라보지 못하고 가지고 온 동의서를 보면서 말했다.
　"제가 몇 번 전화를 드렸는데 …….."
　머뭇거리면서 말을 꺼내자 채서남이 곧바로 말을 받았다.
　"하고 싶은 말씀이 연봉제 동의서 받으러 오신 것이 아닙니까?"
　인사처장 이생김은 순간 움찔했다. 그리고 약간 숨을 들이쉬면서 말했다.

"이사장님께서 매일 관심을 가지고 확인하시고 계시고…."

처음에는 인사처장 이생김이 다른 교수들에게 했듯이 채서남 교수에게도 이사장을 들먹이며 살짝 겁박했다. 인사처장도 채서남 교수의 성격을 잘 아는지라 심하게는 안 했지만 그런 것을 참을 채서남 교수가 아니었다.

"인사처장님, 지금 하는 일이 옳습니까? 옳다고 생각하십니까? 그렇게 하는 일이 옳고 적법하다면 지금부터 녹음할 테니 처음부터 다시 한번 말씀해보세요!"

채서남 교수가 주머니에서 휴대전화기를 꺼내자 이생김 인사처장은 획 돌아서서 뛰다시피 문을 열고 도망가 버렸다. 채서남 교수는 인사처장의 뒷모습을 보면서 저런 모습은 교수로서 정말 해서는 안 되는 행동으로 생각되었다.

채서남 교수는 휴대전화의 모든 통화는 자동으로 녹음되도록 해 놓고, 조금이라도 나중에 문제가 될 일 같으면 무조건 휴대전화의 녹음 버튼을 눌렀다. 이번에도 이생김 인사처장이 들어 왔을 때 문자메시지를 보는 척하면서 녹음 버튼을 눌렀다. 조금 늦게 녹음 버튼을 눌러서 주머니에 넣었기 때문에 앞부분이 잘린 상태로 녹음이 되어있었다. 채서남은 인사처장의 녹음 파일을 찾아서 틀어보았다. 교수로서 어떻게 저렇게 저질 싸구려로 살 수 있을까 하는 생각이 들었다. 채서남 교수는 하던 일을 계속하려고 해도 도저히 더 할 수 없었다. 책상 위에 그대로 두고 몇 칸 떨어진 인화평 교수 연구실로 갔다.

채서남 교수가 인화평 교수의 방에 들어갔을 때 인화평 교수도 뭔가 안정되지 않은 모습이었다.

"인 교수님! 조금 전에 이생김 인사처장이 내 방에 왔는데 이사장을 들먹이면서 연봉제 개별서명을 말하잖아요? 내가 휴대전화기를 꺼내면서 지금 하는 일이 올바르다고 생각하면 다시 말해보라고 하면서 녹음하겠다고 했더니 쏜살같이 도망갔습니다."

이때 부정일 교수가 인화평 교수의 연구실 문을 열고 들어왔다. 두 사람이 좀 심각하게 대화하는 표정을 보더니 아무런 말 없이 두 사람의 대화를 들었다. 인화평 교수가 말했다.

"아! 교수님 방을 들렀다가 제방에 왔나 봅니다. 저한테 와서는 이런저런 말을 해도 안 통하니까 교수님은 교원평가에서 좋은 평가가 나와 급여가 올라갈 텐데 왜 연봉제에 사인하지 않느냐고 하잖아요?"

채서남 교수가 인화평 교수의 눈을 바로 보고 물었다.

"그래서 뭐라고 하셨나요?"

"이런 일을 결정하면서 양심에 견주어서 해야지 그렇게 협박이나 회유해서 되는 일이 아니지 않습니까? 라고 했더니 얼굴이 붉어지면서 그냥 돌아가던데요."

"연봉제라는 것이 평소의 급여도 급여지만, 연금과 관련되므로 평생의 일이나 마찬가진데 교원평가 한 두 번의 것으로 남은 평생의 일을 결정하라는 것은 한 치 앞도 못 보는 당달봉사들이나 하는 일 아닙니까? 당달봉사!"

부정일 교수가 말했다.

"그 눈뜬 봉사가 저한테도 왔었는데요, 이사장 들먹이면서 뭐라고 해서 제가 이렇게 말했습니다. 교원의 임금과 관련된 연봉제 계약은 급여를 결정하여 지급하고 책임지는 이사장과 교수 사이에서 하는 것이니까 당신 말고 당사자인 이사장이 직접 오게 하라고 했더니 부끄러운 얼굴을 하고 돌아가던데요."

채서남은 물론 인화평 교수까지 이생김 인사처장이 찾아온 것과 부정일 교수가 말하는 내용을 보면 이생김 인사처장은 최근에 오만일에게 압박을 더 세게 받는 것이 확실했다.

며칠 뒤였다. 인사 처장실의 문이 노크도 없이 세게 열렸다. 인사처장 이생김 교수가 고개를 들어보니 오만일이었다. 이생김 인사처장은 오만일을 보자 순간 얼음이 되어 엉거주춤 일어섰다. 오만일은 선 채로 거만하게 말했다.

"여! 인사처장! 도대체 언제까지 이러고 있을 건가? 응? 연봉제 사인은 어떻게 돼가고 있나?"

"예, 이사장님! 그렇지 않아도 이사장님께서 전화하셨으면 자료 가지고 곧바로 이사장님실로 가서 보고드렸을 텐데요. 이사장님께서 직접 오셨으니까 말씀드리겠습니다. 지금 교수님들을 꾸준히 설득해서 동의서를 받고 있습니다."

"도대체 몇 퍼센트가 동의한 거야? 몇 퍼센트가?"

인사처장 이생김은 책상 오른쪽 위에 쌓아 둔 서류에서 종이 한 장을 꺼내서 보며 대답했다.

"예, 지금 52% 동의서를 받았습니다. 동의서를 많이 받아야만 나중에 문제가 없을 것 같아서 열심히 설득해서 받았습니다."

"아니, 52%면 됐지, 52%면 과반이 넘은 것 아니야? 뭘 꾸물거려, 그냥 성과급 연봉제 계약서 나눠주고 계약을 해! 계약을! 도대체 뭐하고 있는 거야!"

오만일은 이생김 인사처장을 향해서 우당탕쿵탕 한바탕 쏟아내고는 처장실을 나가 버렸다.

동의서 서명이 50%가 넘었다는 것은 사실이 아니었다. 이런 방식으로 동의서 서명을 받는 것 자체가 위법이지만 위법이 아니라고 하더라도 사실과 달랐다.

이생김 인사처장이 만들어 놓은 성과급 연봉제 동의 통계표에는 위임한 교수가 여럿 있었다. 이것이 유효하려면 위임한 교수들로부터 위임장을 받아야 하는데 받지 않았기 때문에 법적인 효력이 없는 것이다. 또, 어떤 경우는 중복으로 사인이 되어있기도 했다. 어떤 교수는 협박을 견디다 못해 마음대로 하라고 했더니 누군가의 필체로 서명한 것으로 돼 있기도 했다. 이것은 해당 교수가 고소할 경우 인사처장은 형사적인 처벌을 면하기 어려운 내용이었다. 이런 것들을 생각한다면 성과급 연봉제 동의는 50%에 훨씬 못 미치는 것이었다.

이생김 인사처장은 오만일이 나간 뒤 곧바로 교수들에게 문자를 보냈다.

> 교수님들께 알려 드립니다.
> 금일 부로 성과급 연봉제 동의서가 50%를 넘었기 때문에 연봉제 동의서 서명을 중지합니다. 따라서 다음 주부터는 교수님 개별로 연봉계약서를 작성하겠습니다.

동서양대학교는 이미 전년도부터 S, A, B, C, D 5단계로 평가를 해서 임금을 차등으로 나누어 주었기 때문에, 성과급 연봉제를 시행하고 있는 것이나 마찬가지였다. 그렇지만 누구 하나 토를 달지 않았다. 단지 지난 비밀투표 전날 설명회 때 채서남 교수가 불법이라는 것을 지적했을 뿐이다. 채서남 교수는 B등급을 맞았기 때문에 급여가 그대로였고 인화평 교수는 A등급을 받아 자신이 평소 받는 급여보다 40만 원 정도가 더 나왔다. 제대로 평가를 했다면 인화평 교수는 S등급이고 채서남 교수는 A등급일 것이었다. 자신들이 마음대로 평가해서 주는데 지금은 무슨 말을 할 때가 아니라는 생각에 채서남 교수는 그냥 두고 보고 있었다.

인화평 교수는 더 나온 이 돈을 사무처에 돌려보냈다. 돌려보내온 돈을 보고 난처하게 생각하는 직원에게 말했다.

"나는 이 돈이 필요 없습니다. 불법으로 다른 어려운 교수의 급여를 뺏어서 내 잇속을 챙길 수 없으니 받아 놓으세요."

이렇게 더 받은 급여를 반환한 교수는 인화평과 구백범 교수뿐이었다. 교수들은 분명히 잘못된 평가이고, 불법한 일이라는 것을 뻔히 알고 다른 교수들의 고혈을 빨아서 자신에게 준 것이라는 것을 알면서도 침묵했다. 동서양대학교에서 교수들이 의리라고는 병아리 눈곱만큼도 찾아볼 수 없었다.

어떻든 비밀투표가 부결된 후 협박과 회유 등 여러 방법으로 연봉제 동의서를 받았고 이를 토대로 이제 연봉계약서를 작성하려 했다.

연봉 계약서

학교법인 동서양대학교 이사장(이하 갑이라고 한다)과 _____ 이하(을이라 한다)는 동서양대학교 교직원 보수규정에 의하여 다음과 같이 연봉계약을 체결한다.

- 다 음 -

제1조(연봉계약기간) 연봉계약기간은 20_____년 3월1일부터 20_____년 2월 말일까지로 한다.

제2조(기본 연봉) 기본연봉은「교직원 보수규정」제6조에 의하여 기본급과 성과급으로 하며 다음 각 호로 한다.
 1. 기본연봉 총액은 일금_____원으로 한다.
  ①기본급은 일금_____원으로 한다.
  ②성과급은 일금_____원으로 한다.
   ⋮

제6조(비밀유지 의무) 연봉에 관련된 사항은 일체 타인에게 공

> 개하지 아니한다.
>
> 위 사항을 증명하기 위하여 "갑"과 "을"은 본 계약서 2부를 작성하여 이에 각각 기명날인하고 각자 보관하기로 한다.
>
> 20   년   월   일

이생김 인사처장은 제일 만만한 교수부터 자신의 인사처장실로 와서 성과급 연봉제에 사인하라고 통보했다. 인사처장이 날짜를 정해 교수들에게 통보했지만, 교수들은 사인하지 않으려고 피해 다녔다.

2. 압수수색

아침에 일어나서 창밖의 잘 정리된 잔디밭을 바라보던 채서남은 좌측에 글라디올러스를 심어 놓은 화분을 바라보았다. 꽃을 피우려고 꽃대가 높이 올라와 있었다. 자세히 보니 붉은 토기로 된 화분 주위에 하얀 점액이 말라붙어 있는 것으로 보아 지난밤에 어딘가에서 달팽이가 나와 지나갔다는 것을 알 수 있었다. 주변에 달팽이들이 사는 것이다. 민달팽이들은 어린잎이나 뿌리를 갉아 먹는다. 그래서 눈에 보이면 잡아서 압살해버리지만, 굳이 나서서 찾지는 않는다. 그것들이 피해를 줄 것 같으면 점액이 말라붙은 선들을 따라가서 잡아 패댕이 치겠지만 크게 해를 주지 않는다면 굳이 그럴 필요가 없었다.

서춘동 교수가 헐레벌떡 채서남 교수의 연구실 문을 열고 들어왔다.

작달막한 키에 영리하게 생긴 그가 남 앞에서는 뭐라고 못해도 뒤로 정보를 챙기는 데에는 상당히 고수였다. 겁이 많은 스타일이었고 대학에 온 지 이십 년이 넘었어도 제일 시원찮은 학과장의 보직도 한 번 못 했다.

"교수님! 하, 지금 검찰에서 압수수색을 하나 봅니다."

"어디를요?"

"예, 지금 우리 대학 사무처의 컴퓨터와 서류를 가져가려고 확인하고 있답니다."

채서남 교수는 뭔가 집히는 구석이 있긴 했지만, 그냥 모르는 척 되물었다.

"음, 지난달 백두산업을 압수수색 했다는 말은 들었는데 무엇 때문에 학교까지 압수수색을 할까요? 백두산업에 문제가 있다면 거기만 압수수색 하면 될 일이지?"

"채교수님, 그게 말이죠, 거기 백두산업 총무과 직원이 검찰에 비리를 제보했다는 말이 있었잖아요? 그 직원이 '에이 엿 먹어라'하고 직접 검찰에 가서 확 불었나 봅니다."

"그동안 우리 대학에서 오만일이 하던 짓을 생각해봐요. 얼마나 더럽고 치사하고 아니꼬웠으면 그렇게 했겠어요?"

"음, 앞으로 오만일은 잠이 오지 않겠는데요 ……."

동서양 대학교는 벌써 여러 번의 압수수색을 당한 경험이 있었다. 대학이라는 것이 원래 특별한 일이 없으면 교육부 감사도 거의 없는 곳이다. 교육부 감사과에는 인원이 몇 명뿐이라서 전국의 대학을 감사하는 것은 아예 불가능한 일이다. 비리 제보나 문제가 터진 대학만 감사해도 일 년 내내 바쁜 지경이었다. 그래서 어린잎이나 풀들의 뿌리를 갉아 먹는 민달팽이 같은 대학이사장들이 많다는 것을 알지만 감사과에서 스스로 나서서 찾지는 않는다. 그런데 동서양대학교는 비리로 인해 벌써 몇 번이나 교육부 감사와 검찰의 압수수색을 당했다.

압수수색을 당하는 모습을 보면 이사장의 수준을 알만했다.

설립자는 압수수색을 당한 적이 없었다. 대학을 가지고 있었던 기간도 짧았지만, 법원에 많은 인맥이 있었고, 그동안 주로 베풀었지 갈취하는 스타일이 아니었기 때문이었다. 두 번째 이사장이던 전무식은 대처가 아주 능수능란했다. 법학과 출신답게 적법과 불법 사이를 잘 타고 다녔다. 자신이 소유한 4개의 대학이 교비 횡령으로 문제가 되었을 때도 일단 동서양대학교에는 근처 학교소유의 아파트로 모든 서류를 옮겨 놓았다. 그리고 컴퓨터의 자료를 삭제하고 하드디스크도 바꾸어 버렸다. 이것은 검찰에서 전날 압수수색의 정보를 주지 않았으면 할 수 없는 일이었다. 다음날 검찰이 나와서 압수수색을 했어도 빈 상자와 빈 컴퓨터만을 가져갔다. 직원들이 검찰에 나가 수사를 받을 때는 전 재단으로부터 인수·인계받을 때 서류를 한 장도 받지 못했다고 모두 오리발을 내놓았다. 수사관이 최근 서류는 왜 없냐고 물어도 모두 잘 모르겠다고만 했다. 뒤로는 검찰 고위직의 비호를 받았기 때문에 어물쩍 뭉개다가 지나갔고 법원에서는 증거 없는 고소 고발에 대해서는 마음대로 말을 꾸며대다가 집행유예로 끝날 수 있었다.

세 번째인 김곰자는 압수수색을 당했을 때 모든 서류를 온전히 송두리째 빼앗겼었다. 그러니 거짓말을 할 수 없었고 4년형을 받아 수형생활을 해야만 했다.

마지막인 오만일도 그랬다. 오만일은 자신이 운영하는 회사인 백두산업의 총무과 직원이 컴퓨터의 모든 파일을 카피해서 검찰에 제보했다는 것은 이미 오만일이 검찰에 한 번 출두했었기 때문에 알고 있었다. 그러나 오만일은 그것이 백두산업의 문제지 대학은 아무런 문제가 없다고 생각해서 어떠한 대비도 하지 않고 있었.

그런데 수사가 깊어지자 백두산업에서 20억 원의 돈을 빼다가 전 이사장인 김곰자에게 대학 인수자금으로 송금한 것이 포착되었다. 당연히 돈을 추적하다 보니 대학까지도 압수수색을 받게 된 것이다.

오후에 채서남 교수가 등나무 아래에 있는 벤치에 앉았다가 허둥대는 군상을 보게 되었다. 평생 압수수색을 한 번도 당해보지 않은 총장은 얼굴이 굳어져서 다녔고, 사무처장과 오만일은 어디론가 급히 가는 모습이 보였다. 평소와는 매우 다른 모습들이었다.

오만일이 운영하는 백두산업은 주조를 주로 하는 회사였다. 매출 규모가 크지 않지만 주 종목의 일을 하려면 각 공정에 꼭 필요한 인원이 있어야 했다. 직원 수 대비 매출이 적어서 빼내 올 돈도 거의 없었다. 그래도 쥐어짠 돈을 대학 인수하는 중도금의 일부로 김곰자에게 넘긴 것이 이번에 꼬리를 잡혔다.

오만일이 동서양 대학교에서 교수들에게 하던 나쁜 버릇이 사업체인 백두산업에서는 더하면 더했지 덜하지는 않았다. 평소 돈을 빼가면서도 총무과 직원에게 욕하면서 닦달했고 견디다 못한 총무처 직원이 컴퓨터 파일과 모든 자료를 카피한 후 회사를 그만두었다. 그리고 검찰에 제보해버렸다.

수사가 좀 진척되자 수사의 방향은 오만일의 기대와는 달리 이상한 방향으로 흘러가고 있었다.

오만일이 대학에 오지 않는 날이 많아진 것 같았다. 채서남 교수와 인화평 교수는 대학이 압수수색을 당하는 모습과 오만일이 대학에서 얼굴이 잘 보이지 않는 것을 보면서 사필귀정이라고 했고, 구백범과 지남철은 고소한 표정으로 사태의 추이를 면밀하게 주시하고 있었다.

검찰이 압수수색을 한 지 1주일이 지났다. 구백범과 지남철은 교수들이 거의 오지 않는 오산 쪽의 한적한 음식점에서 저녁을 먹고 있었다. 구백범이 말했다.

"지교수님, 이번에 오만일이를 확실하게 날려버릴까? 짜아식! 지저분하고 갱생할 가능성이 전혀 없는데 말이지!"
지남철은 자신보다 모략이나 묘수에는 몇 수 위인 구백범의 갑작스러운 말에 눈을 껌뻑이면서 물었다.
"무슨 좋은 방법이라도 있습니까?"
"지금 백두산업의 비리로 시작해서 우리 동서양대학교까지 압수수색을 당했잖아요? 그것은 오만일이 대학에 들어올 때 양수 자금이 부족해서 백두산업의 돈을 빼, 음, 횡령해서 걸린 것 아니겠습니까? 그런데 이것이 처음 제보가 백두산업이 아닌 우리 대학에서 출발했다든가, 중간에 상당히 구체적인 제보가 되었다면 교수 중 누군가가 제보한 것으로 의심할 것 아닙니까?"
"당연히 채서남과 인화평이가 의심을 받았겠지요."
"근데, 그게, 그 둘은 보직을 하지 않았기 때문에, 그 둘이 사무처나 교무처 어디에나 관여하지 않아 제보가 구체적이라면 그 둘은 예외로 할 것입니다. 어떻든 지금 백두산업에서 문제가 생겨 동서양 대학교를 압수수색 했으니까 우리 대학에서 좀 심한 것이 나와도 우리를 의심하지 않는다는 거죠."
"그럼 무엇으로요?"
"자, 봐요, 대학 인수자금이 부족해서 기숙사하고 복합관을 지었잖아요, 여기서 우리가 알고 있는 내용을 가지고 교비를 빼먹었다고 귀신도 모르게 제보하면 될 것 아니겠습니까? 흐흐"
"우와! 그런 방법이 …….'
구백범과 지남철은 동서양대학교를 압수 수색한 검찰청의 수사 검사가 누군지 알아내야 했다. 구백범은 가끔 밥과 술을 사주면서 중요한 정보를 받는 사무처 직원을 통해서 담당 검사 이름을 금방 알 수 있었다.

구백범과 지남철은 지체할 필요가 없었다. 컴퓨터로 워드 작업을 하고 관련 증거서류도 복사했다. 노란색 대봉투의 겉표지에는 우표를 어렵게 구해다가 붙였다. 그리고는 학교에서 멀리 떨어진 오산의 우체국 근처 우체통에 집어넣었다.

검찰이 이것을 누가 제보했는지 알려고 한다면 CCTV나 종이에 묻은 지문을 확인하면 금방 알 수 있지만 그럴 필요는 없었다. 백두산업의 총무처 제보와 대학에서 압수 수색한 컴퓨터 자료를 구백범 일당이 보내온 자료와 대조하는 것으로 수사는 아주 쉽게 되었다.

오만일의 지금 형세는 한마디로 '꼼짝 마라'였다.

3. 믿는 도끼

　오만일이 검찰에 두 번째 출석할 때까지는 시일이 좀 걸렸었다. 교수들은 오만일이 수사에 잘 대처를 했기 때문에 문제가 없는 것으로 착각할 정도였다. 사위가 현직 판사여서 뒤를 잘 봐주고 있다는 말도 들렸다. 그러나 구백범과 지남철은 기숙사를 지으면서 추가공사를 여러 번 해서 상당한 돈을 빼간 것, 조감도를 좌우로 바꾸면서 빼간 돈, 복합관 공사비 부풀려서 교비 60억 원을 빼간 것 등 여러 비리를 검찰에 비밀리 제보했다. 이 60억 원은 김곰자를 수사하면서 검찰이 인지한 것이지만 구백범과 지남철이 수사에 도움이 될 만한 것을 모조리 모아 검찰에 제보했기 때문에 오만일이 꼼짝 못하게 되었다는 것은 누구도 몰랐다.

　이런 구백범의 제보는 사무처 직원이나 백두산업의 관련자들이 검찰에 불려갔다 올 때마다 하나씩 새롭게 불거졌다. 오만일은 처음에는 대수롭지 않게 생각했다가 점차 죽을 맛이 되었어도 교수들에게는 포커페이스를 할 수밖에 없었다.
　오만일이 생각할 때 경일건설 이정식 사장이 끝까지 오리발만 내준다면 그래도 어느 정도는 버틸 수 있을 것 같았다. 그런데 오만일은 한편으로 누군가 검찰에 정확한 제보를 주지 않는다면 알 수 없는 것까지 수사관이 자꾸 물어본다는 것도 이상하게 생각되었다.

오만일이 2차로 검찰에 출석했을 때 자신과 주변의 생각과는 달리 덜컥 구속되어버렸다. 누구도 이렇게 쉽게 구속될 줄은 몰랐다. 그것은 검찰이 볼 때 오만일이 변명하는 것, 똘마니들이 변명하면서 내놓은 자료들, 구백범 일당이 제보한 것과는 너무 달랐기 때문에 증거인멸의 우려가 컸다고 판단했기 때문이었다. 오만일은 구속기소 되었다. 그리고 재판은 신속하게 진행되었다.

"채교수님! 속봅니다! 속보!"
"뭔 일인데 그렇게 숨차게 들어와서 ……?"
서춘동 교수가 채서남 교수의 방에 들어오자마자 속사포로 내뱉었다.
"그렇게 입을 꼭 다물던 경일건설 사장이 마음을 바꿨나 봐요. 오만일의 재판에서 경일건설 사장이 검찰 측 증인으로 나와서 자신이 회사의 돈을 빼내서 오만일이 지정하는 곳에 송금했다고 자백했다는 겁니다."
"우와! 어떻게 그런 일이? 대개 그런 일은 무덤까지 가져가자고 약속하고, 또 자백하면 공범이 되니까 자신도 불리하게 되는데?"
"그게요. 이 사건과 관련해서 경일 건설 사장도 구속기소 되어 재판을 받고 있었잖아요? 그동안 오만일의 주술에 걸려서 끝까지 입을 다물면 대학에 좋은 일이고 교수들도 학교를 위해서 한 일이라고 생각해서 건설회사 사장을 좋게 생각한다며 계속 주입했었나 봐요. 그래서 그동안 꾹 참으면서 재판을 받고 있었는데 ……."
"그런데요?"
"경일건설 사장이 판사와 가깝게 지내는 연수원 동기 변호사를 선임했었나 봅니다. 변론하던 중에 판사가 교수들이 탄원서를 자꾸 보낸다고 했다는 겁니다. 그래서 변론이 끝나고 변호사가 판사실에 가서 알아보니 교수들이 '오만일이 교수들에게 입에 담을 수 없는 욕을 막 하고, 임금을 마음대로 깎고, 여자를 희롱하고. 뭐 그런 매우 나쁜 놈인데 그런 놈에게 뒷돈 주고 비호하는 건설회사 사장도 엄벌해달라고 여러 명이 탄원했다는 겁니다."

채서남 교수는 오만일이 여자를 희롱했다는 말은 듣지 못했는데 그런 말까지 집어넣어서 탄원서를 쓸 만한 인물이 누군지 생각해보면서 모르는 것처럼 끝까지 들었다.

"그동안 오만일 말만 듣고 경일건설 사장이 입을 다물고 있다가 자신만 곤란하게 된 것이 아닌가 생각한 거죠. 자신이 횡령을 많이 한 것으로 되면 형량은 물론 벌금도 더 나올 텐데요. 그렇지만 교수들이 자신을 엄벌하라고 했다니까 마음이 바뀌었다는 겁니다."

"완전히 배신감에 쩔었겠는데요. 아, 누가 그렇게 탄원서를 냈을까? 한 번도 아니고 계속 ……."

"그건 잘 모르겠습니다만, 오만일의 재판에서 검찰 측 증인으로 경일건설 사장이 채택되니까 경일건설 사장은 증인으로 나와 다 까버렸다는 거죠. 그럴 줄 모르고 피고석에 얌전하게 앉아 있던 오만일이 순간 깜짝 놀라서 '저 개새끼!'라고 자신도 모르게 나온 욕설이 방청석 맨 뒤에 앉은 사람에게까지 들렸을 정도라니까요."

채서남 교수는 누가 저런 탄원서를 써서 지속적으로 보냈는지 짐작이 갔다. 오만일은 이제 끝장이구나 생각되었다.

"오만일이 그렇게 교수들한테 자신은 공자 다음으로 도덕적이고 아름다운 영혼 같이 말하더니 ……. 동그란 얼이 빠져서 이젠 공자가 아니고 고자가 되었뿐렀네."

오후에 인화평과 채서남 교수는 학생들이 운동장에서 하는 체육대회 예선경기를 관람했다. 축구예선에서는 재수 없게 체육과나 다름없는 경호과 학생들과 붙었다가 졌다. 그래도, 상당히 잘한 경기였다. 같은 과 다른 교수들은 나와 보지 않았지만, 이 두 교수는 경기장에 나와 경기를 관람하고 과대표에게 끝나면 서정리 감자탕집에서 밥이라도 먹으라고 10만 원씩을 쥐어 주었다.

인화평과 채서남 교수가 운동장 아래쪽을 돌아 자동차과의 엔진 실험실을 지나서 디자인과를 지날 때였다. 실험실에서 나오는 홍지숙 교수와 마주쳤다.

"어머, 인교수님 안녕하세요? 잠깐 기다려보세요."

홍지숙 교수는 종종걸음으로 실험실에 들어갔다가 나왔다. 그녀의 손에는 볼펜 2자루가 들려있었다.

"교수님, 이것 하나씩 쓰세요."

"오! 5가지 색이 나오는 볼펜이네요. 이 좋은 볼펜을, 잘 쓰겠습니다."

인화평 교수는 볼펜을 받아들고 감사의 마음을 전했다. 채서남 교수도 웃음으로 감사의 마음을 전했다. 홍지숙 교수가 인화평 교수를 보고 말했다.

"교수님, 예전에 제가 말씀드렸던 성경 읽기와 기도 모임이요. 생각해보셨어요?"

"아직 생각 중입니다."

"교수님, 바쁘셔서 일주일에 한 번이 어려우시면 한 달에 한 번이라도 모여서 성경 공부하고 기도하는 시간을 갖는 것도 좋지 않을까 해서 말씀드렸던 건데요?"

"지금 말씀드리기는 그렇고 더 생각해보고 말씀드릴게요?"

채서남과 인화평 교수는 홍지숙 교수와 헤어져서 기다란 복도를 따라서 걸었다.

"인교수님, 홍지숙 교수가 성경 읽기와 기도 모임을 하자고 하는데 왜 답을 주지 않습니까?"

"음, 그게 저들이 성경을 몰라서 저렇게 살아가는 것이 아니잖아요. 실천하지 않아서 그런 것 아닐까요? 지금 홍지숙 교수가 학교 안에서 바르고 옳게 살아갑니까? 이 일본제 고급볼펜을 보세요. 자신이 사서 우리에게 줬겠습니까? 정말 세상 사람보다 더 옳지 않게 살아가는데 성경만 읽으면 뭐합니까? 성경을 많이, 잘 안다고 해서 다 하나님의 자녀는 아닙니다. 성경이나 하나님에 대해서는 성경을 전문으로 공부한 목사들보다도 사탄이 월등히 잘 알 겁니다."

"사탄, 음, 그럴 것 같기도 하네요. 우리가 보기에 사탄이 괴물의 모습으로 보이지 않으니까요. 그래서 인간은 항상 속지요. 홍지숙 교수가 자신이 사탄의 도구가 되어서 인교수님이나 크리스천 교수들이 자신의 영역 안에 들어오게 하려는 것이 사탄의 계략인지 전혀 모르고 있다는 말이지요?"

"채교수님, 기독교인이라면 자신을 먼저 돌아봐야 하지 않을까요? 제가 요즈음 성경 읽다가 생각나는 것이 있습니다. 여호수아가 이끄는 이스라엘 민족이 가나안 땅에 들어가면 하나도 남기지 말고 진멸하라고 하신 하나님 말씀을 어기고 사람들을 남겨둡니다. 왜 그랬을까요? 그것은 좋은 노동력을 얻기 위해서였습니다. 세월이 지나면서 남은 사람은 물론 도망갔던 가나안의 사람들이 슬금슬금 들어와 살다 보니 이스라엘 사람들이 그들에게 동화되고, 결혼하게 되고, 결국 그들이 믿는 이방인의 신을 믿게 되었습니다."

"그것은 하나님의 명령을 어겼고 개종까지 하게 된 것입니다. 개종은 자신의 신을 배신한 것입니다. 나는 평소에 홍지숙 교수의 모습을 보면서 이스라엘 민족이 했던 더 편하고 부유하게 살고 싶어서 하는 행동과 전혀 다르지 않다고 생각합니다."

"무슨 뜻으로 말씀하시는 건지?"

"당시 이스라엘 사람들은 청동기 문화인데 가나안 사람들의 철기 문화를 보면서 얼마나 환상적이었겠습니까? 철기 문화가 되어야만 말이 끄는 전차를 만들어 사용할 수 있습니다. 자신들이 사용하던 청동기 무기로 철제 무기를 이긴 것이 아니라 하나님께서 함께하셨기 때문에 승리한 것임에도 금방 잊어버리고 신앙보다는 물질문명에 더 기대어 더 편리하고, 더 화려하고, 더 부유하게 살고 싶은 욕망이 생겼다는 말입니다. 홍지숙 교수가 성경공부와 기도 모임 같은 것 하면서도 실제 삶은 항상 불의한 재단에 붙어서 살았잖아요. 오만일이 온 후에도 징계위원회, 인사위원회, 무슨 위원회에 다 참석하면서 재단이 원하는 대로 모두 손들어 주지 않았습니까? 얼마나 많은 교수가 피해를 봤습니까? 정의와 올바른 삶보다는 재단에서 원하는 거짓을 증거하고, 거짓을 인정해주는 쪽에 거수기로 손들어 주고, 재단에 아부해서 편하게 살면서 더 빨리 승진하려는 그런 삶은 올바른 삶이 아닙니다. 성경 많이 몰라도 아는 만큼 실천하며 사는 것이 진정한 크리스천입니다."

"인교수님, 올바른 생각을 하고 계십니다. 그런데 하나님께서 인간들이 그럴 줄 모르고 가나안 땅에 들어가면 다 진멸하라고 하셨을까요? 저는 하나님께서 다 아시면서도 인간은 원래 안 되는 것이다. 원래 안 되기 때문에 그것을 알라고 기회를 주신 것으로 생각합니다. 그런 의미에서 성경 한 구절 더 아는 것이 중요한 것이 아니라는 것이지요. 돈, 물질문명, 승진, 편하게 가려고 재단에 빌붙어 나쁜 도구가 되는 것이 먼저가 아니라 마음속에 하나님을 향한 끝까지 변치 않는 마음이 먼저고, 중요한 것이지요."

"저도 채교수님 생각에 동감입니다. 저는 처음에 집을 팔아서 빤스교회에 바쳤다는 말을 듣고 매우 놀랐습니다. 자식을 갖게 해달라는 것이었다는데요. 제가 만난 하나님은 그렇게 홀려서 넘어가는 분이 아닙니다. 저에게는 재산을 팔아서 바치는 게 아니라 항상 변치 않는 믿음이 중요하다는 것을 알게 하셨습니다. 아브라함의 부인인 사라가 90세에 출산했는데 집을 팔아서 바쳤기 때문에 된 일입니까?"

"주 예수보다 더 귀한 것은 없네! 이 세상 부귀와 명예와 행복과 바꿀 수 없네'라며 매일 찬송합니다. 입으로는 그렇게 찬송해도 자신이 먼저 비리재단에 가서 머리를 디밀고 뭐 할 일이 없냐고 묻습니다. 그렇게 본디 선한 영혼을 스스로 세상의 부귀와 명예와 행복의 썩은 영혼으로 바꿉니다."

두 교수는 오랫동안 서로 마주 보고 서서 자신들의 생각을 말했다. 그러다 채서남 교수는 서춘동 교수가 속보로 했던 말이 기억이 나서 말했다.

"인교수님! 경일건설 사장이 검찰 측 증인으로 나와 자신이 회사의 돈을 빼내서 오만일이 지정하는 곳에 송금했다고 자백했다는 말 들었지요?"

"예!"

"교수들이 탄원서를 계속 내는데 오만일이 교수들에게 입에 담을 수 없는 욕을 막 하고, 봉급을 마음대로 깎고, 여자를 희롱하는 매우 나쁜 놈인데 그런 놈을 뒷돈 주고 비호하는 건설 사장을 엄벌해 달라고 탄원했다는 겁니다. 그런데 나는 오만일이 여자를 희롱했다는 말은 지금까지 듣지 못했습니다. 모 여교수가 스스로 찾아갔다는 말은 들은 적이 있지만요!"

"저도 못 들었습니다. 그런 탄원서를 자주 보낸 교수가 누구로 생각하세요?"

"아니, 항상 그런 짓 하는 교수 몇 명 있잖아요? 오만일은 우리 둘을 의심할 텐데, 우리는 절대 그런 일을 하지 않는 사람이라는 것은 우리 서로 알고, 하나님도 아시잖아요? 그러면 우리 둘을 빼면 딱 그들 있잖아요?"

"구백범과 나와바리 애들 말씀하시는 거죠?"

"어~허허허"

둘은 서로 마주 보고 웃었다.

4. 감방은 내 체질이 아니야!

사막이라고 하면, 특히 대한민국에 사는 사람에게는 우선 고비 사막이 떠오른다. 한반도는 고비 사막과 멀리 떨어진 느낌이지만 그것은 어디까지나 상대적인 느낌일 뿐이다. 봄철의 황사는 어디에서 오는 것일까? 봄철이면 어김없이 한반도를 찾아오는 이 누런 모래의 먼지바람은 몽골이나 중국 북부의 황토지대에서 모래가 바람에 불려 하늘 높이 떠돌다가 우리나라에 날아온다. 황사는 중국 서부에서 몽골에 걸쳐있는 고비 사막에서 비롯되었다고 해도 과언이 아니다.

그동안 동서양대학교의 찌뿌연 황사현상은 어디서부터 시작되었는가? 바로 그 근원지는 돈과 탐욕에서였다. 욕심을 부려 입학정원을 720명에서 2,160명으로 갑자기 대폭 늘린 것에서부터 시작해서 IMF 외환위기 때 대학운영권을 학교재벌 전무식에게 넘겨주는 때부터 잘못되었다. 대한민국의 매년 오는 황사는 고비 사막에서 모래를 일으키는 먼지바람이 근원이라면 동서양대학교는 돈 없는 자들이 대학의 크기와 300억이 넘는 적립금이 탐나서 무작정 대시한 탐욕이 근원이었다.

오만일이 구속되어 검찰의 집중적인 수사를 받게 되자 교수들을 이리저리 휘몰아가면서 프라이팬에 콩 볶아 튀듯 하는 일은 없어졌다.
 강총장도 몇 번 검찰에 불려갔다 온 후로는 힘이 빠져 시무룩해 있는데 뒤늦게 교육부 감사까지 나왔다. 이 감사에서 회계부정도 많이 들추어졌다.

 오만일은 미결수들이 있는 구치소에 있다 보니 학교 내부의 사정이 갑갑해서 미칠 지경이었다. 감방에 오기 전에는 자신에게 실시간 보고를 하는 교직원이 무려 8명이나 있었다. 이 실시간의 보고를 꿰 맞춰보면 교수들을 직접 보지 않아도 학교 내 돌아가는 모습을 자세히 알 수 있었다. 그러나 구치소에 있다 보니 공식적으로 오는 직원 한 명 외에는 정보를 받을 수 없었다. 기결수는 면회가 한 달에 6번 가능하지만, 미결수는 1주일에 5회 가능하므로 미결수인 오만일이 마음만 먹으면 필요한 교직원들에게 면회를 오라고 하여 언제든지 만날 수 있었다. 그렇지만, 자신의 모습을 보여주기 싫었다. 변호사 이외에는 가끔 진낙방이 찾아왔다.

 진낙방이 처음 면회를 갔을 때, 면회실의 풍경을 보면서 면회 오는 사람들의 면면이 다양하다고 느꼈다. 허리가 꼬부라진 할머니는 뭔 사연이 있는지 지팡이를 짚고 한쪽을 바라다보고 있었고, 어린이를 데리고 온 아주머니는 핸드백에서 뭔가를 찾고 있었다. 모두 웃음기 하나 없는 비통한 얼굴들이었다.
 대기소 한쪽에는 여러 사람이 서성거리고 있었다. 테이블 위에서 뭔가를 적는 것도 보였다. 영치금 입금신청서를 작성하는 곳이었다. 진낙방 자신은 영치금을 넣을 일이 없었기 때문에 종이에 무엇을 어떻게 쓰나 보기 위해서 가까이 가보았다.
 기다리는 시간이 좀 지나자 방송으로 안내가 나왔다. 예약한 사람들이 한 떼씩 줄을 지어 안으로 소리 없이 쪽방 면회 장소로 들어갔다. 면회 장소는 유리로 가려져 얼굴만 쳐다볼 수 있게 되어있었다. 잠시 후 수인번호가 눈에 들어왔다. 214번. 그리고 쳐다보니 오만일이었다. 오만일의 뒤에는 교도관이 입석하여 모든 내용을 듣고 메모했다. 면회시간은 10분이 주어졌다. 진낙방은 면회시간이 길지 않아 메모지에 메모를 해와서 요점 위주로 말했다. 마이크가 있어서 대화가 전달되게 되어있지만 오만일은 직접 듣지 못하고 스피커에서 나는 소리로 듣는 것도 기분이 좋지 않았다.

오만일은 구치소에서 힘겹게 보내는 중에 진낙방에 의해 학교 사정을 알 수 있는 통로가 되었는데 그것은 진낙방에게는 채서남이나 인화평은 물론 자신의 출세에 걸림돌이 되는 교수들을 굴레 씌우기 아주 좋은 찬스였다. 진낙방이 면회 왔다 간 뒤에는 어김없이 교무처장과 총장에게 지시가 내려왔다.

오만일은 재판과정에서 어떻게 하든지 횡령액을 낮추어야만 했다. 그래야만 형량을 줄일 수 있기 때문이다.

우리나라에서 큰 금액의 횡령과 관련된 법은 특정경제범죄가중처벌 등에 관한법률이 있다. 이를 줄여서 특정법이라 하는데 횡령액이 50억 원 이상일 때는 무기 또는 5년 이상의 징역이고, 5억 원 이상 50억 원 미만일 때는 3년 이상의 유기징역이다. 이런 정해진 형량은 힘없고 돈 없는 일반 사람들에게 적용되고, 재벌들이나 학교 경영자들에게는 항상 최대한 봐주는 판결이 나왔다.

오만일이 판사의 마음을 붙잡아 형량에 참작하도록 할 수 있는 최고의 것은 이사장직을 그만둔 것으로 해야 형량을 낮출 수 있었다. 쉽게 말해 대학을 포기한 것으로 해야 낮은 형량을 받을 수 있었다. 그런 방법은 내용을 조금만 들여다보면 거짓임을 금방 알 수 있었다. 일이 조용해지면 언제든 이사회에서 다시 이사장으로 추대하면 아무런 문제가 없는 것이다. 판사는 단지 법인 등기부 등본이나 피고가 제출한 서류만 보고 판결을 하므로 이들이 뒤에서 짜고

속여도 알 수 없었다.

　오만일은 감옥에서 급히 수소문해서 서류상으로만 이사장에 앉혀야 할 사람을 외부에서 데려왔다. 국영기업체 사장을 지냈던 나이 든 진백경이란 사람이었다. 그는 거만하기가 이를 데 없었다. 취임사를 읽을 때는 보통사람이 읽는 것보다 의도적으로 거의 배정도 느린 속도로 천천히 읽었다.

　오만일은 1심 재판에서의 횡령액은 60억 원으로 인정되어 3년 형을 선고받았다. 이것도 판사가 많이 봐준 것이었다. 특경법으로 따지면 5년 이상이어야 하는데 이것저것 피고에게 유리한 정황을 최대한 참작해준 판결이었다.
　오만일은 1심 판결이 끝나 3년 형을 받자 하늘이 무너지는 느낌을 받았다. 면회 오는 사람마다 짜증을 부렸다.
　"이런 씨부럴! 도저히 여기 못 있겠어! 복장 터져 죽겠네!"

　오만일은 욕만 하고 있을 수는 없었다. 어떻게든 지금보다 형량을 줄이려면 항소하고, 항소심에서 횡령액을 50억 원 밑으로 낮춰야만 했다. 횡령액을 줄이는 것은 차기 총장을 노리는 교육부 사무관 출신의 정후래 교수가 자청해서 위증함으로써 가능했다. 교육부 말단에서 사무관까지 올라온 그가 어떻게 하든지 총장을 해보고 싶은 마음에서 나선 것이다. 전임 김곰자가 교비를 빼서 매입한 박물관의 유품을 매각해서 교비로 넣어야 하는 데 이를 개인 오만일이 산 것처럼 했다가 다시 대학에서 산 것으로 했다. 지금 이 시점에서는 교육을 위해 다시 샀다고 거짓말하면 15억 원을 줄여 45억 원으로 낮출 수 있었다. 그런데 교육에 쓸 도자기와 관련된 과는 이미 폐과를 했기 때문에 명백한 위증이었다.

　오만일은 피고인의 마지막 진술에서 적어간 종이를 들여다보면서 눈물을 질질 흘리고 꺽꺽 울면서 판사에게 호소했다. 재판장 판사는 서류를 보는 척 아래를 향하고 있었지만, 곁눈으로 오만일의 모습을 슬쩍 보았다. 우 배석 판사는 오만일이 적어 온 것을 다 읽을 때까지 무표정한 모습으로 내려다보고 있었다. 채서남 교수는 방청석 뒤쪽에서 오만일을 바라보면서 그렇게 교수들에게 모질게 악질적으로 굴더니 자신은 형량을 줄이기 위해서 저런 온갖 비열한 모습을 보이는구나 하는 생각을 했다.

어찌 되었든 이렇게 위증해서 횡령액을 45억 원으로 낮추고, 악어의 눈물을 흘림으로써 항소심에서는 오만일에게 징역 2년 형이 선고되었다. 그리고 대법원에 상고하지 않음으로 형이 확정되었다.

한편, 대학 내에서는 오만일의 지시가 직접 미치지 않게 되자 교수들은 살판이 났다. 어디에서 무엇을 하는지 강의하는 시간에만 나오고 연구실이나 강의실 어디를 가나 얼굴을 나타내지 않는 교수가 무척 많았다. 강의 있는 날에도 휴강하고 나오지 않는 교수도 꽤 있었다. 그렇지 않아도 그동안 오만일의 횡포에 이것저것 하는 척만 했는데 이제는 그마저도 감시자가 보이지 않으니 얼굴조차 보이지 않는 교수가 많았다. 대학 내에는 사람을 가르치는데 게을리하지 않는다는 회인불권(誨人不倦)의 맑은 빛은 무사안일, 무사태평의 황사가 온통 뒤덮어서 가리고 있었다.

서춘동 교수가 말했다.

"교수님, 요새 교수들의 얼굴이 통 보이지 않습니다. 그동안 짓눌려서 뭐 좀 하는 척하다가 지금은 대놓고 안 하고 안 나옵니다. 아예 학교에도 나오지 않는 교수가 태반입니다. 영유아보육과 김원재 교수는 휴강이 많고 얼굴이 안 보였는데, 조교가 급하게 처리할 일이 있어서 연락해보니 저기 남쪽 거제에 가 있다는 겁니다. 거제에"

부정일 교수가 물었다.

"왜 그 멀리 거기까지 갔을까요?"

"형이 석산을 하는데 거기에 투자했고 거기에 가서 있다는 겁니다. 조교에게는 아무에게도 말하지 말라고 했는데 요새 비밀이 어디 있습니까?"

부정일 교수가 피우던 담배를 재떨이에 비비면서 말을 받았다.

"그러게 말이에요. 그 김교수 지난번에 교내에서 컴퓨터로 도박을 하지 않았습니까? 그거 다행히 수습은 되었지만 참 문제 많습니다. 제가 아는 교수만 해도 지금 몇 명이나 외부 일하면서 돌아다니는 교수가 있구요, 안성에 땅 사서 개 키운다고 거기에 주로 있는 교수도 있고, 부인 이름으로 사업자 등록을 내서 가게를 계약하고 실제로는 학교에 나오지 않고 본인이 사업하는 교수도 있습니다."

서춘동 교수가 말했다.

"교수가 학생 가르치는 일이 먼저가 아니라면 막장인 게죠. 그동안 재단은 학생들을 숫자로만 봤어요. 숫자가 바로 돈이니까, 그 숫자 세는 재미와 교수들 비정규직 연봉제로 만드느라고 난리 치다가 오만일이 교도소 가버렸으니 그동안 눌렸던 교수들이 어떻겠습니까?"

가만히 듣고 있던 인화평 교수가 말했다.

"아무리 재단이 그래도 교수는 학생들 가르치는 것이 본분 아닙니까? 교수가 학생들을 열심히 가르쳐야지요. 교수들이 너무하는 것 같아요. 학생들을 사랑으로 가르치면 잘 따르고 학생들의 마음에도 남아있어요. 내가 보면 졸업생들이 바쁘게 사회생활 하다가도 교수가 생각나서 전화하거나 문자를 보내오면 그 감동은 잊을 수 없습니다."

채서남 교수가 말했다.

"재단과 교수는 학생 가르치는 일을 맨 먼저 생각하지 않으면 오만일 같이 감옥에 가는 일이 생기고, 교수도 얼굴 보기 어려워집니다. 오만일의 형이 확정되어 교도소로 이감이 되자 교수들은 딱 세 패로 갈렸습니다. 하나는 감옥에 면회하러 가서 온갖 쓰레기 정보를 오만일에게 전해주면서 이바구 까는 딸랑이 파와 그동안 눌리고 급여 동결과 깎인 급여로 힘들게 살던 교수들이 자기 사업하느라고 학교에서 얼굴 보기 어려워진 패입니다. 그리고 마지막 한패는 이 두 패에 끼지 못하는 교수들입니다. 이 두 패에 끼지 못한 사람은 능력이 부족한 것으로 보이겠지만 그렇지 않습니다. 인교수님과 저는 매일 학교에 나와서 제 할 일 하고, 앞으로도 그렇게 하려고 합니다."

"연구일에도 나오시는 거예요?"

"별일 없으면 나오지요."

대학에서 횡령 사건 등이 불거져 사회 문제화되거나 교육부에 투서가 되면 검찰의 수사와는 별개로 교육부가 감사하여 교육부 나름대로 징계를 하고 사안이 크면 검찰에 고발하기도 한다. 그런데 이번에는 검찰에서 먼저 수사를 하게 되었기 때문에 교육부 고위관료 출신의 총장이었지만 어쩔 수 없이 교육부는 중징계할 수밖에 없었다.

중징계가 결정된 감사결과가 대학에 내려오자 쉬쉬했지만, 금방 온 대학 내에 퍼졌다. 구백범과 지남철이 이를 모를 리가 없었다. 그들은 이에 대한 자세한 내용을 현재 보직을 맡고 있지 않은 IT 과의 이필모 교수에게 주었다. 이필모 교수는 고민할 필요가 없었다. 예전에 이런 비슷한 일이 있을 때 연판장을 돌려 해결한 적이 있기 때문이다.

5. 총장선출 음모

　청운재로 이름 지어진 기숙사의 흰 대리석은 석양빛에 눈부시게 반사되고 있었다. 붉은 벽돌 건물들이 대부분인 동서양대학교에서는 이 건물은 독특한 모습이다. 이 기숙사 건물을 지으면서부터 대학은 재정적으로 꼬이기 시작했다. 오만일이 대학을 넘겨받을 때 전임 김곰자 이사장에게 잔금은커녕 중도금을 줄 돈도 부족했기 때문에 빚 독촉에 못 이겨 기숙사를 빨리 마무리해야만 했다. 추가공사로 많은 돈을 빼돌리면서 급하게 하다 보니 다른 건물들과의 조화가 이루어지지 않았다.

　기숙사를 바라보던 구백범 교수는 자신이 이제까지 한 작업의 대미를 장식할 방점을 찍고 싶었다. 예전에도 잔머리를 굴려서 부총장의 자리에 앉았던 적이 있었기 때문에 입가에는 묘한 웃음이 얹혀있었다. 항상 자신에게 무엇이든지 물어보고 일을 처리하는 지남철 교수에게 말했다.

　"오만일도 깜방에 보냈으니 이젠 우리가 생각했던 마지막 작업인 총장선출에 대한 방법을 생각해야 할 것 같아!"

　"……"

사실 오만일을 일찍 감방에 보내는 결정적인 역할을 뒤에서 보이지 않게 작업한 구백범이지만 교수들 앞에서는 어떤 모습도 보이지 않았다. 이사장과는 밖에서 골프를 치면서 만나 이런저런 대화를 해도 대학 안이나 대학 주변에서 만나는 일은 없었다. 술도 외부의 중요인사와는 마셨지만, 교수들과는 전혀 마시지 않았다.

구백범은 대학에 들어올 때 대학설립자와 4촌 간이던 강실장이 다리를 놓아 들어왔다. 그런데 강실장은 교수를 이사장에게 소개할 때마다 기여금에 자신의 몫으로 30%씩 붙여서 받아 챙겼다. 그런 줄도 모르는 구백범은 자신이 많은 돈을 기부했다는 생각에 부교수로 임용해달라는 조건을 말했다가 거절당했다. 그것은 개교 초기 모두 전임강사로만 임용되었기 때문이다. 나중에 채서남 교수의 줄을 타고 들어온 교수들이 기부금을 한 푼도 내지 않고 들어온 것을 알게 된 구백범이 배가 아파 설사가 날 지경이었다.

구백범은 대학에 임용되고 나서 재단 이사장에게 접근하여 가끔 쓸만한 아이디어로 도와주었다. 자신이 똑똑한 것으로 보이기 위해서는 상황에 따라서 가끔 병도 주고 약도 주었다.

이렇게 자신의 존재감을 나타내기 위해서 기회 있을 때마다 병 주고 약 주는 식으로 판을 흔드는데 이사장들은 구백범의 철저한 이중적인 태도와 마음을 까마득하게 몰랐다.

구백범보다 몇 수 아래인 지남철은 구백범의 깜빵이라는 말을 듣고는 눈알이 반짝반짝해졌다.

"무슨 좋은 방법이라도?"

"누군가 삐끼를 해줘야 다음 일이 쉽게 진행될 텐데 말이야!"

"삐끼라니요?"

구백범은 말귀를 못 알아듣는 지남철이 답답하게 느껴졌지만, 행동대장으로는 그나마 쓸만하다고 생각하기 때문에 그냥 설명해 주었다.

"난 현재의 총장이 나가고 새로운 총장을 우리 교수 중에서 나오도록 하면 어떨까 하는 생각이 들어서 …….”

이 말을 들은 지남철은 비쩍 마른 굴비로 머리를 한 대 맞은 느낌이었다.

"아~! 내보내는 방법! 내보내는 방법이라 ……. 아, 그렇지! 예전에 이행정 총장을 내보내던 방법, 그때 그 방법! 아, 그런데 누가 고양이 목에 방울을 걸지?”

지남철은 혼자 계속 조그만 말로 방법! 방법! 이라고 지껄였다.

몇 해 전 이행정 총장을 내보낼 때도 구백범이 지남철에게 계략을 흘렸었다. 이를 덜컥 문 지남철이 행동대장으로서 IT과 이필모 교수와 불신임안 연판장(連判狀)을 만들었고 결국 이행정 총장을 대학에서 밀어냈었다.

한편 박수심, 이필모 등의 패거리들도 용인에서 회심의 술잔을 기울이고 있었다. 박수심이 술자리를 대학에서 먼 이곳을 택한 이유는 여러 이유가 있지만, 교수들의 눈을 피할 수 있는 먼 곳이어야 했다. 다른 이유는 박수심이 평소에 자주 가던 잘 아는 주점이어서 아지트 같은 느낌이 있었다.

술이 한 순배 돌자 박수심 교수가 말문을 열었다.

"우리 대학에 맨 날 이렇게 외부 인사들이 계속 총장을 하도록 놔두어서는 안 될 것 같아 ……. 응, 지금 총장이 교육부의 높은 관리를 하다가 왔지만 해놓은 것이 뭐가 있어? 응, 이리저리 휘저어 놓기만 했지 된 일은 하나도 없고, 응, 대학이 더 어려워지기만 했어! 응!”

이필모 교수가 말을 받았다.

"교육부 새끼들! 나라 돈을 나누어주다 보니까 그렇지, 도대체 지들이 뭐, 애들 가르칠 실력이 있어 뭐가 있어, 대학을 지들 앞으로 줄 세워 놓고 말이야! 교수 자리를 마음대로 골라서 옮기는 교피아 새끼들! 교육부가 자신들 자리를 만들어 바치는 교수양성소인가?"

이필모의 날 선 말에 박수심이 의미 있는 말을 던졌다.

"그래서 이번에 좀 따끔한 것을 보여줄 필요가 있는 데, 응, 총장의 임기가 이번 학기로 끝나니까 재임용되지 않도록 해야 하지 않겠어? 응!"

이날 저녁 박수심과 이필모 등 4명의 교수는 술이 떡이 되도록 마셨음에도 모두 말짱했던 것은 박수심의 '총장이 재임용되지 않도록' 이란 말과 자신들이 보직에 앉는 모습이 눈앞에 선명하게 아른거렸기 때문이었다.

박수심의 고도의 계산된 말에 이필모 교수도 가만히 생각해보니 이번에 학교를 거머쥘 수 있는 매우 좋은 기회라고 생각되었다. 박수심은 과거에 다른 대학에서 비리를 저질러 감옥에 갔다 온 전력이 있어서 총장은커녕 교수로서도 임용될 수 없는 자였지만 김곰자 이사장이 돈 빼내는 수족으로 쓰려고 데리고 왔다. 교수들은 그런 전력이 있다는 것을 알면서도 수군대기만 할 뿐 누구 하나 문제를 제기하지 않았다. 박수심은 예전의 안 좋은 전력이 있은 후로 술을 마시게 된 것이 알코올 중독이 되었다. 평상시에도 점심때는 좀 외진 음식점만을 택해서 갔다. 그리고 점심을 먹으면서 소주 1~2병을 마셨다.

박수심 일당이 용인에서 모임을 한 며칠 후였다. 이필모 교수로부터 호봉제 교수들에게 문자메시지가 왔다.

제목 : 호봉제교수 모임
일시 : 2016. 12. 7. 오후 5시
장소 : 미래관 104호

목적 : 1. 동서양대학교 현황을 파악하는 시간.
2. 정상화를 위한 호봉제 교수들의 역할을 설정.
3. 호봉제 교수들만의 모임을 구축하여 유대관계 형성.

이필모 배상

 호봉제에서 연봉제로 강제 전환할 때 끝까지 사인하지 않고 저항한 교수는 11명이었다. 그래서 '호봉제 교수 모임'이라고 타이틀을 걸고 모이려면 사인하지 않은 11명만이 모여야 하지만 이필모 교수는 연봉제에 사인했어도 임용될 때 호봉제로 임용된 교수들까지 오도록 했다. 모이는 숫자가 바로 힘이라고 믿기 때문이었다. 호봉제 교수 모임을 추진하는 이필모 교수로서는 인화평과 채서남 교수가 참석하지 않는 것이 자신들이 도모하는 일에 도움이 된다고 생각하였다.

 미래관 104호에서 있었던 호봉제 교수의 모임에는 인화평과 채서남 교수는 참석하지 않았다. 이필모 교수는 모인 교수들을 쭉 훑어보고 나서 말했다.

 "먼저 오늘 나와 주신 교수님들께 감사드립니다. 지금 동서양대학교는 매우 어려운 처지에 있습니다. 오만일 이사장이 교비를 횡령한 금액이 60억 원에 이르는데 그중에서 45억 원 횡령이 이번 수원법원에서 인정되어 2년 형을 선고받았습니다. 형이 선고되었으니 그동안 우리가 부당하게 연봉제로 전환되어 손해를 보고 있는 점이나 ······. 우리 동서양대학이 여러 어려움 속에 있지만, 저에게 전권을 위임해 주시면 이 어려움을 타개해 나가는 데 최선을 다하겠습니다."

 참석한 교수들은 이필모 교수가 스스로 앞장 서준다는데 마다할 이유가 없었다.

 "아! 좋~습니다."

"박수~~"

박수심과 같이 저녁을 먹었던 장의사 교수가 손뼉을 치도록 유도했기 때문에 이필모 교수는 다른 교수가 말을 꺼내기도 전에 만장일치로 비상대책위원장이 되었다. 이렇게 해서 탄생한 것이 '동서양대학교 정상화를 위한 비상대책위원회'였다.

모인 교수들은 십 수 년 전의 학내사태 때를 가슴속 깊이 기억하고 있었다. 비리재단에서 교수협의회에 대한 탄압이 극심했을 때 교수협의회 소속 교수 3명이 대학에서 쫓겨난 적 있는데 그때 재단의 탄압을 보았기 때문에 교수들은 그 이후로는 불의를 봐도 안 본 척, 못 본척하기 일쑤였다. 그러다 보니 항상 남을 내세우고 자신들은 뒤로 빠져있었다. 교수협의회도 유명무실해졌다. 당연히 교수협의회장을 맡는 것도 극도로 꺼리는 분위기였다. 이럴 때 교수협의회가 해야 할 일을 이필모 교수가 스스로 비상대책위원장이 되어 열심히 일하겠다고 하니 만장일치로 손뼉 치는 것은 당연했다.

강직한 총장은 4년의 임용 기간 만료가 되어오자 이 대학에 더 눌러앉았으면 좋겠지만 그렇게 되지 않았을 경우를 생각해서 다른 대학에 자리를 알아보았지만 마땅한 자리가 없었다. 고민 중이었는데 갑자기 자신에 대한 신임투표를 추진한다는 말을 엄친일 교수로부터 전해 들었다. 재임용이 안 되면 나가려고 마음을 먹고 있었지만, 막상 신임을 묻는 투표를 한다고 하니 기분이 매우 언짢아졌다. 그러면서도 신임을 묻는 투표를 정말로 하겠는가 하는 생각도 했다.

오만일 이사장도 다른 교수들 몰래 교도소로 면회 온 엄친일 교수로부터 이런 내용을 전해 듣고는 당황할 수밖에 없었다. 이렇게 총장의 신임을 묻는 투표가 진행되고 있다는 말을 듣고도 감방에 들어와 있으니 어떻게 조치할 수도 없어 정말 답답할 따름이었다.

임자가 나타나면 적당한 금액에 대학을 넘겨야 하는데 교수들이 부글부글 끓으면 매입자가 안 나타날 수 있다는 것이 제일 걱정이었다. 오만일은 더는 참을 수 없어 면회 온 아내를 통해 긴급히 법인 국장을 감방으로 불렀다.

"총장 신임투표를 한다고 하는데 나에게 보고도 없고 도대체 어떻게 되어가나?"

"갑자기 교수들이 신임투표를 한다는 정보가 있어서 저도 알아보고 있습니다."

"주동자가 누구야?"

성미 급한 오만일은 채서남 교수가 주동하고 있는 것이 아닌지 생각되어 다그치듯이 물었다.

"아마 이필모 교수인 것 같은데 워낙 은밀하고 갑작스러운 일이라 ……."

"채서남이 아니고 이필모야? 이필모 그 새끼 조심하라고 해! 함부로 나대지 말라고 하란 말이야!"

"예, 이사장님! 제가 이필모 교수에게 한번 잘 말해보겠습니다."

"그 ……. 아주 단단히 붙들어 잡아 두라우! 응."

대학에 돌아온 법인 국장은 이필모 교수를 만나러 연구실로 찾아갔다. 법인 국장은 담배를 꼬나물고 있던 이필모 교수에게 말했다.

"이사장님의 뜻입니다. 이사장님은 강총장의 임기가 끝나면 그만두시도록 하시겠다니 강총장님에 대해 신임투표만은 하지 말아줬으면 좋겠습니다."

"알겠습니다."

이필모 교수는 법인 국장 앞에서는 알겠다고 대답했다. 그러나 법인 국장이 방을 나가자마자 신임투표를 빨리 실행해버려야겠다고 생각했다.

6. 신임투표

 법인 국장이 이필모의 연구실을 다녀간 다음 날이었다. 아침 일찍 교수들의 휴대전화에 새로운 메시지가 떴다.

> '오늘 총장님에 대한 신임투표가 금일 5시까지 신한관 강당에서 진행 중입니다. 투표하지 못한 교직원은 바로 참여하여 주시기 바랍니다.'

 신임투표에는 평소 무능하고 정실인사만을 해왔다고 생각하는 강총장에 대해서 자신들의 불만을 고스란히 담아 주었다. 교수들은 평소 잘 나서지 않던 이필모가 왜 이렇게 스스로 비대위원장이 되어 총장을 밀어내려 하는지 몰랐다.
 투표결과는 교직원 전체 투표자 134명 중에서 불신임이 108명으로 압도적이었다. 이 투표결과는 이필모 교수와 박수심 교수 등 그 패거리들에게 만면의 웃음을 띠게 하였다. 반대로 강총장은 법인국장으로부터 투표결과를 전해 듣고는 고개를 들지 못할 정도의 참담함을 맛보게 되었다.

 이필모 교수는 투표결과를 가지고 서울사무소를 찾았다. 진백경 이사장도 벌써 내용을 들어서 알고 있었고, 바지 이사장이지만 이런 중요한 일을 더 키우면 안 되었다. 그동안 그렇게 거만하던 모습과는 달리 이필모 교수 일행을 정중하게 맞았다. 이필모 교수가 먼저 인사를 했다.

"안녕하십니까? 그동안 찾아뵙지 못해 죄송합니다."
"아, 내가 대학에 자주 내려 가보지 못해서 교수님들 얼굴 볼 기회가 없었던 것 같아 송구합니다. 그런데 어떤 일로 교수님들께서 여기까지 오셨습니까?"
"예, 이사장님! 지금 저희 대학이 매우 어려운 상황에 놓여있습니다. 오만일 전 이사장님의 건도 그렇고 현 총장님의 연임 건도 있어서 저희가 중지를 모아봤습니다. 어제 현 총장님에 대해 신임투표를 했는데 결과는 이렇습니다."

진백경 이사장은 이필모 교수가 내미는 투표결과를 보고 흠칫 놀라는 시늉을 했다. 이필모 교수의 말은 계속 이어졌다.
"신임투표를 한 결과 대부분 교수가 강총장님에 대해 불신임을 하고 있어서 앞으로 새로 오실 총장님은 현재의 위기를 타개하고 구성원 모두가 공감할 수 있는 분이셨으면 좋겠습니다."

이필모 교수가 불신임 투표의 결과는 물론 오만일이 횡령한 돈의 회수, 보직교수의 임용문제, 오만일의 옥중결재에 대한 것 등 기분 나쁜 말을 하고 간 다음이었다. 진백경 이사장은 아무리 자신이 바지 이사장이라고 하지만 이러한 움직임을 보고만 있을 수 없었다. 급히 법인 국장을 서울로 불렀다. 그리고는 입장문을 내놓았다.

> **입 장 문**
>
> 1. 강총장 불신임 건은 매우 유감으로 학교문제와 관련된 의견은 공적 라인을 통한 소통 및 전달이 이루어졌으면 좋겠습니다.
> 2. 현 총장은 임기 후 퇴임 의사를 밝혔으므로 차기 총장은 모두 공감할 수 있는 분을 모시겠습니다.
> 3. 오만일 전 이사장의 횡령액은 최종판결이 나면 적극적으로 회수하도록 노력하겠습니다.

이러한 내용이 전체 교수들에게 전달되었지만, 어떤 교수도 이 내용을 진정으로 받아들이지는 않았다. 특히 이필모 교수 패거리들은 이미 다른 마음을 품고 있었기 때문에 곧바로 자신들의 생각을 담은 대자보를 붙이고 교수들에게 문자메시지를 뿌렸다.

> 동서양대학교 정상화를 위한 비상대책위원회
> 1. 총장의 연임을 반대한다.
> 2. 오만일 전 이사장의 횡령금액 45억 원을 즉시 환수하라.
> 3. 대학의 학교 행정조직을 개편하라.
> 4. 교직원 인사와 보수 관련 사항을 합리적으로 개선하라.

며칠 후였다, 이참판 교수가 채서남 교수 연구실에 찾아왔다.
"교수님! 어저께 말이지요. 거, 박형선 국회의원 있잖아요?"
"예, 전 국회의원 말이지요?"
"대학관계자에게서 연락이 왔는데 자신에게 총장으로 와달라는 부탁을 받았다고 합니다. 그러면서 우리 대학 상황이 어떠냐고 저에게 물었습니다."
"대학관계자라니 법인 국장이?"

"아니 진백경 이사장이라나 봐요."

"그 바지가? 그래서 뭐라고 대답했어요?"

"제가 그랬지요, 형은 왜 똥구덩이에 들어와 똥물을 묻히려고 그러냐고 ……."

"그래 그거 잘 했네 ……."

이참판 교수로부터 대학 사정을 똥통으로 비유하는 말을 듣고는 전 국회의원이었던 박형선의 마음을 단번에 접도록 만들었다.

진백경 이사장은 박형선 전 국회의원의 총장추대가 무산되자 공개초빙이라는 정면 돌파를 택할 수밖에 없었다. 다음 날 곧장 총장 초빙 공고가 나왔다. 이것은 박수심 교수가 내심 기획했던 대로 가는 것이다.

그런데 초빙공고가 나왔을 때 교수들은 이해할 수 없는 내용이 들어있었다. 사무처장인 박수심이 기획하고 공고한 초빙조건은 '대학교수 경력이 20년 이상이거나 3급 이상의 고위공직자 출신'이었다.

개교할 때 들어온 교수들 대부분은 대학이 개교한 지 20년에서 몇 달이 부족했다. 4급 공무원 출신이면서 교육경력이 20년에서 몇 달 부족한 채서남 교수를 처음부터 배제하려는 박수심의 술수였다.

이필모 교수로부터 다시 문자메시지가 왔다.

'어제(25일)까지 총장지원서를 받았습니다. 대학 내부 지원자 한 분을 포함하여 총 13분이 지원하셨습니다. 다음 주 31일에 서류검토를 한 후에 면접이 있으니 교수님들의 많은 관심 부탁드립니다.'

이필모 교수가 지원 내역을 알려주는 것만으로도 충분히 의심을 살만했다. 문자메시지 속의 내부지원자는 바로 박수심이었다. 박수심은 다른 대학에서 입시부정으로 온 나라를 떠들썩하게 했던 민자당 사무총장 사건에 연루되어 감옥에 갔다 온 자였다. 그런 연유로

인하여 애초부터 동서양대학교에 들어올 자격이 없음에도 김곰자가 보은의 차원에서 임용하였고 김곰자가 대학을 양도한 후에도 잔금을 받지 못한 것을 받을 수 있도록 자기 사람을 사무처장에 있도록 한 것이다.

최근에 박수심과 이필모 패거리들이 저녁에 만날 때마다 술맛이 더 좋을 수밖에 없었던 것은 행여나 딴지를 걸만한 채서남 교수와 인화평 교수가 전혀 나타나지도 않고 관심을 두지 않기 때문이었다.

오만일이 수감된 구치소의 조그만 구멍으로 교도관의 목소리가 크게 들렸다.

"214번 면회"

오만일은 누가 면회를 왔는지 물어보고 싶지 않았다. 자신을 면회 오는 사람은 뻔했기 때문이다. 딸자식이 2명인데 가부장적인 아버지와 담을 쌓은 지 오래였고, 가끔 동생이 면회 와서 사업채 돌아가는 말을 좀 해주고 갈 뿐이었다. 진낙방과 엄친일이 몇 번 면회 온 것 외에는 항상 좁은 구치소에서 있으면서 70이 될 때까지 세상을 어떻게 살았나 하는 회한에 잠 못 이루는 날이 많았다.

오만일이 면회실에 당도했을 때 깜짝 놀랐다. 구백범과 지남철이 서 있었기 때문이었다.

구백범이 먼저 예를 갖추어 말하려고 했으나 언제나 선수를 치는 지남철이 큰 목소리로 말했다.

"아이구우우! 이사장니이임! 얼마나 고생이 많으십니까아~~~?"

오만일은 지남철의 "아이구우우"라는 소리에 마음속의 응어리가 싹 풀리는 느낌이었다. 구백범이 말을 이었다.

"이사장님, 얼마나 고생이 많으십니까? 건강은 좋으십니까? 제가 별 도움이 되지 못해서 죄송합니다."

오만일은 구백범의 도움이라는 말에 기분이 좀 좋아졌다.

"지금 대학 안에서는 박수심과 이필모 등이 용인의 한 술집에서 자주 모인답니다. 이들이 작전을 짜서 강총장을 불신임 투표로 몰아내고 박수심 교수를 총장에 앉히려는 음모가 진행 중입니다."

구백범이 하는 말은 그동안 감방 안에서 답답하게 풀지 못하는 마지막 퍼즐이 풀리는 순간이었다. 오만일은 이필모가 무슨 생각으로 강총장에 대한 불신임안을 물었는지에 대한 퍼즐이 순간 찰카닥 맞춰졌다. 잠시 현기증이 날 뻔했다. 오만일은 이런 정보를 감방까지 와서 해준다고 생각하니 구백범과 지남철 교수에게 고마운 마음이 잠시 들었다.

그렇지만 구백범은 오만일이 생각하는 만큼 믿을만한 자가 아니었다. 오만일이 경영하던 백두산업이 문제가 발생하여 수사가 동서양대학에까지 확대될 때 판을 흔든 자도 구백범이었다. 오만일이 검찰에서 처음 조사를 받을 때 결정적 증거가 될 만한 중요한 자료를 검찰에 보내준 것도 구백범이었다. 구백범은 항상 자료를 직접 건네지 않고 '동서양대학교 교수회'라든지 그럴듯한 단체의 이름을 만들어 편지로만 제보했다. 어떨 때는 똘마니 격인 지남철 교수를 시키기도 했다. 지남철은 나름대로 머리를 쓴다는 짓이 양순한 다른 교수 이름으로 제보하는 것이었다.

그동안 구백범은 기존의 판을 적당히 흔들어 혼란이 오면 '이런 방법도 있습니다.'라고 대안을 제시하여 이사장이나 총장에게 능력을 인정받아 왔다. 자신이 기획하고 흔드는 것이니 혼란해지면 제일 먼저 답을 내놓을 수 있었다. 구백범이 예전에도 그렇게 해서 부총장의 자리에도 앉은 적이 있었다. 이번에도 백두산업에서 문제가 불거져 복잡해지면 오만일이 자신을 총장으로 낙점하도록 하기 위한 포석으로 수사가 확대되도록 판을 흔들었다. 그러나 언제나 자기 뜻대로만 되지는 않았다. 그것은 판이 흔들려 비리가 밝혀지면 그 비리를 덮기 위해 교육부의 고위관료 출신을 대학으로 데리고 와서 교육부 쪽을 무마했기 때문이었다.

　이렇게 판이 흔들리다가 밝혀진 비리가 커서 검찰로 넘어가면 오너들은 한결같이 형사적인 책임을 지고 감옥행을 했다. 전임이사장이었던 강두섭, 전무식, 현진택, 김곰자도 모두 구백범에게 뒤통수 가격을 당했었다. 김곰자 때에도 처음 비리 제보는 다른 사람이 했었지만, 사건이 되어가는 것을 보면서 구백범과 지남철이 아무도 모르게 김곰자의 비리를 교육부와 검찰에 제보하는 바람에 김곰자의 교비 횡령이 밝혀졌다. 김곰자는 입장이 매우 난처해져 미국으로 도망을 가려고 공항에 갔을 때 출국금지가 된 것을 알고는 공항의 대리석 바닥에 털썩 주저앉았다. 되돌아와 긴급하게 대학을 팔려고 내놓았을 때 인수한 자가 오만일이었다.

　진백경 이사장은 총장초빙 후보 11명의 서류에서 맨 먼저 박수심의 서류는 제쳐버렸다. 나머지 10명의 서류에서 재단의 말을 잘 들을만한 사람 둘을 골라 오만일의 옥중결재를 받았다. 이로써 낙점된 총장이 박인집이었다.

　저녁나절 재래시장 안의 개화식당이란 중화요릿집을 찾은 채서남 교수 일행이 있었다. 채서남 교수는 최근에 있었던 총장선출에 대한 말이 나오자마자 한마디 했다.
　"죽 쒀서 개 줬구먼! 빙신들!"
　"그러게요. 박수심이가 작전을 짠 게 그 머리가 그 머리 아니겠어요? 영화 대부에서 알파치노가 제안할 때 상대가 거부하지 못할 제시를 하듯이 감방의 오만일이가 무조건 낙점하도록 거부할 수 없는 제안을 했었어야지 ……."

　신임 박인집 총장은 자신이 할 수 있는 일이 아무것도 없으면서도 뭔가 할 수 있는 사람처럼 설쳤다. 대학 내부사정을 모르니 엄친일 교수를 비서실장이란 자리를 만들어 자신을 보좌하게 했다. 신임 총장의 설레발이 도를 넘었기 때문에 이필모 패거리들이 꾸몄던 일들은 순식간에 묻혔다.

만약 채서남의 패가 이런 일을 꾸몄으면 끝까지 파헤쳐서 대학에서 내쫓을 구실을 찾았을 텐데 오만일의 딸랑이 파벌 중 하나였기 때문에 그냥 덮어버린 것이다.

7. 학생상담실

　인화평 교수는 언제나 3학점 3시간짜리 강의를 중간에 한 번 쉬고는 쭉 이어 강의했다. 시간마다 쉬게 되면 아무래도 강의의 맥이 끊겨 연결이 잘 안 되는 것 같아서다. 오늘도 칠판에 마커 자국이 거무스름하게 날 정도로 지우고 또 지우면서 열강을 했다. 전자기학이라는 과목 자체가 전기·전자의 원리를 이해시키는 것이라서 학생들에게는 좀 어려웠다. 목이 조금 마르는 것 같을 때쯤 쉬는 시간이 되었다. 교탁 위에 올려 둔 밤색 머그잔에 든 커피를 한 모금 마시다 보니 앞에 앉은 치묵이가 보였다. 언제나 앞쪽에 나란히 앉아있던 보기 좋은 커플인 치묵이와 미선이가 있었는데 오늘은 치묵이 혼자만 앉아있어 궁금해졌다. 사실 강의에 여유가 있는 인화평 교수가 강의 도중에 미선이가 뒤쪽에 앉은 것을 못 본 것은 아니었다. 쉬는 시간인데도 밖에 나가지 않고 앉아있는 치묵이에게 인화평 교수는 물었다.

　"어, 김치묵이 너 오늘은 좀 이상하다?"

　"왜요? 교수님!"

　"항상 미선이하고 같이 앉던데 오늘은 혼자?"

　"아, 그거요? 제가 까였어요."

　인화평 교수는 치묵이가 까였다고 아무렇지도 않게 말하는 것이 좀 놀랍기도 하고 재미있게 들렸다.

"그게 뭔 말이냐? 미선이 그 조그만 발로 너의 어디를 찼단 말이냐?"

"그게요, 발이 요만해도 아주 매워요."

치묵이는 주먹을 조그맣게 삐뚜름하게 쥐면서 말했다.

"맵다는 것 보니 너 요새 가슴앓이 하는구나? 누구한테 뺏겼냐?"

치묵이는 약간 머뭇머뭇하더니 강의실 저 뒤편의 미선이와 같이 앉은 정엽이 쪽을 턱으로 가리켰다. 거기에는 미선이가 정엽이 옆에 앉아서 뭔가 밝게 말하고 있었다.

치묵이 하고 미선이는 학기 초부터 항상 나란히 붙어 있었다. 치묵이는 키가 훤칠하고 눈매가 서글서글한 게 남자가 봐도 멋있게 생겼다. 그런데 미선이는 작고 아담했다. 얼굴은 그리 예쁘지 않지만, 살결이 고운 유형이었다. 리포트를 낼 때 보면 같이 내는데 항상 누군가 한편이 써주는 것이 틀림없었다. 꼰대 세대의 인화평 교수는 둘이 보기 좋은 원앙 같은 한 쌍으로 그렇게 잘 지내더니 왜 헤어졌을까 하는 생각을 하면서 요즘 젊은이들의 심리 상태를 이해할 수 없었다.

입학충원율 미달 사태는 벚꽃 피는 순서대로 온다는 우스갯소리가 전국의 대학가에 쫙 퍼진 적이 있었다. 그 말이 들린 지 몇 년 만에 현실이 되고 있었다. 그러나 동서양대학교는 학령인구가 줄어들고 있는 상태에서도 수도권에 있는 대학이라서 그런지 아직 입학충원율에 큰 문제는 없었다. 그러나 오만일은 수년째 치르지 못한 잔금을 빨리 처리하려고 입시율, 재학생 충원율 그리고 폐과를 들먹이며 교수들을 압박했다.

전 이사장이던 김곰자는 재임 시 교비 횡령문제로 감옥에서 4년을 보내고 있었기 때문에 그동안 딸을 동서양대학교의 교수로 계속 근무할 수 있도록 배려해준 것만으로 만족하고, 오만일이 잔금을 다 치르지 않고 있어도 다른 압박은 할 수 없었다. 아니 감옥에 있으므로 압박할 수 없었다.

그러던 중 김곰자가 오만일에게 동서양대학교의 양도 때 같은 학교재단 안에 있었던 성안고등학교를 제외하고 대학만 넘겨준 것이 다른 재판에서 불거졌다. 무려 47억 원을 뒷돈으로 받고 고등학교를 다른 사람에게 넘겨준 것이어서 이 사실을 안 오만일은 김곰자에게 대학을 너무 비싸게 샀다며 투덜댔다. 결국, 재합의를 하여 잔금을 퉁칠 수 있었다.

잔금 문제를 이렇게 해결했어도 원래 돈이 없는 오만일은 돈 나올만한 구석이 동서양대학교밖에 없었기 때문에 교수들 급여를 낮추는 일과 건물 짓는 일에 몰두했다.

지남철은 교무처장으로 오랜 기간 지내기도 했었지만 오만일이 온 후로는 자신의 독특한 성격으로 인해 감투를 쓸 기회가 없었다. 그런데 최근에 무슨 일인지 학생처장으로 발령받아 입이 함박만하게 찢어져 다녔다. 지남철은 처장이 되니 아무래도 오만일을 만날 기회가 많아졌다. 그것은 자연스레 오만일이 대학에서 무엇을 노리고 있는지 알게 되었다. 오만일이 처음 대학에 올 때는 다른 대학의 총장으로 있는 친구의 말을 참고하여 모든 일에 조심스럽게 접근했었다. 그런데 교수들이 자신의 집이나 사무실을 어떻게 알았는지 아침저녁으로 찾아와서 전 재단이 어땠느니, 어떤 교수는 어떻고, 학과는 어떻고 죄다 일러바쳤다. 환갑이 훌쩍 넘도록 세상을 살아본 오만일이 자신을 찾아와 알랑알랑하는 교수들이 무엇을 노리고 저러는지 모를 리 없지만, 학교 운영이 처음인지라 누구에게나 들어봐서 정보를 축적하는 것도 좋았다. 그러니 그의 주변에는 항상 그렇고 그런 교수들이 득실거렸다.

오만일은 자신이 판단해볼 때 이 정도의 교수들이라면 쉽게 통

솔할 것 같았다. 그러나 그것이 쉽지 않다는 것은 얼마 있지 않아서 채서남 교수가 11년 만에 복직하면서 그동안 받지 못한 급여에다 지연이자 20%까지 복리로 계산한 6억 원의 거금을 물어주고서였다. 채서남을 재임용하지 않을 수 없었던 것은 이자만으로도 1년에 1억 원 이상씩 늘어나기 때문에 오만일에게는 커다란 압박이었다.

오만일이 요즈음 생각한 것이 폐과를 많이 시켜 전공인 학과가 없어진 폐과 교수들이 많아지도록 하는 것이다. 폐과된 채로 재임용 시기가 도래하면 교수들을 새로 만들어지는 학과의 학위가 있는 경우만 재임용시키고 학위가 없으면 재임용탈락으로 대학에서 내쫓는 방법을 택하면 될 것 같았다. 그것은 50이 넘어 환갑을 바라보는 교수들이 새로운 학문의 학위를 딴다는 것은 시간적, 금전적, 육체적으로 어렵다는 것을 알게 되었기 때문이다. 특히 두뇌 회전이 잘 안 되는 나이가 되어 새로운 학과의 학위과정을 마친다는 것이 매우 어렵다는 것을 고졸 출신의 오만일이 알 리 없었지만, 뭔가 매일 비위를 맞춰야만 하는 보직들과 딸랑이 교수들이 앞 다투어 새로운 제안이라며 알려주었다. 그들은 이런 것들이 나중에 자신의 발등을 찍을 거라곤 전혀 예상하지 못했다.

전국 어느 대학이나 교수가 마음에 들지 않는다거나 학생모집이 되지 않아 학과를 폐과하고 곧장 교수를 잘랐다가는 문제가 되었다. 법원으로 가면 학교가 패소할 소지가 컸다. 그러나, 이런 학위 취득의 방법을 쓰면 재단은 교수에게 기회를 주었지만, 교수가 자구책을 마련하지 않았다는 구실로 교수가 패할 가능성이 있었다. 지남철은 학생처장이 되면서 오만일이 그런 방법도 생각하고 있다는 것을 알게 되었다.

지남철은 아무도 모르게 천안에 있는 4년제 늘푸른대학교의 심리상담과의 석사과정에 원서를 내고 입학 절차를 밟았다.

어느 대학이나 교수 신분을 가지고 수강을 하게 되면 너그럽게 대하는 것이 일반적이다. 심지어 벚꽃 피는 순서가 빠른 쪽으로 내려가면 갈수록 더 그랬다. 어떤 지방대학은 리포트와 중간고사와 기말고사만 보고 강의는 나오지 않아도 된다는 교수도 있었다. 당연히 시험문제를 미리 알려주는 서비스도 잊지 않았다.

같은 학과 교수들도 지남철이 천안에 소재한 대학교의 심리상담과에 적을 두고 있다는 것을 몰랐다. 그것은 1주일에 6시간만을 강의하고 교무처장보다 상대적으로 부담이 적은 학생처장을 했기 때문에 다른 교수들 모르게 다닐 수 있었다.

지남철은 보직교수 회의에서 학생들을 위해서 학생상담실을 만들어야 한다고 주장했다. 학생처장이 자기 일인 학생상담에 대해 말하는데 누구도 토를 달 수는 없었다. 지남철의 성격도 좀 그래서 반대하는 말을 했다간 나중에 자기 일을 할 때 공격을 받을지 모르기 때문에 모두 입을 다물었다.

일은 일사천리로 진행되었다. 기숙사 1층에 학생상담실을 만들었다. 바깥과 안쪽을 구분하는 곳에 유리로 칸막이를 설치하고 반투명 시트지로 고급스럽게 가렸다. 문에는 굵은 고딕체로 '동서양대학교 학생상담실'이라는 큰 글씨 밑에 적은 글씨로 '상담실장 김영희'라고 쓰여 있었다. 상담실장은 지남철이 학위과정을 하면서 점찍어둔 30대 중반의 심리상담사 자격을 가진 후배였다.

지남철은 원래 여자라면 상당히 껄떡거리는 스타일이었다. 지남철의 이런 심리 상태를 채서남이 금방 알아차린 것은 어렵지 않았다. 개교 초기에 술자리에 몇 번 데리고 간 이후에 채서남은 되도록 술자리를 같이하지 않았다. 아무리 술 먹는 자리라지만 자신의 옆에 앉은 아가씨에게 마구 반말을 하고, 누가 보든 말든 손을 위아래로 집어넣는 모습은 보기에 좋지 않았다. 채서남은 평상시 한 번도 지남철이 돈을 내는 것을 본 적도 없었다.

학생상담사는 대학에서 학생상담을 하도록 자신을 채용해준 고마움으로 시간이 있을 때마다 지남철과 같이 밥도 먹고 술도 한잔씩 했다. 지남철은 대학에 상담실장이라는 자리를 만들어 주었기 때문에 자신이 큰 시혜자인 것처럼 생각했다. 그런데 상담실장은 학교의 정규직원이 아니었다. 단지 학교 안에 상담실을 만들어 놓고 학생들을 상담하는 외부용역 형식으로 운영되었다. 대학 내 인건비가 늘어나는 것을 극도로 경계하는 오만일이 정규직으로 뽑을 리 없었다.

상담실장은 시간이 좀 지나면 정규직원으로 해주겠다는 지남철의 말을 찰떡같이 믿었다. 그러나 막상 대학에 와서 다른 직원들의 말을 들어보거나 학생들을 상대로 상담을 하다 보니 각 학과의 문제점은 물론 대학에 왜 이런 문제점이 발생하는지 알게 되었다. 그 원인이 오만일이라는 것과 지금 교수들의 급여를 3천만 원 밑으로 그것도 비정규직인 연봉제로 뽑거나, 호봉제 교수들을 연봉제로 바꾸려고 하는지 전체 구도를 알게 되었다. 날이 갈수록 점차 실망감이 커졌다. 교수가 이렇게 적은 봉급인데 정식 직원이 된다고 한들 당연히 그보다 적은 급여를 받을 것은 틀림없었다. 게다가 자신이 정식 대학 직원이 된다는 보장도 없었다.

상담실장인 김영희가 처음에는 고마운 마음에 밥도 사고 몸도 한 번 허락했지만 지나고 보니 모두 허깨비라는 것을 깨달았을 땐 대학의 상담실장이란 자리가 허울 좋은 신기루 같은 것이라는 것을 알았다.

최근에 보니 학생처에서 좀 이상한 기류가 흘렀다. 지남철이 갑자기 학생처장직을 내팽개치겠다는 말이 들렸다. 하루가 지나니 지남철이 다음 한 학기를 쉬면서 산업체 현장 연수에 간다는 말도 돌았다. 이 말은 이참판 교수가 채서남 교수에게 해준 말이었다. 채서남 교수는 말했다.

"이 교수님, 학생처장에 관한 말은 좀 조심해야 합니다. 성질이 개 같아서 어디서 이상한 말이 들리면 진돗개같이 계속 파고 들어가 그 말 나온 사람을 잡아 족칩니다. 말하지 않으면 말하지 않은 사람에게 어떤 꼬투리라도 잡아서 매우 힘들게 합니다. 말조심해야 합니다. 평상시에도 학생처장과 대화를 하면 귀는 물론 가슴이 후벼 파이는 아픔이 있어요!"

"아니, 자신이 한 일이 사실이면 반성을 해야지! 뭔 놈의 교수가 ······."

"이 교수님, 사실이건 아니건 반성에 앞서서 그 말을 퍼트리는 사람에게 마구 덤벼듭니다. 명예훼손이니 뭐니 하면서 고소할지도 모릅니다."

"그런 태도는 심리상담을 공부했다는 사람으로서 해야 할 태도는 아닌 것 같은데요. 지금 흘러나오는 내용을 보면 학생처장이나 상담실장이나 둘 다 심리상담을 받아야 할 심각한 사람들같이 보입니다."

"맞아요! 이 교수님! 혹시 소프라노스(Sopranos)라는 미국드라마를 본 적이 있습니까?"

"아니요, 아직 보지 못했는데요."

"소프라노스는 역대 미국의 최고의 드라마 중 하나라고 평가받는데요. 거기에 나오는 마피아의 두목이 정신과 의사에게 상담을 받아요. 그런데 그 정신과 의사도 마피아 두목을 상담해주는 과정에서 자신도 다른 정신과 의사에게 상담을 받게 됩니다. 좀 깨우친 실력 있는 심리상담사는 자신의 문제를 발견할 수 있고 자신도 상담을 받습니다. 지남철과 상담실장은 지금 아무것도 모르는 초보들 아닙니까? 그냥 심리학 과정을 마친 초보자입니다. 초보자! 마치 처음 운전을 배워서 운전면허증을 딴 초보자 같아요. 뒷유리에 '1시간째 직진 중'이라고 붙이고 다니는 사람처럼 …….”

"그러네요. 여기 옆 대학, 거기 상담 심리학과 교수들도 보면요. 겉으로는 멀쩡한 것 같아도 모두 자신들이 심리상담을 받아야 할 사람들이에요. 정말 제대로 된 사람이 하나도 없어요! 학과장이 밤 11시까지 붙잡고 매주 몇 번씩 회의하지 않나? 거기에다가."

이참판 교수의 밤 11시까지 회의를 한다는 말을 듣고 채서남 교수는 눈이 동그래져 이참판 교수의 말을 끊고 도중에 물었다.

"그렇게 늦게까지 회의를 자주 해요? 그러면 서울이 집인 사람은 언제 올라가지요?"

"그러게 말입니다. 거기에다가 학과 조교실에 출근부를 만들고 교수들에게 사인하게 하지를 않나, 교수들에게 SNS를 통해서 어마어마한 자료를 조사해 오게 한답니다. 지난 학기 입시 때에는 입학 상담한다고 학생들을 몇 시간씩 붙잡고 있었나 봅니다. 그런 교수의 모습을 보고 학생들이 학을 떼고 한 명도 안 왔답니다. 그런데 알고 보니 이들 학과의 교수들이 모두 50이 넘었는데도 미혼이거나 이혼한 사람들이에요. 모두 정신적으로 문제가 있다고 생각됩니다."

"그거 심리 상태가 참 이상한 사람들이군요. 으흠."

상담학을 공부했다는 것은 상담학에 대한 지식을 조금 쌓았다는 것뿐이지 실제 사회 현장에서 실시간으로 변화하는 다양한 문제에서 그 해결책을 잘 낼 수 있는 것도 아니다. 상담학 과정을 이수했으니까 뭔가 대단한 것을 할 수 있으리라 생각하지만, 그것은 착각일 뿐이다. 정작 자신이 문제가 있다는 것도 모르는, 자신의 문제 하나도 제대로 못 푸는, 자신이 심리상담을 받아야 할 상태라는 것조차도 몰랐다.

지남철과 상담실장의 불장난이 조금씩 말로 돌아다니는 것 같더니 드디어 수면 위로 올라왔다.

지남철은 최근 들어서 상담 실장이 자신에게 소원해지고 공무가 아니면 피하는 것 같았다. 지남철이 전화를 걸었다가 사적인 말을 하면 바쁜 일이 있다고 곧바로 끊었다. 그러면 지남철은 다시 휴대전화에 만나자는 문자를 보냈다. 몇 번을 보내야 한 번 답장이 오는데 자신을 쳐내는 그런 답뿐이었다. 지남철은 급기야 상담실장의 집으로 찾아갔다. 집 앞에서 나오라고 전화를 했다. 여러 번 전화해도 받지 않으니까 문자를 보냈지만, 그녀는 답장하지 않았다. 한참을 기다리면서 몇 번 더 문자를 보내자 마침내 그녀가 집 밖으로 나왔다. 평상복으로 갈아입은 그녀가 세수하려고 그랬는지 검정색 머리띠를 두른 채로 나왔다.

"교수님, 우리의 관계가 이런 게 아니잖아요?"

"실장님, 저 좋아하지 않으셨어요? 사실 저는 굉장히 좋아하는데요, 이렇게 전화도 안 받고 문자도 받지 않으시면 저는 정말 힘들어요."

"교수님, 이전에 할리 카페에서 말씀드렸듯이 교수님도 이제 제자리 바로 잡으셔서 학생처장으로 일하시고 저도 학생상담만 전적으로 하자고 하여 교수님께서도 동의하셨잖아요?"

"그러기는 했어도 ……. 아무리 잊으려고, 선을 그으려고 해도 그게 되질 않아요. 힘들어요. 많이 힘들어요!"

"힘들 게 뭐 있나요. 처음부터 아무런 관계가 없는 것으로 하시면 되지요. 이젠 저도 이렇게 힘들 거라면 다른 곳을 알아봐서 옮길까 해요."

"옮겨요?"

"예! 옮기고 싶습니다. 교수님, 이젠 제발 그만 하세요. 제가 정말 스트레스 받고 있어요. 정 이러시면 저도 가만있지 않을 거예요, 저 교수님을 좋아하지 않아요."

"저는 좋아합니다. 저는 이제까지의 일들을 잊을 수 없습니다. 사랑한다고요."

"교수님, 마지막으로 말씀드릴게요. 저 교수님 좋아하지 않아요. 예전에 있었던 일은 원나잇으로 생각하고 잊어버리세요."

지남철은 자신이 아무리 말해도 씨가 먹히지 않자 견딜 수 없었다. 이왕 이렇게 된 것 하면서 상담실장을 와락 껴안았다. 완력이었다. 키스하려는데 고개를 돌려버린 상담실장을 더욱 꼭 껴안았다. 그녀가 벗어나려고 힘껏 반발했다. 지남철은 도저히 어떻게 할 수 없다고 느끼자 풀어주면서 미안하다면서 돌아섰다. 그러나 이 지남철의 마지막 행동이 상담실장의 마음을 매우 화나게 했다.

학교와 지남철에 대해서 실망한 상담실장은 다음날 출근하지 않았다. 그다음 날도 출근하지 않았다. 지남철은 그녀가 전화를 전혀 받지 않았기 때문에 문자를 남겼다. 그래도 답이 없었다. 지남철은 요즘 젊은 여자들이 마음 바뀌면 서슬이 퍼런 일본도 보다 더 날카롭다고 생각했다.

지남철이 상담실장에게 문자를 보낸 그다음 날 총장에게 편지 한 통이 배달되었다. 편지 속에는 지남철이 자신을 성추행했으니 학교에서 내보내라는 것과 사직서도 함께 들어있었다.

총장이 편지를 받은 지 얼마 지나자 지남철이 학생처장을 그만둔다는 말이 들렸다. 그런데 또 들리는 말로는 다음 한 학기 동안 산업체 연수를 간다는 것이다.

이참판 교수는 여러 경로를 통해 지남철이 궁지에 몰린 것을 알고 채서남 교수 연구실에 들렀다.

"채교수님! 지남철이 그것 자라한테 세게 물렸는데요."

"하하하! 말씀도 재밌게 하시네요."

"물린 거죠! 물린 거 맞지요!"

"그게 말이에요. 돈 많은 사람이나 보수 정치인들을 봐봐요! 별별 짓을 해도 말이 안 나잖아요? 그것은 자리를 제대로 주든지 아니면 돈으로 막든지, 가끔 아주 질이 나쁜 놈은 상대의 약점을 완전히 잡아서, 협박해서 아예 말을 못 하게 하지요."

이참판 교수는 고개를 끄덕이며 과거의 일이 생각났다.

"교수님, 박대통령이 당선되어 미국에 처음 갔을 때 따라가서 문제 일으킨 애 있잖아요. 그~ 거~ 윤 뭔가요? 그 윤가가 나중에 챙겨주겠다고 했는데도 그렇게 됐습니다."

"그거요? 상대가 너무 어린데, 새벽에 오라고 하고, 아직 어려서 자리에 대해서 잘 몰라 욕심이 없는 애를, 그런 어린애의 엉덩이를 꽉 움켜쥔 게 문제지요."

상담실장은 지남철이 대학에 근무하면 고소한다고 했기 때문에 지남철은 학생처장의 보직을 그만두었다. 그런데 상담실장이 지남철에게 학교를 그만둔다더니 왜 계속 나오냐고 묻자 학생들을 강의하는데 학기 중에 그만둘 수 있겠느냐고 변명을 했다. 그러자 상담실장은 다음 학기에도 학교에 나오면 고소하겠다고 했다. 지남철은 고민 끝에 다음 학기에는 산업체 연수신청을 하고 학교에 나오지 않았다.

상담실장은 학기마다 지남철이 다시 학교에 근무하는지 확인했다. 다음 학기에는 나오지 않았기 때문에 진짜 대학을 그만두었나 생각이 들어서 자신이 상담실장을 하면서 알게 된 사무처 직원에게 물어보았다. 그런데 지남철이 한 학기 산업체 연수를 갔다는 꼼수를 부렸다는 것을 알고 그다음 학기에도 다시 확인해보았다. 지남철 교수가 다시 학교에 나오는 것을 알고는 민사재판을 걸었다. 원래 민사재판을 건다는 것은 상대의 잘못을 돈으로 치환하여 금전적으로 보상받는 것이다. 민사재판은 소송을 걸기 전에 상대의 재산이나 급여에 채권 가압류 신청을 해서 재산을 압류한 후에 제소하는 것이 일반적이었다. 상담실장의 재판을 수임한 변호사가 그것을 모를 리 없었다.

오만일은 지남철이 앞서 전무식이 교비를 빼내서 지남철과 사무처 직원의 이름으로 사서 놔둔 땅을 가지고 있었는데 그 뒤처리가 상당히 복잡했던 내용도 들어서 알고 있었다. 게다가 지남철이 자신의 비리도 많이 알았기 때문에 고민하다가 지남철이 원하는 명예퇴직하는 방법으로 처리해주었다. 그렇게 지남철은 학교에서 사라졌다.

8. 경고장

　교원인사규정에 따르면 학기 말이 되면 당연히 교수들에게 평가 업적 자료를 제출하게 해서 교원평가를 하게 되어있었다. 연말이 가까이 다가오자 동서양대학교는 '교원업적평가 보고서 제출안내'라는 공문을 교수들에게 보냈다. 만약 호봉제 교수가 이 교원 업적평가에 자료를 제출한다면 그것은 성과급 연봉제를 인정하는 것이나 마찬가지였다. 그런 이유로 그동안 채서남과 인화평 교수는 평가자료를 한 번도 제출하지 않았다. 비밀투표가 부결된 후 몇 년이 지나는 동안 평가자료를 제출하지 않아도 자신들 마음대로 중간 정도로 평가해서 급여는 주고 있었다. 그러나 호봉제와 비교하면 상당히 적게 받는 급여였다.

　채서남과 인화평 교수는 성과급 연봉제가 아무리 불법이라고 하더라도 아무런 답변을 하지 않았다가는 또 다른 어떤 불이익처분을 받게 될지 몰라 질의서 형식의 답변을 전자문서 시스템에다 계속하고 있었다.

> **질 의 서**
>
> 본 동서양대학교는 비밀투표에 부결되었음에도 성과급 연봉제를 실시했고, 성과급 연봉제와 그 실시에 동의하지 않았고 개인별 연봉계약서를 작성하지 않은 교원까지 성과급 연봉제에 관련된 업적평가의 자료를 제출하라고 하는바, 업적평가에 대한 적법성과 법적 근거를 밝혀주셔서 성과급 연봉제에 동의하지 않은 교수들이 적법하게 동참할 수 있도록 하여주시기 바랍니다.

대학 측에서는 채서남과 인화평의 질의에 대해 어떤 답을 할 수 없었기 때문에 답을 하지 않으면서 수년간 세월만 보내고 있었다.

강직한 총장이 불명예스럽게 나간 후 오만일은 일부 교수들이 작당해서 교수 중에서 총장을 뽑게 하려고 연판장을 돌렸다는 것을 알았다. 그것은 박수심이 자신이 총장이 되어보려는 흑심이 들어있는 행위였다는 것을 알고 급히 감방에서 명령을 내려 박인집이라는 총장이 오게 되었다.

오만일이 박인집을 낙점한 가장 큰 이유가 돈이었다. 박인집은 지방대학에서 교수와 총장을 지낸 경력으로 상당한 연금을 받고 있었다. 이 연금 수령에 문제가 없는 한도 내에서 나머지 급여만 받기로 한 것이다. 그래서 300여만 원의 적은 급여만 받기로 하고 총장에 영입할 수 있었다. 이것 하나만으로도 오만일의 그릇 크기를 알 수 있었다. 겉으로 볼 때는 항아리만 하게 보였지만 실제로 하는 일들을 들여다보면 모두 간장 종지만 했다. 모델과 촌지도 그랬다.

박인집이 막상 대학에 들어와서 보니 그가 할 수 있는 것이라고는 아무것도 없었다. 이미 오만일이 다 어질러 놓은 상태였고 밖에서 본 것과는 너무 다르게 내부는 썩어 있었다.

박인집은 처음엔 채서남과 인화평과도 한두 번 만났는데 이들이 매우 원칙적이고 도덕적인 잣대를 가진 사람이라는 것을 알고는 다시 만나지 않았다. 자신이 올바르지 못하기 때문에 이런 교수들과 대화하기가 불편하기 짝이 없었고 이들보다는 항상 달콤하게 말하는 엄친일과 진낙방의 말이 더 설득력 있게 들렸다.

감방에서 오만일의 한결같은 지시는 오로지 연봉제 마무리였다. 박인집 총장은 앞서 강총장이 해놓은 것을 보니 어떻게 처리할 방법이 떠오르지 않았다. 박인집 총장은 그래도 오만일의 성화에 못 이겨 뭔가는 해야 했다.

진낙방에서 바톤을 이어받아 새로 교무처장이 된 정그래는 '교원업적평가 결과보고서 및 학과장 의견서 제출안내'라는 공문을 각 학과에 내려보냈다. 이 공문에는 평가규정이 있었고, 평가대상자와 학과장의 의견서를 내게 되어있었다.

채서남과 인화평 교수와 몇몇 연봉제에 동의하지 않는 교수들에게는 따로 의견서를 제출하도록 공문을 내려보냈다. 학과장 의견서까지 내라고 하는 것은 뭔가 분명히 노림수가 있으리라는 것을 채서남은 직감했다. 학과장이 나쁜 의견서를 제출하면 그것으로 징계하리라는 것을 모르는 채서남이 아니었다. 그들이 정한 제출일까지 아무런 평가자료를 제출하지 않았더니 4월 말까지 연기해주며 그 날짜까지는 꼭 제출해달라는 공문을 다시 보내왔다. 그러나 교원업적평가를 제출하는 것은 연봉제를 인정하는 것이나 마찬가지여서 채서남과 인화평 교수는 제출하지 않았다. 그로부터 얼마 후 조교를 통하여 경고장을 보내왔다. 경고장을 조교에게 보낸 것은 겁이 많은 교무처장이 직접 채서남 교수나 인화평 교수를 대하고 말하기는 껄끄럽고 두려웠기 때문이다.

> **경 고 장**
>
> 교원업적평가는 학생들의 학습권 및 교수자의 교육역량을 확보하고 대학 조직의 근간을 세우는 중요한 제도인바, 모든 교원을 평가과정에 충실히 임해야 할 의무와 책임이 부여되어 있습니다. 귀하께서는 정당한 이유없이 교원업적 평가 결과보고서를 제출하지 않음으로써 행정업무뿐만 아니라 교원업적평가 진행에 심대한 혼선을 야기하였으며 교원업적평가규정 제4조를 위반한 것으로 이에 책임을 물어 경고합니다.
>
> 동서양대학교 총장

"인교수님! 이렇게 경고하는 것은 다음 재임용 때 경고로 인해 재임용탈락을 시키려고 하는 구실을 만들고 있는 겁니다."

"저도 그렇게 생각합니다만 그렇다면 어떻게 하는 것이 좋겠습니까?"

"우리도 당할 수 없으니까 내부 전자문서 시스템을 통해서 답변해야 하겠지요. 그래야 근거도 남고요. 우리가 적법하게 연봉제에 참여할 수 있도록 해달라는 문서에는 벌써 몇 년째 답하지 않으면서도 이런 개떡 같은 공문만 계속 보냅니다. 그런데 이번에는 그 강도가 다르게 느껴집니다."

채서남 교수는 답변서를 써서 올리기 마지막 전에 다시 인화평 교수에게 물었다.

"경고 후에 어떤 어려움이 있을지 모르는데 괜찮으시겠어요?"

"지금 우리가 하는 일이 정당하고 법에 어긋남이 전혀 없습니다. 이 일의 시작이 동서양대학교의 불법에서 시작한 것인데 저는 앞으로 어떤 일이 다가와도 맞설 마음을 가지고 있습니다."

채서남은 인화평 교수의 대답을 듣고는 한달음에 답변서를 써서 내부 전자문서 시스템에 올렸다.

답 변 서

1) 대학 측에서 실시한 성과급 연봉제에 대한 비밀투표는 부결되었음에도 대학 측에서 강제적으로 실시하였습니다. 호봉제 교원이 연봉제 평가를 위한 업적평가자료의 제출 자체가 불법이고, 동시에 연봉제를 인정하게 되는 것입니다.
2) 답변인들은 호봉제 교원의 적법한 업적평가 방법을 마련해달라고 대학 측에 여러 번 질의했지만 아무런 답변이 없다가 일방적인 경고를 한 것은 징계하기 위한 전 단계라는 의구심이 듭니다.
3) 따라서 조교를 통해 보내온 경고장은 조교를 통해 반려합니다.

박인집 총장은 대학에 와서 아무런 할 일이 없는 데다 나이 칠십이 넘으니 입으로만 할 뿐 별로 적극적이지 않았다. 박인집 총장은 토요일에도 집에 있으니 총장실에 나와 있었다.

오늘은 토요일인데도 총장실에 나와서 전자문서를 보다가 계속 기분이 나쁜 것은 이 두 교수가 경고장을 반려한 것이다. 박인집은 자존심이 많이 상했다. 그래서 오늘 나온 김에 반격을 해야겠다는 생각이 들었다.

한참 문구를 생각하고 있는데 토요일에도 학교에 나온다는 것을 어떻게 알고 있는지 우숙경 교수가 찾아왔다. 근처 브런치 가게에서 치킨 요리와 맥주를 사서 양손에 든 채였다.

"호호호, 총장님! 오늘 학교에는 왜 나오셨습니까? 총장님께서 출근하셔서 계신 것 같아 조금 사왔습니다."

"와우, 우교수님이 오셨네요. 앉으세요, 뭘 이런 것을 사 오셨습니까? 지난번에도 사오시더니 또 사 오셨네, 그냥 오셔도 되는데."

"그래도 나와서 계시는데 좀 출출하실 시간인 것 같아 점심 겸드시라고 좀 가져왔어요."

"우교수님은 무슨 일로 토요일인데 학교에 나오셨습니까?"

"딱히 집에서 할 일도 없고, 다음 주 강의할 것 준비할 것도 있고 해서요."

우숙경 교수는 강의 준비하러 나왔다는 입술에 침도 바르지 않은 거짓말을 하고는 가져온 냅킨을 깔고 두 종류의 치킨과 바비큐를 그 위에 펼쳐 놓았다. 좀 넉넉하게 사 왔기 때문에 딱 봐도 4~5인분은 되게 보였다. 캔 맥주도 따서 총장의 앞쪽에 놓았다. 자신의 것도 따서 놓다가 탁자 위에 약간 엎질러졌다.

얼른 일어서서 총장 책상 위의 사각 휴지통에서 휴지를 꺼내면서 책상 위에 펼쳐진 서류를 슬쩍 보았다. 경고장과 그에 대한 답변이었다.

우교수는 치킨을 싸서 총장에게 들려주기도 하고 일회용 포크로 찍어서 주기도 했다. 총장은 그런 우교수의 행동이 싫지 않았다. 특히 살집이 있는 몸매로 팔을 뻗어 왔다 갔다 하는 모습이 너무 좋았다. 자신이 키가 150cm로서 매우 작았기 때문에 이렇게 키 큰 여교수가 알랑알랑하는 것이 좋았다.

"총장님! 이 복잡한 대학에 오셔서 좀 힘드시겠어요, 여기 교수 중에서 연봉제에 사인하지 않고 끝까지 버티는 교수들 몇 명이 있는데요, 그분들 고집이 보통이 아니라고 하던데요."

처음부터 연봉제 교수로 들어왔던 우숙경 교수가 고집이 보통이 아니라고 하는 말에 박총장은 채서남과 인화평이 반려한 경고장이 생각나 기분이 좀 상했다.

"제가 좀 일찍부터 총장을 했습니다. 이 대학에 와서 아직 별일은 안 했는데 뭔가 규율은 잡아야겠다는 생각이 듭니다."

맥주도 따서 주고 브런치 가게에서 싸준 포장지를 뜯고 내용물을 칼로 자르고 먹기 좋게 담은 일회용 접시를 가져다 앞에 놓았다. 그리고 포크로 한 점을 찍어서 총장에게 줄 때 총장의 손길이 손목에 닿았다. 조금 있다가 가슴에 닿았는데도 싫지 않았다. 자신이 자청해서 갔는데 그 마음을 누가 알까? 본인밖에 몰랐다. 어차피 총장은 발기 불능이었기 때문에 입과 손으로 즐길 수밖에 없었다.

9. 재경고

총장의 경고장을 되돌려 보낸 다음 월요일이었다. 인화평 교수는 교정에 비치는 햇살이 매우 아름답다고 느끼면서 노트북 컴퓨터 가방을 들고 기분 좋게 출근했다. 연구실에 들어와서 데스크톱 컴퓨터를 켰을 때 다시 경고장이 날라 와 있었다.

> **경 고 장**
>
> 　교원업적 평가는 교원의 보수와 관계없이 학교의 규범에 의해 진행되고 있는 필수적이고 연례적인 절차입니다. …… 이유 여하를 막론하고 대학 행정 및 대학 발전에 심대한 혼란과 폐해를 야기할 수 있을 뿐만 아니라 특히 교육자로서의 본분에 어긋남으로 경고장을 발부하였지만, 총장의 경고장 수령을 거부하는 사태에 이르러 이에 상응한 조처를 할 수밖에 없음을 고지하고 이에 엄중히 경고합니다.
>
> 　　　　　　　　　　　　　　　　　　　동서양대학교 총장

조금 있다가 채서남의 연구실에 인화평 교수가 구내전화로 출근을 확인한 다음 연구실로 왔다.
"세상 무서운 줄 모르는 총장입니다. 교원업적 평가가 보수와 관

련이 없다고 합니다. 이거 제정신인지 모르겠습니다."

"그래요?"

채서남도 바로 컴퓨터를 켜서 메신저를 보았다. 거기에는 총장의 경고장이 있었다. 채서남이 말했다.

"지금 교원평가 자료로 평가를 해서 급여를 주고 있는데 어떻게 관계가 없다고 하는지 미친놈 아닙니까?"

"그런데 '이유 여하를 막론하고'라고 되어있습니다. 이유가 없이 무조건 받아들이라니 정말 기가 막힙니다."

"자신이 지시하면 무엇이든지 받아들이란 말인데, 지금 이거 조선 왕조입니까?"

"이젠 소송전으로 갈 수밖에 없는 것 같아요. 재판으로 갔을 때 저들은 교비로 변호사를 선임해서 재판하지만 우리는 개인 돈으로 할 수밖에 없습니다."

인화평 교수는 화가 치미는지 단호하게 말했다.

"괜찮습니다. 저는 끝까지 갑니다."

"보직교수들은 소송에 필요한 돈이 자신의 돈이 아니니까 나중은 어떻게 되든지 말든지 밀어붙입니다. 결과적으로 우리에게는 여러 모로 특히 금전적인 손해로 다가올 수 있습니다."

"예전에요, 박종철이 고문으로 죽었을 때 김수환 추기경이 말했습니다. 하느님께서 동생 아벨을 죽인 카인에게 네 아우 아벨은 어디 있느냐 하고 물으시니 카인은 제가 아우를 지키는 사람입니까 하고 잡아떼며 모른다고 대답합니다. 창세기의 이 물음이 오늘 우리에게 던져지고 있습니다. 너의 아우, 너의 아들, 너의 제자, 너의 젊은이, 너의 국민의 한 사람인 박종철은 어디 있느냐? '탕'하고 책상을 치자 '억'하고 쓰려졌으니 나는 모릅니다. 수사관들의 의욕이 좀 지나쳐서 그렇게 되었는데, 그까짓 것 가지고 뭘 그러십니까? 국가를 위해 일을 하다 보면 실수로 희생될 수도 있는 것 아니오? 그것은 고문 경찰관 두 사람이 한 일이니 우리는 모르는 일입니다. 라고 하면서 잡아떼고 있습니다. 이게 바로 카인의 대답입니다 라고요, 바로 이 대학의 보직들, 특히 이렇게 총장에게 경고하도록 만든 자들은 그런 대답을 하는 자들입니다. 저는 불의한 자들의 꼼수를 그대로 볼 수 없습니다. 손해를 보더라도 끝까지 가겠습니다."

채서남과 인화평이 전의를 다질 때 진백경 바지 이사장은 서울의 대학사무실에 장의사 사무처장과 엄친일 미래전략위원장을 불렀다. 이들이 사무실에 도착했을 때 진낙방 교수가 일을 보고 나서는지 문을 열고 나왔다.

"진교수님이 여기에 오셨네요?"

"아! 예! 일이 좀 있어서요."

진낙방은 뭔가 나쁜 일을 하다가 들킨 것처럼 대충 대답을 하고는 쏜살같이 가버렸다.

진백경 이사장이 말했다.

"내가 최근에 오만일 이사장에게 면회를 갔었습니다. 오 이사장님께서 특별히 연봉제를 마무리하도록 부탁하셨습니다. 그래서 오늘 두 교수님을 불렀습니다. 내가 듣기로는 채서남 교수와 인화평 교수가 총장이 보낸 경고장을 되돌려 보냈다고 들었는데요?"

장의사 교수가 대답했다.

"지금 경고를 해두어야 나중에 재임용이 돌아오면 그것으로 점수를 확 깎아서 탈락시킬 수 있는 명분이 됩니다. 그래서 오늘 제가 경고장 반려에 대해서 다시 경고장을 보내도록 교무처장에게 말했습니다."

장의사 교수는 책갈피에 꽂아온 경고장 사본을 꺼내 진백경에게 보여주었다.

"이거 가지고 되겠습니까? 단단히 해서 빨리 연봉제를 마무리해야 할 것 같습니다. 어떤 교수의 말을 들으니 말이 안되는 내용이더라도 일단 경고장을 발부해서 학교에서 쫓아내야 한다고 하던데? 그리고 학사문제는 교무처장이 나서야 하는 거라고 하던데?"

"예, 좀 성격이 유한 정그래 교무처장이 머뭇거리기도 하고, 급여와 관련된 것이기 때문에 사무처장인 제가 나서게 되었습니다. 채서남 교수가 보통이 아닙니다. 국회의원 보좌관도 했고 법도 좀 많이 압니다. 예전에 재임용탈락을 했을 때 학교와 수십 건의 재판을 하고도 끝내 이겨서 복직했습니다. 그래서 이렇게 제일 낮은 경고로 해야만 채서남이 반발을 안 할 수 있습니다. 만약 반발이 없다면 재임용 가까운 때에 인사규정을 바꾸어 경고에 대한 페널티를 높여서 재임용 탈락을 하게 하면 해결될 것입니다."

곁에서 듣고 있던 엄친일은 아까 쏜살같이 나가던 진낙방이 이런 내용을 속삭거렸다는 것을 단박에 알 수 있었다.

엄친일은 저런 식으로 일을 막되게 처리하도록 마구 꼬아 바친 진낙방을 보면서 이건 아닌데 하는 생각이 들었다. 게다가 최근 대학의 학사운영에 개입하는 오만일과 진백경을 보면서 점차 회의가 들기 시작했다. 이제까지 자신은 그렇게 재단의 편에 서서 일을 많이 해주었는데 나이가 작은 이유도 있겠지만 호봉제 교수 중에서는 가장 봉급을 적게 받았다. 게다가 매사 열심히 이용당하다가 내쳐지는 느낌을 지울 수 없었다. 앞으로는 마음을 바꾸어서 무슨 일이든지 정도를 걷는 방법이 없는지, 이용당하지 않는 방법은 없는지 연구해봐야겠다는 생각이 들었다.

10. 장의사 사무처장

경고를 두 번이나 받게 된 채서남과 인화평 교수는 이제는 도저히 가만있어서는 안 되겠다고 생각되었다. 저들의 작전을 간파했기에 이젠 타개해 나갈 면밀한 작전계획이 필요했다.

다음날 채서남은 전자결재 시스템에서 박인집 총장이 부임하자마자 결재했던 문서를 찾아서 출력하고 법원의 판결문을 복사해서 박인집 총장을 찾았다.

박인집 총장은 어제 자신이 경고했기 때문에 경고에 대한 말을 하러 채서남이 왔겠거니 생각했다. 박인집 총장은 나이 70이 넘게 세상을 살아봤기 때문에 속으로는 다를망정 채서남을 아주 정중하게 맞았다.

"채교수님이 오셨네요. 여기 앉으시죠."

"예,"

간단히 대답하고 앉은 다음 가지고 간 서류를 꺼내서 찬찬히 설명했다.

"총장님! 총장님께서 부임하셔서 얼마 안 되셨을 때 결재하신 것이 있습니다. 이것인데요. 처리해 주십사 하고 이렇게 왔습니다."

박인집 총장은 채서남 교수가 경고에 대해서는 말하지 않고 무슨 서류를 가져온 것이 좀 언짢았다. 박인집 총장은 채서남 교수를 똑바로 바라보고 말했다.

"그게 뭡니까?"

"여기 보십시오. 총장님께서 이미 결재하셨고, 또 여기 대법원의 판결문이 있습니다. 이것을 처리해달라는 말씀드리는 겁니다."

순간 박인집 총장의 안색이 싹 변했다. 그리고 말했다.

"나하고 한번 해보겠다는 겁니까?"

채서남도 박인집의 이런 갑작스런 말을 듣자 순간적으로 머리에 떠오르는 게 있었다. 박인집에게 화를 내거나 해보자고 했다가는 이미 내린 경고 2개를 가지고 곧바로 징계위원회를 열어 파면 등의 중징계로 처리할 위인이라는 것을 금방 알아차렸다. 자신에게 대들었다는 단 한 가지 이유로 중소기업청에서 고위직으로 있다가 산학협력 중점교수로 온 진범주 교수를 얼마 전에 파면시킨 적이 있었다는 것은 채서남 교수도 알고 있었다.

"예. 알겠습니다. 저는 예전에 총장님께서 결재하신 것에 대해서 말씀드리러 왔습니다."

채서남은 곧바로 꼬리를 내리는 말을 하고는 총총히 총장실을 나왔다. 그리고 곧바로 장의사 사무처장에게 내용증명을 보냈다.

통 지 문

본인이 복직할 당시 삭감한 호봉에 대한 재획정과 미지급분 임금을 2017.5월 급여일까지 지급이 되지 않으면 법적인 절차를 진행할 것이며 본 사안과 관련하여 귀책 사유는 사무처장과 동서양대학교 측에 있으므로 불미스러운 일이 발생하지 않도록 이에 통지합니다.

박인집 총장은 자신에게 대들지 않고 사무총장에게 통지문을 보내왔기 때문에 자신의 위신은 섰다고 생각하고 있었다. 게다가 채서남이 말하는 것이 성과급 연봉제가 아니라 호봉 재획정에 관계된 것이라 별로 깊이 생각하지 않았다. 채서남은 미친개와 맞닥뜨렸을 때 단박에 머리통을 쳐서 죽이든 아니면 피했다가 잽싸게 역공을 취하는 것이 상수라고 생각했다.

장의사 사무처장은 법적인 책임을 묻겠다는 채서남의 통지문에 놀랐다. 오만일도 감방 안에서 채서남의 통지문에 대한 보고를 받고 펄쩍 뛰었다. 그렇지만, 교도소 안에서 어쩔 수 없는 일이었다. 채서남은 복직할 때 대학 측에서 마음대로 삭감한 5호봉에 대한 급여를 지급해달라는 내용의 기안을 해서 이미 결재를 받아 놓고 있었다. 채서남은 박인집이 총장으로 막 발령이 나서 아무런 내용을 모를 때를 노렸다. 특히 오만일이 감방에 있었으므로 곧바로 보고가 되지 않을 것이라서 일단 결재를 받는 것이 급선무였다. 박인집은 첫 출근을 하자 전자문서로 올라 온 채서남의 문서를 열어보았고 사무처장에게 사실관계만 물어보고 결재를 했던 것이다. 당시의 사무처장도 채서남이 복직하면서 받아야 할 임금이 대법원판결에 의한 것이라고 대답할 수밖에 없었다. 채서남은 결재를 받아 놓고도 6개월이 지나는 동안 조용히 있었다. 이제 때가 되었다고 판단되어 들고나온 것이다.

장의사 교수는 경고에 경고를 거듭했기 때문에 오만일에게 자신의 강한 모습을 보여줬다고 생각하고 느긋하게 있었다. 그런데 갑자기 채서남 교수의 통지문을 받고 골치가 아팠다. 괜히 건들었나 생각이 들기도 했다. 채서남 교수의 귀에 장의사 사무처장이 호봉 재획정 요구에 골치를 썩이고 있다는 말도 들렸지만, 그것은 자신이 보직을 맡았기 때문에 당연히 치러야 할 일이라고 생각하였다.

채서남은 한번 말하면 큰 손해가 나더라고 절대 중간에 바꾸지 않고 끝까지 하는 성격이라는 것과 내용증명은 바로 법적인 증명력이 있는 것임을 어렴풋이 알았기 때문에 자신도 내용증명으로 답을 해야겠다고 생각했다.

오만한이 교도소에 간지 벌써 2년의 형기가 거의 다 돼갈 때쯤이었다. 교내에는 오만일이 특사로 나올 것이란 말이 돌았다. 이것은 교수들이 그동안 해이해진 상태에서 상당한 충격으로 받아들여졌다. 특사라고 해봐야 두서너 달 미리 나오게 되는데도 교수들은 오만일이 매번 쌍욕을 하던 일이 생각나서 그것조차도 용납이 안 되었다. 특히 주로 대학에 나오지 않고 밖에서 딴 일을 하면서 돌아다니던 교수들이 더 그랬다.

얼마 뒤 특사에서 자신의 이름이 빠진 것을 안 오만일은 깊은 수렁에 빠진 느낌이 들었다. 사실은 자신이 제일 믿고 있었던 측근 몇몇이 특사에 반대하는 투서를 했다는 것을 오만일이 알 리 없었다.

드디어 오만일은 형기를 모두 마치고 출소했다. 집에서 이틀을 쉰 오만일이 맨 먼저 서울 사무실에 나가서 보직교수를 불렀다.

"……내가 잠시 불미스러운 일이 있었지만, 여러분들이 잘 버텨주었기 때문에 큰 문제없이 대학이 운영된 것으로 압니다. 앞으로도 잘 근무해주시기 바랍니다……."

"예, 이사장님 건~강하십시오."

"이사장님, 앞으로 열심히 하겠습니다. 만수무강 하십시오."

용비어천가에 견줄만한 대답이 연이어 나왔다. 오만일이 말했다.

"고맙습니다. 오늘 저녁은 요 앞 식당에서 저녁들 먹고 가시오."

회의가 끝났어도 오만일과 저녁 먹을 시간까지는 시간이 좀 있었기 때문에 사무처장 장의사 교수는 오만일에게 붙잡혀 있어야 했다.

"채서남 건은 어떻게 되었다고?"

"그게 박인집 총장님께서 오셔서 처음 결재한 것인데 5호봉 깎은 것을 원래대로 달라는 것입니다."

"원래대로 준다면 그게 얼만데?"
"예, 얼핏 계산해도 한 육천만 원쯤 됩니다."
"그렇게나 많다는 말이야? 그거 안주거나 줄일 방법을 연구해봐"
"예, 알겠습니다."

며칠 후 사무처장 장의사는 내용증명으로 채서남에게 답신을 보냈다.

'채서남 교수에 대한 호봉산정 정정요구에 대해 현 총장취임 이전에 대해서는 불문곡직하고 현 총장취임 후에는 귀하의 요구를 적극적으로 검토하겠습니다.'

채서남은 장의사 사무처장이 보낸 내용증명에 노란 형광펜으로 줄을 쳐서 손에 들고 인화평 교수를 찾았다.
"인화평 교수님, 사무처장은 이제 저한테 딱 걸렸습니다. 현 총장취임 이전에 대해서는 불문곡직한다는데, 이 불문곡직이라는 말은 사리가 옳으냐 그르냐를 따져 묻지 않는 것을 말합니다. 자기가 뭔데 대법원판결이 나서 확정된 것을 무시한다는 말입니까? 자기가 무슨 헌법재판소장인가요? 그리고 이런 중요한 내용을 내용증명으로 보내는 바보 같은 놈이 어디에 있습니까?"
"채 교수님! 사무처장의 말은 현 총장 이후의 것만 정정해주고 그 이전의 것은 안 해준다는 말인 것 같은데, 대법원판결을 무시하는 이런 무식한 말을 왜 내용증명으로 보냈을까요? 바보네! 그리고 왜 사무처장 장의사가 이만큼 후퇴했을까요?"
"아마 그것은 총장이 부임하자마자 아무것도 모른 상태에서 대뜸 결재를 해버렸는데 어떻게 하겠어요. 아마 그때 총장이 비서실장인 엄친일이나 당시의 사무처장인 박수심에게는 물어봤겠지요. 그들이 대법원판결이 나와 있어서 맞는다고 했겠지요. 이제 이런 문제가 나오니까 고민하다가 이전 것은 인정하지 않고 총장이 사인한 이후 것만은 재산정을 해주겠다는 절충안을 냈을 건데, 이런 절충안만 가지고도 오만일한테 뒈지게 얻어터졌을 겁니다."

사무처장 장의사로부터 1달여가 지난 후에 공문이 왔다. 내용은 현 총장이 온 뒤로부터 계산하여 다른 교수들과 같이 준다고 했다. 결국, 연봉제로 주겠다는 것이라서 그냥 쓴웃음만 나왔다. 게다가 공문의 아랫부분에 산정한 내용을 보니 근속가봉도 5호봉이 아닌 4호봉만을 올린 것이고 그것도 50%만 지급한다는 내용이었다. 채서남은 도저히 받아들일 수 없었다. 채서남은 다시 내용증명으로 간단히 답변서를 보냈다.

답 변 서
1. 답변인의 급여가 연봉제였습니까?
2. 2017. 현 총장이 결재한 대로 급여를 지급해주시기 바랍니다.

장의사 사무처장은 채서남의 답변서를 받아서 오만일에게 보고했다. 오만일은 보고를 받자 이제까지 들어보지 못한 쌍욕을 허옇게 침을 튀기면서 했다. 장의사 사무처장은 온갖 쌍욕을 꾹 참고 들었다. 장의사 사무처장은 오만일을 만나고 나온 후 내용증명으로 채서남에게 통보서를 보내왔다.

통 보 서
귀하의 계속된 이의제기는 구성원의 화합이 절실한 때 불필요한 행정력의 소모를 야기할 뿐만 아니라 구성원 간의 불협화음이 조성될 가능성이 있어서 귀하의 유사한 요청에 대하여 더 이상 회신하지 않을 것임을 알려드립니다.

채서남 교수는 드디어 폭발했다. 인화평 교수에게 말했다.

"이 쌍놈 좀 보세요, 자기가 뭔데 대법원판결을 무시하고 마음대로 급여를 책정한 다음 반만 주겠다고 하더니 이제는 내가 앞으로 더 요청해도 회신을 하지 않겠다고 하네요."

"사무처장 하더니 그게 무슨 커다란 감투인 줄 알고 겁대가리가 없이 구는구먼요."

"대법원판결을 무시하고 총장이 결재한 것을 뒤집는 이상한 놈입니다. 한 번 혼내줘야 합니다. 자신이 얼마나 쪼다인지 알게 해주겠습니다."

채서남은 단숨에 답변서를 작성했다. 무려 5페이지가 넘는 분량이었다. 그 주요 부분만 발췌해보면 다음과 같다.

답 변 서

1) 본 건은 대법원의 확정판결에 따라 잘못된 급여 재획정을 요구하는 것입니다.
2) 장의사 사무처장은 발신인의 급여문제에 결정할 수 있는 위치에 있지 아니합니다. 단지 총장이 결재한 사항에 대하여 급여를 지급해야 할 위치에 있는 사람인데도 마치 결재권이 있는 것처럼 답변합니다.
3) 귀하는 대학의 구성원으로서 화합을 말하는데 귀하가 2002년 본인이 상조회장일 때 본인을 횡령으로 검찰에 고발했으나 무혐의 된 적이 있습니다. 그래도 나는 무고로 반격하지 않았습니다. 아무런 잘못이 없는 교수를 고발한 것이 구성원으로서 화합하기 위해서 한 일이었습니까?
4) 귀하는 부산 해운대 호텔에 교수들이 연수하고 있을 때 "현 상황의 실마리를 풀기 위해서 학부장들이 역할을 하자는 의견일치를 보았습니다. …… 통합안을 만들고 최종안을 총장

> 님과 논의 후 이사장님의 결심을 받고 교수 개인별 서명으로 최종확정하는 순서입니다."라는 메시지를 보냈는데 이처럼 교수들의 급여에 관련된 문제를 보직교수 몇 명이 나서서 결정하려는 어처구니없는 일을 저지른 적이 있습니다. 이게 구성원으로서 화합하기 위한 일이었습니까?
> 5) 수신인 장의사 사무처장의 지위와 책임이 어디까지인지 답변해주시기 바랍니다.

채서남의 답변서를 받아본 장의사 사무처장은 부들부들 떨며 어쩔 줄 몰라 동동거렸다.

그날 저녁 채서남과 인화평은 원곡의 그루터기라는 음식점에서 어죽과 파전을 시켜놓고 저녁을 먹었다. 항상 마주 앉으면 현안을 말했는데 오늘은 한참을 아무 말도 하지 않고 있었다. 그러다 채서남은 혼자 조용히 내뱉었다.

"지가 책임질 일을 해야지, 호가호위하는 병신 같은 놈이 지금 자신이 무슨 짓을 한 줄 모르지? 여우가 호랑이 옷을 입고 있으면 호랑인가?"

11. 사망

효명관 앞 둥그런 화단에는 배롱나무라고도 하는 백일홍이 있었다. 주변에는 자연석과 어울려 아롱아롱 아름답게 피어 있었다. 백일홍을 멀리서 보고 있으면 열흘 붉은 꽃이 없다는 뜻의 화무십일홍(花無十日紅)이란 말이 무색했다. 그것은 백일 만큼 오랫동안 붉은 꽃이 계속 피었다가 지기 때문에 가까이에서 보면 꽃이 사그러 든지 오래되어 지저분한 곳이 있지만 멀리서 보면 마치 항상 피어있는 것처럼 보이기 때문이다.

동서양대학교도 재단이 5번이 바뀌는 우여곡절에서도 수도권 대학이다 보니 밖에서 보면 멀쩡하게 잘 돌아가는 대학으로 보였다. 항상 붉게 핀 백일홍처럼 보였다. 그렇지만 안에서는 교수들은 교수들끼리 재단은 재단끼리 들이받고 소송하면서 피고 지는 영욕을 거듭하며 곪을 대로 곪아 있었다.

지방대학들은 입학정원이 채워지지 않아 교수들이 영업사원이 된 지 오래되었다. 대학 주변의 고등학교에 홍보지를 가지고 다니면서 학생 유치를 위해 노력했지만 다 허사였다. 이에 비교해 동서양대학교의 교수들은 아직 학생모집에 대해서 그렇게 까진 압박을 받지 않았다. 지방대학은 입학정원을 채우지 못해 급여를 못 주는 대학이 많아졌지만, 동서양대학교는 그럴 걱정도 없었다. 그런데 작년부터는 상황이 좀 달라졌다. 오만일의 형이 확정되자 교육부의 제재가 나왔고 그 제재는 학생 정원 축소도 포함되어 있었다. 재단이 그따위니 교수들도 흥이 날 리가 없었다. 교수들은 그저 시키는 일만 했다. 오만일이 감방에 가서 없는 동안에 교수들은 마음대로 풀어져 살다가 출소하니 겉으로라도 제대로 근무하는 것처럼 하려니 힘들었다. 그동안 마음대로 풀어져 사는 것만이 아니라 교수의 본분인 학생 가르치는 일에도 소홀했다. 교수들이 관변단체나 산학협력을 할 만한 곳을 구걸하다시피 찾아다니며 뭐 할 게 없나 싸구려로 구니 대학에 대한 지역사회의 인식과 평가도 매우 나빴다. 인구 60만 명을 바라보는 발전해가는 도시에서 대학이 2개밖에 되지 않는데도 학생들은 지역사회의 대학을 선택하지 않았다. 공부 좀 하면 서울로 갔고 좀 처지는 학생도 되도록 서울에서 가까운 도시의 대학으로 갔다. 이게 가능한 것은 서울의 지하철 1호선이 평송시를 지나 천안까지 연결되어 있고 평송시 안에서만도 전철역이 4개나 있었기 때문이다.

그동안 동서양대학교의 전기과는 스스로 찾아오는 학생들이 절반에 가까웠다. 채서남 교수는 입학시험 면접 때마다 학생들에게 이 대학의 전기과를 어떻게 알고 왔는지 꼭 물어봤다. 상당히 많은 학생이 친형, 동네 형, 친인척, 근처 회사에 다니는 아저씨 등의 추천으로 왔다는 것이다. 인터넷만 보고 왔다는 학생은 적었다. 지인들이 동서양대학교의 전기과 교수들이 괜찮다고 했기 때문에 절반은 이런 학생들로 채워졌다. 특히 우회적으로 칭찬을 많이 받는 교수는 인화평 교수였다.

전기과는 5명의 교수 모두 호봉제 교수여서 급여가 어느 정도는 되었지만, 이에 비교해 처음부터 연봉제로 들어온 다른 과 교수들에게는 오만일이 초봉 3천만 원을 제시했기 때문에 급여가 적어도 너무 적었다.

급여가 적다고 하면 처음부터 오지 않으면 되지만 대학에 전임이 되는 것은 꿈에 떡보는 정도에 견줄 만큼 어려워 그런 나쁜 조건에도 감지덕지하고 들어왔다. 그러나 불만은 항상 가슴에 담겨 있었다. 동서양대학교의 성과급 연봉제로 받는 돈으로는 살림을 제대로 할 수 없었다. 박사학위를 취득하고 자녀가 중고등학교에 다니는데 이런 급여로는 도저히 감당이 안 되었다. 같은 과 교수들끼리도 과목 때문에 서로 싸우고 또 같은 일을 하는데 호봉제 교수와 연봉제 교수와의 급여 차이가 크게는 세 배 가까이 나기 때문에 반목이 많이 쌓였다. 연봉제 교수에 비교해 여건이 좀 나은 호봉제 교수도 살림살이의 압박을 받기는 마찬가지였다. 오만일이 대학을 인수한 2011년부터 급여가 동결되었고, 2013년 비밀투표가 부결되었지만, 이런저런 이유를 대면서 연봉제의 급여를 지급했다. 2018년 기준으로 보면 주변의 다른 대학교수가 받는 월급의 75%가 되지 못했다. 물가는 계속 오르는데 급여는 그대로니 점차 급여가 줄어드는 느낌을 받았다.

오만일은 출소한 후 자신이 저지른 일 때문에 대학에는 나오지 못했다. 주변에서 대학에 나가는 것은 학사운영의 간섭이라고 했기 때문에 더욱 그랬다. 가끔 서울 사무실에 보직교수를 불렀지만, 학교 내부가 이렇게 썩고 겉도는 교수들이 많다는 것은 알지 못했다. 오만일의 주변에서 알랑거리는 교수들은 한결같이 실력 없는 그렇고 그런 교수들이었고, 그들이 달콤한 말로 아첨을 떠는 것을 몰랐다. 항상 어느 곳에서나 그러듯이 실력이 조금 되거나 뭐 좀 할 만한 사람들은 아부나 아첨을 하지 않았다. 동서양대학교도 실력이 좀 있는 교수들은 오만일에게 그런 더러운 욕까지 먹으면서 옆에서 일하지 않으려고 했고 아예 오만일 근처에 가질 않았다. 그러니 오만일은 언제나 아첨꾼들의 말만 듣고 회전문 인사를 할 수밖에 없었다. 그 회전문을 여닫고 임명된 보직교수들은 오만일이 어떤 더러운 욕을 해도 가만히 앉아 듣고 있었다. 고졸인 오만일이 박사급 교수들을 불러 들들 볶는데도 그들은 도망가지 않고 들었기 때문에 언제나 카타르시스를 충분히 느낄 만큼 입으로 쏟아냈다.

최근에는 사무처장 장의사 교수가 채서남 교수에게 완패를 당했다는 것을 알았지만 아직 채서남 교수 쪽에서 더 공격을 해오지 않았기 때문에 보직자 개편을 단행했다. 이때 교무처장은 그대로 있었다. 본명이 정근해인 정그래 교무처장에게 기대를 했다. 정그래는 이때가 찬스라고 생각했다.

"이사장님! 이번에 교수들 사기도 돋을 겸해서 그동안 재단의 뜻을 따르지 않은 교수들 빼고 열심히 한 교수들을 승진시키시는 것이 어떨지요?"

오만일은 자신이 교도소에 갔다 온 일 때문에 정그래 교수의 제안이 교수들 입 막을 좋은 방도처럼 느꼈다. 또, 최근 사무처장을 한 방 먹인 채서남이나 밉보인 교수들에게 보라는 듯이 승진시켜서 자신의 말을 잘 듣지 않는 교수들을 따돌리는 것도 좋을 성싶었다. 오만일이 빙긋이 웃으면서 말했다.

"몇 명이나 승진시켰으면 좋겠나?"

"한 열 명쯤이면 어떨까 생각합니다. 이들에게 급여를 올려주지 않고 승진만 시켜줘도 좋아할 겁니다."

"그래? 그렇다면 한번 명단을 뽑아봐! 그 정도가 아니라 교수를 더 승진시킬 테니까"

다음다음날 교수들을 대거 승진을 시키는 공문이 전자공지에 떴다. 연구실적이 있든 없든 교원평가가 어땠던 따지지 않았다. 호봉제 교수 위주로 자신의 마음에 드는 교수들을 대거 승진시켰다. 이는 호봉제 교수 전체의 절반 가까이 되었다. 그런데 우스운 것은 승진된 교수들이 이때부터 모두 입을 다물었다. 승진하면 급여가 조금 오르기는 하지만 그것은 그동안의 급여상승분에 비하면 새 발의 피였다. 벌써 오만일이 대학에 들어온 지 7년이 되었기 때문에 매년 물가상승률이나 공무원 급여 인상률 3%를 복리로 생각해보면 약 30% 이상이 올라야 하는데 기껏 승진해서 2~3% 오른 것으로는 체감상 아무것도 아닌데도 교수들은 모두 입을 다물었다. 승진에서 빠진 교수들은 뒤에서 더 심하게 욕을 했지만 오만일의 귀에 들어갈 리가 없었다. 오만일의 귀에 들어가는 소리는 항상 그 주변 딸랑이들이 자신의 입맛에 맞게 섞어찌개로 만든 말만이 들어갔다.

부정일 교수가 채서남 교수에게 말했다.
"감방에 갈 때, 잘 가시오 하고 뒤통수 치고, 특별사면 있을 때도 못 나오도록 뒤통수를 친 놈들이 다 주변 놈들인데 그것도 모르고 그놈들을 승진시키는 멍텅구리 아닙니까?"
이 말을 듣던 채서남 교수는 70년대 가수 이현의 노래인 '잘 가세요'의 첫 소절을 조그맣게 한 소절 불렀다.
"잘~가세요. 잘 있어요.~ 그 한마디였었네~"
그리고 단호하게 말했다.
"흠, 교수라는 게 말하자면 학자 아닙니까? 정도를 걸어야지. 바르고 옳게 가는 그런 교수들 다 빼놓고 자신 주변에 용비어천가 부르는 놈들만 승진시켜요? 이 대학은 얼마 가지 않아서 발병이 날 겁니다. 발병이! 두고 보세요. 내 말이 맞는지 안 맞는지."
서춘동 교수가 말했다.
"교원평가에서 외부 돈을 따온 사람은 점수를 많이 주겠다는데 그런 점수 몇 점 더 따려고 열심히 하겠습니까? 돈 많이 따올 능력이 있는 교수라면 자기 사업하지 이런 대학에 있겠습니까?"

"이 대학에서도 급여라도 제대로 주면서 그러면 연구과제라도 따오려고 노력할 텐데요, 학교는 망해가고 있는 것입니다."

부정일 교수는 무슨 생각이 들었는지 채서남 교수에게 슬쩍 물어보았다.

"이번에 승진한 것이 교원인사규정에 따르지 않은 것이어서 검찰에 고발하면 다 원위치하고 망신당할 건데요."

"그러긴 해도 난 고발할 생각이 없습니다. 승진한다고 해서 뭐가 변합니까? 급여가 바뀝니까? 사회에서 바라다보는 시각이 바뀝니까? 외부 사람들이 부교수인지 정교수인지 어떻게 압니까? 막말로 족보에 올라간다면 부교수 부정일이라고 올라갑니까? 정교수 부정일이라고 올라갑니까? 올라간다고 해도 교수 부정일입니다."

"하하! 교수님, 요새 누가 족보에 올리고 족보를 따집니까?"

"그러니까요! 아무런 의미 없는 발령장 종이 쪼가리 한 장 받아서 승진했다고 헤벌쭉해서 돌아다니는 교수들 꼴이란 참으로 보기 흉합니다."

오랜만에 보직교수 회의가 서울 사무실에 있었다. 보직교수 회의라고는 하지만 현안보고라고 하는 게 맞았다. 여기에는 바지 이사장 진백경도 참석했다. 오만일은 회의 시작하기 전에 정그래 교무처장을 따로 불러서 연봉제 문제에 대해서 어떻게 되어 가고 있는지 물었다.

"아직 10여 명이 사인을 하고 있지 않습니다만 이번 승진에서 뺐고, 또 올라오는 재임용심사 할 교수들이 좀 있는데 이들에게 재임용 조건에다 성과급 연봉제를 넣으려고 합니다. 그러면 절반 이상은 줄어들 겁니다."

일반적으로 교수는 정년 보장 교수인 테뉴어(Tenure)교수가 되지 않는 한 3년에서 7년이 지나면 재임용심사를 거쳐 재임용해야 하는 데 별문제가 없으면 대부분 재임용이 되었다. 정그래는 원래 성격이 좀 유하기 때문에 강하게 밀어붙이지 않고 재임용 조건에다 성과급 연봉제를 집어넣어서 사인하도록 했다.

사무처장이 개회 인사를 했다.
"오늘 이렇게 서울 사무실에서 이사장님을 모시고 보직회의를 하게 된 것을 영광으로 생각합니다. 오늘 현안보고는 사무처 그리고 교무처, 학생처, 입시처 순으로 하겠습니다. 먼저 사무처에서 말씀드립니다. 우리 대학에 전기 사용량과 수도 사용량이 너무 많아서 좀 줄일 연구를 하고 있습니다. 또 소모품에 대해서도 꼭 필요한 것만 신청하도록 줄이는 방안을 강구하도록 하겠습니다."

사실 그랬다. 어떤 교수는 그 큰 강당에서 전체 불을 켜놓고 혼자 테니스 연습을 하는 몰지각한 교수도 있었다. 복합관이 생긴 이후로 전기와 수도 사용량이 급증했다. 자동차과의 경우는 소모품을 많이 사는데 실제로는 다 어디로 갔는지 알 수가 없었다. 자동차 윤활유나 배터리는 매번 갈아 끼우는 것이 아니어서 한 번만 사면 몇 년을 사용할 수 있는데도 신학기가 되면 소모품 구입 품목에 항상 올라와 있었고 그 개수도 매우 많았다. 자신들의 차에 넣고도 많이 남아서 뒤로 팔아 학과운영비로 쓰고도 어떨 때는 나누어 가졌다는 말도 돌았다. 그렇게 필요 없는 물품이 많았다. 듣고 있던 오만일이 말했다.

"확실하게 줄일 방법을 생각해봐! 그리고 지난번에 채서남이 호봉 제대로 해달라는 것 어떻게 되었나? 그 후로 무슨 말이 있었나?"
"다른 말은 없었지만, 가만히 있을 것 같지는 않습니다."
"가만히 안 있다고? 지가 어쩔낀데?"

오만일의 말이 좀 이상하게 나오자 곧바로 사무처장이 말했다.

"다음은 교무처장님께서 말씀해주시기 바랍니다."

"지난번 특별승진으로 인해서 교수님들의 동요를 완전하게 잠재운 것 같습니다. 이사장님께서 큰 배려를 하셔서 아주 잘 된 일로 보입니다."

교무처장 정그래가 칭찬하니 기분이 좀 좋아진 오만일이 물었다.

"승진에서 탈락한 교수들 반응은 어때?"

"별말이 없습니다."

"인화평이, 채서남이 이런 교수들이 아무런 말이 없다고?"

"예, 아무런 말이 없습니다."

오만일은 채서남 교수 일당이 아무런 반응이 없다는 말에 기분이 좀 언짢았다.

"이번에 어떻게 하든지 연말까지 성과급 연봉제 마무리해!"

"예, 알겠습니다."

정그래 교수는 대답은 했지만, 영 부담스러운 게 아니었다.

회의가 끝나자 정그래 교무처장이 장의사 사무처장에게 물었다.

"채서남이 보내온 내용증명이 그렇게 강도가 셉니까?"

"예, 내가 답변한 것에 대해 조목조목 반박을 했는데 국회에서 보좌관을 해서 그런지 내용을 읽어보면 도대체 반박할 수가 없어요."

장의사 사무처장은 자신의 실책이 적나라하게 적힌 채서남의 답변서를 다른 교수들에게 보여주지는 않았다. 그래서 정그래 교무처장은 장의사 사무처장이 하는 말로만 들었다. 장의사 교수의 말을 듣는 순간 가슴이 조여오고 머리가 띵한 느낌이었다. 정그래는 여러 가지로 걱정이 되었지만 오만일의 성화에 못 이겨 일단 공문은 보내야겠다고 생각했다. 정그래는 그래도 원래 양심이 좀 있는 자였다. 오만일 주변에 있는 다른 딸랑이들과 이제까지 함께 왔지만, 사실 속마음은 그들과 같지 않았다. 그러나 회의만 하면 다른 처장들이 슬쩍 정그래를 몰아붙였다. 괴로웠다. 자기가 잘못될까 봐 두려운 것보다도 더 괴로운 것은 양심적으로 말하지 못한 것이었다. 누구한테도, 부인에게도 말하지 못하고 괴로워했다. 그렇게 힘들었지만, 마지못해 공문을 만들어서 채서남 교수와 인화평 교수의 방문 밑으로 밀어 넣었다. 이렇게 직접 건네주지 못하는 것은 자신도 이것이 불법이고 잘못되었다는 것을 알았고, 또 한편으론 자신들의 급여가 깎이고 앞으로 깎일 것에 대한 것을 이 두 교수가 방어해주고 있다는 것도 알았다. 그가 아무리 크래믈린이라는 별명을 가졌더라도 인간으로서의 본성은 그대로 남아 있어서 어찌 보면 올바르지 않음에 대한 생각을 계속하고 있었다. 이 조그마한 양심이 저 밑바닥에서 꿈틀거리기는 했지만 오만일이 준 보직을 잘 마무리해보려는 마음이 그 저변의 양심을 누르고 있었다.

다음날이었다. 채서남과 인화평 교수는 점심을 먹고 들어오다가 교문에서 정면으로 몇백 미터나 떨어진 신한관에 여러 사람이 줄을 당기며 거는 플래카드를 바라보았다. 신한관 5층 꼭대기에서 2층까지 내려온 어마어마한 크기의 정사각형의 플래카드였다. 거기에는 '근조 교무처장 정그래 교수 서거'라고 쓰여 있었다. 가운데는 커다랗게 웃는 정그래 교수의 얼굴이 나와 있었다. 인화평 교수가 말했다.

"저는 정그래 교수가 같이 보직으로 있는 나쁜 애들이 원하는 것만큼 우리 둘에게 그렇게 적극적으로는 움직이지 않았다고 생각합니다. 그것은 교무처장이기 때문에 얼마든지 말도 안 되는 것으로 뒤집어씌워서 우리를 곤란하게 하려 했다면 그동안 몇 번이라도 시도했을 거 아니겠어요? 학생처장이나 입시처장 등은 뒤로 빠져있고, 장의사 사무처장은 한번 시도했다가 뼈도 못 추렸고, 이젠 앞장

서서 해야 하는 애가 교무처장 정그래 교수뿐이었는데 …….."

"그랬죠. 아무래도 사무처장에 대해서 채서남의 반격을 옆에서 보면서 겁은 좀 났겠지요."

"어떻든 저는 정그래 교수가 우리에게 풀 스윙은 안 했다고 봐요. 그러니까 제가 보기에는 교수님하고 저한테 나쁘게만 하고 간 거는 아닌 것 같아요, 다른 보직 애들은 양심이라는 게 아예 없잖아요. 자기 자리를 보전하려고 오만일이 시키는 대로, 아니 만들어서라도 더 하잖아요."

"이번에 정그래 교수의 죽음은 그동안 오만일의 심한 압박과 사무처장의 처참한 패배를 보고 압박을 느껴서 일어난 것은 아닐까요?"

"아직 팔팔한 나인데 한밤중에 화장실에서 뇌졸중으로 쓰러져 그대로 죽었으니 참 안타까운 일이죠."

PART 4 소송전

1. 제소하다.
2. 공방
3. 인화평 교수의 재임용
4. 진낙방 총장
5. 명심할 것
6. 계약불성립
7. 건조물 침입죄
8. 교수는 무엇으로 사는가?
9. 소청심사

1. 제소하다

채서남과 인화평 교수는 수원에 있는 한 법률사무소의 면담실에서 기다리고 있었다.

잠시 후에 면담실 문을 열고 예쁘장하고 아담하게 생긴 여변호사가 들어왔다. 그녀는 채서남 교수가 A4지 10여 페이지 정도로 기초자료를 정리해서 보낸 것을 출력해서 들고 있었다.

"안녕하세요? 채교수님!"

"안녕하세요? 손변호사님! 벌써 다 읽어보셨나 봐요?"

"예, 교수님!"

대화하는 모습을 보니 이들은 아주 잘 아는 사이 같았다. 사실 이 둘은 오래전부터 손발을 맞춰서 여러 소송을 진행해오던 사이다. 손변호사가 지금은 세 자녀의 어머니가 되어있지만, 처녀일 때부터 같이 소송을 했었다. 채서남은 오랫동안 날씬한 몸매보다는 배가 불룩 나온 그녀의 모습만을 보았다. 채서남은 이름만 대면 누구나 알만한 유명한 변호사 친구가 몇 명이나 있었고, 사위도 국제변호사로 미국에서 활동하다가 국내에 들어와서 대기업에 근무하고 있었다. 채서남은 자신의 주변에 그런 유명한 변호사가 많이 있었지만, 그들과 소송을 같이하지는 않았다.

소송에서 전략은 매우 중요하다. 변호사라고 해도 가장 잘 할 수 있는 분야가 달랐다. 자신이 하던 분야에서 경험이 많아야만 미리 작전을 잘 짠 다음 그대로 밀고 가야 한다. 스텝이 한 번 꼬이면 공격과 방어에 매우 힘들어지기 때문이다. 특히 학교에 관한 것은 교육에 관련된 재판을 많이 해본 사람만이 잘 할 수 있는 구조다. 또한, 소송하다 보면 시시콜콜한 지저분한 과거의 말이 계속 나올 수밖에 없었다. 그래서 자신의 유리한 것만을 변호사에게 말하면 재판과정에서 어려움에 봉착할 수 있다. 처음 기초자료를 정리해줄 때 사실 그대로 적어주는 것이 매우 중요하다.

채서남 교수는 원래 정도를 걷는 스타일이고, 많은 재판을 하면서 재판과정의 속성을 잘 알기 때문에 팩트 위주로 기초자료를 써서 오늘 만나기 전에 손변호사에게 이메일로 보내주었다. 누구든 한 번만 읽어보면 사건의 대강과 소송을 펼쳐나갈 방향을 금방 정할 수 있도록 정리한 것이다. 손변호사는 이제까지 소송을 할 때 채서남 교수가 써준 것에다 법리적인 것을 생각하고 재판하면서 빨리 꺼내 놓을 것과 나중에 꺼내 놓을 증거를 추려서 상대의 반응에 따라서 대응했다. 가끔 상대가 생각하지 못한 이상한 공격을 해와도 채서남은 가지고 있는 많은 자료를 찾아서 반박했다. 이렇게 소송을 오래 같이하다 보니 손변호사가 제일 손발이 잘 맞고 마음에 들었다.

출력해 온 자료를 넘기던 손변호사가 안경 너머로 말했다.
"채교수님 보내주신 것 한번 읽어봤는데요. 학교를 상대로는 해볼 만한데 사무처장인가 장~"
"예, 장의사 사무처장이요"
"이름도 이상한 장의사 교수는 재판부에서 안 받아질 수 있습니다."
"저도 그것을 예상하는데요. 그 못된 놈을 집어넣어서 좀 힘들게 해야 앞으로 다른 보직교수들이 저희한테 덤비지 않을 겁니다."

"지금도 채교수님에게 덤비는 교수가 있나요? 감히 못 그럴 것 같은데요?"

"그게 겉으로는 안 그런 척하면서 그래요. 오만일이가 압박을 하니까 어쩔 수 없이 하는 보직교수도 있고요. 제가 아무런 말을 안 하니까 좀 우습게 보이나 봅니다. 변호사님, 이 장의사 교수가 예전에 저를 횡령으로 고소했었잖아요. 그것이 무혐의가 되었어도 저는 무고로 고소하지 않았거든요. 그런데 제가 복직을 하고 들어갔을 때, 저를 횡령으로 고소한 2명 가운데 한 명인 정주영 교수는 제 손을 붙잡고 죄송하다, 미안하다고 했는데, 이 장의사 교수는 끝까지 외면했습니다. 아무리 재단에서 시켜서 고소했다고는 하지만 인성이, 인간이 다릅니다. 그 사과한 교수는 지금 정년퇴직을 했고, 이 장의사 교수는 사무처장이 되었습니다. 감투를 쓰더니 세상에 보이는 것이 없는 것 같습니다."

"교수님이 재판에서 이겨도 대학에만 이길 가능성이 큽니다. 이런 경우에 판사가 재단의 일을 대신한 장의사 교수는 빼고 대학에만 책임을 묻는 경우가 대부분입니다. 그렇게 되면 청구한 돈을 대학으로부터 다 받아도 소송비용은 다 받을 수 없게 됩니다."

"괜찮습니다. 그거 장의사 교수에게는 총장이 결재한 사항을 집행하지 않아 발생하는 손해에 대하여 지급업무를 담당하는 사무총장도 책임이 있다고 일단 엮어주십시오."

손변호사는 고지식해서 절대로 허투루 말하지 않았다. 이길 수 있는 재판도 언제나 장담하지 않았다. 채서남은 그런 손 변호사가 마음에 들었다. 동서양대학교에서 초창기 학내분규가 일어나서 혼란스러울 때 거수로 결정하는 말도 안 되는 방식으로 채서남 교수를 재임용탈락을 시켰었다. 이때 채서남은 국회에 들어가 국회의원 보좌관이 되었다. 보좌관 시절과 겹쳐 이 법률사무소에서 한 재판만 해도 수십 건이었다.

"손 변호사님, 언제 제가 돈을 가지고 그랬습니까? 제가 재판에서 승소하기 전까지는 사립학교 교원들이 계약 기간 만료가 되면 자동으로 퇴직하게 되어있어서 수많은 교수가 재판도 걸어보지 못했지 않습니까?"

"그랬지요. 그때까지의 법으로는 사립학교 교원은 사인 간의 계약이니까 계약 기간이 만료되면 아예 재판성립이 안 되었습니다. 그래서 재판을 걸어봤자 각하되었어요."

"제가 재판하던 중에 헌법불합치 결정이 난 후 특별법이 만들어졌고 저는 그 특별법이 아닌 본법으로 재판을 이긴 첫 사례 아닙니까? 헌법불합치 결정을 끌어낸 교수도 특별법으로 재임용되었습니다. 그 이후 재임용 계약 기간이 만료되어도 재단이 임의대로 재임용하지 않으면 교수가 재판을 걸 수 있는 길을 열어 놓은 것입니다. 재판을 걸어서 하자가 없으면 재임용된다는 기대권을 확보했습니다. 그래서 연구실적이 부족하거나 특별히 큰 문제를 일으키지 않은 교수들은 모두 승소합니다. 저는 재단 마음대로 교수를 잘랐다간 교수들이 법원에 가면 승소하여 대학에 복귀할 수 있는 첫 길을 열어 놓았습니다. 그동안 못 받은 급여를 모두 받고 이자까지 더해서 받는, 첫 길을 요, 그래서 이런 공익차원에서 장의사 교수의 코를 꿰어서 이리저리 한참 끌고 다녀야 앞으로 오만일 이사장이나 보직교수들이 저는 물론이고 여기 인화평 교수 그리고 다른 교수들에게도 함부로 못 할 것입니다. 장의사 교수 부분이 패하더라도 좋으니 그냥 장의사를 피고 2로 넣어서 소장을 작성하시는 것이 좋겠습니다."

덧니 교정만 했으면 훨씬 더 예뻤을 얼굴이 금방 방긋 웃으면서 말했다.

"생각이 그러시다면 그렇게 할게요. 이것은 경고처분이 2차례씩

2건이므로 4건이고, 급여청구까지 5건이라서 법원에 제출하는 인지대가 많아요. 경고처분 1건당 소가를 5천만 원으로 계산하거든요. 그래서 평소 재판의 5배 정도로 생각하시면 돼요."

"아, 생각보다 많이 들어가네요. 그래도 그렇게 하겠습니다."

"선임료는 예전과 같이해드리고요. 성공보수는 10%는 주셔야 해요."

"아! 당연히 드려야지요. 그래도 얼마나 저렴하게 해주시는 건데요."

옛말에 '송사에 휘말리다 보면 집안 거덜나는 것은 일도 아니다'라는 말이 있다. 현대에도 재판이라는 것이 이겨도 이것저것 빼면 받아야 할 것에서 한참 못 미치는 돈이 된다. 거기에다가 재판하는 동안 마음고생 한 거 생각하면 몇 푼 받아봤자 아무것도 아니다. 그런데 그렇게 하지 않으면 아무것도 되돌아오지 않고 이루어지지도 않는다. 오히려 경고로 인해서 재임용 탈락을 당할지 모른다.

"변호사님께서 이제까지 보셔서 아시겠지만, 저는 제 돈을 내서 재판하지만, 학교는 이런 재판을 하면서 항상 교비를 가져다 쓰거든요. 이 교비 가져다 쓰는 것도 불법으로 형사처분의 대상입니다. 저는 이제까지 그런 것에 대해서 한 번도 고발하지 않았습니다. 이 장의사 교수도 자기 돈이 들어가지는 않겠지만, 예전 고소 사건도 있고 해서 이번에 이리저리 끌고 다녀서 마음이 좀 힘들게 하려고 합니다."

"채교수님이 마음에 작정을 단단히 하셨나 봅니다?"

"예, 제가 이렇게 하는 것은 장의사 교수가 해도 해도 너무해서 그런 것인데, 저를 이제까지 보셔서 아시겠지만 저는 절대로 보복하지 않아요. 원래 저는 마음에 들지 않는 사람은 도와주지도 않고 방해하지도 않습니다."

"맞아요, 교수님은 보복하지 않는다는 것을요. 그런데 이번에는 …….."

"제가요, 음식점에 들어가서 음식에서 이물질이 나와도 꺼내 버리고 먹을 만한 것이면 먹고 다음에 가지 않는 스타일입니다. 그런데 이렇게 마음먹었을 때는 장의사 교수가 어떤 사람이라는 것을 짐작하실 수 있으실 겁니다. 또한, 소송의 전략으로 생각하시면 됩니다."

채서남 교수는 이미 마음을 단단히 먹은 것으로 보였다. 채서남 교수는 돈을 아껴 쓰지만, 얽매이지는 않았다. 초등학교 5학년 때 아버님의 사업실패로 인하여 집안 형편이 매우 어려워져 정말 힘들게 고생하면서 살았다. 60~70년대 당시의 교복은 검정 물들인 무명천이었다. 상의는 카쿠란이라고 불리는 차이나 카라 형태였다. 상의 목 부분 뒤에 끼우개가 5개 있고, 거기에 하얀 플라스틱 칼라를 끼워서 입었다. 이 교복이 물이 빠지고 색이 바래서 허옇게 된 데다 키가 쑥쑥 클 때여서 팔이 짧아져 올라가 있어도 그냥 입고 다녔다. 그때는 채서남만이 아니라 다른 학생들도 그랬다.

채서남은 70년대 초 그 어려웠던 시절에 단돈 오천 원을 들고 서울에 올라왔다. 생활비를 벌면서 대학을 다닌다는 것은 언감생심 꿈도 꾸지 못할 일이지만 그래도 무작정 주간에 대학을 다녔다. 그 고생이란 이루 말할 수 없을 정도로 힘들었지만, 누구에게 어렵다는 표시를 전혀 하지 않았다. 어려운 생활을 했다는 것을 아는 사람은 아내 한사람뿐이라고 해도 과언이 아니다. 그래도 어디 가서나 어려운 티 내지 않고 돈을 써야 할 때는 쓰는 그런 스타일이었다. 그럴 수 있었던 데에는 아내의 내조도 한몫했었다. 아내는 남과 식사를 하게 되면 세 번에 한번은 내야 하지 않겠냐고 말했다. 그러면서 돈 낼 때 뒤로 빠지지 마라며 꼬불꼬불 접어둔 얼마 안 되는 돈을 손에 쥐여 주던 아내를 항상 잊지 못하는 그였다.

며칠 후 변호사는 소장 초안을 작성해서 보내왔다. 소장은 채서남 교수가 사실관계를 정리해서 보내준 것을 축소하고 수위 조절도 한 다음 약간의 법리적인 것을 보충한 것이었다. 사실 이 약간의 법리적인 것이 매우 중요한 것이다. 그래서 변호사가 필요한 것이다.

소 장

원고 1. 채서남　　　　　2. 인화평
피고 1. 학교법인 동서양대학교　　2. 장의사

청구 취지

1. 피고 학교법인 동서양 대학교가 원고들에게 한 2017.*.*자, 2017.*.*자 경고처분은 무효임을 확인한다.
2. 가. 피고 학교법인 동서양대학교는 원고 채서남에게 6,000만 원 및 원고 인화평에게 각 3,000만 원 및 위 각 돈에 대하여 이 사건 소장 부본 송달일 다음 날부터 다 갚는 날까지 연 15%로 계산한 돈을 지급하라
  나. 피고 장의사는 원고 채서남에게 피고 학교법인 동서양대학교와 공동하여 위 1항의 기재 금원 중 3,000만 원 및 위 돈에 대하여 이 사건 소장 부본 송달일 다음 날부터 다 갚는 날까지 연 15%의 비율로 계산한 돈을 지급하라.
3. 소송비용은 피고들이 부담한다.

라는 판결을 구합니다.

드디어 소장은 법원에 제출되었고 이를 받아본 동서양대학교 오만일과 장의사 교수는 망연자실했다. 이전에도 동서양대학교와 벌인 20여 건이 넘는 재판에서 채서남이 모두 이겼던 일이 생각났기 때문이었다.

박인집 총장도 뒤통수를 몽둥이로 세게 한 대 맞은 느낌이었다. 대부분 교직원이 자신의 앞에 있을 때 "나하고 한번 해보자는 것이냐?"라고 약을 올리면 발끈하기 마련인데 채서남은 그냥 꼬리를 내리고 나갔던 일이 생각났다. 채서남이 발끈했어야 그걸 빌미로 경고 2건, 명령 불복종, 교내 불협화음 조성 등 말도 안 되는 온갖 것을 덧붙여서 일단 징계위원회를 열어 파면으로 자를 수 있었다. 이렇게 되면 내용은 둘째 치고 채서남 쪽은 을이 되는 것이다. 그런데 앞에서 아무런 말을 하지 않고 나가서는 이제 법으로 치고 들어 왔으니 법으로 공방을 할 수밖에 없게 되었다. 박인집 총장은 자신이 단수가 높다고 생각했는데 너무 허망한 것 같아 기분이 좋지 않았다. 사실 채서남의 마음속에는 이 재판이 승리로 끝나면 박인집 총장에게 법적 책임을 물을 생각이었다.

이렇게 연봉제와 관련된 재판이 시작되었는데도 학교는 연봉제를 마무리하려고 교수들을 압박했다. 그동안 채서남과 인화평 외에도 십여 명이 연봉제 동의서나 연봉제계약서에 사인하지 않고 있었지만, 여러 가지로 압박을 하고 재임용 때 연봉제계약서를 들이밀며 사인을 받으니 점차 그 숫자가 줄어들었다.

이참판 교수는 매년 체결하는 연봉계약서의 서명 난 위에 자필로 '나 이참판은 호봉제의 권리를 포기하지 않는다.'라고 써서 제출하고 매년 넘어갔다. 이렇게 서명하지 않고 남은 교수 11명 중 마지막까지 자신이 호봉제라는 의사를 나타낸 교수는 채서남, 인화평, 홍민아, 이참판 교수 네 명뿐이었다.

2. 공방

　수원지방법원에서 있었던 1심 재판에서는 쌍방이 첨예하게 대립하며 공방을 이어갔다. 대학 측에서는 교원소청심사위원회에 근무 경력이 있는 황정미 변호사를 선임했다. 자신이 근무했던 전력이 바로 재단과 교수 간의 갈등을 다루던 곳이라서 학교에 대해서는 잘 아는 변호사였다. 그러나 이 대학이 설립되는 과정부터 속속들이 알고 있고 5번 바뀐 이사장들을 모두 겪어오면서 챙겨놓은 채서남의 자료들을 이길 수는 없었다. 공방이 길어질수록 대학 측이 첫 단추부터 잘못 끼운 불법이었다는 것이 밝혀지고 있었다.

　장의사 교수는 만나는 교수마다 채서남 교수가 자신을 고소해서 괴롭다고 하소연한다는 말을 여러 교수에게서 들었다. 아마 자신을 피고에서 빼달라는 의미로 말했을 것이지만 채서남 교수는 미동도 하지 않았다. 그가 이전에 내용증명으로 '구성원 간의 불협화음이 조성될 가능성이 있어서 귀하의 유사한 요청에 대하여 더 이상 회신을 하지 않을 것임을 알려드립니다.'라고 대화의 통로를 끊은 게 장의사 자신이기 때문이다. 그래서 채서남은 처음부터 장의사 교수에게 재판에서 이기려는 것이 아니라 고통을 주려고 했던 것이다.

　채서남은 학교 측 변호사가 써서 보낸 서류만 보고도 반박서류를 작성할 정도로 모든 사안을 쭉 꿰고 있었다. 그간 재단은 5번 바뀌고 총장과 보직교수들은 수시로 바뀌어 연속성이 없어졌지만 채서남은 자신이 근무하면서 당한 일들이고 모든 서류를 모아서 철해 놓는 습관과 학교와 수많은 재판으로 인해 전체적인 사항이 머릿속에 꽉 들어있었다. 학교 측 변호사가 뭔가 준비를 해서 내면 그 서류 중에서 어떤 서류가 가짜 서류라는 것을 금방 찾아내서 반박했다. 실제로 상대방의 답변서가 오면 그전에 왔던 서류를 떠들어 보지도 않고 반박문을 쓴 다음 날짜만 찾아서 넣었다. 그래서 손변호사는 상대방의 답변서가 온 후 다음 날 저녁이면 반박서류 초안을 받아볼 수 있었다.

채서남은 항상 초안을 작성할 때 결론 부분에 평소 하고 싶은 말들을 썼다. 손변호사는 채서남이 써준 초안을 줄이고 법리적으로 문제가 없는지를 검토했다. 그리고 결론 부분은 채서남이 써온 그대로 써주었다. 손변호사는 이화여자대학을 나온 나름 콧대가 매우 센, 누구에게나 마음을 잘 열지 않는 자존심이 강한 변호사였다. 그래도 채서남과는 변죽이 딱딱 잘 맞았다. 채서남은 이번에 제출할 준비서면의 결론 부분을 다시 읽어보았다.

'원고들로서는 사실 돈을 얼마를 더 받고 덜 받느냐가 그리 중요한 것이 아닙니다. 원고들이 이 사건 소송을 제기한 이유는 피고 법인이 학교를 운영하면서 원고들을 포함한 구성원들에 대해 정당한 대우를 하지 않고, 존중하지 않으며, 학교를 사적 재산처럼 사고파는 과정에서 학교의 상황이 갈수록 악화하고 있는 것을 절대 간과할 수 없었기 때문입니다. 원고들은 이제 원로 교수들이지만 갈수록 열악한 지위에 처하고 있는 교직원 후배들, 학교에 대한 투자가 장기간 이루어지지 않아서 열악한 학습 환경에 처해 있는 학생들, 그런데도 학교법인과 학교의 문제에 대해 고민하기는커녕 재단의 입맛에 맞는 말과 행동만을 하며 개인적인 입신이나 이득만을 추구하고 있는 일부 보직교수들 등을 보면서 원고들이 학교의 문제를 시정하고 학교발전을 위해 기여하기 위해서는 이제라도 행동에 나서야 한다고 판단하였습니다. 원고들은 이 소송을 통해 피고 법인이 법이나 원칙을 무시하고 임의로 학교를 운영하는 것이 불가능하다는 것을 깨닫고 동서양대학교의 진정한 발전을 위해 노력해주기를 바랐으나 거짓으로 이 소송만 어떻게든 모면하려고 하는 피고 측의 행태에 다시금 실망했습니다.'

재판이 오래 진행되면서 채서남 교수가 답변서를 여러 차례 냈다는 말이 들리자 교수들은 내용을 알만한 교수들에게 물어보고 다녔다. 이미 연봉제에 동의 서명은 물론 몇 번의 연봉계약까지 해놓고서도 한 번도 연봉제에 사인하지 않아 경고까지 받은 채서남과 인화평 교수가 재판에서 이기면 자신들도 재판을 걸 수 있다고 기대하는 교수도 꽤 많았다. 그런데 막상 연봉제가 불법이 밝혀져 채서남과 인화평 교수가 이긴다고 하더라도 재판을 걸 교수들은 거의 없다고 봐야 할 것이었다. 심지가 굳지 않은 교수들이 몸보신만 일삼으면서, 남이 해주기만 바라고, 학생들은 적당히 가르치고, 봉급은 많이 줬으면 하는 마음이 대부분이기 때문이다.

재판에는 대학 측의 참관자로 사무처장, 법인국장, 교육부 사무관 출신인 정후래 교수가 참석했다. 채서남으로서는 다른 참관자는 이해할 수 있어도 교육부 사무관 출신 정후래 교수의 참관은 도저히 이해할 수 없었다. 자기가 뭔데 다른 교수의 재판에 참관하는지 도무지 이해가 되지 않았다. 채서남은 법원에서 그를 볼 때마다 "저 후레자식이 또 왔네!"라고 옆사람에게 들릴 만큼 크게 말했다.

드디어 대학 측의 답변서가 왔다. 주 내용은 오만일이 대학을 인수하는 데 불법이 없었고 연봉제 시행은 사회통념상 합리성이 있다는 주장이었다. 채서남 교수는 이 답변서가 반박할 수 있는 좋은 찬스라고 생각되었다.

"손변호사님, 상대방이 대학 인수 하는데 불법이 없다고 합니다. 오만일이 인수대금 마련을 위해서 교직원의 급여를 임의로 삭감하고, 연봉제로 전환하고, 적립금 등을 사용하면서 교비를 횡령했다는 것을 증명하기 위해 오만일의 형사기록을 복사하도록 신청하면 어떨까요? 형사기록을 복사해오면 그동안 어떻게 해 먹었는지 다 드러나잖아요?"

변호사는 채서남의 말을 듣고 곧바로 오만일의 형사재판 기록을 복사해서 받을 수 있는 인증등본 송부촉탁신청을 했다.

인증등본 송부촉탁신청

1. 송부 촉탁할 사건
   2015형제 7***2호, 수원지방법원 2016고합***
2. 입증 취지
   피고는 오만일 전 이사장이 동서양대학교를 인수하는 과정에 불법이 없었고 이 사건 연봉제 시행은 사회 통념상 합리성이 있는 것이라고 주장하고 있는 바 오만일 이사장이 인수대금 마련을 위해 교직원의 급여를 임의로 삭감하고 연봉제로 전환한 과정 및 교비 횡령 사실 등을 입증하기 위함

신청한 지 한 달여 지나자 기다리던 오만일의 형사기록을 받았다. 채서남은 기록을 들여다보면서 오만일이 참 별의별 방법으로 다양하게 해 먹었음을 알 수 있었다. 그런데 여기서 특별히 눈에 띄는 부분이 있었다. 교육부 사무관 출신 정후래 교수가 오만일의 증

인을 선 것이다. 증언한 내용의 핵심은 박물관의 유물 값으로 교비 15억 원을 지출한 것으로 되어있었다. 이것은 학교에서 오만일의 유물을 샀기 때문에 오만일이 횡령한 것이 아니라는 것으로 인정되어 1심에서 오만일이 감형된 것이다. 이 내용은 판결문의 설시에도 있지만, 증인 조서에도 명확하게 기록되어 있었다.

"변호사님, 교육부 사무관 출신 정후래 교수가 위증해서 15억 원을 줄여 감형되었는데요."

"확실합니까?"

"예, 이 재판이 좀 진행되면 연봉제와 관련해서 새로 재판을 걸 교수가 있습니다. 이참판 교수라고, 그 교수가 바로 이 유물과 관련된 교수입니다. 폐과를 당해서 그 유물이 교육에 쓰일 수 없었는데에도 거짓말을 한 것입니다. 게다가 다 부서진 도자기 쪼가리가 어떻게 그런 값이 될 수 있습니까? 쓸 만한 도자기라면 도자기 한 개만으로도 그런 값이 되겠지만 값어치가 없어 다른 어느 곳에서도 사지 않겠다는 것을 대학에서 되 산 것으로 한 것입니다."

손변호사가 말했다.

"사실 이런 것은 위증으로 고발하고 준비서면을 써서 내면 훨씬 효과가 있기는 합니다만 ……."

"변호사님, 저는 준비서면에만 쓰고 고발은 하지 않을 겁니다. 제가 고발하면 그 교수는 학교를 그만두고 구속되어야 하지 않겠습니까? 언젠가도 말씀드렸듯이 저는 보복하지는 않습니다. 그냥 이번에 제출할 준비서면에 기록으로만 남겨주십시오."

고지식한 손변호사도 채서남 교수가 이런 좋은 찬스를 이용하지 않는 것이 이해가 안 된다는 표정이었지만 채서남은 고발하지 않은 일이 여러 번 있었다. 예전 개교 첫해에 지남철 교수는 채서남이 잘 아는 교수의 이름을 대면서 대학에 강의를 달라고 해서 시간을 주었고, 다음 해는 대학에 아무런 기여 없이 교수로 채용되도록 해줬지만, 그는 재단이 바뀌자 비리재단 편에 섰다. 그리고 채서남을 학교에서 밀어내고 자신이 학과를 거머쥐었다. 채서남이 아무 잘못이 없는데도 자신이 주동하여 학교에서 퇴출당하자 채서남이 만든 전공서적의 표지만 바꾸어서 자신이 저술한 것으로 만들어 재임용하고 승진했다. 대학에서 채서남에게 수많은 고소 고발을 해서 검찰과 법원을 오갔을 때, 수사관이 이런 내용을 알고 수사하자고 했어도 하지 않았다. 채서남은 끝까지 보복하지 않았고 자신만의 것으로 순리적으로 모든 재판에서 이기고 다시 복직했었다. 복직 후에도 그들은 한 번도 제대로 된 사과를 한 적이 없었다.

장의사 교수가 고소한 상조회의 횡령 건도 무혐의가 되었을 때 주변에서도 무고로 고소하자고 했지만 고소하지 않았다. 23명의 교수가 불법 승진한 때에도 고소하면 모두 원위치 되고 이를 행사한 몇 명의 교수는 형사 처분이 될 것이었지만 하지 않았다. 이외에도 채서남과 관련이 된 일로 고소 고발하면 대학을 그만두고 감옥에 가야 할 교수들이 많이 있었지만 채서남은 하지 않았다. 언제나 비리재단과는 대척점에 있었지만, 비리재단의 하수인인 교수 개인에게는 어떠한 보복을 하지 않았다. 보복은 자신에게 있는 것이 아니라 하늘에 있다고 생각하고, 보복하고픈 마음이 생길 때마다 '원수 갚는 것이 내게 있으니 내가 갚으리라'는 성경 구절을 떠올리곤 했다.

채서남 쪽에서 법원에 제출한 준비서면을 보고는 다음 재판부터 정후래 교수는 재판에 참관하러 나오지 않았다.

네 번째 쓴 준비서면의 결론은 채서남이 대학의 정체성을 위주로 쓴 것을 그대로 옮겨 적었다. 준비서면의 결론에는 손변호사가 보통 '원고의 주장을 인용해주시기 바랍니다'라고 간단하게 쓰던 것과는 달랐다.

'대학은 일생을 형성하고 수천 년의 유산을 후세에 전하는 동시에, 미래를 결정하기 위한 교육과 연구를 수반하며 한편으로는 당 시대를 견제하는 비판적 지성을 길러내야 함에도 작금의 대학들은 오로지 상업적인 시각으로만 접근하면서 점차 대학의 역할에서 멀어지고 있습니다. 그러다 보니 오로지 돈벌이 수단에 급급한 사학재단 이사장들의 입맛에 맞추어 부역하는 교수들만 활개를 치고 올바른 교육을 위해 바른말을 하고 학생들을 열심히 가르치려는 교수들은 언제나 눈에 가시거리일 뿐입니다.

피고 법인은 수도권 사학재단으로 1997년 개교하여 이제까지 20년여 년 동안 다섯 번의 실소유 이사장이 바뀌었는데 첫 번째는 100억 원의 부도, 두 번째는 257억 원의 횡령, 세 번째는 네 번째 이사장에 의해 중간에 쫓겨나고, 네 번째는 280억 원의 횡령, 다섯 번째는 200억 원의 적립금 소진과 60억 원의 횡령으로 모두 처벌되었습니다.

이렇게 본 대학을 포함하여 많은 대학이 부정과 비리에 몸살을 앓고 있습니다. 원고도 여러 생각 끝에 얼마 남지 않은 정년을 조용히 지내다가 마칠까 하는 생각을 하였지만, 날이 갈수록 피고 법인의 사리와 법에 맞지 않는 수많은 일과 적반하장의 경고장을 남발하는 이런 모습을 더는 볼 수 없어서 대학이 올바로 가기 위한 한 방편으로, 또, 노력한 대가의 임금을 당연히 받아야 하는 것으로 생각하여 본소를 제기한 것이니 판사님의 현명한 판결을 바랍니다.'

판사는 대학 측에 석명준비명령을 내렸다. 채서남과 인화평 교수가 호봉제로 근무했다면 받을 수 있는 금액을 환산해서 제출한 것이 맞는 지였다. 학교 측에서는 금액 차이가 얼마 안 되는 것처럼 엉터리로 작성해서 제출했다.

그동안 원고 쪽인 채서남은 준비서면만 여섯 번을 써냈다. 학교 측 변호사가 처음에는 가짜 서류도 한가지씩 만들어서 섞어서 냈지만, 채서남이 족집게처럼 쏙쏙 뽑아 반박하니 중간부터는 그런 일이 없어져 사실만 가지고 공방을 하게 되었다. 불법 비리투성이 대학 측은 자신들이 돈을 빼내 가면서 가짜로 만들어서 끼워둔 서류까지 모르고 제출했다.

많은 공방 끝에 1심 재판이 끝났다. 결론은 채서남과 인화평의 승리였다.

판결문의 주 내용은 '경고처분은 무효이고, 채서남 측에서 이긴 돈은 모두 대학이 부담하도록 한다.'라는 판결이었다. 장의사 교수에게는 처음부터 이기는 것이 목적이 아니라 고통을 주는 것이 목적이었기 때문에 장의사 교수가 재판 중에 다른 교수들에게 자신의 고통을 많이 호소한 것만으로 목표를 달성한 것이나 다름없었다.

장의사 교수는 채서남이 상조회 횡령 사건 무고, 교원인사규정 위반 대거 승진, 채서남 호봉재획정의 월권 등 형사적인 책임을 물을 수 있는 것을 보복하지 않는다는 차원에서 전혀 문제 삼지 않고 봐주었지만, 자신이 그동안 한 짓에 대한 반성보다는 재단에 굽히지 않는 채서남 일당이 미워죽을 지경이었다.

3. 인화평 교수의 재임용

　인화평 교수는 차에서 내려 커피 1 샷을 추가한 파란색 스타벅스 컵을 왼손에 들고, 노트북 컴퓨터가 든 가방을 오른손에 든 채로 연구실이 있는 효명관을 향해 걸어가고 있었다. 주차장에서 연구실을 가는 사이에 등나무가 얽힌 기다란 파고라 밑은 시원하고 운치가 있어 그 밑으로 걸어가는 것이 좋았다. 인화평 교수는 걸으면서 그동안 박인집 총장이 동서양대학교에 온 뒤로 한 일이 과연 무엇이 있었나 곰곰이 생각해보았다. 지난 2년 동안 한 일이라고는 떠오르는 일이 없었다. 굳이 생각해보면 중소기업청에서 고위직으로 있다가 산학협력 중점교수로 온 진범주 교수가 자신에게 대든다고 파면시켰었던 일뿐이었다. 그런데 진범주 교수가 재판을 걸어 승리한 후 복직했기 때문에 뻘쭘해졌고, 채서남과 인화평에게 성과급 연봉제로 경고했다가 재판에 걸려 1심에서 패소한 일 외에는 어떠한 일도 생각나지 않았다.

　사실 박인집 총장이 과거 대학의 총장을 지냈다는 것 하나로 나이 칠십이 넘어 동서양대학교 총장으로 왔지만, 적립금을 다 소진하여 재원이 거덜 나있는 동서양대학교에서 할 일이란 게 아무것도 없었다. 뭘 하려면 돈이 있어야 하는데 적립금 300억 원은 벌써 거덜 났다. 기숙사와 복합관을 짓는다고 440억 원을 소진했다. 부족한

140억 원은 사학진흥재단에서 10년 상환조건으로 빌려다 썼기 때문에 재정적으로 여유가 없었다. 박인집 총장은 2년 동안 교수들을 힘들게만 하다가 그만둔 것이다. 박인집 총장이 재임하지 못하고 2년 단임으로 그만두기까지에는 채서남과의 1심 재판에서 패소한 영향도 컸다. 동서양대학교는 패소한 후 서울고등법원에 항소했어도 채서남을 이기는 것은 만만치 않으리라는 것은 대학 내의 중론이었다.

인화평 교수의 재임용 시기가 돌아왔다. 재임용심사에 필요한 서류를 2018.12.16.까지 작성하여 제출하라고 했기 때문에 이에 맞춰 서류를 제출했다. 이것은 2019년 3월부터 적용되는 재임용이다. 인화평 교수는 그동안 연구실적과 학생들로부터 학기가 끝날 때마다 평가받은 교수평가 자료도 첨부했다. 학생들의 교수평가는 최우수상, 우수상 등 타의 추종을 불허하는 좋은 결과들이었다.

인화평 교수의 서류를 받아본 진낙방 교무처장은 고민에 빠졌다. 학생들의 교수평가가 나쁘면 그것으로 빌미를 만들려고 했으나 너무 좋은 평가여서 전략적으로 전혀 사용할 가치가 없었다. 인화평을 무엇으로 쳐내야 할 것인지 도무지 방법이 떠오르지 않았다.

며칠간 고민을 거듭하던 진낙방 교무처장은 인화평의 재임용서류를 들고 서울 법인사무실에 들렀다.

"오이사장님, 이번에 재임용 대상자가 18명입니다. 이 18명 중에 인화평 교수가 재임용 대상자에 포함되어 있습니다. 다른 교수들은 별문제가 없는데 인화평 교수는 호봉제에 해당하는 재임용심사 서류를 냈기 때문에 어떻게 해야 할지 고민됩니다. 이사장님의 생각을 듣고 싶습니다."

"어떻게 할지 고민되다니, 그냥 잘라 버려!"

"이사장님, 채서남 교수와 지금 고등법원에서 재판 중이지 않습니까? 괜히 잘못 건드렸다간 채서남이 무엇을 들고나올지 모르고 해서, 이번에 인화평 교수를 그냥 재임용하고 내년 8월에 채서남이 정년퇴임을 하지 않습니까? 그때 둘을 같이 몰아내 버리면 될 것 같습니다. 그래 봤자 한 학기밖에 남지 않았습니다. 지금 채서남이 장의사 교수를 고소해서 저렇게 몰아붙여 좀 어렵습니다. 채서남이 정년퇴임으로 학교를 못 나오게 되면 인화평 쯤이야 어떤 이유를 대서라도 몰아내 버리면 혼자 어떡하겠습니까?"

"으흠, 채서남이 그렇게 무섭나?"

"별것도 아닌 놈인데 그래도 맞서기는 좀 ……."

진낙방 교무처장은 장의사 교수가 요즘 재판 때문에 부쩍 힘들어하는 것을 곁에서 보아왔다. 장의사 교수의 말이 엄살이 좀 섞였다 할지라도 힘들어하는 모습을 보면서 지금보다는 채서남 교수가 정년퇴임 하는 때에 같이 처리하는 것이 최상이라고 생각되었다.

한 주 후였다. 인화평 교수는 주변의 교수들이 걱정하는 것과는 달리 다른 교수와 함께 재임용이 발표되었다.

채서남 교수는 재판하면서 대학 측에서 선임한 변호사의 이름이 낯설지 않았다. 어디서 보았지? 어디서 보았지? 하면서 아무리 생각해봐도 떠오르지 않았다. 도저히 생각나지 않았지만, 분명히 낯설지 않았다.

일요일 오후였다. 진돗개 동이와 산책을 나섰다. 이제 막 첫 삽을 뜬 브레인시티 개발 공사현장은 산책하기 매우 좋은 코스였다. 150만 평의 땅을 밀어서 평지를 만들고 거기에 대학, 공장, 아파트 등 자급자족하는 신도시를 만드는 공사였다. 토지 보상은 벌써 끝났는데 시공사 선정에 문제가 있어서 지체되는 동안에 수십만 평의 너른 들판에는 개망초가 흰 꽃을 활짝 피워 흰색 바다를 연상하게 하였다. 장관이었다. 개들은 그사이를 뛰어다니며 무척 좋아했다.

상쾌한 바람이 앞쪽에서 불어오자 채서남은 노래를 부르기 시작했다.

> 바람이 불면 산 위에 올라 노래를 띄우리라 그대 창까지
> 달 밝은 밤은 호수에 나가 가만히 말하리다 못 잊는다고
> 못 잊는다고 아~아~ 진정 이토록 못 잊을 줄은
> 세월이 물같이 흐른 후에야 고요한 사랑이 메아리친다.

채서남 교수는 노래를 부르다 갑자기 머릿속에서 퍼뜩 메아리쳐 떠오르는 것이 있었다. 아! 혹시? 그동안의 재판기록을 확인해보자! 그대로 바삐 걸어서 집에 돌아왔다. 커다란 책장 2개에 가득 쌓여 있는 재판기록들을 뒤졌다. 최근 것에서부터 거꾸로 기록의 첫 장을 모두 열어보았다. 재판기록의 첫 장은 대개 재판명, 사건번호, 원고와 피고 이름, 수임한 변호사 이름, 법원명이 적혀있었다. 한참을 뒤적거리니 예전의 재판에서 변호사의 이름에 황정미가 있었다. 그 재판이 오래되기는 했지만, 분명히 지금의 교원소청심사위원회의 전신인 교원징계재심위원회에서 피고, 피항소인 겸 항소인으로 채서남의 재판을 맡았던 변호사였다. 채서남이 빨리 기억하지 못했던 것은 대학에서 항소할 경우에는 교원징계재심위원회가 피고가 되는데 황정미 변호사는 피고의 변호사로 채서남을 변호하는 것이고, 이때 채서남은 보조참가인이 되기 때문에 채서남이 선임했던 변호사는 보조참가인의 변호사가 되었다. 이 재판이 지금 호봉재획정 문제로 재판을 하는 것이어서 그 연장 선상에 있어서 황정미 변호사는 원고와 피고의 쌍방재판을 맡은 부도덕한 변호사라는 것이 밝혀지는 순간이었다.

대학의 자문변호사로 있으면 매달 150~200만 원의 자문료를 받는다. 그리고 대학에서 일어나는 각종 재판을 수임하게 된다. 동서양대학교도 1년에 재판비용으로 적게는 몇 천만 원에서 몇 억 원을

지출하고 있었다. 이런 비용은 대부분 재단에서 지출해야 하지만 재단은 그만한 돈을 지출할 형편이 못되어 교비에서 지출하고 있었다. 교비에서 재판비용을 지출하는 것은 불법이다.

이 황정미 변호사를 소개한 사람은 교육부 사무관 출신 정후래 교수였다. 교원징계재심위원회가 사립학교법에 명시된 교육부 산하 단체여서 알고 지내는 사이였기 때문이다.

채서남은 다음 변론기일에 맞춰 제출한 준비서면에 상대방의 변호사가 원고 피고 쌍방을 변호하는 부도덕한 변호사라는 것을 적시했다. 주변에서는 대한변호사협회에 제보해서 변호사업계에서 퇴출되는 강수를 두도록 했지만 채서남은 그렇게 하지 않았다. 원수갚는 것은 자신에게 있지 아니하고 하늘에 있는 것으로 생각하고, 준비서면에는 기록했지만, 자신이 나서서 보복하려고 하지는 않았다.

황정미 변호사는 다음 재판에서부터는 나오지 않았다. 다른 재판에서도 채서남을 보면 피해 다녔다.

거의 9개월에 걸친 공방 끝에 재판 결과가 나왔다. 항소기각이었다. 항소는 학교 측에서 했기 때문에 채서남 측이 이긴 것이다. 채서남은 판결문이 나오자마자 동서양대학교의 교비계좌를 가압류 해 버렸다. 공격이 최선의 방어라고 생각하는 채서남이었다.

4. 진낙방 총장

    2019년 2월 박인집 총장이 임기 만료로 그만두자 대학 내에서는 누가 후임 총장으로 올 것인지 설왕설래했지만 오리무중이었다.

    서울 사무실이었다. 오만일이 앉아있는 바로 앞에는 탁자가 놓여있었기 때문에 진낙방은 탁자 옆에 무릎을 꿇은 채로 머리를 조아렸다. 그리고 말했다.
    "이사장님! 이번에 저에게 기회를 주시면 최선을 다하겠습니다. 제가 총장이 되면 연봉제를 완벽하게 처리하겠습니다. 성과급 연봉제를 동의하지 않는 교수들은 확실하게 숨통을 끊어 놓겠습니다."
    진낙방은 고개를 들어 오만일의 낯을 살폈지만, 얼굴의 변화가 없자 다시 말했다.
    "제가 역사 공부를 해봐서 잘 압니다. 구한말 갑신정변을 계획한 김옥균을 척살하려 했는데 김옥균이 일본으로 도망을 갔기 때문에 할 수 없었습니다. 김옥균이 일본군대의 지원까지 얻었지만 끝내 실패하지 않았습니까? 채서남 일당이 아무리 재주가 좋아도 이젠 따르는 자들이 거의 없습니다. 거의 모두 성과급 연봉제에 동의했습니다. 채서남을 그동안 어떤 총장이나 교수가 제압하지 못했지만 저는 할 수 있습니다. 한번 맡겨 주십시오. 결초보은하는 마음과 백골난망의 자세로 뛰겠습니다."

"장의사 교수가 재판에 걸려 있고 이전에 채서남과 재판해서 대학이 모두 패소했기 때문에 다들 맞붙기를 꺼린다던데?"

"이사장님! 그래서 자객이 필요한 것입니다. 김옥균을 흔히 풍운아, 혁명가 또는 진보적 정치가, 개혁파의 지도자라고 부르기도 하지만 시대의 대세를 잘못 파악해 망명의 객이 되지 않습니까? 지금 전국 대학가의 흐름을 볼 때 연봉제로의 전환은 시대의 대세입니다. 그래서 우리 대학도 이제 연봉제를 마무리해야 할 때입니다. 그렇다면 김옥균을 척살했던 자객 홍종우가 필요한 것입니다. 우리 대학에서 얼마 남지 않은 채서남 일당을 제거하는 그 홍종우가 되겠습니다. 이사장님 저에게 기회를 주십시오."

오만일은 결초보은, 백골난망이란 말과 자객 홍종우라는 말이 가슴에 와서 딱 닿았다. 한참 듣고 있던 오만일이 그제야 만면에 웃음을 띠면서 진낙방을 일어서게 했다.

진낙방은 개교 초기에 들어온 1기 교수였다. 그런데 1기보다 1년 더 먼저 들어와서 개교를 준비하던 11명의 교수가 있었다. 이들은 개교준비위원 또는 0기 교수라고 부르기도 하였지만, 첫해 들어온 교수와 합쳐서 20여 명의 교수가 1기 교수로 불리었다.

당시에 교육부에 교원으로 보고하는 정규직은 전임강사, 조교수, 부교수, 교수 4가지로 구분되어 있었다. 개교 첫해다 보니 설립자 사위만 조교수로 임용했고, 나머지는 모두 전임강사로 임용되었다. 그런데 외부 연구과제의 제안서를 작성할 때라든지, 어떤 서류를 작성할 때 조교수 이상이라야 가능한 것이 많았기 때문에 전임강사만으로는 상당히 곤란했다. 한 학기가 지나면서 급하게 조교수로 승진시켜야 할 인원을 정해야 했다. 재단이 보름여 숙고한 끝에 0기 교수 중에서 6명을 선정했다. 그런데 막상 발표날에는 7명이었다.

늘어난 1명이 바로 1기 교수인 진낙방이었다. 채서남 교수가 학교 일의 전반을 도맡아서 하던 설립자 사위인 최준식 처장과 그 날 저녁 소주를 곁들이며 격이 없이 물어보았다. 거짓말을 할 줄 모르는 그는 진낙방이 전날 수원의 자택인 임광아파트까지 갈비짝을 들고 와서 열심히 하겠다고 했다는 것이다. 자신이 생각해보니 한 명 더 발령을 낸다고 해서 별문제가 있겠는가 생각되어 발령냈다고 했다. 그날 이후로 진낙방 교수는 갈비짝이란 별명으로 불렸지만 정작 자신만 그렇게 불리는 줄 몰랐다. 어쨌든 20년 가까운 세월이 지났어도 오만일에게 얼쩡거리는 놈은 모두 그런 자들이었다.

진낙방은 개교 초기 조교수 승진 때에 있었던 갈비짝 사건도 그랬지만 재단이 바뀔 때마다 재단에 얼쩡거리면서 뒤로 이사장을 만나 자신의 출세에 걸림돌이 될 만한 사람을 한 사람씩 찍어서 나쁜 사람으로 만들어 쳐냈다.

그는 교회의 장로라는 타이틀은 뒤처리하고 쓰레기통에 꾸겨져 버린 두루마리 화장지보다 못한 것이었다. 인간은 원래 자신을 제일 잘 아는 것 같지만 자신을 가장 모르는 존재다. 주변에서 보는 모습이 어쩌면 더 정확할 수도 있다. 인간은 상황에 따라 카멜레온처럼 변화하고 적응하면서 자신에게는 한없이 관대해지는 존재다. 자신에게 한없이 관대해진다는 것은 그가 믿는 신이 관심을 갖는 영역을 완전히 벗어난, 전혀 다른 곳에서 사는 것이다. 자신이 믿는 신은 가이샤의 것은 가이샤의 것으로, 하나님의 것은 하나님의 것으로, 세속적인 것은 세속적으로, 종교적인 것은 종교적으로 올바른 삶을 살라고 십계명을 주신 신이라는 것을 망각하고 살았다.

진낙방은 교무처장으로서 있을 때 근태에 약간 문제가 있는 젊은 교수를 잡도리해서 무릎 꿇린 일이 있었다. 아마 웬만한 사람들은 교수가 교수에게 무릎을 꿇게 할 수 있겠느냐고 말할지 모른다. 그러나 그는 달랐다. 이유는 교무처에 보고하지 않고 마음대로 강의 시간을 바꾸었다는 것인데 그런 사안 정도면 구두 경고 정도 한번 주고 넘길 사안이었다.

총장의 부재로 교무처장 진낙방이 학과회의를 주재하고 나오는 모습이 그의 품성을 말해주었다. 백발의 머리에 턱을 우측으로 약간 쳐들고 왼팔보다 오른팔을 더 흔들면서 교무처장실에서 걸어 나왔다. 이런 진낙방의 모습을 보고 서춘동이 말했다.

"자식 참 거만하네, 지문은 남아있는지 …….."

"지문? 손금도 안 남았을 걸, 저것 옛날 열심당원이 시카(Sica: 비수)를 가슴에 숨기고 앞에서는 웃다가 기회가 되면 뒤에서 옆구리를 찌르는 비열한 놈과 같아!"

구백범이 손금을 말하는 것은 진낙방이 오만일에게 가서 손금이 없어질 정도의 비빈 대가로 총장취임의 승낙을 받았다는 뜻이었다. 아직 총장 발표를 하지 않았지만, 구백범은 사무처 직원을 통해 이사회를 준비하고 있다는 것을 들었기 때문에 한 말이었다.

동서양대학교는 계속되는 비리로 주변의 알 만한 사람은 다 알게 되어 외부에서 총장을 위촉할 만한 사람이 없었다. 누구도 오길 꺼렸다. 3선 국회의원을 지낸 관록의 정치인에게 초빙이 들어왔을 때였다. 그 정치인이 자신의 후배 이참판 교수에게 학교 상황에 관해서 물어봤을 때 그는 가차 없이 "형님! 똥통에 들어와 똥물을 묻힐 일이 있어요?"라고 말해서 단번에 체념하도록 만들었다. 그 이후 여러 유력자에게 물어보아도 한결 같이 고개를 좌우로 흔들었다. 방패가 될 만한 교육부 인사들을 접촉해 봐도 한결 같이 손사래를 쳤다. 그동안 총장으로 들어왔던 사람마다 들어올 때는 어사화를 쓴 모습이었지만 나갈 때는 비 맞은 생쥐 꼴이 된 것을 알기 때문이었다.

오만일이 보직교수를 모두 불러서 이번에는 총장을 외부에서 불러올 게 아니라 학내에서 뽑으면 어떻겠냐는 질문을 했다는 말이 돌았다. 이 말을 들은 교수들은 사방에서 웅성거렸다. 그 모습은 마치 썰물에 개펄 밖으로 나온 셀 수 없이 많은 게가 두 눈을 들어 올리고 웅얼거리는 모습이었다. 교수들은 장사꾼인 오만일이 이미 총장을 진낙방으로 낙점한 후에 보직 교수회의를 연 것을 모른 채 설왕설래했다.

전 이사장 김곰자도 최근 출소하여 있는 상태에서 오만일과는 별로 얼굴 보고 싶지는 않았지만 만날 수밖에 없는 일이 벌어진 것은 채서남 교수가 재판에서 성안고등학교의 매도 대금 47억 원이 사라졌다고 주장했기 때문이다. 부랴부랴 대책회의를 한다며 만날 수밖에 없었다. 김곰자에게 오만일이 말했다.

"채서남 교수가 재판에서 준비서면에 쓴 상황인데 우리 둘 사이에 대학을 양수도 하는 과정에서 성안고등학교가 온데간데없이 사라졌다고 떠듭니다."

"아, 그거를 왜 이제야 떠든답니까? 그때 학교가 많이 손해나더라도 복직시키지 말았어야 했는데 ……."

"이대로 두면 상황이 복잡해질 것 같아 제안합니다. 오해는 하지 마십시오. 제가 그동안 건네주지 못한 잔금 10억 원을 탕감하고 나에게 위로금을 얼마라도 주면 나는 그것을 성안고등학교와 관련해서 받은 것으로 교비로 넣어서 처리하여 법적으로 문제없게 만들겠습니다. 그리고 따님은 대학에 그대로 있도록 하겠습니다."

김곰자는 47억 원을 털도 안 뽑고 잘 먹었다고 생각했는데 몇 년 후 채서남과 대학의 재판에서 불거져 기분이 매우 나빴다. 그것은 오만일이 진즉 잔금을 치렀으면 자신과는 관계없는 일이 되었거나 채서남의 일을 깔끔하게 처리했으면 이런 문제가 없었을 것으로 생각되었기 때문이다. 어떻든 오만일은 이런 상황에서 김곰자로부터 약간의 돈인 3천만 원을 교비로 입금한 것으로 하여 해결하고 나머지 돈은 탕감하는 수완을 발휘했다.

일이 좀 급하게 되었다. 전임 총장은 대학에 나오지 않고 있었고 신학기가 코앞이라 후임 총장인 진낙방을 이사회에서 바로 선임해야 하는데 박만찬 이사가 모친상을 당해서 이사회를 열지 못했다. 이사회는 일주일 전에 이사들에게 통보해야 하는데 이번에 이사회를 열지 못한다면 최소 열흘 이상 뒤로 밀리게 된다.

동서양대학교의 임원 정수는 7인이지만 이사회를 개최할 수 있는 최소이사 정족수는 4명이 되어야 했다. 최근에 김곰자 전 이사장과 성안고등학교 매각으로 인한 딜을 해서 김곰자 측 이사가 빠져나갔기 때문에 오만일의 이사가 모두 모여야 4명이었다.

그동안 진백경 이사장이 아직 8개월째 교육부 승인이 나지 않은 상태로 있었고 또, 전임 총장이 이사인데 이번에 총장을 그만두면서 이사직도 그만두어 이사는 달랑 4명이었다. 이 4명의 이사 중에서 1명이 모친상을 당해 장례식장에 있었기 때문에 3명으로는 의결정족수를 채울 수 없었다. 총장선출에 대한 승인이 급선무였기 때문에 의결정족수를 채우기 위해서는 다른 이사 3명이 장례식장으로 갈 수밖에 없었다. 이렇게 4명이 분당 서울대병원 장례식장의 로비에 모여 처리한 안건은 달랑 1개로 총장선출 승인 건이었다.

교수들의 휴대전화에는 내일 오후에 총장취임식이 있으니 교직원들은 모두 참석해달라는 문자가 왔다. 며칠간 누구누구가 가장 유력하다고 하는 말들이 돌았지만 다 헛소리에 불과했고 구백범은 어디서 들었는지 맨 처음부터 진낙방이 될 거라고 했다. 아니나 다를까 다음날 교정에는 잉크 냄새가 강하게 나는 '진낙방 총장 취임식'이란 플래카드가 붙었다.

총장취임식은 외부 인사 초청 없이 내부 교직원들만 모여서 단출하게 했다. 사실 진낙방은 동서양대학교에 온 후 외부활동이 전혀 없었기 때문에 올 만한 사람도 별로 없었다. 단상의 좌측에는 법인을 대표해서 바지 이사장 진백경이 앉아 있다가 나가서 교기를 건네주었다.

총장취임식 직후에 잠깐 할 말이 있다며 다시 단상에 오른 진낙방 총장은 정후래 부총장을 대외협력 전담 부총장으로 발령하여 학내에서는 힘을 쓸 수 없도록 유명무실하게 만들었다. 교양교육실을 없애고 교양교육실의 교수들은 원래의 과로 복귀하도록 했다. 당연히 교양교육실장이던 이참판 교수도 낙마했다. 게다가 각 센터의 부센터장도 없앴다.

진낙방이 총장이 된 날, 서정리 근처에서 몇 교수들이 술을 마시고 있었다. 술이 좀 올랐을 때였다. 그토록 직장 이야기는 하지 말고 술을 맛있게 먹자고 누누이 말했지만, 시간이 조금 지나자 직장 이야기가 안 나올 수가 없었다.

"재수 없는 백 대가리 새끼! 응, 그동안 내가 많이 봐줬는데, 교양과를 없애 버려?"

이참판 교수가 금기로 했던 대학 내 이야기를 꺼내자 곧바로 백동수 교수가 말을 받았다.

"그것도 그건데 지금 학교가 빚이 많아서 얼마나 어려운 상황인데 학교를 어떻게 살리겠다는 말은 한마디도 안 해요."

"사학진흥재단에서 가져온 돈만 해도 100억 원이 넘는데 그 돌머리에서 무슨 학교 살리는 말이 나오겠나요. 재정에 대해서는 아무것도 모르니까 취임사에서 한마디도 못 하지요, 또다시 오만일이 시키는 대로만 하겠지"

"시키는 것? 말이 나왔으니까 말이지 지금 오만일이 박물관 도자기 판 15억 원을 빼가려는데 도장 찍어 줄 총장이 필요하지."

"그 돈 빼가면 금고 이상의 형이야!"

"아니 금고는 무슨 ……. 지난번 2년 살고 나온 것을 합쳐서 5년은 살게 되지?"

"왜 그렇게 ……?"

잘 이해되지 않는 이참판이 눈을 껌벅거리고 있을 때 채서남 교수가 말했다.

"오만일이 재판할 때 60억 원이 횡령액인데 그것이 45억 원이 된 것은 정후래가 도자기과 없애놓고도 학생들에게 필요해서 구입한 것이라며 위증을 해서 된 것 아닙니까? 여주시도 그 유물이 비싸다며 사지 않았어요? 이 일이 터지면 오만일은 15억 원 물어내야 하고 깜빵에 한 5년은 살아야 합니다. 정후래 교수도 위증죄 처벌을 받게 됩니다. 그것만이 아니에요. 김곰자 전 이사장이 성안고등학교를 빼고 대학만 오만일에게 넘겼잖아요? 김곰자가 고등학교를 다른 사람에 47억 원에 팔아서 맛있게 먹었는데 내가 재판과정에서 떠들었지, 고등학교가 온데간데없어졌다고 ……. 그랬더니 오만일이 김곰자를 협박해서 잔금을 통치고 3억 원의 위로금을 받아 내서 그걸 이미 다 써버렸거든, 그래서 몇 천만 원만 받은 것으로 하고 이것을 교비에 넣은 거야. 이 김곰자가 고등학교 팔아먹은 돈 47억 원은 우리 대학의 교비로 환수해야 할 돈인데 ……. 그리고 이번에 고등학교 판 47억 원의 양도세도 물어내야 할 것입니다."

"그거 학곤데 양도세 뭅니까?"

"예, 우리 대학 사고판 337억 원에 대한 것도 물어야 할 거예요."

채서남은 최근에 국세청으로부터 복직 당시 6억 원의 승소금을 받은 것이 맞느냐는 확인 전화를 받은 것에 대해서는 말하지 않았다. 김곰자가 곧 동서양대학교를 팔아서 챙긴 337억 원에 대한 양도소득세를 물게 되는데 이런 말을 꺼냈다가는 채서남이 국세청에 꼬아 받친 꼴이 되기 때문이었다.

구백범은 오만일이 자신을 매우 신임하고 있는 줄 알았는데 자신도 모르게 진낙방 교수가 총장이 되고는 이성을 잃어가고 있었다.

지남철을 만나서 평소 교수들과는 마시지 않는 술을 한잔했다. 그러면서 자신이 작성한 문건이 인터넷 신문에 나올 수 있도록 일러주었다. 이렇게 하는 것은 이번 총장직 공모부터 형식적이었고 오만일이 학교 비리로 2년 감방에 갔다 왔지만, 자격정지가 5년이고 전 바지 이사장 진백경은 교육부 승인을 받지 못한 채로 벌써 8개월째 직무대리 수행 중이었기 때문에 진낙방이 총장으로 교육부 승인을 받으면 안 된다는 내용이었다. 조그만 인터넷 신문에라도 올라오면 그것을 가지고 교육부에 투서하면 교육부 승인은 물 건너가게 되어 자신의 입지를 넓힐 거라는 계산이었다. 그러나 인터넷 신문에 한 번 올라왔지만, 후속 지원 기사가 없자 그대로 묻히고 말았다.

5. 명심할 것

    그동안의 우리나라 대학은 부모들의 못 배운 한이 맺힌 상아탑이었다. 아니다. 조금 여유 있는 집은 소를 팔아서 보내준 우골탑(牛骨塔)이었고 가난한 집은 부모가 죽도록 일해서 보내준 부모님들의 뼈가 갈려 쌓인 인골탑(人骨塔)이었다.

    일제강점기와 6.25 전쟁이 끝나고 많은 베이비 붐 세대들이 태어남으로써 초등학교는 한 반에 80명이 넘었고 그것도 오전 오후 2부제를 해야 할 정도로 학생이 많았다. 그 학생들이 성장해서 대학을 가려고 하니 대학이 부족했다. 넘쳐나는 학생들로 인해 90년대 들어서면서 대학설립 준칙주의에 따라 전문대학은 200억 원, 4년제 대학은 300억 원의 출연금을 마련하고 서류만 내면 인가되었다. 그러다 보니 대학이 우후죽순으로 늘어나 강원도 산골에도, 전라도 바닷가에도 세워졌다.

    한편으로, 대한민국이 살만해지면서 신세대 부모들은 자녀 한 명 가르치는데 양육비와 학원비 등 드는 돈이 너무 많아 부모 혼자 벌어서는 감당이 안 될 정도로 세상이 변했다. 부부가 같이 벌어서 자녀 한 명을 뒷바라지해도 버거울 정도로 점차 자녀교육이 힘든 나라가 되었다. 부동산이 많이 오르자 집을 장만하기 어려운 젊은이들의 결혼이 자연히 늦어졌고 어떤 경우는 결혼하지 않고 살겠다고 하는 젊은이들도 늘어났다. 전 세계 1위의 마이너스 출산율은 그냥 생긴 게 아니었다.

동서양대학교도 학령인구의 감소로 입시율이 점차 떨어지기 시작했다. 학생들이 많아서 그동안 가만히 있어도 학교 운영은 아무런 문제가 없었다. 학교 운영 예산은 정원에다 학생 수를 곱해서 짜면 되었고 매년 해오던 패턴으로 지출하면 되었다. 누가 사무처장, 교무처장, 입시처장을 하던지 아무 문제가 없었다. 그런데 입시율이 떨어져 등록금이 적어지니 예산을 적게 잡아야 했다. 이런 상황이 몇 년 지속되자 점차 적자의 규모가 커지면서 재정을 어떻게 펼치고 어떻게 운영을 해야 할 것인지는 예전과 다른 문제로 대두되었다.

이런 재정적인 문제를 타개하는 것은 학교에서 공부만 하다가 교수가 된 자로서는 한계를 뛰어넘는 일이었다. 특히 동네 구멍가게도 한 번 운영해보지 않았고 단지 봉급만 받아 살면서 오만일 옆에서 시키는 대로만 했던 교수들의 머릿속에서 나올 수 있는 것은 한계가 명확했다. 동서양대학교는 대학의 위상, 재정, 운영 모든 것이 구태의연한 속에서 점차 구렁텅이로 빠져들었다.

"이참판 교수님! 빈곤의 악순환은 미국의 국제경제학자 넉시가 처음 사용했는데요, 가난한 국가의 국민은 소득이 낮으므로 저축과 구매력도 낮고 투자 역시 낮아져 생산력이 저하되고 이것이 또다시 소득의 감소를 가져오는 악순환이 계속 반복되는 것을 말하는데 우리 대학이 지금 꼭 그런 꼴입니다."

"채교수님, 우리 대학이 지금보다 좀 더 좋아질 방법은 없을까요?"

"저라고 무슨 뾰쪽한 방법이 있겠습니까만, 넉시는 저개발국이 악순환의 고리를 끊어버리고 지속적인 경제발전궤도에 오르기 위한 처방으로 여러 부분에 대한 전면적인 자본투자를 제시했습니다. 그것은 모든 산업은 서로 새로운 시장을 제공하기 때문에 동시적인 일련의 투자는 균형성장과 전면적인 시장확대를 가져온다는 것입니다. 그런데 동서양대학교는 오만일이 대학을 인수하면서부터 지금까지 어떠한 투자도 하지 않고 오로지 돈만 빼가지 않았습니까? 그런데 어떻게 좋아지겠습니까? 2011년부터 교직원의 급여를 동결했고 성과급 연봉제를 한다면서 10여 년 동안을 교수들만 지지고 볶았는데 이 정도로 있는 것만도 기적입니다."

이참판 교수는 채서남 교수가 하는 말이 뼛속까지 파고드는 진리로 들렸다. 채서남 교수의 말이 이어졌다.

"게다가 이 기간에 전임 김곰자의 비리로 인한 교육부의 벌칙, 오만일 자신의 비리로 인한 벌칙 등이 쌓이고, 학령인구의 감소로 인한 학생모집의 어려움마저 겹치면서 상황은 점차 어려워져 가는 것입니다."

"쥐가 밑창에 구멍을 뚫어서 물이 새고 있는 목선인데도 선장은 계속 짐만 더 싣도록 독려하고 있는 꼴이네요."

"맞아요! 동서양대학교는 빈곤의 악순환에다가 밑창에 구멍을 뚫는 인쥐가 있어서 문제입니다."

경제, 사회, 정치 어느 곳에서나 최고 운영자로서 자신의 입지를 구축하기 위해서는 자신들에게 충성하는 사람들을 기용하게 된다. 푸틴은 공군참모총장에 육군 출신을 임명했을 정도로 주변의 믿는 사람만을 기용하다 우크라이나 전쟁에서 망신을 톡톡히 당한 예를 보더라도 그렇다. 그런 충성파가 무슨 능력이 있을까? 충성파들은 오로지 충성을 해야만 살아남을 수 있는 사람들이다. 오만일은 그동안 자신도 사업을 해보지 않았고, M&A로 얻은 사업체를 한두 개 굴려보았는데 모두 다 말아먹었다. 마지막 남은 백두산업도 빈껍데기였다. 겨우 굴러가는 업체에서 대학의 인수자금을 마련하기 위해서 20억 원이나 빼 왔으니 제대로 굴러갈 리가 없었다. 백두산업이 계속 만성적인 적자에 흔들렸지만 없앨 수도 없는 노릇이었다.

진낙방이 총장이 되자 오만일에게 잘 보일 수 있는 무언가를 하나 만들어야 했다. 자신의 머리로서는 도무지 떠오르는 것이 없었다. 우선 남들이 하지 않았던 것을 해야 모양새가 날 것이었다. 며칠간 끙끙거리다가 생각난 아이디어를 오만일에게 보고했다.

오만일도 출소해서 교수들 보기에 민망한 점도 없지 않았다. 자신에게 아부하는 교수들을 대거 28명이나 승진시켰어도 별 효과가 없는 것 같았고 스스로 생각해보아도 교수들 앞에 나서는 것이 염치가 없었다. 뭔가 가릴 것이 필요한 차였다.

이때 진낙방이 가져온 아이디어는 오른 무릎을 '탁' 치게 했다. 바로 '명심할 것'이란 글이 탄생하게 된 배경이다. 이글은 진낙방이 아이디어를 주었고, 오만일이 쓴 것을 사무실 직원이 타자한 것이다. 맨 아래는 한문으로 오만일이라고 사인해서 복사했다. 이것을 요즈음의 섬네일 식으로 표현하면 도리, 윤리, 스스로, 신뢰, 명심, 존경, 겸손, 노력, 최선, 반성, 인정 등이다. 단어 선택을 보면 무식한 조폭이 좋은 단어를 모조리 가져다 여기저기에 붙여 말하는 것과 같은 딱 그 수준이었다.

서춘동 교수가 구겨지고 삐뚤게 찍힌 사진을 문자메시지에 첨부파일로 보내왔다. 채서남 교수는 첨부파일을 꺼내 보면서 이게 무엇을 상징하는 것일까 하고 있는데 조금 후에 서춘동 교수가 채서남의 연구실에 들어왔다.

"채교수님 제가 메시지로 보낸 사진 보셨습니까?"

"보긴 했는데 그게 뭣입니까?"

"지난 금요일에 오만일이 보직교수들을 서울 사무실에 불러놓고 일장 연설을 하면서 나눠 줬나 봅니다. 그런데 이게 밖으로 나오지를 않아요. 이상하죠? 그렇게 좋은 내용이고 명심해야 할 일이면 전체 교수에게 나누어 주어야 할 것 같은데요, 보직교수에게만 주었답니다."

"제가 잠깐 보았는데요. 이거 이상하고 내용도 웃깁니다. 중복되는 내용도 있고 전혀 다듬어지지 않았습니다. 교수에게 명심하라고 명령할 정도면 자신이 부처님이나 예수님 정도로 생각하고 있는 것이 아닐까요? 이건 반성할지 모르는 자들, 마치 조폭 보스가 똘마니들을 좍 세워 놓고 팔에 '차카게 살자'라는 문신을 보여주며 훈시하는 것과 전혀 다름이 없어요."

"흠, 내용을 보면 모두 오만일 자신에게 해당하는 말인데 자신만 모르고 떠드는 정신병자가 아닌지? 도대체 오만일의 뇌 구조는 어떻게 생겼는지 정말 궁금합니다."

명심할 것

1) 나의 삶이 아무리 어려워도 사람으로서 최소한의 도리와 윤리관을 가져야 하며,
2) 남이 밉거나 원망스러울 땐 자신이 먼저 남을 미워하는 마음을 거두고 스스로를 돌이켜 볼 것이며,
3) 자기중심으로 상대를 오해해 스스로를 힘들게 하고 나아가 상대로부터 신뢰를 잃는 우를 범해서는 아니 되며,
4) 현재 삶이 힘들고 원망스럽게 느껴질 땐 병과 가난 속에서 고통 겪는 삶을 보고 겸손할 것이며
5) 교육자로서 열정이 떨어질 때는 제자들의 미래가 자신에게 달려있음을 명심할 것이며,
6) 이 사회가 교수인 여러분에게 믿음과 존경을 표함에 항상 겸손과 노력으로 보답해 부끄럽지 않은 교육자가 되어야 하며,

7) 이 모두는 내가 성숙하지 못하고 부족함을 의미하니 항상 겸손하고 반성하며 최선을 다하는 사람이 되어야 한다. (최선을 다함의 정의는 상사나 주위로부터 인정받을 때 최선을 다한 것이라 할 것임)

2019. 3. 29.

오만일

6. 계약 불성립

　2019.2월 말이었다. 인화평 교수는 새 학기 강의 준비를 위해 학교에 나와 실험기자재를 점검했다. 전기 CAD는 미국 오토데스크사의 AUTOCAD 프로그램을 기반으로 한국의 4차원 시스템에서 만든 전기 CAD를 올려 사용하는 프로그램이다. 이 프로그램을 사용하면 전기 제도는 물론 배관, 견적 등 다양한 작업을 할 수 있다. 인화평 교수가 컴퓨터 실의 CAD 프로그램을 점검할 때였다. WEB 발신으로 〈임용계약서 작성안내〉라는 문자가 인화평 교수의 휴대전화에 왔다. 내용은 2019.2.27에 임용계약서를 작성한다는 것이었다.

　채서남 교수는 인화평 교수에게서 이 말을 듣고 가만히 있었다가는 나중에 또 어떤 꼬투리를 잡힐지 몰라서 급히 답변서를 작성해서 내용증명으로 보내도록 했다.

　이생김 교무처장 귀하

　'성과급 연봉제와 관련해서 그 불법성을 가리는 소송의 1심에서 원고가 승소하여 불법이 확인되었고, 지금 고등법원에 계류 중이므로 소송 중에 있는 사안에 대해서는 누구도 개입할 수 없는데, 다시 연봉제 임용계약서 작성안내를 보내온 것은 불법 연봉제를 대학 내의 구성원과 본인에게 지속적으로 시행하려는 것이어서 이에 대한 민형사상 책임이 있음을 알려드립니다.'

이 내용증명을 받고 밤새 고민을 하던 이생김 교무처장은 이미 예정되어 있던 다른 교수들의 임용계약서라도 마무리해야겠다고 생각했다.

다음날, 이생김 교무처장은 재임용 해당자들에게 신한관 중회의실에 오도록 해서 재임용계약서를 작성하고 있었다. 인화평과 채서남 교수는 어떻게 진행되는지 궁금해서 재임용계약서를 작성하는 신한관 중회의실로 가보았다. 복도에서 안을 들여다보았다.

서춘동 교수가 임용계약서를 작성하다가 이생김 교무처장에게 물었다.

"교무처장님! 이 재임용계약서를 안 쓰면 어떻게 됩니까?"

"재임용탈락입니다."

"재임용계약서의 내용이 좀."

"아 그거요? 전임 처장이 만들어 놓은 거라서 잘 모릅니다. 저도 읽어봐야 할 것 같습니다."

서춘동 교수는 이생김 교무처장이 이런 말도 안 되는 소리를 하는지 도대체 이해가 되지 않았다. 내용 자체를 물어보지도 않았는데 전임 처장이 만들어 놓은 재임용계약서라고 미리 둘러대는 것으로 보아 자신의 책임은 회피하면서 임용계약서를 마무리 지으려는 것 같았다. 마치 영화에서 갱들이 사업체를 뺏으려고 계약서를 내놓으며 한 손에 총을 겨누고 있는 것과 전혀 다름이 없었다. 서춘동 교수는 다시 물었다.

"처장님! 재임용계약서의 성격이 뭐입니까?"

"재임용계약서는 임용할 때 쓰는 임용계약서로 보면 됩니다."

"그런데 성과급 규정이 임용계약서 뒤편에 있는데요?"

순간 이생김 교무처장이 당황하는 모습이 비쳤다. 대화는 계속 단답형으로 이어졌다.

"별 내용이 없습니다. 지금 시행이 안 되고 있습니다."
"그렇다면 재임용계약서를 썼을 때 어떻게 됩니까?"
"쓴다고 해서 불이익은 없습니다."
"처장님은 재임용계약서를 쓴 적이 있습니까?"
"승진하면서 썼습니다. 내용이 달라진 게 없습니다."
"달라진 게 없다면 재임용계약서를 쓰는 이유가 뭡니까?"
"법적으로 갖춰놔야 합니다. 법적 시비가 붙었을 때 문제가 될 수 있기 때문입니다."

서춘동 교수와 몇몇 교수들은 계약서를 작성한 후 이런 대화 내용과 녹음된 것을 채서남 교수에게 전했다. 겁이 나서 앞에서는 아무 말도 못 하고 사인하고 나온 교수도 채서남 교수에게 말해주었다. 채서남 교수가 어떤 돌파구를 마련해주지 않을까 하는 기대감 때문이었다. 그러나 그들은 이미 여러 번 성과급 연봉제에 동의하였고, 지난 수년간 그렇게 급여를 받아왔다. 그리고 오늘 재임용계약서까지 작성했다.

인화평 교수의 방에는 서춘동, 부정일, 채서남 등 여러 교수가 모여있었다. 서춘동이 말했다.

"이거, 이생김 이놈 야바위꾼입니다. 내용을 모르는 교무처장이 어떻게 재임용계약서를 받습니까? 내용을 모르는 사람이 재임용계약서 뒤편에 있는 성과급 규정에 별 내용이 없다고 말합니까? 내용을 모르는 사람이 어떻게 별 내용이 없는 것을 압니까?"

채서남이 말을 받았다.

"법적 시비가 붙었을 때 문제가 될 수 있어서 계약서를 작성한다는 말은 내용을 안다는 말입니다. 당연히 알고 있는 것 정도가 아니라 자신이 만든 것입니다."

듣고 있던 인화평 교수도 한마디 했다.

"전임 처장이 만들어 놓은 거라서 잘 모른다고요? 이거 문서 작성을 전임 교무처장인 진낙방이 한 게 아니라 모두 이생김 자신이 한 겁니다. 그러면서 자신도 읽어봐야 할 것 같다고요? 아니 읽어보지도 않은 내용을 교수들에게 작성하라고 내놓았다는 말인가요? 거짓말을 해도 분수가 있지 이거 순 사기꾼입니다."

채서남 교수는 다시 이생김 교무처장에 내용증명을 보냈다.

> '귀하는 연봉제와 관련하여 시행 당시 인사처장이었고 2019. 2.27.에 교수들과 대화한 내용이 있어서 녹취내용을 보내니 잘못된 부분이 있으면 문서로 알려주시고 답변이 없으면 현재 고등법원에 계류 중인 소송에 증거로 제출할 것입니다.'

이 내용증명을 받은 이생김 인사처장은 겁이 덜컥 났다. 도저히 견딜 수가 없었다. 다음날 곧바로 교무처장직을 사임했다. 장의사 사무처장이 재판에서 끌려 다니며 심하게 마음 고생하는 것을 곁에서 보아왔는데 이번엔 자신에게 옮겨 올 것에 겁이 나서 보직의 자리를 털어버린 것이다.

서울의 재단 사무실에서는 오만일과 진낙방이 마주 앉아서 진지한 대화가 오가고 있었다. 진낙방 총장은 오만일의 눈치를 보면서 말했다.

"인화평 교수가 보내온 내용증명을 보면 이생김 인사처장이 겁을 먹을 수밖에 없습니다."

"이 인화평이 보낸 내용증명도 성과급 연봉제에 불법성을 말하는데 가만있자 이거 누가 써준 거야?"

오만일을 떨떠름한 표정으로 물었다.

"이렇게 빨리 다음 날 곧바로 답할 수 있다는 것은 시간상으로 보아 변호사는 아닐 것입니다. 채서남이 공학을 전공했어도 기본적으로 법을 좀 아니까 직접 쓰는 것 같습니다."

"그럼 우리도 가만있으면 안 되지!"

"이사장님, 제가 이전에 말씀드렸다시피 채서남이 이번 학기에 정년퇴임으로 나가게 되면 그때 인화평과 채서남을 한꺼번에 확 내보내야 합니다. 그래서 제가 자문 변호사에게 물었습니다. 그랬더니 계약 불성립이라는 방법을 가르쳐 줍니다."

"계약 불성립이라? 그거 황변호사가 알려준 말입니까? 요즘 나서기를 꺼린다던데?"

"그게 예전에 채서남의 소청 재판에서 변론했는데 지금 고등법원에 계류중인 재판과도 연관이 있습니다. 그래서 쌍방변호가 되어 채서남이 고발을 하면 매우 곤란해지는가 봅니다. 앞으로 채서남이 고발을 할지 안 할지 모르지만, 상당히 성가신 일이 된 것 같습니다. 어떻든 뒤로는 일러줍니다. 그래서 말했다는 것이 뭐라고 했지?"

"계약불성립입니다. 일단 재단에서 연봉제 수용계약서의 작성을 거부하면 계약 불성립으로 교수 신분이 끝난다고 통지를 하라고 합니다. 그러면 일단 학교에서는 내보내게 되는데 그러면 소청으로, 행정소송으로, 고등법원, 대법원 다녀오게 되면 몇 년이 걸리고 교수는 개인이기 때문에 소송비용과 마음고생을 많이 하게 되어 중간에 드롭하는 경우가 많답니다."

인화평 교수에게 다음날인 2019.3.1.까지 연봉제 수용 임용계약서를 거부하면 계약 불성립으로 교수 신분이 종료한다고 통지가 왔다. 그러나 이미 학기는 시작해 있었기 때문에 통지서만 보내왔을 뿐 그대로 지나갔다.

이렇게 한 학기가 거의 끝나갈 무렵에 고등법원의 경고 무효와 임금 재판도 채서남 인화평의 승리로 끝났다. 교수들은 대학 측이 재판에서 패소했다는 것을 알고는 시끌시끌했다.

"성과급 연봉제가 불법이라며?"

"그러면 그렇지, 채서남이 보통이 아닌 것 같아."

"그래도 지금은 나설 때가 아닌 것 같아!"

어떤 교수는 자신의 아버지가 변호사였기 때문에 자신도 재판을 하겠다고 했고, 대부분 교수는 속으로 부러워했다. 일부 교수는 축하한다는 전화도 해왔다. 그러나 그들은 이미 연봉제에 동의한 교수들이고 막상 재판한다고 하더라도 아무런 자료가 없어 불가능했다. 채서남은 원래 자신의 마음에 없으면 도와주지도 방해하지도 않는 신념을 가지고 있었기 때문에 그들이 마음을 완전히 고쳐먹고 바른길로 가려고 하지 않는 한 도와줄 일은 없었다.

고등법원에서 승소한 것이 사실심이었기 때문에 채서남 교수는 이제 호봉제로 남은 네 명의 교수 중에서 이참판 교수가 대학에다 호봉제에 대해 말할 때라고 생각되었다. 만약 지금 기회를 타지 않으면 언제 이런 명분 있는 기회가 다시 올지 모르는 일이다.

그런데 때마침 그동안 참고 있었던 이참판 교수에게 진낙방이 한 행동은 이참판의 마음에 불을 붙여버렸다. 도자기를 강의하는 이참판이 학과가 없어져 교양으로 전전하면서 전 학과 학생들을 상대로 강의를 하는데 진낙방 총장이 각 과를 돌아다니면서 이참판 교수에게 강의를 주지 말라고 한 것이 이참판의 귀에 들어오면서였다.

"채교수님! 교수님과 가깝게 지내는 것을 알아서 그런지 아니면 연봉제에 사인하지 않아서 그러는지 진낙방이 다른 과에 다니면서 학과장들에게 제 강의를 주지 말라고 한답니다. 과도 없앴는데 이제 강의까지 주지 못하게 하여 저를 쳐내려고 하는 것 같습니다."

"그래요? 총장이 강의를 주지 못하게 한다는 것이 사실이면 그건 형사 고소감입니다. 그러나 지금 형사고소는 좀 그렇고 이제 교수님도 재판하시고 싶으시면 제가 도와드리겠습니다."

"무조건 하겠습니다. 이렇게 강의를 주지 못하게 해서 쫓겨나느니 재판을 해서 제 권리를 바로 찾아야지요."

"재판하면서 준비서면에다 진낙방 총장이 학과에 다니면서 했다는 말을 써서 제출하면 자신이 형사 고소당할 수 있다는 것을 우회적으로 알려주는 것이 되므로 중도에 교수님을 자르지는 못할 것입니다."

채서남은 한달음에 대학 측에 촉구서를 써서 보냈다.

촉 구 서

동서양대학교가 시행하여 온 연봉제와 관련하여 최근 채서남, 인화평 교수와의 소송에서 대학이 패소하여 연봉제가 불법임이 밝혀졌다고 들었습니다. 본인도 불법 연봉제에 찬성, 동의, 합의한 적이 없으나 지금까지 연봉제를 적용하고, 아무런 상의 없이 폐과했으므로 호봉제로의 전환, 불법 연봉제로 인하여 미지급한 임금 지급과 학과 복원을 조속히 해주시길 촉구합니다.

2019. 7. 17.
이 참 판

대학이 아무런 답을 하지 않자 이참판 교수는 곧바로 손변호사를 통해 소송을 제기했다. 공격이 최선의 방어라고 생각되어 빠르면 빠를수록 좋았다.

7. 건조물 침입죄

　다음 학기에 강의할 학과목은 대개 중간고사가 끝난 후 학기 말이 되기 전까지 미리 발표한다. 그래야만 전임교원은 다음 학기에 강의할 준비를 하고, 강사로 대체할 과목은 강사를 섭외해야 하기 때문이다. 그런데 채서남 교수는 이번 학기로 정년퇴임을 해서 관계없지만, 인화평 교수는 2019년 2학기 강의 배정이 완료되었기 때문에 포털에 공지된 대로 2019.6.12.에 다음 학기에 강의할 강의계획서를 동서양대학교의 포털에 접속하여 입력했다. 방학이 끝나갈 무렵인 2019.8.15.에는 인화평이 들어간 강의 시간표도 나왔다. 지도교수 배정까지 완료되었기 때문에 학생들이 수강 신청을 하고 있었다. 그런데 갑자기 컴퓨터 화면에서 과목은 있는데 교수 이름이 사라졌다며 학생들이 물어왔다. 인화평 교수도 무슨 문제인지 알 수 없어서 교무처에 전화해보라고 할 수밖에 없었다.
　교수 이름이 사라진 채로 수강 신청은 이루어져 첫 주 강의가 시작되었다. 새롭고, 더 열심히 가르치려는 마음으로 첫 주 강의를 잘 마친 인화평 교수에게 들리는 말은 인화평 교수가 맡는 과목에 대신들어갈 시간강사를 급히 수배하고 있다는 것이다.
　어디에서 들었는지 학생 대표가 근심스러운 표정으로 인화평 교수를 찾아왔다. 인화평 교수가 말했다.

"이번 학기에 학교에서 나를 쳐내려는 것 같아."

총학생회 부회장을 지내는 한종필이 말했다.

"교수님, 저희가 할 수 있는 일이 있으면 하겠습니다. 교수님께서 작년에 이미 재임용된 것도 저희가 압니다. 그런데 재임용된 후 한 학기가 지났고, 그다음 학기가 시작되어 2주차인데 내보려는 것은 말도 안 돼요! 총학생회 차원에서 대응하겠습니다."

인화평 교수는 잠시 생각에 잠긴 듯하다가 말했다.

"그래, 너희들이 정의로운 생각을 하는 것은 좋다. 그런데 나는 너희들이 조금이라도 다치는 것을 원하지 않아요. 다만 나를 도와준다면 지난주에 강의했기 때문에 이번 주에도 나를 강단에 서도록만 해주면 돼, 다른 것은 어떤 것도 원하지 않아요."

인화평 교수는 무언가 마음을 단단히 먹은 게 틀림없었다. 학생들은 인화평 교수를 잘 따랐다. 학생들은 이런 불법적인 일을 보면서 스스로 뭉쳤다. 그러나 학생회 차원에서 대응하게 된다면 이것은 큰 사건으로 확산될 것이었다. 인화평 교수는 학생들을 극구 말렸다.

다음날 인화평은 효명관 입구부터 학생들의 호위를 받으며 강의실로 들어갔다. 아직 여름의 끝자락 인지라 여름용 옅은 하늘색 콤비 차림의 인화평 교수는 학생들의 열렬한 환영을 받았다.

그런데 진낙방 총장이 뒤따라 들어왔다. 학생들은 우! 하는 야유를 보냈다. 주변 복도에는 교육부 사무관 출신 정후래 교수와 보직 교수들도 와 있었지만, 강의실 안으로는 들어오지 않았다. 채서남은 강의실 뒤편에 서 있었다. 진낙방이 말했다.

"인화평 교수는 계약불성립으로 이사회에서 판결되었으니 강의실에서 나가 주십시오."

이 말을 들은 채서남이 빙긋이 웃으며 말했다.

"이사회가 법원입니까? 판결이 뭡니까?"

순간 학생들이 낄낄거리며 웃었다. 인화평 교수는 이런 상태에서 학생들에게 피해를 줄 수 없다고 생각했다. 그리고 이미 물리력으로 해결하지 않으려는 마음을 굳게 먹은 것 같았다. 학생들에게 말했다.

"여러분, 미안합니다. 어른들이 하는 일이 이렇게 나쁩니다. 여러분은 사회에 나가면 이런 어른들이 하는 나쁜 방식이 아닌 정도로 살아가시기 바랍니다."

인화평 교수는 학생들에게 엎드려 큰절을 하고 일어섰다. 아무도 예상하지 못한 일이었다. 일어선 인화평 교수는 진낙방 총장을 향해서 물었다.

"귀하가 하는 이런 일들이 불법 아닙니까? 어떻게 학생들을 가르친다는 대학의 총장이 이렇게 불법을 합니까?"

진낙방 총장은 학생들이 보는 앞임에도 불구하고 창피한 줄도 모르고 대답했다.

"교원소청심사위원회에 갔다 오세요."

진낙방은 원래 무식했다. 역사를 전공했다면 기본한자 1,800자는 완전히 섭렵해야 하고 역사책이나 고전을 읽으려면 5~6천 자는 숙지해야 하는데 1,800자 기본한자도 다 몰랐다.

개교 첫해였다. 전임교수의 숫자가 매우 적어 25명 정도였다. 모두 한 식구 같았고 교수회의를 해도 가족같이 앉아있었다. 마침 채서남 옆에 앉아있던 진낙방 교수가 방(邦)자를 초서로 써놓고 읽어보라고 했다. 그래도 한자는 어디 가서 꿀리지 않는 채서남인데도 도저히 읽을 수가 없었다. 자신의 이름 방자를 사인 연습으로 써놓고 읽어보라고 한 것이다. 채서남이 글자를 보며 고개를 갸웃갸웃

하자 진낙방이 말했다.

"이거 방자입니다."

"방자라구요? 나라 방자 말입니까?"

"예."

"이렇게 자기 마음대로 흘려 쓰면 읽기 힘들지요. 진교수님 저기 저 벽에 걸려있는 액자를 한번 읽어보세요."

기분이 좀 언짢아진 채서남이 바로 앞에 보이는 교무처의 벽에 걸린 액자를 가리키며 읽어보라고 했다. 그 액자는 비 국전파인 서예가 김인석이 쓴 글씨였다. 진낙방은 액자에 해서체 정자로 쓰인 誨人不倦(회인불권)을 읽지 못했다. 채서남이 진낙방에게 공자가 말한 '사람을 가르치는데 게으르지 말라'는 뜻인 네 글자로 한 방 먹였는데도 부끄러운 줄 몰랐다. 그 후로도 그는 언제나 "내가 역사를 공부해봐서 아는데"라고 말의 서두를 꺼냈다.

학생들이 인화평 교수에게 듣는 강의는 전기 CAD 강의와 전자기학이었다. 공교롭게도 이 과목은 평소 맡아 가르치려는 교수들이 별로 없었다. 전자기학은 전기의 개념을 이해시켜줘야 하는 좀 까다로운 과목이고, 전기 CAD는 새로 개발된 툴이라서 아는 교수가 많지 않았다. 그래서 진낙방 총장은 강사를 구하지 못해 첫 주를 그냥 인화평 교수가 강의하도록 놔둔 것이었다. 강사를 구하기 힘드니까 준비도 안 된 시간강사를 겸임교수로 뽑아준다고 하여 급하게 데리고 왔지만, 인화평 교수와는 강의수준이 비교할 바가 못 되었다. 강사들이 강의를 들어갔을 때 학생들이 중간에 나가기도 하고, 엎드려 자고, 떠들고 해서 강의가 제대로 되지 않았다.

얼마 후 경찰서에서 인화평과 채서남 교수에게 연락이 왔다. 담당형사에게 무슨 일인지 궁금해서 물으니 건조물침입을 했기 때문에 고소가 들어왔다는 것이다. 형사와 약속 일자를 잡아 경찰서에 출두했다. 형사는 나이든 채서남에 대해서는 물어볼 게 없다며 신원 확인만 하고 주로 인화평 교수에게 물었다.

이때 옆에서 듣고 있던 채서남이 인화평 교수에게 담당 형사가 사건을 이해하기 쉽게 처음부터 자초지종을 아주 간략하게 설명하라고 일러줬다. 형사는 인화평이 하는 말을 끝까지 들은 다음 조서를 작성하다가 갑자기 정색하면서 말했다.

"제가 했다고 하지 마시고 이거 무고로 고소해버리세요"

형사는 사무처장 오동일이 고소인 조사를 받으면서 압력을 행사한 것과 위로부터 압박이 들어 온 것이 매우 불쾌한 것 같았다. 만약 무고로 고소하면 고소 사건이 다시 자신에게 배당될 것은 확실했다. 채서남은 무고로 고소가 들어오면 형사는 두 사건을 묶어서 초를 쳐 버리려는 계획임을 금방 알아차렸다. 물을 한 모금 마신 인화평은 전체의 줄거리를 간단하게 정리해서 다시 말했다.

"형사님, 간략히 다시 말하면 제가 재임용된 후 6개월이 지난 다음 성과급 연봉제에 사인하지 않는다고 계약불성립으로 학교에서 쫓아냈지 않았습니까? 그런데 계약불성립을 통지한 이후에 강의실에 들어왔기 때문에 건조물침입이라고 하는 것은 말이 안 됩니다. 자신들이 말한 성과급 연봉제는 고등법원에서 불법으로 확인되었고 저를 재임용까지 해놓고 말입니다. 그리고 강의실 복도까지는 모두 오픈되어 있어서 동네 사람 누구나 들어 올 수 있는 구조입니다. 이게 말이 됩니까?"

담당 형사가 말했다.

"제가 봐도 말이 안 됩니다. 제가 했다고 하지 마시고 무고로 고소해버리시라니까요."

금요일 오후였다. 인화평 교수에게서 전화가 왔다.

"채교수님 오늘은 제가 맛있는 것 한번 사 드릴게요."

"맛있는 것은 먹을 건데, 돈은 내가 낼 거니까 미리 내지 말아요."

둘 다 실업자가 되었지만 먹는 것까지 찌질하다면 처량한 생각이 들까 봐 둘은 용인에 있는 만수정이라는 민물장어를 잘한다는 곳에 갔다. 2인분을 시키니 잠시 후에 석쇠 위에 넓찍하게 펼쳐진 장어 2마리가 지글지글 구워졌다. 일하는 아주머니가 와서 가위로 자른 다음 장어 도막을 옆으로 쭉 세우고 다시 조금 있다가 반대로 세워 구웠다. 먹어도 된다고 할 때쯤 인화평 교수는 만 원짜리 지폐를 접어서 아주머니에게 차비 하라고 쥐여 주었다.

아주머니가 기쁜 표정을 하면서 다른 테이블에 도움을 주러 가자 채서남은 깻잎 한 장을 손 위에 얹고 장어 하나와 생강 채 썬 것, 기름에 구운 마늘 한 조각을 올려서 싼 다음 한입에 넣었다. 장어의 기름기가 입안에 가득했다. 둘은 장어요리를 맛있게 먹었다. 배가 부를 때쯤 채서남이 말했다.

"진낙방 총장이 자신의 영달만을 위해서 교수들의 임금과 자존심을 짓이겨 뭉개면서 지금 저러고 있습니다. 교수 출신 총장으로서는 절대로 생각조차도 해서는 안 될, 다른 교수에게 평생 영향을 줄 일을, 음, 급여나 연금을 받으면서 평생 욕할 일을 그놈의 총장이 뭐라고 그러는지 모르겠습니다."

"그러게 말입니다. 참 나쁜 사람 같습니다."

"나쁘지요! 그런데 제가 나쁜 인간을 말하는 것은 그 인간이 가지고 있는 단순한 선악개념을 말하는 것이 아닙니다. 인간이 개인의 영달이나 부귀영화를 누리기 위해서 어떤 나쁜 행위를 했을 때 주변에 주는 영향이 어떤 것인가를 말하는 것입니다. 우리나라 전체로 볼 때 미미하다면 곧 잊혀지는 적은 것이지만 자신의 영향력이 많이 미치는 사람이 나쁜 일을 하면 할수록 더 나쁜 사람이 됩니다. 예를 들어 나라를 판 친일파로 인해 온 국민이 36년의 엄청난 피해를 입게 한 사람은 정말 나쁜 사람인 것이죠. 그런 의미로 조그

많지만 동서양대학교란 사회안에서 교수의 급여체계를 정당한 논의와 절차 없이 이런 나쁜 방법으로 전국에서 제일 먼저 10여 년 간 급여를 동결한 후 급여의 70%만 기본 급여로 하고, 교수를 임의로 평가하여 나머지 30%를 나누어 주는 마이너스 성과급 연봉제를 정착시켜 이것이 전국 사립대립대학의 표본으로 만들려고 했던 오만일과 그 하수인 진낙방은 매우 나쁜 사람인 것입니다."

"채교수님이 말씀하시는 것은 사회에서의 일이고 그가 교회에서는 장로인데, 교회에서는 자신이 장로라고 경건한 척, 신앙이 있는 척하면서도 밖에 나오면 저리도 불법을 합니다. 신앙인이 아니라 일반 사람들도 그러면 안 되는 행동입니다."

"그래요. 저런 행동은 마음속에 신앙인으로서 천국의 도, 십자가의 도가 없는 것이에요. 목사 아니라 장로, 아니 장로 할아버지가 되었어도 저런 행동은 말 그대로 낙제입니다. 낙방입니다. 진짜로 낙방입니다. 진낙방!"

채서남의 아재 개그에 웃음이 나오는지 인화평이 잠시 웃다가 말했다.

"맞아요. 뻔히 성과급 연봉제가 불법인 줄 알고, 법원에서도 불법으로 판명된 것을 알면서도 교원소청에 갔다 오라고 말하는 것은 순전히 악질 그 자체입니다. 이사회에서 8개월 전에 재임용시켜 놓고 인제 와서 무슨 헛소린지, 계약불성립이라니, 이렇게 진낙방이 교회 밖에서도 옳지 않은 도구로, 사탄의 도구로 사용되고 있습니다. 그런데 그런 모습을 자신만 모르고 있는 것 같아요. 그런 모습은 크리스천 제일의 목표인 구원을 생각하지 않는 일입니다. 크리스천이 구원받지 못하면 아무런 의미가 없는 삶이지요. 진짜 낙방이지요."

"그래요, 우리도 진낙방이 하는 못된 일에 원수를 갚으려다가는 낙방하게 될지 모릅니다. 우리는 지금까지 낙방하지 않기 위해 한 번도 보복도 하지 않았잖아요? 교수님, 그동안 참으시느라고 참 힘드셨습니다. 우리 앞으로도 꾹 참고 하나님만 바라보고 정도(正道)로만 가요."

둘이 서로 위로하며 상추와 깻잎에 장어를 쌈 싸 먹은 얼마 뒤 검찰에서 사건 결과 통보를 받았다. 무혐의였다. 그것을 받아든 인화평과 채서남은 끝까지 끓어오르는 분노를 삼키면서도 무고로 고소하지 않았다.

채서남은 우사를 개조해 만든 작업실에 돌아와 진공관 앰프를 켰다. 진공관이 붉게 달아오르면서 음악이 나왔다. 맨 먼저 나오는 노래는 오래전의 스키터 데이비스(Skeeter Davis,1931~2004, 미국)의 노래였다.

> Why does the sun go on shining~

아! 저 노래의 제목이 뭐였지? 나이가 들었나? 왜 이렇게 생각이 안 나지? 한참 후에 생각이 났다. 그래. The end of the world였지, 응, 세상의 끝! 채서남은 조용히 가사를 음미해보았다.

> 그대의 사랑을 잃었을 때 세상은 끝나고 말았는데 …….
> 아침에 일어나 정말 놀랐어요.
> 어떻게 모든 것이 예전과 다름없이 돌아가는 거죠?
> 이해할 수 없어요. 정말 이해할 수 없어요
> 어떻게 세상이 그대로 돌아갈 수 있는지‥‥.

채서남은 두 손을 잡고 조용히 기도했다.
"절대자여! 뭐가 아쉽고 부족해서 저를 기억하십니까? 저는 이제 은퇴하고 덤으로 사는 인생입니다. 오늘 데려가셔도 주변에 아쉽게 생각할 사람 별로 없는 사람입니다. 제가 지금 할 수 있는 일이 뭐가 있겠습니까? 세상 모두를 가진 조물주여! 스키터 데이비스는 사랑하는 사람이 떠났을 때를 세상의 끝이라고 합니다. 사랑하는 사람이 떠났는데 다음 날 아침에 보니 세상은 예전과 똑같이 해가 뜨고 새도 울면서 아무런 문제없이 돌아가고 있어서 이해할 수 없답니다. 인간 세상에서는 그런데 신의 세계는 좀 다른가요? 제가 끓어오르는 분노를 가슴에 꾹 누르고 눈물을 삼킬 때 조용히 말씀하셨지요? 원수 갚는 것은 나에게 맡기고 너는 불쌍한 그들을 위해 기도해주라고요. 창조주여! 행여 제가 부지불식간에 거친 말이 솟구쳐 나오더라도 참고 누르다 삐져나온 것이니 빙긋이 웃으시며 안아주세요. 지금 저들이 우매한 행실을 깨닫고 돌아오기를 기도합니다. 지존자여! 왜 악한 자 중에서 제일 순한 자를 맨 먼저 작별하게 하셨나요? 더 악한 자들은 남겨두시고 말입니다. 저에게 정그래 교수 죽음은 충격이었습니다. 하나님! 그것은 당신의 영역이니 제가 뭐랄 수는 없지요. 다시 한번 기도합니다. 영혼이 불쌍한 저들에게 다시 한번 더 기회를 주세요."

8. 교수는 무엇으로 사는가?

채서남 교수는 효명관 위로 뉘엿뉘엿 넘어가는 해를 한참 바라보다가 인화평 교수에게 질문했다.

"인교수님 혹시 토역경과(討逆慶科)란 말 들어봤습니까?"
"아니오, 토역, 뭐, 처음 들어보는 말입니다."
"이 말을 처음 들어보셨어도 전혀 이상하지 않습니다. 그것은 승자가 된 쪽에서 역사를 왜곡하거나 의도적으로 외면해왔기 때문입니다. 혹시 인교수님은 학교 다닐 때 조선 시대 영조에 대해서는 어떻게 배웠습니까?"
"그거 영조는 80세 넘게 살았고, 재위도 50년 넘게 했다고 배웠지요. 그리고 탕평책을 쓰고 균역법을 시행한 성군으로 배웠습니다."
"저도 그렇게 배웠습니다. 그런데 그것은 노론의 시각에서 어떤 사실을 덮고, 외면하고, 어떤 사실은 강조한 역사교육의 하나입니다. 영조는 실제 성군과는 거리가 멉니다. 토역경과란 말이 나온 것은 당시 나주에서 괘서 사건이 있었는데요. 이 사건으로 나주 목사는 물론 소론을 모두 죽이자 승자가 된 노론들이 정권을 잡아 결국 조선을 말아먹고 친일파로 변신하고 해방 후 지금까지도 그들이 역사의 중심에 있습니다. 우리는 그들이 집필한 역사 교과서로 공부했기 때문에 모를 수밖에 없습니다."

"우리가 그동안 어떤 한 부분을 확대해석하거나 왜곡된 역사를 배웠다는 것이 매우 언짢은데요"

"나주에서 누군가가 '간신배가 정치하니 나라가 어지럽고 도대체 이 조정에는 위로부터 아래로까지 쓸 만한 놈이 하나도 없고, 임금이 임금다워야 임금이지'라는 글을 걸어 놨다는 겁니다. 이게 나주 괘서사건인데 그 글이 걸려있는 것을 본 나주 목사가 별것 아닌 것으로 생각하고 그냥 덮었는데 이 내용이 임금의 귀에 들어가자 화가 난 영조가 나주 목사는 물론 사촌, 외가, 종들까지 모두 잡아와 입을 찢어 죽였습니다. 이 반역을 토벌하고 나서 과거를 시행한 것이 토역경과입니다. 그런데 어떤 선비가 답안지를 다른 사람은 반도 쓰지 못했는데 맨 먼저 내서 영조가 그 답안지를 보게 되었습니다. '나라가 다 썩어서 이런 하늘아래서는 단 한시도 살 수 없다. 자신은 지금 죽어도 좋다'는 내용이었습니다. 영조가 그냥 넘어갈 수 없었던 것은 그다음 답안지도 시험제목과 이름이 쓰여 있지 않은 고발문인 상변서였습니다. 영조가 시쳇말로 뚜껑이 열려서 당사자는 물론 사촌 외가 뭐 할 것 없이 잡아다가 몇 달간에 걸쳐서 곤장을 쳐서 죽이든가 사지를 묶어 말을 달리게 하여 찢어 죽이는 능지처참을 한 거죠. 영조가 지휘하면서 무려 700명이나 죽였는데요. 이보다 훨씬 많은 사람이 죽을 수도 있었는데 사도세자가 대리청정하면서 막았기 때문에 그 정도였습니다. 이 과정에서 결국, 소론의 편에 선 사도세자도 아버지 영조와 갈등이 심해지고 노론의 음모에 뒤지 속에서 굶어 죽게 됩니다. 이 피비린내 나는 소론과 노론의 싸움에서 소론은 다 죽고 노론만 남아서 조선 말기와 일제강점기를 거쳐 지금까지도 득세하면서 살고 있고, 우리는 그들의 시각으로 쓴 역사책으로 공부한 것입니다."

"아, 참으로 무섭네요. 그런데 그렇게 큰일이 있었는데 어떻게 우리는 지금까지 몰랐을까요?"

"그것은 종교개혁 때를 되돌아보면 알 수 있습니다. 금속활자가 발명되기 전까지는 필사본의 성경책을 수사들만이 가지고 봤습니다. 그만큼 귀했습니다. 그렇지만 인쇄술이 발전하면서 일반 국민도 성경을 접하게 되자 구교가 잘못된 것을 알게 되어 종교개혁으로 이어졌듯이, 요즈음은 조선왕조실록이나 옛 문서들이 디지털화되어 저장되고 있습니다. 그래서 누구나 마음대로 접할 수 있게 되니 시원찮은 전문가보다 비전문가가 더 많이 알게 되기도 했습니다. 그동안 숨겨놓고 왜곡한 것이 다 드러나는 것은 시간문제입니다."

"일반인들이 한문으로 된 조선왕조실록 등 방대한 고문서에 접근이 어려울 때 노론의 후손들이 서울대학교, 학술원 이런 데서 교수로, 원로로 있으면서 왜곡된 논리를 개발해서 교과서를 만들었기 때문이라는 것이죠?"

"예"

"그런데 사도세자와 관련해서는 혜경궁 홍씨의 한중록을 가지고 주장하는 학자도 있습니다만 ……."

"아, 그게요. 혜경궁 홍씨의 위치를 보면 이해가 됩니다. 우리는 그냥 사도세자가 사람을 몇 십 명 죽인 미친 사람인 것으로 단순하게 알지만 혜경궁 홍씨의 처지에서 보면 가문을 생각하지 않을 수 없었기 때문에 그 시각에서 쓴 것뿐입니다. 세 번이나 고쳐 쓴 한중록은 한마디로 영조와 사도세자는 미쳤고 홍씨네는 이 사건들과는 무관하다는 것입니다. 다른 어떤 문헌에도 나오지 않고 단지 한중록에만 나오는 것을 어떻게 다 믿을 수 있겠습니까? 단지 참고만 해야지요."

채서남 교수가 다시 말을 이었다.

"이처럼 영조가 소론을 다 죽였기 때문에 노론만으로 조선 말기로 이어져서 나라를 일본에 빼앗기고 해방된 후에도 우리가 왜곡된 역사를 배우듯이 오늘날 우리 대학은 소론에 해당하는 교수는 다 없어지고 남은 사람은 겨우 이제 서너 명에 불과합니다."

요즈음 학교 돌아가는 모습을 보면서 인화평 교수는 속이 답답해서 목이 메는지 먹먹해진 목소리로 말했다.

"노론에 해당하는 교수들은 정말 교수로서 해야 할 학생지도와 연구 활동은 하지 않고, 거기에 맞춰 자신들이 유리하도록 내년도 교원평가의 연구 활동은 5%만 배정하였다고 합니다. 그러니 연구할 필요가 없습니다. 특히 총장이 주는 정성평가를 50% 배정했으니까 교수들 생사여탈권은 총장에게 있는 겁니다. 그래서 논공행상으로 자리싸움에만 열중이고, 오만일은 회전문 인사만을 하니 이 대학의 앞날은 정말 깜깜합니다."

"그러니까요, 아무리 교수가 잘해도 소론 쪽 교수는 절대로 승진시키지 않습니다. 수도 몇 명 되지 않지만요. 학생들이 교수를 평가해서 상을 주던 교수평가도 다음 학기부터 폐지한다고 합니다. 아무리 해봐도 지난 십여 년간 연봉제 반대하는 교수들만이 우수와 최우수상을 받았기 때문이죠."

인화평 교수는 무슨 생각에선지 피아노를 전공한 홍민아 교수에 대한 말을 꺼냈다.

"학과가 없어져 교양과를 돌아다니면서 강의하는 홍민아 교수 보세요. 여러 학과의 학생들이 섞여 있고, 강의실도 여기저기여서 매번 옮겨 다니고, 수강생 수는 많은 이런 정말 어려운 악조건 속에서도 학생들의 평가가 우수상이 나왔다는 것은 정말 기적입니다. 기적!"

"인 교수님도 지난 몇 년간 교원평가에서 최우수상을 받았잖아요? 학생 딱 10명 가르치는 보직교수가 학생 전체를 중국집에 데려가서 탕수육 사주고 우수상 받은 경우를 빼면 우수상 이상 받은 교수들은 지금 모두 연봉제에 반대해서 마지막까지 남은 소론교수 세 명뿐입니다."

오만일이 오로지 돈, 돈 하니 교수들은 페이퍼 작업만 하였고, 학과를 옮겼으니 전공강의가 제대로 될 수가 없었다. 연봉제로 급여에 대한 불안감과 폐과에 대한 불안감은 항상 엄습해와 교수들은 정말 편할 수가 없었다. 채서남 교수는 마음속에 결단했는지 힘 있는 목소리로 말을 이었다.

"학교가 어렵고, 상황이 복잡해도, 또 누가 뭐라고 하더라도 우리는 학생 열심히 가르치고 잘 지도해서 사회에 잘 적응하도록 하는 것이 먼저지 않겠습니까. 교수는 예전에도 그랬지만 지금도 학생이 먼저입니다. 올바른 생각과 주변을 돌아보면서 떳떳한 민주시민으로 살아가도록 희망과 포부를 주는 꿈을 갖도록 가르치고 지도해야 합니다."

"그래요. 꿈이라고 하니까 지금 우리는 리처드 바크가 지은 갈매기의 꿈에 나오는 조나단 같은 생각이 듭니다. 무리에서 나온, 내팽겨쳐 진 것 같은 ……. 그럴지라도 앞으로 저와 교수님은 자신을 속이지 않는 학자의 마음으로 자존심을 갖고 살아요. 어느 누가 인정해주지 않아도 하나님만은 우리의 마음과 행동의 진실을 아시고 계실 겁니다."

인화평 교수는 나이 들어서 매우 큰 어려움에 봉착했어도 차분한 마음을 가지려고, 자존심을 잃지 않으려고 노력하고 있었다.

이러는 사이 이참판 교수의 재판은 많은 공방 끝에 1심 재판이 끝났다. 이참판 교수의 승리였다. 채서남, 인화평 교수가 대법원에서 이미 이겼기 때문에 같은 내용의 재판에서 다른 결과가 나올 수 없었다. 학교에서는 대형 로펌을 통해 고등법원에 항소했으나 이 항소마저 이참판 교수가 승소했다. 이 재판과정에서 그동안에 횡포를 부렸던 교수들의 성과급 연봉제 계약서가 을호증으로 무더기 제출되었다. 또 그동안 이생김, 진낙방 등이 교수들을 압박해서 받은 각종 동의서, 연봉계약서 등 꺼내 놓기 부끄러운 흔적들이 고스란히 을호증으로 제출되어 볼 수 있었다. 그렇게 큰 로펌이 대학 측을 변호했어도 패소하자 대학은 그동안 호봉제와 연봉제의 차액 1억 원을, 아니 정확히 9,870만 원을 이참판 교수 계좌로 입금했다.

오만일이 2011년 대학을 인수해서 급여를 동결했고, 이참판 교수가 재판에서 승소해서 차액 1억 원을 받은 해는 2022년이기 때문에 모두 받았다면 훨씬 많은 돈이었을 것이다. 그런데 임금의 소멸시효는 3년이었다. 이참판 교수가 재판을 건 2019년으로부터 3년 전인 2016년부터 인정을 받았어도 호봉제와 연봉제의 차액이 1억 원이나 되었다.

이렇게 재판에서 이참판 교수가 이겨 대학으로부터 돈을 받았다는 것을 교수들이 알고는 슬그머니 다가와 물었다.

"이교수님, 이번 재판 끝나고 얼마나 받았습니까?"

"받을 만큼 받았습니다. 제가 얼마라고 말하기는 좀 그렇습니다."

"우리도 재판하면 받을 수 있을까요?"

"아니, 교수님! 그동안 연봉제에 매번 다 사인해주지 않았습니까? 그리고 채서남, 인화평 교수가 재판에 이겨서 학교로부터 호봉제와 연봉제 차액을 받았을 때, 그러니까 2020년 3월에 교수님들이 들고일어났지 않았습니까? 그때 진낙방 총장이 연봉제 합의를 하자고 했고, 앞으로 퇴임까지 남은 연수에 따라서 500만 원에서 1,200만 원씩 받기로 하고 모두 연봉제에 다시 합의해주셨잖아요? 대부분 500만 원을 받았지만 말이죠. 그렇게 수없이 연봉제에 사인하고 다시 합의서까지 써주어 놓고 어떻게 재판을 겁니까?"

"으음,"

"2020년에 합의서라도 작성하지 않았으면 그래도 한번 붙어라도 볼 텐데, 세상에 어떻게 단돈 500만 원에 합의해 줍니까?"

"끄응! 안 된다는 말씀이시지요?"

얼마 후였다. 이참판 교수는 2023년 1월 봉급을 받고서는 기분이 매우 좋아서 채서남과 인화평 교수에게 연락해왔다. 식사 대접을 하겠다는 것이었다. 채서남 교수와 인화평 교수가 죽백동에 있는 갈비집으로 초대되었다. 이참판 교수가 말했다.

"교수님, 감사합니다. 다른 호봉제 교수는 500만 원 받고 합의해 주었는데요. 저는 이번 달 급여를 받아 보니까 교수님 말씀이 맞아요. 이달의 봉급에는 정근수당, 명절 수당이 합쳐졌기 때문에 그렇겠지만 1,560만 원을 받았습니다. 이번 한 달 더 받은 봉급만도 합의금 500만 원보다 훨씬 많습니다."

"이 교수님이 많이 받아 기분이 매우 좋으신 것 같은데 그동안 얼마나 구박을 받았습니까? 총장이 각 과를 돌아다니면서 강의를 주지 말라고 하지를 않나, 멀쩡한 도자기 굽는 가마를 치우겠다고 하지를 않나, 조금 고치면 될 전기 가마를 고쳐주지 않아서 교수님이 개인 것을 가져다 놓지를 않나, 이렇게 매우 힘들지 않았습니까? 그 구박과 힘들었던 나날에 대한 보답으로 생각하시면 됩니다. 그런데 교수님은 다른 교수들에게는 얼마를 받았다는 말을 하면 안 됩니다. 교수님이 말을 꺼내면 재단에서는 교수님을 타켓으로 삼습니다."

"명심하겠습니다. 절대로 제가 먼저 말을 꺼내지 않겠습니다."

"교수님이 올해는 매달 100만 원씩 더 받고, 내년에는 매달 약 110만 원, 그다음 해에는 매달 125만 원씩 더 받게 됩니다. 그렇게 매년 조금씩 올라가 정년퇴임 때까지 남은 5년을 그렇게 더 받게 됩니다. 게다가 사학연금의 퇴직 일시금도 몇 천만 원이 올라가고 은퇴해서 매달 받는 연금도 4~50만 원이 더 올라갑니다."

"아! 이렇게 기분 좋은데 아무에게도 말하지 못하다니. 크~, 어떻든 기분이 매우 좋습니다. 그동안의 급여차액, 매월 급여 상승분, 연금일시금 오른 것, 연금 상승분 등을 현재 아버님 살아계시는 나이만큼만 내 나이에 대입해 봐도 4~5억 원이 넘습니다. 그런 많은 금액을 단돈 500만 원에 합의해줘 놓고 자꾸 와서 물어봐요! 여하튼, 정말 채교수님이 아니면 감히 저는 꿈도 꾸지 못할 일입니다. 교수님! 감사합니다."

"나는 이 교수님이 더 감사해요! 내가 처음에 재판 시작할 때 교수님에게 말했듯이 어떤 고난과 고통이 오더라도 드롭하지 않고 끝까지 할 용기가 있어야 도와준다고 하지 않았습니까? 그동안 이 교수님이 재단으로부터, 또, 일부 교수로부터도 얼마나 힘들게 고통을 받았습니까? 이 교수님이 정말 고생하셨습니다. 교수님이 못 버텼다면 저의 도움이 뭐가 됩니까? 아무것도 아닌 게 됩니다. 제가 이 교수님에게 감사한 게 또 하나 있습니다."

순간 이참판 교수의 눈이 초롱초롱해졌다. 채서남 교수의 말은 계속 이어졌다.

"교수님! 교수님은 다른 것을 몰라도 학생들 정말 열심히 가르치고 지도하잖아요? 연봉제에 사인하지 않은 단 두 교수인 홍민아 교수와 교수님이 각 학과, 각 강의실을 빙글빙글 돌아다니면서 어려운 환경에서 강의하지만, 학생들 강의평가가 최우수, 우수잖아요? 제가 도와드리는 명분이고 힘이 납니다. 그리고, 제가 은퇴하고 나서 교수들 도와주겠다고 한 적이 있었잖아요? 그때 재판을 걸어서 해결해 주려고 만반의 준비를 하고 있었습니다. 4, 2, 4 전법으로요."

"4, 2, 4 전법이요?"

"아, 그거 제가 제목을 붙였는데요. 제가 교수들을 개별적으로 만났잖아요? 찻값은 모두 제가 지불하고요. 그런데 재판을 걸고 싶은 사람이 10명 정도 파악되었습니다. 그래서 먼저 4명, 그다음, 2명, 그다음 4명이 일주일 간격으로 재판을 걸면 그 교수들은 지금 모두 이 교수님과 같이 되었을 겁니다. 그리고 저 비리재단은 조용히 보따리를 쌀수 밖에 없고요. 그런데 맨 먼저 재판을 걸기로 약속했던 4명 중 한 여교수가 마음을 바꿨기 때문에 이루어지지 않았지 않았습니까? 자신은 심지가 굳지 않으면서 남이 해주기만 바라서는 되는 일이 없지요. 교수는 학자의 자존심을 가지고 살아야 합니다. 학자의 자존심을 가지고 연구하고 열심히 학생을 가르쳐야지요."

"학자의 자존심을 가지고 …… "

2024년 동서양대학교 신입생모집 요강에는 그동안 42개 학과이던 학과를 통폐합해서 26개 학과로 줄이고 모집정원도 1,147명으로 몇 백 명을 줄였다. 이렇게 입학정원을 줄이는 것을 무슨 컨설팅을 받아서 시행한다고 하는데 그것은 명백히 자해행위가 될 것이었다. 폐과된 16개 학과의 교수들은 앞으로 어디로 가게 되는가? 벌써 발 빠르게 움직이는 교수는 명예퇴직을 신청하고 있었다. 연금은 보수월액으로 계산하는데 퇴직하는 시점에서 앞으로 5년 것을 평균하기 때문이었다.

9. 소청심사위원회

　채서남 교수는 20여 년 전에 소청심사위원회의 전신인 교원징계재심위원회에서 승리한 적이 있었다. 그래서 그 심사과정도 잘 알았고, 이런 일이 일어났을 때 그 심적 고통도 잘 알았다. 정말 안 갔으면 좋겠지만, 거기에 오는 교원들 상당 부분은 불의에 참지 못하거나 심지가 굳어 재단의 횡포에 맞선 경우가 대부분이었다.
　인화평 교수는 손 변호사를 선임하여 교원소청심사위원회에 서류를 제출했다. 서류를 접수한 지 2개월 내에 결정을 내리지 못하면 1달을 연기해서 최장 3개월 안에 결정해야 하므로 법원보다는 상당히 신속하게 진행되었다. 인화평 교수는 몇 번의 소청심사위원회의 자료요청에 맞추어 서류를 제출했다. 마침내 청구인 인화평 교수가 직접 구두로 진술하는 날짜가 잡혔다. 이날 참석하여 진술하면 그 날 아니면 다음 날 결정이 난다.
　소청심사위원회는 대전 종합청사 안에 있었으므로 심사하는 날에는 채서남도 같이 가기로 하였다. 손 변호사는 자신의 차로 따로 운전해가서 청사 앞에서 만나기로 하였고 채서남은 인화평 교수가 운전하는 차를 타고 갔다. 아무래도 이런 일은 좀 일찍 가는 것이 좋을 것 같아 예상시간보다 2시간여 빠르게 도착할 수 있도록 갔다.
　한참 고속도로를 가는데 인화평 교수가 채서남 교수에게 말했다.

"제가 원래 꿈을 잘 꾸지 않고, 꾸어도 잘 믿지도 않지만, 어제는 이상한 꿈을 꾸었습니다."

"꿈이라? 어떤 꿈인데요?"

"황정미 변호사의 꿈인데 두툼한 흰 봉투를 들고 위층으로 올라가는 꿈이었습니다."

"위층이면 자신이 예전에 근무하던 곳인데, 음, 흰 봉투에는 무엇이 들어있는지 알 수 있었나요?"

"돈으로 느껴졌습니다."

"오! 그거 좀 이상한데? 소청심사위원회도 변호사들 로비의 장인가?"

소청심사가 이루어지는 곳에는 정후래 교수도 미리 와 있었다. 채서남은 속으로 저 후레자식이 오늘 왜 왔을까 하는 생각이 들어 기분이 별로였다. 정말 이해가 되지 않는 일은 왜 대학의 재단 관계자가 아닌 자가 교수들의 재판이나 각종 일에 참관하는지 이해할 수 없었다. 그런데 정후래 교수는 학교 측 관계자로 등록이 되어있어서 심사하는 곳에 입장할 수 있었지만 채서남 교수는 퇴직하였기에 입장이 아예 안 되었다.

심사할 시간이 되자 인화평 교수와 손 변호사만이 입장하여 심리가 진행되었다. 채서남 교수는 기다란 복도의 한쪽에 마련된 의자에 앉아 유튜브를 보면서 지루한 시간을 기다리자 드디어 인화평 교수가 끝나고 나왔다. 만족한 표정이었다.

우리는 엘리베이터 앞에서 손 변호사와 헤어졌고, 왼편 복도끝에 있는 화장실에 들렸다. 채서남이 화장실에 들어갔을 때 인화평 교수는 어디선가 전화가 왔는지 전화를 받느라 들어오지 않았다. 인화평 교수가 전화를 받으면서 보니까 멀리 황정미 변호사가 조그만 하얀 쇼핑백을 들고 엘리베이터가 오자 위층으로 올라가는 것이 보였다.

소청심사위원회는 언제나 서류로 사실심리를 해놓고 당사자를 불러 확인한 후 빠르면 당일 오후나 늦어도 다음 날 아침에는 결정한 결과를 휴대전화 문자메시지로 보내주었다. 그리고 결정서는 그로부터 하루쯤 후에 보내준다.

오후 늦게 소청심사위원회에서 보내온 문자메시지에는 인화평 교수의 주장이 받아들여 지지 않은 것으로 떴다. 도저히 이해되지 않는 결정이었다. 다음날 결정문이 도착했기 때문에 채서남은 읽어보다가 깜짝 놀랐다. 16여 페이지가 넘는 결정문에는 커다란 흠결이 여러 군데 있었다.

결정문이 장문이기 때문에 미리 쌍방의 서류를 검토한 후 인용이냐 기각이냐를 결정해서 결정문을 작성해놨다가 당사자를 불러 사실 확인이 끝나면 당일 아니면 다음 날 오전에 결정된 내용을 문자메시지로 보내고 결정문은 결재를 받아서 보내주었다. 그렇다면 인화평 교수가 소청심사위원회에 참석했을 때에는 이미 결정문이 작성되어 있어야 한다. 그런데 그 결정문이 갑자기 고친 흔적이 있었다. 심지어 뒷부분에는 인화평이 이기는 쪽으로 작성된 것을 미처 고치지 못한 부분도 있었다.

인화평은 꿈을 생각해보았다. 흰 봉투가 사실이라면? 세상이 그렇게 썩었지, 아담과 하와 때부터 그랬지, 카인과 아벨도 그랬지, 혼자 이런 악한 자들 하면서 아랫입술을 깨물었다.

인화평 교수는 곧바로 행정소송을 준비해서 접수했다. 그리고 지루한 공방 끝에 승소했다. 행정소송에서 패소한 대학 측에서는 따끈따끈한 전관 수석재판연구관 출신의 금만원 변호사를 큰돈을 들여 선임한 후 고등법원에 항소했다. 그렇게 했어도 대학은 패소했다. 대학은 다시 금만원 변호사를 선임해서 대법원에 상고했다. 그리고서 재판은 몇 년째 잡아두고 있었다. 재판을 길게 잡아두는 것은 재판연구관들의 재량으로 가능했기 때문이었다. 채서남은 대법원에 사람을 통해서 알아보았다. 쟁점이 없는데도 그냥 캐비넷 안에 넣어두고 있다는 것이다. 채서남은 이런 내용을 손 변호사와 상의했다. 손 변호사는 대법원에 진정서를 내면 빨리 끝낼 수도 있다고 해서 인화평 교수에게 전했어도 그는 그렇게 하지 못하게 했다. 자신은 하나님을 믿는 신앙인으로서 하나님께서 길을 열어주실 거라는 확실한 믿음으로 기다린다고 했다.

그 후 어느 날이었다. 인화평 교수가 채서남 교수에게 조용히 말했다.

"교수님 기도하는데 이런 목소리가 들렸습니다. '만약 너에게 이런 고통이 없었다면 나와 이렇게 친밀하게 대화할 수 있었겠느냐? 이토록 작은 일에 감사할 마음이 들었겠느냐? 네가 지금보다 온유할 수 있었겠느냐? 라고요. 그래서 저도 기도했습니다. 예수님의 기도처럼 '내 뜻대로 마시옵고 아버지 뜻대로 하십시오'라구요."

그러면서 인화평 교수는 계속 말했다.

"교수님, 앞으로 대학이 몹시 어려워질 것입니다. 제가 만약 지금 복직해 들어간다면 남이 해주기 바라고, 열심히 가르치지는 않으면서 돈은 많이 받기를 바라는 교수들이 다시 저를 앞세워 이용하려고 연구실 문지방이 닳아 없어질 정도가 될 것입니다."

"아! 맞아요. 그거는 인정합니다. 지금도 그들의 마음속에는 교수님의 법적인 문제가 빨리 해결되어 들어오기만을 기다리고 있습니다."

실제로 동서양대학교는 최근 상황이 시나브로 어려워지고 있었다. 인화평 교수가 나간 뒤로 주변의 대학들은 수도권 대학들이라서 지방대학들과는 달리 아직 입시율이 거의 100% 가까운데도 동서양대학교만이 유일하게 몇 년째 73% 남짓 되었고 재단은 교수들 급여를 걱정해야 하는 지경에 이르렀다.

토요일 오후 채서남 교수는 강아지와 산책을 나섰다. 산책하는 내내 대법원 수석재판연구관 출신 변호사의 법정 모습이 자꾸 떠올라 평소보다 천천히 걸었다.

'재판연구관은 재판에 대한 여러 가지 연구를 많이 했겠지. 그런데 모두 공평하고 바른 재판을 받도록 좋은 영향력을 주려는 연구만 했을 것 같지는 않아! 왜 나는 자꾸만 그렇게 느껴질까? 피고와 원고 쌍방변호를 했던 변호사는 도대체 무엇을 위해 무엇으로 살고 있는가?'

'깃이 닳아 짧아진 목도리를 하고 조그만 손수레에 흩어진 박스를 주워 담으면서도 천사와 친밀한 대화를 하며 조그만 일에 감사하는 머리 허연 노인은 팽개쳐 버리고, 높은 지위와 돈 많은 재벌을 병풍 삼으면서 수만 명의 교인 앞에서 세를 과시하며 거룩하고 경건한 척하는 목사는 과연 무엇으로 사는가? 그런 교회에 다니면서 전 재산인 집을 팔아서 바친 교수가 대학 내 모든 위원회에 참석해서 재단 측 손만을 들어주는 불의한 그녀는 무엇을 위해서 사는 것일까? 최근 폐과되어 힘들어지자 명예퇴직을 언제 하는 것이 좋을지 연금계산을 해보는 그녀의 마음에 과연 하나님이 계실까?'

채서남 교수는 붉은 노을이 더 붉어지는 만큼 곧 서산 아래로 사라질 석양을 보면서 둑길 한쪽의 둔덕에 앉았다. 따라온 강아지 동이도 따라서 곁에 엎드렸다. 채서남 교수는 동이의 머리를 쓰다듬으면서 시 한 수 지으려고 메모장을 꺼내 들었다.

좌 와 우

채서남

새 하루 여는 동트는 산책길엔
말린 꼬리 따라 살랑거리는 그림자
강아지 왼발에 붙어있다.

땅거미 밀어내는 저무는 산책길엔
터벅거리는 긴 내 그림자
오른발에 붙어있다.

오늘도
떠오르는 태양은 왼쪽을 보게 하고
지는 태양은 오른쪽을 느끼게 한다.

아!
태양은 조석으로 모두에게 말한다.
우도 아니고 좌도 아니라고

욕망과 정쟁에 찌든 사람들
진보라는 사람은 나더러 보수라 하고,
보수라는 사람은 나더러 진보라 한다.

언제나
하늘을 우러러 진리만 찾는다면
이쪽저쪽 지적하는 사람들 많겠지.

심란해지면
붉은 태양에 심상(心想)을 비춰 본다.
애써 훌훌 털어버려선가 금방 괜찮아진다.

아!
신이시여!
당신은 어디를 보고 계십니까?

.
..
...
....
.....

나는
모두를 사랑하지만,
나를 진심으로 바라보는 자만 바라본단다.

에필로그
EPILOGUE

　이 책을 다 쓰고나니 몸이 아프기 시작했다. 평소 매우 건강하던 내가 왜 이렇게 몸이 아플까 이상하게 생각되었다. 무력감이 엄습해와 평소 일어날 시간에 못 일어나는 날도 있었다. 코로나19인가 하고 병원에 가보았으나 아니었다. 코감기 비슷하면서 머리가 지근지근 아파서 열흘째 약을 먹어도 호전되지 않았다. 채서남에 빙의되어 끝까지 책을 마무리하려고 무리해서 글을 마치게 되니 긴장이 풀려 아프기 시작했을까 하는 생각도 들었다.

　2차대전이 끝나고 연합군에 무조건 항복을 했던 독일은 자국의 교육제도에 대해 개편은 하지 말아 달라고 부탁했고, 일본인은 일본의 미래를 위해 천왕제의 보전을 요구했다. 이 두 나라의 경우에서 극명하게 비교되는 민족성과 나라의 미래를 엿볼 수 있다. 지금 일본은 어디로 가고 있는가? 그리고 우리나라의 교육제도는 어디로 가는가?

　나는 아픈 기간에도 맺음말을 어떻게 마무리할까 고민했다. 우리나라 고등교육의 문제점에 대한 대안을 간략하게나마 써보고 싶었다. 크게는 대한민국 고등교육의 문제점, 적게는 사학의 비중이 전 세계 1위인 우리나라에서 사학을 어떻게 정상화할 것인가, 사학 교원들에 대한 충원, 급여, 재원 등의 문제는 어떻게 할 것인가, 폐교되는 사학의 부동산은 어떻게 처리할 것인가 등을 생각하고 그것에 대한 생각의 씨앗을 에필로그에 써볼까 생각하고 있던 것이 나의 마음을 그리 압박을 해 힘들었는가 보다.

    그러나 도저히 가닥을 잡을 수 없었다. 내가 뭔가 잘못 생각했던 것 같았다. 끝내 그런 것은 다른 곳에다 아니면 다음 기회에 어떤 곳에 기술하자는 생각으로 마음을 정리하고 홀홀 털어버렸더니 몸이 편해졌다.

2024. 3.
평택에서

저자 약력

☐ **최 병 수**　공학박사
　　　　　　　국회사무처 근무
　　　　　　　국제대학교 1997년부터 근무 정년 퇴임

　　　　　　　[저서]
　　　　　　　『전기회로이론』 등 전공서적 다수
　　　　　　　전기 관련 논문 다수
　　　　　　　『스테레오 사운드』(도서출판 21세기)
　　　　　　　『100세 되는 인생의 도상에서』(도서출판 한림당) 등 다수

● **교수는 무엇으로 사는가?**

　초 판 1쇄 인쇄——2024년 3월 5일
　초 판 1쇄 발행——2024년 3월 10일
　지은이——최 병 수
　펴낸이——전 두 표
　펴낸곳——도서출판 **두남**
　　　　　서울시 강동구 성내로 6길 34-16 두남빌딩
　　　　　신 고 : 제25100-1988-9호
　　　　　TEL : 02) 478-2066, 2067
　　　　　FAX : 02) 478-2068
　　　　　E-mail : dnbooks@dunam.co.kr
　　　　　http://www.dunam.co.kr

● **정가 20,000원**

　ISBN 978-89-6414-991-1　03890